Collection **L'Imaginaire**

Guillaume Apollinaire

LETTRES À LOU

Préface et notes
de Michel Décaudin

Nouvelle édition revue et complétée
par Laurence Campa

Gallimard

AVANT-PROPOS

Au sortir de la Seconde Guerre mondiale, Lou remit à l'éditeur suisse Pierre Cailler un ensemble de lettres que lui avait adressées Guillaume Apollinaire entre 1914 et 1916. Songeant aux bibliophiles, Cailler réalisa en 1956 une édition en fac-similés de grande qualité, à laquelle il dut renoncer au dernier moment. De cette tentative trop précoce de publication, il sauva toutefois quelques exemplaires, qui se mirent bientôt à circuler chez les amateurs. C'est à partir d'un de ces volumes que Michel Décaudin conçut la première édition des *Lettres à Lou*, publiée aux Éditions Gallimard en 1969 dans la Collection blanche [1], quand on fut assuré qu'aucun obstacle ne viendrait plus entraver la diffusion de ce trésor longtemps jalousé.

Le dossier de Lou était ponctué de lacunes et d'énigmes. Michel Décaudin s'était efforcé de le compléter et de rejointoyer certaines béances. Il savait toutefois que son édition demeurait incomplète. Une poignée de pages et de poèmes restaient introuvables. Par fidélité à l'état originel de la liasse, il avait choisi de suivre certaines datations proposées par Lou, sans y souscrire entièrement.

La présente édition complète la précédente à plusieurs titres. Si l'on n'a pas encore retrouvé la trace des fragments perdus, recensés par Michel Décaudin dans sa préface, des trouvailles sont venues éclairer certaines zones d'ombre [2]. Il s'agit d'abord de deux documents de première importance, réapparus en 2006 : les lettres des

1. Réédition dans la collection L'Imaginaire en 1990.

2. Première publication dans mon édition en fac-similés : Guillaume Apollinaire, *Je pense à toi mon Lou. Poèmes et lettres d'Apollinaire à Lou*, Paris, Textuel, 2007.

21 et 23 juin 1915, dont seules les pièces poétiques étaient jusqu'alors connues. Ensuite, grâce à l'analyse précise de leur contexte et de leur contenu, les poèmes « L'attente », « Roses guerrières » et « C'est le sifflet » ont été redatés et replacés dans le flux épistolaire. Enfin, la datation de plusieurs poèmes, tel « L'amour, le dédain et l'espérance », dont la place dans l'ordre traditionnel demeure pertinente, a été affinée. Ces lueurs nouvelles ajoutent à la magie profonde des *Lettres à Lou.*

LAURENCE CAMPA

En août 1914, Apollinaire se trouve à Paris seul et désœuvré. La guerre a dispersé presque tous ses amis. Les journaux auxquels il collaborait ont cessé leur publication ou paraissent sur un nombre de pages restreint qu'absorbent entièrement les informations politiques et militaires. Les maisons d'édition sont en sommeil. Toute activité littéraire ou artistique est suspendue.

Comme un grand nombre de ses camarades que n'atteignait pas la mobilisation, il avait voulu s'engager dès le début des hostilités. Mais il ne fut pas immédiatement accepté par les autorités militaires. Étranger, il devait d'abord déposer une demande de naturalisation, ce qui fut fait dans les derniers jours du mois, l'enregistrement de son dossier au ministère de la Justice étant du 1er septembre. Il n'avait plus qu'à attendre l'issue, encore problématique et sans doute lointaine, de ses démarches ; rien ne le retenait dans la capitale, que l'approche menaçante des armées allemandes vidait chaque jour davantage.

Aussi ne dut-il pas hésiter longtemps lorsque l'occasion lui fut offerte de s'éloigner. Une de ses rares relations pendant ce mois d'août était Siegler-Pascal, habitué des salles de rédaction, collaborateur occasionnel de *Paris-Journal*. Mobilisé le 13 août à Versailles, il avait obtenu au bout de quelques jours un congé de maladie et se décida à le passer à Nice où résidait son frère. Il persuada sans peine Apollinaire de le suivre.

Le 3 septembre, notre poète arrive dans cette ville qu'il n'avait pas revue depuis son départ de la Côte d'Azur au début de 1899. Siegler-Pascal a loué pour lui une chambre meublée qui jouxte la sienne au troisième étage du 23, rue Cotta.

En ville, il revoit des Parisiens qui, comme lui, ont quitté la capitale, notamment les frères Mortier, Robert, peintre, et sa femme Jane, pianiste réputée, Alfred, l'époux d'Aurel, journaliste et auteur dramatique, ou qui ont été appelés par la mobilisation, comme le poète Cremnitz, pitoyable deuxième classe au 65e régiment d'infanterie.

Il se fait aussi de nouveaux amis. Il en a « à tous les étages » de la maison, écrira-t-il le 15 janvier 1915 à Serge Férat dans une longue relation de son séjour niçois.

Le dimanche 27 septembre, vers midi, Siegler-Pascal l'entraîne dans le vieux Nice au restaurant Bouttau où il doit transmettre un message à une jeune femme. Elle va se mettre à table avec des amis et les deux compères sont conviés à participer au déjeuner, pour la plus grande satisfaction de Guillaume, qu'elle a d'emblée fasciné.

Le message est une invitation discrète à fumer l'opium, le soir même, chez Borie : Borie de la Merline, commissaire à l'inscription maritime et commandant du front de mer, qui a acquis sous le nom de Borys une certaine réputation d'écrivain. « Ce marin est poète et romancier [...], charmant et raffiné », dira plus tard de lui Apollinaire dans un fragment de lettre inédit à Madeleine Pagès. Il reçoit chez lui, une ou deux fois par semaine, quelques intimes, artistes, marins, jolies femmes.

On se retrouve donc chez Borie. Apollinaire n'est pas un habitué de l'opium mais il ne dédaigne pas les enchantements d'une pipe occasionnelle. Il a pour voisine l'inconnue du restaurant.

La suite, c'est la première lettre qui nous l'apprend. Guillaume vient en effet de faire la connaissance de celle qu'il appellera Lou.

Elle a alors trente-trois ans. Geneviève-Marguerite-Marie-Louise de Pillot de Coligny-Châtillon — c'est ainsi que la nomment les registres de l'état civil — était née à Vesoul le 30 juillet 1881. Elle descendait en ligne directe de l'amiral de

Coligny, selon une filiation qui, à trois reprises, s'était faite par les femmes. A la fin du XVIIe siècle, en effet, Anne, arrière-petite-fille de l'amiral, épousa le comte Georges de Wurtemberg, assurant par ce mariage la continuité de la souche. Au siècle suivant, la petite-fille d'Anne, Léopoldine-Eberhardine, épousa le comte Charles-Léopold de Sandersleben et lui apporta le titre de comte et marquis de Coligny. Enfin, des deux filles issues de cette union, la cadette épousa le comte de Faucigny-Lucinge, l'aînée Thomas de Pillot, les deux branches conservant les titres de comte de Coligny et de comte du Saint Empire romain germanique. A la cinquième génération des Pillot de Coligny, Gonzague, né en 1854, quatrième fils de Louis, épousa une demoiselle d'Amédor de Mollans, issue d'une famille de bourgeois de Vesoul anoblie au XVIe siècle. Louise — Loulou pour les siens — de Coligny fut leur unique enfant.

Selon André Rouveyre, qui l'a bien connue, elle avait été soumise à l'éducation rigoureuse d'une mère sévère. Elle avait fréquenté l'école des Dames de Saint-Maur à Vesoul, puis, après l'installation de ses parents à Dijon, l'établissement des Dominicaines de cette ville. Elle s'y était mariée le 7 mars 1904 à Emmanuel de Coudenhove, propriétaire agricole en Algérie, d'origine dijonnaise. Ce mariage ne dura pas et fut rompu le 11 mars 1912 par un jugement de divorce.

Au début de la guerre, Lou était à Nice, sans ressources ou presque, à la suite d'un litige avec sa mère à propos de l'héritage paternel, s'il faut en croire André Rouveyre. Elle était hébergée dans la luxueuse villa Baratier à Saint-Jean-Cap-Ferrat par une cousine de son ex-mari, Edmée, dite Mémée, de Marotte de Montigny, qui avait épousé à vingt ans en 1913 le comte Dedons de Pierrefeu et avait un fils de six mois. Toutes deux étaient infirmières bénévoles à l'hôpital militaire installé dans l'hôtel Ruhl et menaient une existence mondaine de jeunes femmes émancipées en temps de guerre.

Lou était ardente et indépendante ; « gracieuse et novice aventureuse, frivole et déchaînée, prodigue à la fois et avare de soi, imprudente et osée, et plutôt d'ailleurs pour la frime que pour l'enjeu », ainsi la dépeint Rouveyre. Indifférente et pleine d'allant, égoïste et prête à donner, assez superficielle en fin de compte, apte à s'offrir et à se soustraire, moins par coquetterie que par caprice et saute d'humeur, elle acceptait l'aventure et même la cherchait, agissant avec une franchise qui confinait au cynisme, prévenant le partenaire élu qu'il n'avait acquis aucun droit, le prenant au piège de la seule amitié, le mettant dès l'abord en garde contre l'issue fatale de ce qui était pour elle un jeu brûlant et amer, une façon de s'étourdir au même titre que le snobisme ou l'évasion par les stupéfiants.

Apollinaire fut immédiatement séduit par cette étonnante personnalité. Ses hautes origines — « le sang de Saint Louis », écrira-t-il avec une certaine fierté à Madeleine Pagès — ne sont pas sans toucher celui qui se dit descendant de Rurik, premier souverain de Russie. Sa liberté d'allure l'intrigue et le provoque à la fois. Sa silhouette, son regard, la couleur de ses cheveux répondent à une image de la féminité qui ébranle sa sensibilité. Elle-même semble s'intéresser plus que de coutume à un homme différent de ses compagnons habituels, d'autant plus que ce poète lui fait la cour avec une délicatesse sentimentale qui l'étonne. Sans plus s'engager qu'en d'autres circonstances et prétendant s'en tenir à un simple contrat d'amitié, elle lui laisse quelques espoirs. C'est du moins ce que permettent de penser les lettres (peu nombreuses, mais, se voyant presque quotidiennement, avaient-ils besoin de s'écrire ?) de septembre, octobre et novembre.

Faut-il supposer, comme le suggère André Rouveyre, qu'Apollinaire dominait Lou dans les moments de rêverie provoqués par l'opium, mais que, la maîtrise de soi retrouvée, elle reprenait sa farouche indépendance ? Ou soumit-elle simplement l'amoureux éperdu au cruel marivaudage dont elle avait le secret ? En tout cas, il souffre, s'irrite d'une attente toujours déçue dans l'instant même où le triomphe semblait assuré. A la fin de novembre, il presse les démarches qui devaient aboutir à son engagement, demande à Borie d'intervenir : sincérité ou duplicité de prétendant insatisfait, reprise de soi ou fuite devant l'obstacle qui ne surprendrait pas chez cet éternel « mal aimé », il attribuera son initiative au désespoir auquel l'a réduit la jeune femme.

Cependant, il semble que l'intimité ait été très poussée entre eux dans ces derniers jours, notamment au cours de rendez-vous à Menton et à Grasse : c'est du moins ce qui transperce de certaines allusions, particulièrement le souvenir rapporté dans la lettre 45 et plusieurs fois évoqué ailleurs. C'est ce qui explique qu'à peine l'engagement devenu inéluctable (mais encore tenu secret), il regrette de devoir partir. Reprenons le fil de la lettre à Serge Férat :

Ça a duré un mois. J'ai connu alors l'adorée, j'ai souffert un mois et demi, passé conseil de révision, pris, puis bonheur fou, ne pouvant plus me décider à signer l'engagement. J'ai signé finalement, ai tout rompu et suis parti à Nîmes sans laisser mon adresse ni mon nom polonais. Le lendemain de mon arrivée au corps elle était à la porte de la caserne et est restée 9 jours ici.

Les choses se sont bien passées de cette façon. Le 6 décembre, Guillaume de Kostrowitzky rejoint le 38e régiment d'artillerie de campagne à Nîmes. La farouche amazone fut-elle piquée au vif d'un départ qui la privait de l'image de sa domination ? Tenait-elle plus qu'elle ne l'avait laissé paraître à cet homme singulier ? Le « bonheur fou » des jours précédents avait-il été partagé par une femme qu'on devine avide d'une plénitude difficilement atteinte ? Qu'il s'agisse de vanité blessée, de foucade ou de toute autre raison, elle le rejoint à Nîmes dès le lendemain et devient alors sa maîtresse.

Cet éclat de passion libéra en Apollinaire des forces qui, pour s'être déjà manifestées, n'avaient jamais éclaté avec une telle violence. Il s'abandonna à cette fête de la chair avec un déchaînement et une volonté de puissance sur lesquels il y aura beaucoup à dire lorsqu'on voudra étudier sérieusement et autrement que d'après quelques idées admises son comportement amoureux. Face à Lou, il éprouve constamment le besoin d'affirmer la supériorité du mâle — et par là, sans doute, de s'affirmer à lui-même, de prendre une revanche inconsciente sur toutes celles qui l'ont fait souffrir. Il lui décrit longuement les « corrections » réelles ou imaginaires qu'il lui inflige, à grands renforts de détails dont l'excès même est caractéristique. Il ne cesse de lui rappeler qu'en amour l'homme est le maître. Il goûte avec une évidente complaisance telles pratiques qui semblent lui plaire d'autant plus qu'elles paraissent imposées à une partenaire qui les redoute. Le peu que nous savons de ses amours antérieures nous permet d'entrevoir des attitudes analogues, quoique moins exaspérées ; et, dans ses lettres à Madeleine Pagès, il évoquera les joies partagées de la « correction conjugale » ou lui expliquera qu'il ne lui est soumis que dans la mesure où elle est son esclave.

Mais rien n'est simple chez Apollinaire, et le poète ne s'efface jamais complètement derrière l'amant. Dès la deuxième lettre, il pense à faire un livre sur Lou et cette préoccupation affleure sous des formes diverses tout au long de cette correspondance, au point qu'on a parfois l'impression qu'il écrit pour lui autant que pour elle.

Lou, de son côté, ne lui a pas laissé ignorer l'attrait qu'elle trouvait aux aventures menées avec des amis de rencontre. Il sait aussi qu'une liaison plus sérieuse l'attache à celui qui, désigné dans les lettres sous le nom de Toutou, est mobilisé comme artilleur dans la région de Baccarat — liaison qui durera d'ailleurs jusqu'à la mort de Toutou en 1926. Mais cette franchise ne va pas sans une certaine ambiguïté. Lou a promis à Apollinaire — en tout cas elle ne lui a pas refusé — de venir à Nîmes vivre à ses côtés. Elle accepte de lui argent et, quand elle se rend à Paris, logement dans son appartement du 202, boulevard Saint-Germain : si elle ne se sent pas liée par ces services, il ne peut s'empêcher de croire, lui, qu'elle accepte ainsi de s'engager un peu plus.

Dans sa fascination, il commence par tout supporter. Il se met au ton de son amie, renchérit en matière de « cochoncetés » — car elle a le langage vif, ainsi que la pensée —, l'aide à obtenir le laissez-passer qui lui permettra d'aller voir Toutou (se montre dépité qu'elle l'ait par une autre voie) ; non seulement il admet en jouant le détachement, mais il s'efforce d'approuver avec une allégresse contrainte un partage peu conforme à son caractère.

Le point culminant de cet amour est la permission qu'il passe à Nice pour le jour de l'an 1915. A peine rentré à la caserne, il fait le calcul de ses ressources, se met en quête d'une chambre... A cette femme qui s'ébroue dans le snobisme il propose l'idéal de Mimi Pinson. Il ne devait pas tarder à déchanter. Une seconde permission, trois semaines plus tard, sera moins exaltante. Les débordements de Lou l'inquiètent et, sans s'avouer jaloux, il tolère mal certaines rivalités. Ses réticences, ses marques d'indifférence le blessent douloureusement dans un amour qu'il croit être l'unique et pour lequel il bafoue les femmes dont il a déjà été épris. Des malentendus surgissent, mineurs, mais révélateurs de failles profondes : il se plaint qu'elle croie trop au monde et pas assez à la poésie, qu'elle n'ait pas confiance en lui, que ses lettres s'espacent, deviennent de plus en plus courtes... Il l'adjure d'être sincère, de ne pas le leurrer davantage, de rompre quand il est encore temps. Il ne peut cependant se résigner à la perdre. Le moindre mot, la moindre attention suffisent à dissiper son amertume et sa lucidité passagère, une joie enfantine s'empare de lui, quitte à le laisser ensuite plus abattu.

On se demande s'il veut vraiment cacher la réalité de leur liaison à Rouveyre, ou s'il tente seulement de se donner une contenance, quand il écrit à son ami le 15 février :

Dieux ! que tu te trompes, cher ami Rouveyre. Il n'a jamais été question d'amour entre moi et la houri dont tu parles. J'avoue que de mon côté j'eusse volontiers ébauché une liaison sentimentale avec elle. Mais cette fille bizarre a eu soin dès notre première rencontre de bien établir entre nous la barrière de l'amitié. Si bien [que] je n'ai pas le droit de prétendre à plus qu'à de l'amitié pure et simple. Cette situation était douce, je m'en contentais. Plus rien maintenant, car elle est partie je ne sais où et je n'ai plus de ses nouvelles depuis quelque temps. Je crains que l'amitié même ne dure pas en cette âme charmante et inconstante.

Et le 26 :

Tu te trompes, André, il n'y a aucun souvenir mauvais, ni pensée de regret de ma part. Amitié, camaraderie, c'est tout. Un moment de fatigue et un arrêt de ses nouvelles m'a fait écrire ces vers[1] *où tu as vu un regret d'amour qui n'est point. Jamais pensé à ça. Je pense à autre chose.*

Une ultime entrevue à Marseille le 28 mars dissipe les dernières illusions d'Apollinaire. Il ne fera plus rien pour rester à Nîmes — toujours le besoin de partir. Volontaire pour le front, il abandonne le peloton d'élèves officiers auquel il était si fier d'appartenir et s'en va, simple canonnier de première classe, le 4 avril pour être affecté à une batterie de son régiment en position près de Mourmelon-le-Grand.

Cependant, la rupture n'a pas été totale. De part et d'autre, on a sauvé la face. On s'est promis de rester bons amis, de s'écrire souvent, d'entretenir une franchise complète, notamment en tout ce qui concerne la vie amoureuse. Apollinaire attendra avec une gourmandise équivoque les confidences de Lou, qui alimenteraient ses rêves de soldat — mais celle-ci en fera peu. Lui-même tente, par la littérature, une étonnante récupération de l'amour perdu, avec les lettres qu'il intitule *Ombre de mon amour*, sorte de monologue épistolaire destiné à la

1. Ce poème est celui qui est intitulé dans *Calligrammes*, « *C'est Lou qu'on la nommait* » :

Il est des loups de toutes sortes
Je connais le plus inhumain
Mon cœur que le diable l'emporte
Et qu'il le dépose à sa porte
N'est plus qu'un jouet dans sa main...

publication : entreprise vite abandonnée, à la seconde de ces lettres.

Tandis que le canonnier, bientôt brigadier Kostrowitzky s'initie à la guerre, Lou vit chez lui boulevard Saint-Germain, mène, selon sa propre expression, « une vie de patachon », passe de longues semaines auprès de Toutou non sans se ménager quelques intermèdes, court l'aventure. Il lui écrit tous les jours jusqu'au début de juin. Tout se passe comme si, la solitude et l'éloignement aidant, il espérait que quelque chose des semaines éclatantes qu'ils avaient vécues subsisterait dans le libertinage cérébral de leur correspondance. Mais bientôt les relations s'effilochent, les lettres de Lou se font rares et courtes, sont souvent insignifiantes. Gui se lasse. Son amour n'est plus qu'un rêve chargé de souvenirs précis, avec, encore, de soudaines et brèves résurgences.

D'ailleurs, son imagination a d'autres nourritures. Sans lettres de personne dans les premiers jours de son arrivée au front, se sentant abandonné, il a battu le rappel de tous ceux qui pouvaient lui écrire. Il s'est souvenu de la jeune fille rencontrée dans le train au retour de Nice le 2 janvier, a retrouvé son adresse, lui a envoyé une carte. C'est le début d'une correspondance bientôt quotidienne. Apollinaire trouve en Madeleine Pagès une âme-sœur qu'il aide à s'épanouir. Aux aveux d'amour succèdent des engagements plus fermes et, en août, il est officiellement accepté comme le fiancé de la jeune fille ; c'est chez les Pagès qu'il passera sa permission de détente du 26 décembre 1915 au 9 janvier 1916.

L'envoi simultané des mêmes poèmes à Lou et à Madeleine, le chevauchement chronologique de ces deux correspondances, ont donné naissance à une légende : celle d'un Apollinaire entretenant avec duplicité, voire avec une malice malsaine, ses relations avec la maîtresse sensuelle et avec la pure fiancée. Qui voudra lire avec attention, et dans leur exacte succession, ces deux séries de lettres, constatera qu'il n'en est, dans l'ensemble, rien ou presque rien, et que la conduite du poète prête peu à équivoque. Madeleine répond mieux que Lou à tous les appels de son esprit, de son imagination et même, au moins en promesse, de sa chair. Lou a pu lui procurer le plus exaltant des bonheurs sensuels, elle n'a pas été capable d'assumer l'amour qu'il lui portait, et elle l'a déçu. Il lui taira néanmoins jusqu'au bout la place prise par Madeleine dans sa vie. Mais Lou n'était plus rien pour lui depuis longtemps et peut-être un simple respect humain en même temps qu'une sorte de fidélité au souvenir ont retenu l'aveu de ses fiançailles.

Les fous amants de Nice et de Nîmes devaient se revoir une fois, place de l'Opéra, nous apprend André Rouveyre qui tenait cette confidence de Lou :

Ils allèrent se réfugier quelques instants, pour parler, sous cette grande porte jaune située entre la maison de vente de cafés et le magasin de Clerc, le bijoutier. Entrevue navrante pour tous deux. Une sorte de fuite intime de part et d'autre. Lui était d'ailleurs déjà atteint, très émotif. Puis, se trouver ainsi soudain auprès d'une femme qu'il avait si profondément aimée et qui l'avait déçu... Reproches, entretien assez pénible. Entretien écourté où ils se sont regardés avec tristesse, et avec l'impression qu'ils ne se reverraient plus. Ce qui devait être, en effet.

Fin pitoyable de ce qui a été un grand moment de l'existence d'Apollinaire. Il avait rencontré Lou dans une période de vide sentimental, consécutive au départ et au mariage de Marie Laurencin. Elle lui avait apporté non seulement une flambée érotique sans égale, mais l'attente, rapidement déçue et cependant longtemps entretenue, d'un grand amour. Comment ne serait-il pas tout entier dans ces lettres, avec les traits essentiels de son caractère ? Une mobilité d'âme qui le fait passer de la confiance et de l'enthousiasme à l'abattement ; une naïveté quasi enfantine traversée par des instants de lucidité grave ; un enjouement qui n'exclut pas la noblesse du cœur ; une sentimentalité fleur bleue alliée à une sensualité plus rabelaisienne que sadique. Tout entier, il l'est aussi dans les épisodes de sa vie militaire longuement narrés, dans son application de bon soldat dont l'innocence pataude nous étonne parfois, dans sa joie devant des choses qui lui sont neuves, dans une allégresse en plein cœur de la guerre aussi, qu'on a souvent mal jugée, et qui n'est peut-être que la conscience que le poète avait de son destin.

*

Ces lettres ont eu une curieuse destinée. Leur publication avait été envisagée avant la dernière guerre. André Rouveyre en avait donné quelques extraits dans *La Nouvelle Revue française*, puis dans son *Apollinaire* en 1945. Pierre-Marcel Adéma fut le premier à en faire connaître une suite importante dans le numéro de *La Table ronde* de septembre 1952 consacré à Apollinaire. Pierre Cailler enfin avait, en 1947, extrait de la précieuse liasse, dont il avait eu communication, les poèmes et les parties rimées pour les publier sous le titre d'*Ombre de mon amour*, puis de *Poèmes à Lou*, que ce recueil a conservé. Il réalisa ensuite une admirable édition en fac-similé de toutes les lettres d'Apollinaire à Lou, avec une présentation d'André Rouveyre. Mais, pour des raisons obscures et à cause d'interdictions formulées au dernier moment, il ne put la mettre dans le commerce et dut s'engager à la détruire, ne sauvegardant que quelques exemplaires de collaborateurs.

Aujourd'hui que Lou n'est plus (elle est morte le 7 octobre 1963), ni Jacqueline Apollinaire, que la plupart des personnes mises en cause dans cette correspondance ont disparu, rien ne s'oppose à une publication de ce document unique.

Le présent volume a été établi d'après un exemplaire de l'édition mort-née Cailler. Il faut toutefois remarquer que cette édition est manifestement incomplète. En voici quelques preuves :

1° Dans la lettre 65 Apollinaire parle d'un conte en vers envoyé la veille ; or nous n'avons rien, ni la veille, ni les jours précédents, qui corresponde à ce conte.

2° La lettre 74 fait état d'une image — les nymphes de la

fontaine de Nîmes — contenue dans un poème envoyé à Lou qu'on n'identifie pas et qui doit donc manquer.

3° La lettre 143 contient une allusion à une scène de cave dont nous n'avons pas de trace.

4° Dans la lettre 219, Apollinaire rappelle qu'il a réclamé des reconnaissances du mont-de-piété de Nice; nous n'en trouvons aucune trace dans les lettres précédentes. De plus, dans la même lettre, sa nouvelle adresse au 96e de ligne est donnée sans commentaire, comme si elle était déjà connue de sa correspondante; il serait surprenant que son passage dans l'infanterie, même dans l'état de dégradation où étaient alors tombées leurs relations, n'ait été signalé que par cette laconique annonce. Il faut donc penser qu'une ou plusieurs lettres font défaut en novembre 1915.

5° Deux fragments au moins qui ne figurent pas dans l'édition Cailler ont été publiés ailleurs. L'un (n° *195 bis*) a paru dans les illustrations d'*Ombre de mon amour*; l'autre (n° *144 bis*) est une citation faite par André Rouveyre dans son *Amour et poésie d'Apollinaire*.

D'autre part, si nous avons pu retrouver la fin manquante de la lettre 149, d'autres restent incomplètes (46, 82, 132, 196).

Toutes les lettres figurent dans notre édition sans aucune coupure. Quelques noms propres seulement ont été remplacés par des initiales. Tous les poèmes ont été conservés à leur place, retrouvant un environnement fatalement perdu dans les éditions des *Poèmes à Lou,* parfois au détriment de leur signification.

La transcription du texte a posé de nombreux problèmes. Il était impossible de reproduire la graphie d'Apollinaire, toujours difficile à suivre, particulièrement fantaisiste lorsqu'il s'agit de lettres souvent écrites très rapidement ou dans des conditions inconfortables. Son indifférence aux majuscules et à la ponctuation est bien connue de ceux qui se sont penchés sur ses manuscrits. Fallait-il respecter le moindre trait de plume, jusqu'à rendre la lecture de la page imprimée pénible, sinon incohérente? Nous ne l'avons pas pensé et avons régularisé la ponctuation et l'usage des majuscules, sans toutefois aller jusqu'à une normalisation systématique ; nous nous sommes au contraire efforcé de respecter les particularités de langue et d'écriture toutes les fois qu'elles semblaient avoir une valeur affective ou soulignaient le mouvement de la phrase et de la pensée.

Il arrive d'autre part qu'Apollinaire hésite ou plutôt varie dans son orthographe, moins par ignorance que par une inattention qui le conduit à écrire le même mot de plusieurs façons à quelques lignes d'intervalle, ou par un automatisme qui lui impose les mêmes tournures vicieuses. Il nous a paru qu'il importait peu qu'il écrivît ici ou là *ait* au lieu de *est*, et *et* au lieu de *est*, *ce* pour *se* et inversement, et toujours quelques temps ou grâcieux. Nous avons donc suivi la même règle que pour la ponctuation et les majuscules, nous efforçant de respecter dans nos corrections l'esprit et le mouvement du texte ; et, faut-il le dire, nous n'y avons ajouté ni retranché aucun mot ; nous avons seulement suppléé à quelques lacunes évidentes par des conjectures rétablies entre crochets. Sont également portées entre crochets au début de certaines lettres les indications de lieu et de millésime imprimées sur les papiers à en-tête dont Apollinaire s'est souvent servi (café Tortoni, Grand Café, Grand Hôtel du Midi et de la Poste à Nîmes, Café de Paris à Tarascon, Hôtel Terminus de Marseille).

*

Le docteur Fatou, Georges Martin, Pascal Pia, aujourd'hui disparus, m'avaient apporté une aide précieuse pour cet ouvrage et leur souvenir doit rester présent. D'autre part, ma reconnaissance va à tous ceux qui m'ont apporté leur concours, notamment Mme Madeleine Boisson, MM. Pierre-Marcel Adéma, Pierre Caizergues, Jean Delmas, Roland Gardeur, Jean-Jacques Varagnat, Frédéric-Jacques Temple.

Michel Décaudin

CHRONOLOGIE

1914

3 septembre : Apollinaire quitte Paris pour Nice.

Lou habite à Saint Jean-Cap-Ferrat chez sa cousine.

28 septembre : Apollinaire, qui connaît Lou depuis quelques jours, lui dit et lui écrit qu'il l'aime.

Novembre-décembre : Excursions à Sospel, Menton, Grasse.

29 novembre : Une démarche auprès de Borie en vue de son engagement provoque sa comparution devant le conseil de révision.

4 décembre : Signature de l'engagement pour la durée de la guerre à compter du 5 décembre.

6 décembre : Incorporation au 38e régiment d'artillerie de campagne à Nîmes.

7-16 décembre : Lou à Nîmes (à l'Hôtel du Midi).

16 décembre : Lou rentre à Saint-Jean-Cap-Ferrat.

31 décembre : Départ en permission pour Nice, où il arrive à midi.

31 décembre-2 janvier : Permission à Nice avec Lou.

1915

2 janvier : Retour à Nîmes. Rencontre de Madeleine Pagès dans le train entre Nice et Marseille; arrêt à Marseille à midi et à Tarascon de 14 h 20 à 17 h 17.

5 janvier : Quitte le peloton des élèves brigadiers pour celui des E.O.R.

9-11 janvier : Concours d'admission au peloton d'E.O.R.

12 janvier : Admis au peloton spécial d'E.O.R.

23-25 janvier : Seconde permission à Nice, dans les mêmes conditions que la première.

6 février : Départ de Lou pour Baccarat, via Nancy. Elle va rejoindre Toutou.

27 mars : A Marseille à 14 heures pour une permission de vingt-quatre heures.

25 mars : De retour à Saint-Jean-Cap-Ferrat.

28 mars : Dernière rencontre à Marseille (Hôtel Terminus).

29 mars : Lou part pour Paris; elle habitera successivement à Neuilly, rue Angélique-

Vérien, et dans l'appartement d'Apollinaire, 202, boulevard Saint-Germain.

4 avril : Apollinaire, qui a renoncé au peloton et a demandé à partir pour le front, est envoyé à la 43e batterie de son régiment. Départ de Nîmes à 2 h 45. A Dijon le soir.

5 avril : De Dijon à Châlons-sur-Marne.

6 avril : De Châlons-sur-Marne à Mourmelon-le-Grand. Secteur postal 59.

8 avril : Désigné pour faire fonction de brigadier à l'échelon (6e pièce).

10 avril : Nommé agent de liaison.

16 avril : Nommé brigadier. Première carte à Madeleine.

17 juin : Tirage de *Case d'armons* à 25 exemplaires.

Mi-juin-début août : Nouveau séjour de Lou dans l'Est.

26-28 juin : Le régiment fait mouvement vers les Hurlus. Nouveau secteur postal 138.

Début août : Lou passe par Lyon pour rentrer à Paris, où elle habite rue Villebois-Mareuil.

10 août : Apollinaire demande à Mme Pagès la main de Madeleine et est admis comme son fiancé.

25 août : Nommé maréchal des logis à dater du 1er septembre. Observateur « aux lueurs ».

1er septembre : Chef de pièce.

Début septembre : Lou retourne dans l'Est. Elle est à Baccarat à la fin de septembre, à Saint-Nicolas-du-Port près de Nancy en octobre, à Lunéville en décembre et janvier.

Novembre : En batterie au Trou-Bricot.

18 novembre : Sur sa demande, passe dans l'infanterie comme sous-lieutenant à titre temporaire; affecté au 96e régiment de ligne, alors en demi-repos.

23 novembre : Affecté à la 6e compagnie, secteur 139.

28 novembre-8 décembre : En première ligne.

9-18 décembre : Dans la tranchée de Hambourg.

19-23 décembre : En première ligne.

24 décembre : Le régiment part en grand repos.

26 décembre : Apollinaire arrive à Oran, où il va passer sa permission de détente dans la famille de Madeleine.

1916

10 janvier : A Marseille, retour d'Oran.

11 janvier : A Paris.

12 janvier : Rejoint son régiment au repos à Damery près d'Épernay. Fait fonction de commandant de compagnie.

18 janvier : Dernière lettre à Lou, adressée poste restante à Lunéville.

I

Nice, 28 septembre 1914.

Vous ayant dit ce matin que je vous aimais, ma voisine d'hier soir, j'éprouve maintenant moins de gêne à vous l'écrire.

Je l'avais déjà senti dès ce déjeuner dans le vieux Nice où vos grands et beaux yeux de biche m'avaient tant troublé que je m'en étais allé aussi tôt que possible afin d'éviter le vertige qu'ils me donnaient.

C'est ce regard-là que je revois partout, plutôt que vos yeux de cette nuit dont mon souvenir retrouve surtout la forme et non le regard.

De cette nuit bénie j'ai avant tout gardé devant les yeux le souvenir de l'arc tendu d'une bouche entr'ouverte de petite fille, d'une bouche fraîche et rieuse, proférant les choses les plus raisonnables et les plus spirituelles avec un son de voix si enchanteur qu'avec l'effroi et le regret où nous jettent les souhaits impossibles je songeais qu'auprès d'une Louise comme vous, je n'eusse voulu être rien autre que le Taciturne [1].

Puissé-je encore toutefois entendre une voix dont le charme cause de si merveilleuses illusions!

Vingt-quatre heures se sont à peine écoulées depuis cet événement que déjà l'amour m'abaisse et m'exalte tour à tour si bas et si haut que je me demande si j'ai vraiment aimé jusqu'ici.

Et je vous aime avec un frisson si délicieusement pur que chaque fois que je me figure votre sourire, votre voix, votre regard tendre et moqueur il me semble que, dussé-je ne plus vous revoir en personne, votre chère apparition liée à mon cerveau m'accompagnera désormais sans cesse.

Ainsi que vous pouvez voir, j'ai pris là, mais sans le vouloir, des précautions de désespéré, car après une minute vertigineuse d'espoir je n'espère plus rien, sinon que vous permettiez à un poète qui vous aime plus que la vie de vous élire pour sa dame et se dire, ma voisine d'hier soir dont je baise les adorables mains, votre serviteur passionné.

Guillaume Apollinaire.

1. On sait que la quatrième femme de Guillaume le Taciturne fut Louise de Coligny, fille de l'Amiral.

2

3 octobre 1914.

Vous étiez ce matin toute charmante et de la façon la plus inattendue. Dans votre robe à fleurs, on eût dit un écureuil s'ébattant à travers une roseraie en Perse.

J'avais pensé à vous la nuit entière sans pouvoir dormir. Veille la plus brûlante et la plus cruelle. Car je n'ai cessé de vous voir mutine et langoureuse à la fois. Un moment j'ai fermé très fort les yeux pour tâcher de dormir et je voyais un jardin éblouissant de grenadiers dont les fruits étaient vos seins multipliés à l'infini et plus dignes que les pommes d'or gardées par les Hespérides d'être conquis par un héros.

En sortant, j'étais certain de vous rencontrer. Sur le pas de ma porte j'ai trouvé Robert Mortier [1] qui a voulu m'accompagner. Il voulait m'entraîner vers la Gare et j'ai refusé obstinément, sûr que vous alliez passer.

Je n'ose plus guère vous dire que je vous aime car des choses aussi profondes obligent en quelque sorte ceux à qui on les écrit.

Mais je peux bien vous répéter que je ne cesse de penser à vous et que c'est là l'occupation la plus délectable, mais hélas! la plus morose, puisque ni les projets ni même les souhaits n'en peuvent être le résultat.

Toutefois, vous semblez être bonne et vous m'avez dit que vous seriez sensible à l'amour. Vous m'obligeriez infiniment et me rempliriez de joie en venant un de ces jours et bientôt, vous promener avec moi toute seule. Je m'efforcerai de ne pas vous ennuyer ni avec ma peine dont vous êtes l'objet ni avec quoi que ce soit qui puisse vous être désagréable. J'écrirai demain à Paris afin que si cela était possible vous ayez mes livres puisque vous m'avez fait l'honneur de me les demander. Je souhaite d'avance qu'ils vous amusent et je les recommande à votre indulgence.

Au demeurant, je vais en écrire un pour vous tout exprès et nul doute qu'inspiré par une passion aussi violente et puisque c'est de vous qu'il s'agit, d'une essence aussi délicate, je n'écrive là mon livre le plus rempli de cette humanité qui est à mon gré la seule chose digne de toucher les hommes et d'être recherchée par un écrivain.

J'aurais voulu déjà écrire un poème pour vous. Il m'eût été trop personnel et n'eût dépeint que les sentiments que vous avez éveillés en moi et aussi votre grâce. Mais, en somme je ne connais rien de vous sinon que je vous trouve infiniment jolie et digne d'être aimée même sans espérance de retour.

Je voudrais tant savoir tout de vous et je ne sais rien, sinon que vous avez été mariée et ne l'êtes plus. Je n'ose plus parler de vous avec Siégler qui doit bien se douter que je suis amoureux de vous. Et me voilà réduit à tout imaginer de vous en me fondant sur vos cheveux fauves, sur vos yeux au regard étrange, sur votre franchise et sur la joie qui s'éveille en moi quand je vous vois et je ne vous ai vue que trois fois. Mais tel est le pouvoir de fascination que vous exercez sur moi comme une autre Mélusine, que vous m'êtes après tout familière; qu'il me semble que je vous ai toujours connue, toujours aimée et que je n'ai jamais pu aimer que vous, que je n'ai aimé que vous et que je n'en aimerai jamais d'autre.

Ce ne sont pas là paroles vaines puisque je n'ai jamais écrit cela à aucune femme et que jusqu'ici même quand je croyais aimer je retenais beaucoup de moi-même et que même quand j'ai cru souffrir je souhaitais avant tout la prompte fin de ma peine, au lieu qu'aujourd'hui je demande à ce qu'elle dure autant que la vie et c'est en foi de quoi je baise vos mains adorées.

Votre serviteur à vie,

Guillaume Apollinaire.

1. Robert Mortier est un peintre qui a exposé en 1912 à la galerie Devambez. Apollinaire a rendu compte de cette exposition dans *L'Intransigeant* du 2 avril : « Théoricien du billard, musicien distingué, écrit-il, M. Robert Mortier est encore un peintre de talent. » La femme de Robert Mortier, Jane, est restée en relations épistolaires avec Apollinaire (à qui il arrive de l'appeler Jeanne) pendant la guerre.

Le frère de Robert est Alfred Mortier, poète et auteur dramatique, un des fondateurs du *Mercure de France* en 1890. Il a épousé Aurel qui tient un salon connu et s'est fait une réputation avec ses livres sur le couple et l'amour : *Pour en finir avec l'amant* (1908), *Voici la femme* (1909), *Le Couple, essai d'entente intellectuelle entre la femme et l'homme* (1911). Tous deux connaissent Apollinaire depuis longtemps.

3

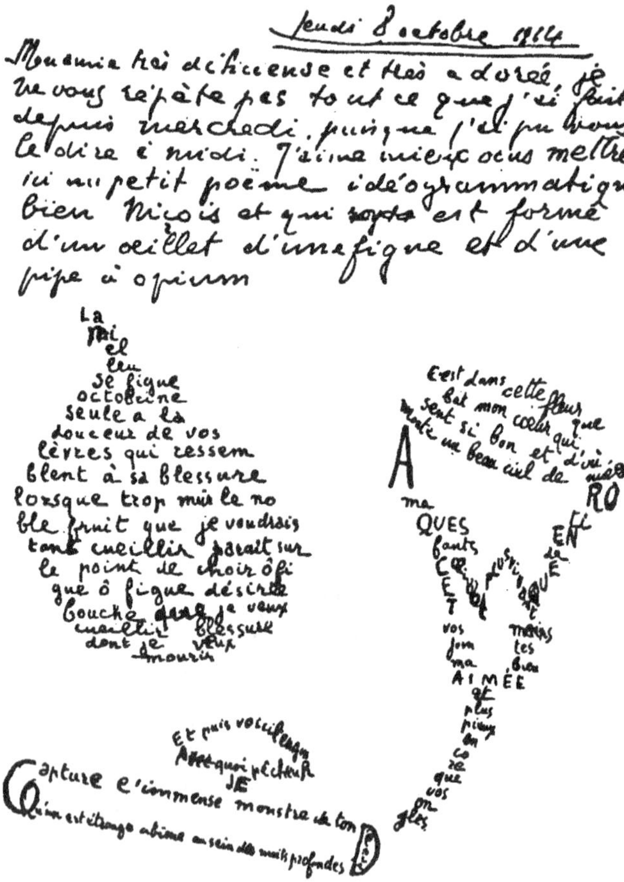

Jeudi 8 octobre 1914

Mon amie très délicieuse et très adorée, je ne vous répète pas tout ce que j'ai fait depuis mercredi, puisque j'ai pu vous le dire à midi. J'aime mieux vous mettre ici un petit poème idéogrammatique bien niçois et qui est formé d'un oeillet d'une figue et d'une pipe à opium

4

Mercredi 14 8bre 1914.

Je me permets de vous rappeler, chère amie, que bien que ma part soit la plus belle il me déplairait, ce soir si nous ne sommes que trois, d'être une barrière sentimentale, une fortification — on sait ce qu'elles valent sous les feux croisés d'un flirt homérique quant aux épithètes. Si bien que vous pouvez me donner le soin de votre défense ou encore établir une fois pour toutes l'attitude que doit garder notre ami, ou bien, au contraire, me mettre moi-même à l'écart.

Si bien que ces choses fondées sur des bases solides je puisse me mêler à une conversation qui promet d'être brillante.

A moins encore que pour me dédommager d'avoir attendu hier, vous ne vouliez passer une longue soirée amicale avec moi seul. Je vous lirai des choses neuves, vous parlerai de ma pièce, vous inventerai des histoires et demanderai des conseils, car j'ai une grande confiance en ce qu'on pourrait appeler nos mauvais goûts combinés.

Auquel cas, je ne vous ferai pas la cour, acceptant l'amitié que vous me proposez et que je ne trahirai jamais, gentille et belle amie.

Si cette dernière alternative vous convient vous pourriez en arrivant devant Vogade [1] — si vous ne voyez pas Borie [2] — déclarer que vous veillez et ne voulez pas aller à Victoria [3] et après dîner laisser S. P. [4] reconduire votre cousine tandis que vous me demanderiez de faire un tour avec vous avant de vous reconduire.

La chose s'arrangerait bien comme cela. Mais il en sera

comme vous voudrez, car je ne suis plus qu'un ami, bien décidé à vivre une amitié qui vaut, vous l'avez dit, la peine d'être vécue.

La main très amie de

Guillaume Apollinaire.

1. Vogade est un confiseur de la place Masséna à Nice.

2. Nous avons conservé les variations d'Apollinaire, qui écrit tantôt « Borie », tantôt « Borye » et même « Borys ».

3. Hôtel de Nice, situé 33, boulevard Victor-Hugo.

4. Siegler-Pascal.

5

20 octobre 1914.

Ma chère amie,

Je suis très grippé et je crois qu'il vaudra mieux en effet remettre notre excursion à un jour où le soleil sera revenu. Je crois que jeudi est trop proche. Je tâcherai si la grippe le permet d'aller vous voir demain à la sortie du Ruhl[1].

Merci de votre gentille lettre, signée je ne sais pourquoi de votre patronyme simplement comme si vous étiez le fils aîné de votre famille.

Si bien que lisant vos lettres j'ai l'air de lire des lettres de garçons.

Si vous craignez de vous compromettre en m'écrivant, ne signez pas, je saurai toujours reconnaître l'écriture.

Toutefois, ne croyez pas qu'un petit nom au bas d'une lettre soit plus compromettant qu'un patronyme; c'est, ma foi, le contraire qui serait vrai.

Et dans l'amitié qui nous lie tout cela n'a plus aucune importance, votre mystère étant resté là où est mort mon silence.

Ma main très amie,

Guillaume.

1. Le palace niçois à l'entrée de la Promenade des Anglais, alors converti en hôpital complémentaire. Lou y donne des soins aux blessés.

6

Mardi soir [1].

Après tout je suis content de vous aimer comme je vous aime, vous qui êtes la grâce et tout ce qui reste aujourd'hui de la grâce.

Je regrette seulement de ne pas vous avoir rencontrée plus tôt. Mais n'importe, vous aimant maintenant j'ai la plus belle part de la vie d'aujourd'hui. Je n'ose pas me figurer l'avenir mais le présent est délicieux puisque je vous aime. Vous semblez vous étonner que je ne sois point jaloux. De quoi donc? Peut-on faire que je vous aime moins? Vous même ne pourriez pas faire cela. Mon amour n'est pas à la merci de vos jeux et quand vous êtes heureuse, c'est pour moi le plus grand bonheur. Je voudrais pouvoir être mis à l'épreuve comme vous le dites et vous prouver combien je vous aime vraiment et hors du goût violent que je puis avoir de vous, que j'ai pour vous. Je n'ai pas écrit beaucoup de lettres d'amour de ma vie, encore que j'en aie reçu, mais en général je n'aime pas écrire de lettres, mais cette fois j'éprouve une sorte de volupté à vous dire tout simplement que je vous aime. Je voudrais pouvoir vous le répéter sans cesse. Je suis désolé que S. P. vous ait raconté l'incident ridicule où était mêlé B [2].

Le plus drôle ç'a été la scène chez Vogade ce soir. La petite dame en rouge était furieuse et moi j'avais envie de rire. Vous étiez amusante au possible avec votre blouse garibaldienne et le sac à malices que vous colportez si délicieusement de St-Jean à Nice.

Après j'ai eu en me promenant avec vous le sentiment le plus triste de ma vie celui de vous aimer et de ne pas encore être ami d'amitié avec vous. Et je me suis un moment demandé et je me le redemande encore si ce n'est pas cela qu'il faudrait ambitionner par-dessus tout.

Cela doit vous faire penser que je suis devenu bien calme. Mais n'en croyez rien. Je suis de plus en plus agité. La nuit dernière a passé sans sommeil comme l'autre, des moustiques d'une part et votre très gracieuse apparition de l'autre. Le sommeil ne résistait point à des ennemis aussi résolus. Vous écrivez vos lettres dans la chambre à S. P. Je vous écris dans la mienne et je baise infiniment vos mains qui savent si bien étreindre.

Votre serviteur,

Guillaume Apollinaire.

1. Fin octobre ou début novembre, selon une note de Lou.
2. Siegler-Pascal et Borie.

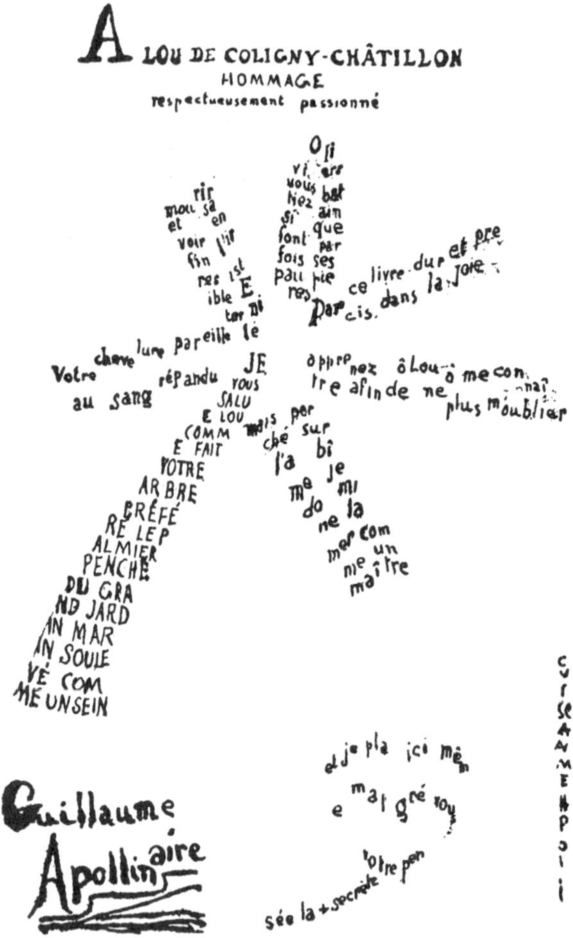

1. Fin octobre-début novembre 1914. Dédicace sur un exemplaire de *L'Hérésiarque et Cie*. Il s'agit ici et au numéro 8 des ouvrages qu'Apollinaire a demandés à Paris pour les offrir à Lou (voir lettre 2).

8[1]

A
MA
DA
ME LA COMTESSE
L. DE COLIGNY-
CHÂTILLON
je donne de tout
cœur ce flacon
d'eau-de-vie et
suis son servite
ur son admirate
ur et son ami fra
ternel Guillau
ME APOLLINAIRE

LE 11
NOVE
MBRE
1914 À NICE
OÙ ELLE SOIG
NE LES BLESS
ÉS DE
LA GU
ERRE

1. Dédicace sur un exemplaire d'*Alcools*.

9

Samedi [1].

Mon trésor adoré, j'ai songé tout le jour à votre gaîté charmante et à ces mélancolies soudaines pendant lesquelles je voudrais vous prendre, ma Lou, vous caresser et vous consoler doucement. Plût à Dieu, que vous fussiez en peu de temps très heureuse. Je vous ai dit que je le pensais et je le crois encore.

Puis, juste avant d'écrire cette lettre, en me promenant du côté des Ponchettes [2], des gamines grandes filles de quatorze à quinze ans qui montraient leur derrière aux vagues — spectacle imprévu — m'ont fait éclater de rire et je ne sais pourquoi en revenant j'ai seulement pensé à la nuit de mercredi à jeudi où j'ai trouvé une Lou si exquise et à un moment peut-être si à moi. Le souvenir savoureux et nocturne ne voulait pas me quitter et je crois qu'il m'entraîne encore.

Ici, bizarrerie sur bizarrerie, S. P. est revenu dans la maison. Il habite maintenant mon ancienne chambre. Il a dit à Mme B. ce que je lui avais dit moi-même. Mais ça ne l'a pas plus intéressée que la première fois. Elle a l'air de s'en f... complètement. D'ailleurs c'est S. P. qui me l'a dit car je me suis mis à travailler le soir et n'ai pas été chez B.

S. P. m'a dit encore que B. lui avait raconté l'histoire de Mémée. C'est comme ça, tout Nice connaît l'anecdote et il paraît que le soldat la raconte de la façon, je veux croire, la plus fausse ou du moins la plus éhontée.

Préparez bien vos oreilles ma chère amie, je vais dire à

S. P. que d'après vous on a calomnié Mémée et que du moment que vous le dites on doit vous croire, car une femme qui en défend une autre doit toujours être crue.

A lundi, chère divinité de mon cœur, Lou au nom chinois et à l'esprit attique. Je baise vos mains, vos pieds et vos paupières meurtries et battues comme celles des biques énamourées.

A bientôt mon amour,

Gui.

1. Sans doute un samedi de novembre, selon une note de Lou.
2. En bordure du vieux Nice, à l'extrémité de la Promenade des Anglais.

10

Dimanche 29 nov. 1914.

Mon Lou je vous aime chaque jour mille fois davantage que la veille.

Je suis revenu triste de vous avoir quittée si jolie et si gracieuse dans la nuit.

J'espère que vous vous êtes couchée et vous êtes bien reposée comme vous en aviez l'intention.

En route, dans le tram j'ai retrouvé *le petit Niçois* que j'avais oublié de vous donner.

J'y ai lu une merveilleuse page militaire, le récit de la bataille de l'Ourcq qui sauva Paris et fut une phase importante de la bataille de la Marne. Ce récit est un vrai chef-d'œuvre de clarté. C'est ce que l'on a écrit de mieux depuis la guerre. Et du moment qu'on peut encore écrire si bien le français tout va bien. Car les choses se répondent et vont ensemble dans tous les ordres où elles peuvent naître.

Le soleil est merveilleux, il fait briller comme un saphir le pan de mer que je vois de ma fenêtre. Dans sa clarté je vous vois aussi, mon Lou adoré, votre image ne me quitte point non plus que le son de votre voix et vos jolis récits ingénus dont l'écho sonne toujours en moi y éveillant mille tendresses qui y dormaient et qui maintenant vous tendent leurs bras ouverts.

Le plus beau des Lou, vous aurez, mon amie, tout le bonheur que vous méritez, c'est une chose dont je suis certain.

Vous avez l'âme la meilleure et la plus simple que je connaisse et votre espièglerie fleurit comme un jardin au printemps.

Je me prépare à une grande démarche tout à l'heure, chez B[1].

Je vous raconterai les détails et vous les écrirai même. En attendant, je mets nos deux orgueils côte-à-côte dans un fauteuil bien sagement en les priant de ne pas trop s'ennuyer jusqu'à demain et je vais m'habiller afin d'aller à la Marine savoir quelles mesures on a prises pour résister aux Turcs et proposer le jeune Lou de mer de Pont-Saint-Jean pour assurer la défense du port de Nice.

Je vous baise très respectueusement les mains, mon amie, et suis *toujours* votre très fier et très obéissant serviteur

Guillaume Apollinaire.

1. Démarche en vue de son engagement auprès de Borie.

II

Mardi [1].

Cette nuit encore, mon cher trésor, sachant que j'allais vous revoir aujourd'hui, je n'ai pu fermer l'œil. Je n'ai pas profité de la permission que vous m'aviez donnée l'autre jour parce que toute chair me paraissait insipide après avoir eu l'avant-goût de la vôtre et aussi pour les raisons que je vous dirai.

Et pensant à vous, sinon sans espoir du moins avec un espoir si précaire et tout de circonstances, je me sens si malheureux que je souhaite que les démarches de Borie aboutissent le plus vite possible et que je puisse partir. Dans le cas où vous auriez oublié la promesse que vous m'avez faite d'une mèche de vos cheveux je vous la rappelle ici.

Je n'ai cessé de baiser ces précieuses démêlures que j'ai gardées avec moi même la nuit.

C'était là quelque chose de vous et quelque chose d'infiniment sacré et plus digne encore, si haut je la place, que la chevelure de Bérénice d'être mise au rang des constellations.

Je baise vos mains chéries, ma chérie, et suis pour toujours votre serviteur.

Guillaume Apollinaire.

1. Sans doute le 1er décembre, selon une note de Lou.

12

Samedi soir 5 septembre[1] 1914.

Mon Lou très chéri,

Je partirai demain matin pour le 38e rég. d'artillerie de campagne à Nîmes d'où je vous écrirai.

Ma démarche au conseil de révision a été imprudente. Il a fallu m'engager hier. C'est pourquoi j'ai été si triste aujourd'hui, triste à mourir et vous aussi qui sentiez quelque chose d'anormal.

Je vous adore mon Lou et vous êtes mon seul regret. Je n'ai pas le courage d'en écrire plus long.

Si vous ne m'en voulez pas trop d'une chose inévitable, écrivez-moi parfois quand vous aurez mon adresse et soyez heureuse comme vous le méritez, mon adorée, je baise vos mains que j'aime, je ne sais plus que vous dire car je n'ai plus de forces vis-à-vis de vous, adorée adorable.

Votre

Guillaume Apollinaire.

1. *Sic*, pour « décembre ».

13

10 Xbre 1914.

Mon Lou adoré, je t'écris de la cantine. Le papier est déjà taché, il le sera beaucoup plus tout à l'heure, mais il n'y a qu'ici, que dans le brouhaha j'ai un peu de tranquillité. Ce matin lever dans la nuit, appel dans la pluie. Entre-temps café, après l'appel on nous distribue du pain et une tablette de chocolat. Le brigadier me désigne pour être de plat avec un autre poilu. A six heures et demie on me montre à seller dans l'écurie qui sent bon comme l'amour. A huit et demie au manège où je vois mes camarades faire le tape-cul. J'irai après-midi. A 9 ½, manœuvre à pied on me fait manœuvrer à part. A dix heures et demie je vais chercher la soupe et le rata à la cuisine. Pas très rigolo — On bouffe. Je rapporte le plat et les saletés tout seul, je fous le camp au plus vite pour qu'on ne me fasse pas vider ces ordures — Et voilà, Lou Adoré. Je n'ai plus que quelques minutes, je mange une poire et bois une chopine. A midi moins le quart il faut que je sois lavé et rasé pour aller seller. Il est onze heures et quart. Le quartier est consigné jusqu'à 5 h. ½. Lou adoré, je te promets de t'aimer toute ma vie et de n'aimer jamais que toi. Tu es ma seule femme à jamais et toujours, toujours je te serai fidèle. J'ai reçu les deux cartes dans l'enveloppe et ai beaucoup ri.

Cette nuit, Lou, je me suis aperçu que ma chaîne s'était cassée. Toutes les médailles s'étaient répandues dans mon lit et je les ai toutes récoltées une à une, serré dans mon petit lit, puis je les glissais dans mon porte-monnaie. J'ai bien embrassé les tiennes, Lou exquis. Je pense à toi, à ton corps adorable, à ta chère âme si simple et si profonde. Au revoir, petit Lou, à tout à l'heure. Je vais travailler.

On m'a remis le paquet. Mon Lou est exquis, mon Lou est tout pour moi, mes lèvres sont pour toujours sur les tiennes, chère, toi, la plus chère partie de moi-même.

Je bois mon dernier verre de vin à ta santé et t'embrasse de tout mon cœur.

A ce soir.

Guillaume Apollinaire
et *Guillaume Kostrowitzky*
2e canonnier-conducteur
38e régt d'artillerie
78e batterie
Nîmes

14

I Nîmes, 16 Xbre 1914 [1]

Mon Lou adoré, je t'écris de la cantine, car je ne sais pas si on nous laissera sortir ce soir. Il est arrivé aujourd'hui une chose que je regrette infiniment et qui en même temps est un gage pour l'avenir. La petite chaîne que tu m'avais mise au bras droit s'est accrochée pendant que j'étais à cheval et je l'ai perdue, je l'ai cherchée. Mais au contraire du tyran Polycrate qui, ayant voulu sacrifier quelque chose à la chance qui lui souriait trop et ayant jeté son anneau, le retrouva dans le ventre d'un poisson qu'on lui servit le lendemain, je n'ai pas retrouvé ma petite chaîne dans l'arène du manège où nous étions.

Je le sens tout de même sur moi [2], tes médailles me protégeront avec ta chère image et tu me mettras l'autre morceau de la chaîne quand j'irai à Nice, mais au bras gauche.

Ce matin, coliques, à six h. ½ j'ai sellé, le logis d'écurie était le Parigot si correct du tram. Ensuite manège où j'ai perdu la chaîne, ensuite promenade dans des chemins impossibles au milieu des coups de canons car on faisait du tir réel. Je crois que c'est pour nous habituer.

Mon petit Lou adoré, j'ai en toi une confiance absolue, comme tu dois l'avoir en moi et toutes nos promesses seront remplies.

Te voilà maintenant au bord de cette mer divine où nous nous sommes aimés, où je t'ai dit mon amour pour la première fois, embrasse pour moi Kiss et Tika qui gambadent maintenant joyeusement autour de toi. Ce soir si je sors j'écrirai les lettres qu'il faut.

J'ai envoyé un de mes portraits à Jane Mortier, l'autre à ma mère, j'enverrai la 3e photo à mon frère.

Mon Lou exquis, tout était aujourd'hui si triste autour de moi. Tu partais, les baies amères du laurier qui abonde dans les garrigues nîmoises semblaient pâlir pour ton départ. Tout s'attristait. La gloire elle-même, qui nous appelle et qui pour moi est représentée par ta possession entière et définitive, tremblait comme des larmes, ô rosée d'un matin triste, ô rosée s'égouttant des feuilles de laurier.

Maintenant que te voilà à Baratier [3], Lou aimé, soigne bien ton rhume.

Le mien va mieux.

Je pense à tes cheveux, ô belle aux cheveux d'or sombre, Lou qui sais si bien souffrir, Lou que toute l'armée de Nîmes a désirée, je t'adore moi qui suis à la fois ton conducteur et ton servant.

Pense à moi dans le beau jardin des Hespérides où tu demeures. Écris-moi comme tu l'as dit et numérote bien tes lettres surtout les premiers jours.

Je t'embrasse mille fois sur tout ton corps adorable et sur ta bouche par où tu m'as donné ton âme quand je te donnais la mienne en échange.

Gui.

2e can.-conduc. 38e rég. d'art. de Camp.
70e batterie. *Nîmes.*

Pr les permissions de 24 h. on part de Nîmes à 3 h. de l'après-midi, on arrive à Nice à 11 h et qq.chose et l'on repart le lendemain à 4 h. Donc nous aurons la nuit. Tu prendras une chambre au Cecil et viendras m'attendre à [la gare] [4].

1. Lou vient de quitter Nîmes, où elle était arrivée le 7. Elle était descendue à l'hôtel du Midi, square de la Couronne (voir lettre 17). Apollinaire commence à numéroter ses lettres, mais il renoncera après la troisième (voir lettre 25).

2. *Sic*, pour « la » ?

3. La villa de Saint-Jean où elle habite.

4. Illisible.

15

II Nîmes [1].

Je t'écris, ma Lou exquise, après avoir reçu ta chère carte de ce matin. Tu es maintenant à Nice, tu vas prendre le tram pour Pont-Saint-Jean, tu vas revoir Kiss et Tika. Tu vas rêver au bord de la mer bleue.

Ce soir pour nous grand événement, on inspectera à 9 h. les membres génitaux de tous les hommes du 38e — mince de bille; les soldats, qui parlent franc, appellent cela la revue des queues, pardon ma Lou de l'expression.

Donc pour la permission si je l'ai de 24 h., ce sera comme je t'ai écrit hier : dép. de Nîmes à 3 h. après-midi, arrivée à Nice 11 h. du soir. Dép. de Nice 4 h. du lendemain. Je compte sur toi pour bien organiser la chose.

Maintenant, poème :

Je pense à toi mon Lou ton cœur est ma caserne
Mes sens sont tes chevaux ton souvenir est ma luzerne

Le ciel est plein ce soir de sabres d'éperons
Les canonniers s'en vont dans l'ombre lourds et prompts

Mais près de moi je vois sans cesse ton image
Ta bouche est la blessure ardente du courage

Nos fanfares éclatent dans la nuit comme ta voix
Quand je suis à cheval tu trottes près de moi

Nos 75 sont gracieux comme ton corps
Et tes cheveux sont fauves comme le feu d'un obus qui éclate
au nord

*

Je t'aime tes mains et mes souvenirs
Font sonner à toute heure une heureuse fanfare
Des soleils tour à tour se prennent à hennir
Nous sommes les bat-flanc sur qui ruent les étoiles

Je te quitte pour ce soir ma Lou, je reprendrai demain ma tâche préférée : t'écrire, c'est-à-dire vous sentir près de moi, mon adorée.

J'espère que tu as fait un bon voyage, mais je crains qu'il ne t'ait fatiguée, repose-toi donc avant de retourner au Ruhl. Dors beaucoup pour être forte, ma Lou, et surtout je t'en supplie ne te fais pas souvent menotte. Rien ne rend neurasthénique comme cet exercice.

Écris-moi de jolies lettres. Ce soir, je suis triste et fatigué d'avoir eu mal au ventre dans le froid qu'il fait ici aujourd'hui.

Je t'embrasse partout, Lou, sur tes mains, sur ta bouche, sur tes pieds, sur l'enflure exquise que tu transportes et qui te fait te balancer comme un beau navire.

A bientôt Lou, et pour toujours, ton fidèle à jamais,

Guillaume Apollinaire.

1. Une seconde lettre écrite le 16 décembre, selon une note de Lou. Mais la mention « comme je t'ai écrit hier », qui fait évidemment allusion au post-scriptum de la lettre du 16, nous incite à dater celle-ci du 17.

16

III [Nîmes, le] 17 déc. [19]14.

Je viens mon Lou adoré de recevoir la lettre que tu as mise mardi soir à la poste, c'est jeudi, elle a mis deux jours pour venir. Elle était, plutôt elle est bien belle mon chéri, digne non seulement de toi mais de nous. Le Dr Robin ne se trompe point, tu écris merveilleusement. Je viens de lire les journaux italiens. La situation est excellente pour nous. Les Serbes viennent de battre les Autrichiens. *Le Temps* que j'ai lu aussi parle même d'ouverture de paix faite aux Serbes par les Autrichiens mais je n'ai pas vu trace de cela dans les journaux autrichiens. Toutefois Anglais et Français progressent en France, les Serbes en Autriche, les Allemands ont un échec en Pologne, et un sous-marin anglais est entré dans les Dardanelles où il a coulé un cuirassé turc. La parole de Joffre aux Alsaciens reconquis, *vous êtes Français pour toujours* est plus que rassurante dans la bouche d'un tel homme. Donc, mon amour, confiance et courage. Ce matin, j'ai fait du trot *pour de bon* pour la première fois et pendant plus d'une heure. Cela m'a donné mal au ventre, pas plus. On m'a dit qu'au début le cheval en tape-cul produisait cela. Pour le reste aucun mal. Pourvu que ça dure. Plusieurs de mes camarades blessent [1]. — L'adjudant qui est un homme charmant bien élevé, mais *à cheval* c'est le mot sur la discipline, m'a dit que pour la première fois que je faisais du trot ce n'était pas mal. En revenant, il m'a fallu panser le cheval, ce qui est embêtant. A 1 heure on nous a emmenés au loin dans la campagne, pour nous faire assister à du tir réel. C'est très émouvant. *Comme à la guerre,* disent nos s/officiers qui reviennent du front, *comme à la guerre moins les risques*. Après 14 km à pied pendant lesquels je pensais à toi qui aimes tant le footing, manœuvre du canon. En route, on chantait des chansons et chaque fois qu'une femme était signalée au loin, on gueulait, c'est le cas de le dire :

Une pucelle à l'horizon
Tontaine
Une pucelle à l'horizon
Tonton

Et quand on passait près de la femelle, si elle était vieille, on ajoutait en chœur :

Mais ce n'était qu'une illusion
Tontaine
Mais ce n'était qu'une illusion
Tonton

Si elle était jeune, au contraire :

Ce n'était pas une illusion, etc.

Je suis maintenant avec un groupe du peloton où il n'y a que des polytechniciens, des centraux et des gens très riches de Nîmes, surtout un gros type nommé F***. Je crois qu'ils sont tous tantes. Je regrette mes jeunes gens simples de l'autre groupe et mon premier maréchal des logis, qui n'était certes pas meilleur type que celui-ci, mais bien meilleur instructeur, ce qui compte. Mon Lou adoré, j'ai en somme passé une bonne journée, sauf un peu mal au ventre, je suis gai et dispos, je viens de prendre un thé au rhum, j'ai vu partir des obus, j'ai appris à trotter, j'ai fait une belle promenade. Je t'aime, tu m'aimes, que me faut-il de plus. A bientôt donc, mon très cher chéri, je t'embrasse et te respire partout, ma tubéreuse de Nice, mon jasmin de Grasse, ma baie de laurier de Nîmes. Je baise ton pied et ta bouche ma bien-aimée.

Guillaume.

1. Vocabulaire de cavaliers : être blessé par la selle.

III [Nîmes, le]18 Xbre [19]14.

Mon Lou à moi,

J'ai reçu aujourd'hui tes lettres II et III. Tu penses si je les ai lues avec avidité et avec quelle joie. Je suis content que tu aies trouvé le liseur pour Toutou. Envoie-lui mes meilleures amitiés. Moi, je t'adore. Je ne passe pas près du square où est l'hôtel du Midi sans une émotion à la fois terrible et délicieuse. Cependant, je n'ai pas osé repasser près de l'hôtel même. Je ne vis plus qu'avec l'espoir de ma permission du jour de l'an en attendant la grande permission de la paix. J'ai battu aujourd'hui ma veste avec un martinet. Tu peux deviner ce que j'ai pensé. Mon Lou chéri, je t'aime pour ta beauté si précieuse et tellement gracieuse, je t'aime aussi et tout autant pour ta grande bonté, ce cœur d'or qui m'a déjà donné tant de preuves d'amour et d'amitié encore dont je te serai toujours infiniment reconnaissant. Je songe à tes yeux,

Au lac de tes yeux très profond
Mon pauvre cœur se noie et fond
Là le défont
Dans l'eau d'amour et de folie
Souvenir et Mélancolie

Je songe à ton regard de volupté et de douleur tendre qui m'a tant touché le jour où je t'ai vue la première fois avec ton grand chapeau cavalier et ta blouse orange où s'est concentré pour moi désormais tout le soleil. Je songe à nos étreintes, à nos baisers affolés, à nos frissons, à nos tendresses, à ces tendres disputes de Saint-Jean et de Nîmes après quoi la réconciliation était si exquise. Dis-moi tout ce que tu as fait à Nice et à Baratier depuis ton retour. Tout ce que tu fais, voilà mes seules nouvelles. En toi, se résume l'univers, tu es pour moi le microcosme des scolastiques et c'est très juste, car tu es ma beauté et par conséquent toute la nature, ô mon seul, mon plus grand, mon très cher amour.

La vie ici s'écoule avec la même violente monotonie toujours. Ce matin de 7 à 9 ½ cheval, trot, mouvements d'assouplissements au trot. Je fais des progrès. Le reste toujours semblable. J'ai acheté une ceinture de flanelle et je vais bien, sauf que je n'ai pas dormi, car jusqu'à une heure du matin j'ai été de garde dans les couloirs pour empêcher les poilus de venir y changer leur poisson d'eau. Tu parles si c'était triste. Tout seul dans les couloirs de la caserne par un froid qui m'a paru terrible. J'ai réagi. Ça m'a fait du bien, ça m'a trempé, cette première garde avec une consigne à exécuter, et ça m'a même guéri du mal de ventre, par la volonté que j'avais de résister au froid malgré que je n'avais pas de manteau. Ton souvenir veillait avec moi et je lui disais mon amour pour toi, mes rêves et mes espérances. A demain, ma couronne de laurier, je t'embrasse sur toutes les feuilles; même celles qui sont à l'envers et je mordille délicieusement tes baies si glorieuses. Ton

Gui.

18

[Nîmes, le] 19 Xbre [19]14.

Mon cher petit Lou,

J'ai reçu enfin la lettre où tu me parlais du chien, jolie lettre que j'aime. Je te l'ai renvoyée avec tes autres lettres afin que tu me la gardes. J'ai reçu ce soir la lettre où tu me parles de ton départ pour Épinal puis la carte où tu me dis différer le départ. Donc, au nouvel an à Marseille ou à Nice, — si toutefois j'ai ma permission — j'y compte bien. Mais comme une épidémie de scarlatine a éclaté à la caserne et qu'on a consigné des chambrées heureusement pas dans mon bâtiment, je crains un peu qu'on ne supprime les permissions; mais ne t'affole pas, ce n'est qu'une crainte à moi qui vis dans l'attente de cette permission. Ne t'affole pas trop pour le cheval. Il faut faire ce qu'il faut. Je commence à bien trotter et aujourd'hui déjà je me laissais aller au trot la tête sur la croupe du cheval les jambes et les bras ballants. On ne risque pas de tomber et ça donne beaucoup d'assurance. Aujourd'hui surprise. Pendant qu'on attendait le logis pour l'hippologie, un camarade du peloton dit : « Tiens voilà un brigadier décoré de la Légion d'honneur, nous lui devons le salut. » Je me tourne et reconnais Saglio, inspecteur des Beaux-Arts et connu en peinture sous le nom de Drésa. Il a fait plusieurs décors pour le théâtre des Arts et devait faire les décors des *Indes Galantes* et celui des *Fêtes Galantes* de Debussy, pour l'Opéra. Je le connais bien et ai eu souvent l'occasion de parler de lui dans mes articles. Nous nous sommes donné rendez-vous et nous avons passé une heure au café à causer. Il a 45 ans et s'est engagé, il part lundi avec une batterie de 100 à tir rapide pour Versailles. Je viens de le quitter pour t'écrire [1].

Mon Lou adoré, je t'adore, je ne pense qu'à toi et je ne veux vivre que pour te rendre heureuse de toutes mes forces. Je voudrais que cela fût mon sort unique. C'est désormais ma seule ambition.

J'ai peur que Jeanne Mortier ne m'envoie le pardessus à moi qui n'en ai que faire. Évite cela. J'ai écrit à ma femme de ménage, à la concierge, au dentiste [2].

Je t'enverrai les lettres pour ce peuple incessamment.

Demain, dimanche. Ce 2e dimanche va me paraître triste sans toi. J'appréhende cette promenade dans Nîmes seul.

Je commence à être plus débrouillard et j'ai trouvé aujourd'hui plus d'une heure pour m'astiquer. Je bouchonne et masse mon cheval comme si j'avais fait cela toute ma vie. Mais, je suis impatient que cela finisse pour t'aimer à loisir et passionnément comme tu le mérites. Adieu, mon Lou adoré, je vais rentrer doucement à la caserne. Baisers partout partout et mon amour à toi pour toujours.

Gui.

1. Dans le troisième numéro du *Petit Messager des Arts et des Industries d'Art* daté du 1er mars 1915, Apollinaire donne des nouvelles des artistes mobilisés et écrit : « Drésa est brigadier dans une batterie de 100, du 10e d'artillerie où il a été versé venant du 55e d'Orange.

2. Lou doit aller à Paris; Apollinaire lui a offert de loger chez lui, 202, boulevard Saint-Germain.

19

Nîmes, 20 Xbre 1914.

Mon petit chéri,

C'est dimanche, ce matin je n'avais pas demandé de permission. Aussi à 9 heures pansage. J'ai étrillé au moins huit chevaux, j'en ai mené boire autant. En les ramenant à l'écurie un d'eux m'a marché sur le pied. J'ai vu 36 chandelles et j'ai cru que j'avais le pied écrasé. Mais, ç'a été vite passé. Maintenant nous pourrions sortir de midi à 2 ½ mais ça ne vaut pas la peine, je sortirai à 4 h ½. Un des charretiers de ma chambrée s'appelle Albin-Michel. Je lui ai demandé s'il était parent de l'éditeur parisien qui m'avait demandé un livre sur l'Arétin il y a 2 ans [1]. C'est son cousin. Les scènes tAntACULAIRES [2] se succèdent sans interruption. Je crois que j'aurai ma permission de 24 heures, pas plus par exemple. Je mange maintenant complètement à la chambrée. Après la soupe de 10 heures je mange avec mon pain une tablette du chocolat que tu m'as donné et ça va. Je vais boire un coup de vin et une pomme. Avec cinq ou six sous à déjeuner et le soir 70 centimes pr le café j'en ai assez. Environ un franc un franc cinquante par jour au plus.

J'ai reçu ta lettre et ce soir au Café j'écrirai à Sembat, ministre de l'Instruction publique et des Beaux-Arts, à Philippe Berthelot, directeur du ministère des Affaires étrangères, à Léon Bailby directeur de *l'Intransigeant* pour ton autorisation [3].

J'espère et je souhaite de tout mon cœur qu'on te l'accorde.

Mon petit enfant chéri, pour la ceinture de flanelle la

mesure n'a aucun intérêt car il faut qu'elle fasse plusieurs fois le tour du corps, en tout cas elle n'est pas nécessaire maintenant. Tu t'en occuperas quand j'aurai été à Nice. Envoie-moi des nouvelles de Kiss et de Tika. Dis bonjour à Mémée. Elle est rudement égoïste cette petite bonne femme-là. C'est incroyable et pas joli du tout.

Je crois en effet qu'il faut compter sur un an de guerre mais pas se désespérer. Qu'est-ce que tu veux, c'est notre destinée qui veut que nous vivions dans de telles catastrophes.

Période martienne, celle où nous sommes. Je crois qu'elle sera plus longue encore que tout ce qu'on dit et peut-être ne verrons-nous pas la tranquillité complète avant 1930.

Pour ce qui est de cette guerre actuelle, je crois qu'elle se terminera pour l'hiver prochain. Mais avant comment faire. Les Serbes viennent de battre les Autrichiens, mais les Russes viennent de se faire foutre une tatouille par les mêmes Autrichiens. Et il se poursuit en ce moment une bataille navale dont l'issue est encore inconnue. Finalement ce sera encore la valeur et la force françaises qui décideront de la victoire finale mais au prix de combien de sang!

Voilà mon amour adoré, je te prends toute dans un grand spasme. Je t'embrasse, je baise tes chers petits seins roses et insolents qui semblent des brebis broutant des lys et des violettes et j'embrasse éperdument les douces et infiniment précieuses toisons d'or pâle qui sont celles qu'Argonaute sans vaisseau et devenu équestre je veux conquérir à jamais pour notre bonheur sans fin, ma chérie.

Gui.

1. Ce livre n'a pas été fait. Sur l'Arétin, Apollinaire n'a publié que trois volumes de morceaux choisis : deux dans la série des « Maîtres de l'Amour » (1909-1910), le dernier dans la collection des « Plus Belles Pages » au Mercure de France (1912).

2. *Sic.*

3. Le laissez-passer qui lui permettra d'aller voir Toutou dans la zone des armées. Voir à ce sujet la lettre 20.

20

[Nîmes, le] 20 D.bre [19]14.

Ma chérie, d'après des renseignements obtenus ici, tu pourrais obtenir un billet de chemin de fer jusqu'à Chaumont où se trouve le quartier général du 2e corps d'armée dont fait partie le 62e d'artillerie. Là, l'autorité militaire pourrait t'autoriser à aller à Épinal. Dans la zone des armées on peut circuler à pied avec un simple laissez-passer délivré par l'autorité militaire. J'écris par le même courrier à Sembat et à Mme Berthelot.

Ma chérie, je suis retourné à 4 h aux écuries pour la botte et pour donner à boire aux chevaux, à quatre [1] je suis sorti. J'ai fait un tour dans Nîmes et suis revenu au café.

Je pense à ton grand cœur, ma chérie, à ton dévouement pour tes soldats, à ta bravoure qui te fait mépriser tout danger pour aller même au front. Je t'admire ma chérie et t'adore. Quand je songe que tu m'aimes, ma tant aimée, je me demande si je suis digne d'un tel bonheur et mon seul désir est d'être de plus en plus digne de ton amour. Ce matin, peu d'hommes, de brigadiers, de logis étaient venus aux écuries. On a pris les noms de ceux qui y étaient et ensuite le lieutenant a fait afficher cette violente apostrophe : « Les gradés et les hommes qui ce matin n'étaient pas aux écuries laissant tout le travail à leurs camarades sont des LACHES. » Le dernier mot écrit en caractères gras était souligné trois fois. Tu penses si j'ai été fier de ne pas m'être défilé pour cette corvée nécessaire. Je ne me serais pas consolé d'être traité de lâche.

Demain je vais reprendre mon train-train de semaine, tape-cul, astiquage, théorie, manœuvre à pied, canon.

On m'a parlé aussi de l'armée de Garibaldi [2]. Ce n'est pas sérieux. On leur a laissé faire le geste mais on ne se sert pas d'eux et sur le front on réforme les Italiens en masse. Je l'avais toujours pensé, on ne veut pas que l'Italie qui ne se décide pas puisse dire que beaucoup de ses nationaux sont morts au service de la France. On a raison. Ma chérie, mon amour si grand pour toi trouve moyen de grandir encore dans l'absence et il grandira sans cesse quand nous serons l'un près de l'autre. Il est comme un grand oiseau qui planerait plus haut que les aéroplanes, il monte sans cesse, oiseau angélique, dans les sublimes régions de l'éther — pas celui de Nice qui sonnait toutes ses cloches à toute volée à tous tes sens — Et c'est plus haut que l'éther même qu'un jour, purs esprits nous nagerons éternellement unis dans l'éternelle volupté de la vie la plus forte, la plus douce, la plus tendre, après nous être aimés par tous nos sens, si aiguisés pourtant, ô ma chérie infiniment sensible et infiniment voluptueuse.

Je viens de lire *le Temps* [3], ces sacrés Anglais, sont vraiment des marins dégénérés. Les Allemands bombardent leurs ports comme ils veulent, c'est dégoûtant. Pendant ce temps, c'est toute la force virile française qui doit supporter le choc. Les Russes semblent s'y mettre. Souhaitons que la victoire soit proche. Je t'aime passionnément.

Gui.

1. Omission dans le texte. Il faut vraisemblablement lire : « à quatre heures et demie ».

2. La Légion garibaldienne, fondée par le fils de Garibaldi, qui était général dans l'armée italienne, groupa dès le début de la guerre des volontaires qui combattirent auprès des troupes françaises.

3. *Le Temps* du 18 décembre annonce que divers points de la côte anglaise, Scarborough, Whitby, West-Hartlepool, ont été bombardés la veille par des navires allemands.

21

[Nîmes, le] 21 Xbre [19]14.

C'est aujourd'hui, ma chérie, le jour le plus court de l'année. J'ai reçu ta lettre où tu me faisais part de ta déconvenue pour l'East Rand. Ces gens du Crédit Lyonnais sont idiots et malhonnêtes. Il s'agit d'une valeur au porteur, on doit donc la vendre facilement. Va à la *Société Générale*, dis que tu as tes bordereaux d'achat à Paris, que tu veux vendre cette action East Rand parce qu'elle baisse toujours, et qu'heureusement tu n'en as qu'une seule et que tu veux t'en débarrasser. Moi, j'ai mon bordereau d'achat à Paris, mais c'est une pièce nullement nécessaire et dont tu peux te passer et [1] commençant par décliner et en prouvant ton identité, mais ne parle pas de moi. L'action est à toi. Tu l'as achetée 110 francs, c'est le prix que je l'ai payée et tu vois ce qu'on perd dessus. Tu n'as qu'à promettre ta clientèle à la banque, parle au directeur de l'agence et on te fera facilement cette petite opération. Je pose en ce moment des jalons pour avoir de l'argent mais je crains que ce ne soit difficile. Tâche toi de ton côté d'en avoir pour toi ma chérie et s'il le faut sacrifie-moi à ton bonheur et ta tranquillité. Jeanne Mortier est partie rejoindre son mari. J'ai demandé la permission pour le premier — Dès que j'aurai les renseignements exacts je te les enverrai et je te télégraphierai la veille. Je t'ai écrit chaque jour mais de Nîmes à Nice les lettres mettent quatre jours. Elles ne mettent que deux jours pour venir de Nice à Nîmes. C'est bizarre mais c'est comme cela. Nous avons commencé aujourd'hui la manœuvre du mousqueton. Je me demande si je serai nommé brigadier aussi vite que j'ai cru au début, car on dit qu'il n'y aura qu'une vingtaine de brigadiers de nommés et nous sommes près de soixante-quinze au peloton. Et pour le moment il y en a de bien plus forts en tout que moi. Je vais tâcher de les rattraper. Je ferai mon possible mais je ne sais si je réussirai. Surtout que la plupart de mes camarades sont ici depuis deux mois et ont fait leurs classes dans les batteries ce qui leur donne une avance considérable, leur instruction militaire étant complète. J'ai cependant l'impression que s'il y en avait plus de 20 je pourrais en être. Mais 20 sur 75 ça me paraît en dehors de mes cordes. Enfin, je ferai mon possible ma toute chérie.

Les lettres mettant quatre jours pour arriver à Nice celle-ci te parviendra le jour de Noël et j'en profite ma chérie pour t'exprimer tous les souhaits que je forme pour ton bonheur. Ton petit Noël, Lou adoré, se bornera à ces pauvres souhaits d'un pauvre soldat qui t'adore. Je souhaite l'année prochaine célébrer avec toi un Noël plus étincelant. Avec mes souhaits, je t'envoie, mon tout adoré, mille baisers pour qu'ils se posent oiseaux palpitants sur toutes les parties de ton corps exquis et savoureux. Je t'aime, ma chérie, de toutes mes forces et je sens de plus en plus la cruauté d'être séparé de toi. Je suis triste ce soir, mon Lou, triste d'une tristesse noire. Pardonne-moi, la tristesse de ta lettre d'aujourd'hui m'a été au cœur. Il me semble que nous sommes entourés de méchancetés. Il faut être forts cependant et résister de toutes ses forces au manque de joie, à la tristesse de l'absence, à tout le chapelet des choses interminablement mélancoliques afin qu'au printemps il puisse refleurir en une belle couronne de fleurs amoureuses et glorieuses. Je t'embrasse de tout mon amour, ma chérie, à demain. Ton

Gui.

1. *Sic*, pour « en »? ou phrase inachevée?

22

Mardi 22 décembre 1914.

Mon Petit Lou chéri,

Pour la première fois je n'ai rien reçu de toi. Je suis navré. Mais je sais ce que tu m'as dit et je mets la faute sur le compte de la poste. Ne m'oublie pas, ma chérie, tu me rendrais très malheureux. Ce matin il avait gelé, la terre était dure. Au trot dans la carrière il y a eu plusieurs chutes de cheval parmi lesquelles la mienne. J'avais de plus une selle cassée et je suis parti en bombe sur le côté. Tous mes os ont craqué, mes reins ont été douloureux et je me suis vite relevé pour ne pas recevoir de coups de pied. Je n'avais rien et me suis mis à rire avec tout le monde. A 1 heure nous sommes ressortis en promenade, cela a été bien jusqu'aux portes de la caserne près de quoi mon cheval a glissé dans la boue et moi par-dessus l'encolure je suis tombé sur les mains et ai éclaté de rire de nouveau. Malheureusement le cheval était tombé à genoux. On ne m'a rien dit parce que je l'ai vite bouchonné aux genoux mais j'aurais pu avoir huit jours de prison, sale perspective. Enfin pas de mal pour le moment. Ces deux chutes m'ont donné plus de sûreté. L'adjudant est venu me demander si je ne m'étais pas fait mal, il m'a dit que ceux qui tombaient au début faisaient ensuite de bons cavaliers.

Ensuite j'ai eu visite d'incorporation, sorte de comédie obscène et puante où l'on grelotte à poil devant un major qui ne vous regarde guère. Moi on a déclaré *constitution très bonne tempérament nerveux* ce qui m'a réjoui après mes deux chutes de cheval.

Voilà, mon amour, mais Jeanne Mortier a foutu le camp, elle a envoyé mes affaires chez moi par les Messageries. C'est idiot, ma concierge en fera je ne sais quoi. Arriveront-elles jamais? Enfin pourvu que tu aies le pardessus je me fous du reste.

Je t'adore, ma chérie, et vais bouffer en compagnie d'un camarade qui m'a invité. Je ne pouvais guère refuser car je lui ai rendu service à son arrivée.

Je commence donc à ne plus être un bleu. Je t'embrasse passionnément partout et toujours.

Guillaume.

23

Nîmes, 23 décembre 1914.

Ma chérie, une mauvaise nouvelle à t'annoncer. Je crois, d'une façon presque certaine, que je n'aurai pas de permission pour le nouvel an. La faute en est aux compagnies de chemin de fer. Les simples soldats n'ont plus droit aux express. Dans ces conditions, il faut par train omnibus 38 heures pour aller de Nîmes à Nice. Je suis désolé. On n'accordera pas, très, très probablement, de permissions pour Nice. Si on me l'accordait je te télégraphierais. Mais n'y compte pas. J'irai demain trouver le lieutenant commandant ma batterie pour lui demander si je peux espérer avoir 48 heures vers le 15 janvier par exemple, auquel cas j'irai à Nice alors. En tout cuirassons-nous contre toutes les éventualités même les plus désagréables. Depuis deux jours pas de lettres de toi. Je suis navré. Aujourd'hui cependant j'ai reçu les oranges qui m'ont rappelé le jardin des Hespérides où tu vis ma déesse, ma fable, ma mythologie. Je te remercie, mais j'ai vu que tu as payé un franc de recommandation. Ne m'envoie plus, ma chérie. C'est trop cher pour un simple soldat. Aujourd'hui 3ᵉ chute de cheval. Je ne [me] suis rien fait. J'avais un cheval qui ruait. A la première ruade je n'ai pas bronché, à la seconde j'ai foutu le camp. Ensuite, on m'a vacciné contre la variole. J'ai reçu du Dʳ Comons un certificat qui me dispensera de la pénible vaccination contre la typhoïde. La nuit j'ai chaud dans mon petit lit, mais le matin et à 4 h. il fait un froid de chien. Une bonne nouvelle : un soldat d'une chambrée voisine, voyageur en nouveautés et qui est de Nice, m'a offert de partager la chambre qu'il a en ville et que lui prête pendant tout son séjour ici une cliente. Demain à 4 h. je vais faire ma toilette à fond et je pourrai garder là quelques affaires, des lettres ou autre chose. La vie de caserne est rudement em..... Je ne te cache pas que si tu me relèves de la promesse que je t'ai faite, je demanderai à partir pour le front le plus tôt possible. Au moins plus d'imprévu! Plus d'aventures! Et moins de tracasseries. Ma toute chérie, aime-moi bien, écris-moi. Si je ne t'avais pas, si tu n'étais ma constellation, mon étoile polaire, mon guide, je serais sans ressort et me laisserais aller à l'abrutissement inhérent à la vie de caserne. Mais je songe à ton joli corps de fée, à ta tendresse, à ce cœur si noble et si pur qui palpite en toi. Je me reprends alors à espérer. Je crois en toi, ma chérie, tu es ma foi, mon espérance et mon amour. Prie pour moi puisque tu es croyante et espérons bien vite des victoires où j'aie ma part afin que tu puisses être aussi fière de moi que je suis fier de toi. Mon amour exquis, donne-moi aussi des nouvelles de Toutou, qui par son amour pour toi et par celui que tu as pour lui est désormais pour moi une partie de moi-même. A nous deux nous saurons tant t'aimer et te dompter, belle rétive, que tu seras la plus heureuse des femmes entre les plus heureux des hommes. Je te baise partout et prends toute ta volupté en un spasme que je souhaite éperdument. Si tu savais comme j'ai envie de toi!!!!

Gui.

24

[Nîmes, le] 24 décembre [19]14.

Lou adoré, je suis triste cette veille de Noël car voici le 3e jour que je ne reçois pas de lettre de toi. Tu m'oublies terriblement. Et dans ce cas je ne sais s'il faut me désoler ou t'en vouloir. Il y a des moments où je t'en veux de m'oublier ainsi, j'ai envie de te cravacher. J'ai essayé aujourd'hui un martinet et un fouet de conducteur, les deux vont bien et je crois que tu y goûteras si tu ne tiens pas tes promesses.

Pourquoi n'écris-tu pas? C'est insensé de me laisser ainsi sans nouvelles. J'en ai les nerfs malades.

Finalement j'aurai ma permission pour Nice et elle sera de 48 heures sur lesquelles beaucoup seront consacrées au voyage. Je te télégraphierai tout à l'heure.

Reçu lettre de Rouveyre [1], et d'un tas de gens. Mon ami Raynal m'envoie une coupure de l'*Ouest-Éclair* qui est rigolote. Un poète prisonnier allemand déclarait que les plus grands poètes français actuels étaient Jules Romains et Guillaume Apollinaire. Or, ces deux poètes qui en effet ont une situation à peu près identique dans les lettres sont des ennemis. Tu connais G. Apollinaire; Romains est dans une mairie.

Pour ma part d'ailleurs je ne déteste pas Romains ni son talent. Mais c'est un type qui manque de franchise. Mais la déclaration du prisonnier allemand est roulante. Ne me perds pas la lettre de Raynal et la coupure [2].

Écris-moi. J'ai mangé avec délices les oranges de Baratier [3]. J'en ai donné dans ma chambrée et il m'en reste une pour mon petit Noël demain matin.

J'ai aussi demandé la permission de la botte pour demain. Je sortirai, si on me l'accorde, après le pansage et ne rentrerai que le soir.

Mais toi, Lou, écris-moi, dis-moi ce qu'il y a, ce qui se passe, ne me laisse pas inquiet. J'ai reçu des nouvelles d'Albert, mon frère [4].

Il y avait ce soir au courrier 42 lettres pour moi. J'ai paraît-il battu le record de tous les régiments de Nîmes où se trouvent en ce moment 17 000 hommes. Mais parmi ces 42 lettres pas une de mon Lou, mon Lou m'oublie. Mon Lou ne songe pas qu'il me rend malheureux et que s'il doit me rendre malheureux, il eût mieux valu qu'il ne vînt pas me faire de promesses, puisque j'étais parti sans espoir, maintenant qu'il a lui comme une certitude, s'il s'éteignait il faudrait rudement serrer les dents pour se reprendre.

Écris-moi, je t'adore mais je suis furieux. Écris-moi, Lou!

Gui.

1. Le même jour, il écrit à Rouveyre en lui disant qu'il envoie sa lettre à Lou, pour les passages qui la concernent.

2. Nous n'avons pas retrouvé cet article dans *Ouest-Éclair*. Rappelons qu'après une période de rapprochement en 1908-1909, la rupture entre les deux poètes intervint à propos de l'article qu'Apollinaire publia dans la *Nouvelle Revue Française* d'avril 1911 sur, ou plutôt contre *L'Armée dans la ville*.

3. La propriété de Baratier contenait plusieurs centaines d'orangers, de mandariniers et de citronniers.

4. Albert est au Mexique depuis le début de 1913. Apollinaire se préoccupe du sort de son frère (voir lettre 66).

25

Noël, 1914.

Noël ! Ma chérie, j'ai reçu aujourd'hui deux lettres de toi — je suis joyeux, joyeux ! Il fait un froid de chien et un soleil magnifique. Je suis sorti avec l'étui à revolver et les éperons neufs. J'ai la permission de la botte et j'aurai celle du 1er de l'an, te télégraphierai heures d'arrivée. Tiens-toi prête !

Mon trésor pardonne-moi ma tristesse dans les dernières lettres. Je ne recevais rien de toi ! D'abord, j'ai reçu aujourd'hui tes lettres VIII et X. Il me manque le IX. Moi je ne numérote plus parce que je m'y perds. Je date, et j'écris tous les jours. Mon ventre va bien, la ceinture de flanelle m'a guéri, mon derrière est toujours indemne. Les détails sur ma permission ne pourraient être encore que vagues. Je sais que j'aurai 48 heures, mais 24 seront consacrées au voyage. J'arriverai à Nice sans doute le soir. Mais je te télégraphierai cela. Tu me demandes plus de précision, je l'aime beaucoup, mais dans le militaire beaucoup de choses sont imprécises pour le simple soldat. D'ailleurs l'adage du quartier c'est : *Il ne faut pas chercher à comprendre.* Ce que tu me dis sur ta façon de te faire menotte toute la nuit m'a bouleversé. J'ai eu une impression de désir voluptueux d'une force fantastique. Je t'adore ma chérie. Je te désire. Je m'introduis en toi de toute ma virilité. Je me bande comme l'arc de Nemrod. Je te serre et te broie dans mes bras. Je darde toute ma force vitale en toi. Je prends tes lèvres. Je palpe ton beau derrière adoré. Je le baise. Je te bois là où ta toison exquise est une dentelle délicate et soyeuse, la blonde, dentelle je crois passée de mode, mais que j'aime. Ma chérie, je te désire à en rugir. Maintenant, réponse à la lettre X : je ne suis plus triste mon amour du moment que tu m'aimes. Et je ne sais plus à quelles méchancetés je faisais allusion. Sans doute à l'égoïsme de Mémée. Qu'a-t-elle dit de mon engagement? Je le sais bien, ma chérie, rien ne pourra jamais nous séparer, mais ces jours où j'étais sans nouvelles de toi, je ne sais pourquoi, j'étais devenu jaloux sottement, et me figurais que tu étais allée à Marseille sans me le dire. Oui, ma chérie, NOS PAROLES sont échangées et des êtres comme nous ne manquent pas à leur parole. Tu as raison de me gronder. Je suis une grande bête quand je doute et m'affole. Je te confierai tout. Mais souvent ma nervosité l'emporte et mon imagination m'emporte. Lou, que tu sais bien dire les paroles qui consolent. Tu es un instrument de musique exquise. Les airs que tu sonnes m'enivrent et me transportent au ciel. Tu es ma musique, ma poésie, mes neuf Muses, mes trois Grâces. Oui, chérie, gronde-moi bien, je n'ai pas le droit de douter, car libres l'un et l'autre nous nous sommes donnés librement et devons penser comme tu penses, *pour être dignes l'un de l'autre*. Oui, chérie, ne parlons pas de notre bonheur. J'écrirai ce soir à Rouveyre que je t'ai rencontrée plusieurs fois, que j'ai essayé de flirter avec toi, mais que ça n'a pas réussi, que nous sommes bons camarades, c'est tout. Donc, tu peux si tu lui écris, écrire sur ce ton. D'ailleurs, il n'est pas nécessaire que tu lui écrives. Je croyais que Jane Mortier était partie. Oui, bon Noël ma chérie, *notre Noël c'est notre amour*. Tu le dis, en poétesse archidivine. Hier soir nuit de réveillon. M. F*** m'a invité à réveillonner dans sa chambrée, il avait apporté des victuailles et une vingtaine de bouteilles de Champagne. Mais, j'ai décliné l'invitation. Je ne pourrai la lui rendre et n'ai pas envie d'être son obligé. Je me suis donc couché sagement après l'appel. A 10 heures des brigadiers sont venus chercher le brigadier de chambrée pour réveillonner et comme il ne voulait pas se lever, ils ont fait partir son lit en bombe [1].

Pour se venger il a fait partir en bombe les lits de ses deux voisins, l'un d'eux a fait partir le mien. Je l'ai refait, les pieds sur le pavé.

Les brigadiers sont partis, un homme s'est mis à changer son poisson d'eau sur les dalles. Un autre a fait retomber mon lit. Un fouet de conducteur était pendu près de mon lit. Je l'ai pris et en ai cinglé vertement l'idiot qui gueulait. Là-dessus, bacchanale! Un Mentonnais essaye d'enfiler un Niçois, un autre type, de Grasse, s'est mis à se faire menotte en public. On avait allumé une bougie. C'était une priapée insensée! Plusieurs lits sont encore partis en bombe. Puis les lits refaits, ces hommes, la plupart Niçois, Grassois ou Mentonasques se sont mis à chanter exquisement, impression inoubliablement mélancolique. Niçois, Grassois ou Mentonasques sont de race ligure et *ligure* est un mot d'origine celtique qui autant que je me souvienne signifie : *qui a une belle voix*. J'ai pu vérifier la vérité de cette appellation. On s'est donc endormi vers 3 h. et ce matin vers 5 h. avant l'appel je me suis réveillé au grincement des lits qui crissaient en cadence. La plupart de mes camarades de chambrée se faisaient menotte comme ma Lou fait dans son dodo à Baratier. Les plaisanteries fusaient. C'était tordant. Après, je suis descendu pr changer mon poisson d'eau (ici, on dit changer l'eau aux olives!) et ne pas être tenté de faire comme eux en pensant à toi.

A l'appel on nous a donné deux barres de chocolat, à 8 h. pansage, à 10 h. lettres, à 10 heures ½ repas : lapin, salade avec œufs durs et anchois, gruyère, confiture, cigare et café. Tu vois que le gouvernement soigne bien ses hommes le jour de Noël. Ce soir, il y a dinde, mais je ne rentrerai pas.

Nos camarades versés au 10ᵉ à Versailles sont partis hier, bien équipés avec des chevaux bien harnachés. C'était épatant! Ils vont bientôt partir pour le front avec les pièces de 100.

Ce matin à 7 h. j'ai dit l'angélus, de même à midi. J'ai été à l'église mais trop tard pour la messe. J'ai regardé la crèche.

J'ai élevé mon âme. J'ai prié pour que Dieu protège notre amour.

Le directeur du *Mercure de France* m'a écrit. Il est possible que cette publication reprenne. Ce serait en ce cas 50 francs par mois [2]. Ce n'est pas grand-chose mais toujours ça. Je n'ai pas encore de nouvelles de Sembat min. de l'Instr. publique et des Beaux-Arts à qui j'ai écrit à Bordeaux pour avoir ta permission pour la zone des armées. Il est possible qu'il faille que tu lui écrives aussi. Je lui ai donné ton adresse. Juge toi-même de ce que tu dois faire.

Au revoir ma chérie, je t'embrasse de tout mon cœur, de toute ma force, de toute ma virilité sur tout ce que je désire, sur tes seins roses et merveilleux. Tes lettres sentent bon les parfums de Grasse. Ce matin à l'écurie j'ai trouvé un pinson mort de froid, mais encore tiède. Je voulais lui masser le cœur pour essayer de le faire revivre, mais le vieil adjudant de ma batterie, me l'a demandé pour le porter au mess, et le manger : « ça fera mon dinde » m'a dit ce couillon, j'ai été obligé de le lui donner. Mais je l'aurais volontiers giflé... Je t'aime et te prends toute.

Guil.

1. Bas de page. Au haut de la page suivante, Apollinaire a écrit : « Suite à la lettre de Noël 1914. »

2. Pour la rubrique de *La Vie anecdotique*.

26

3[1].

La fumée de la cantine est comme la nuit qui vient
Voix hautes ou graves le vin saigne partout
Je tire ma pipe libre et fier parmi mes camarades
Ils partiront avec moi pour les champs de bataille
Ils dormiront la nuit sous la pluie ou les étoiles
Ils galoperont avec moi portant en croupe des victoires
Ils obéiront avec moi aux mêmes commandements
Ils écouteront attentifs les sublimes fanfares
Ils mourront près de moi et moi peut-être près d'eux
Ils souffriront du froid et du soleil avec moi
Ils sont des hommes ceux-ci qui boivent avec moi
Ils obéissent avec moi aux lois de l'homme
Ils regardent sur les routes les femmes qui passent
Ils les désirent mais moi j'ai des plus hautes amours
Qui règnent sur mon cœur mes sens et mon cerveau
Et qui sont ma patrie, ma famille et mon espérance
A moi soldat amoureux, soldat de la douce France

1. Envoyé le jour de Noël, selon une note de Lou. Après la « lettre de Noël » et la « Suite », c'est donc le troisième feuillet, ainsi que l'indique ce chiffre.

27

Nîmes, 26 Xbre 1914.

Mon amour très chéri, aujourd'hui 2 lettres de toi IX et XII. Tu penses si je suis content. Quartier libre encore mais comme il faut revenir à 3 h. pour l'abreuvoir, je n'ai pas osé demander la permission de la botte l'ayant eue hier et comptant la demander demain. Je te télégraphierai l'heure de mon arrivée à Nice. Si Jane Mortier est encore à Nice, je voudrais bien reprendre dans mes affaires quelques choses et une valise, la noire dont tu te moquais tant, pour garder en ville. dans la mansarde où le Niçois dont je t'avais parlé m'a mené hier. D'ailleurs, on peut avoir ici de bonnes chambres à 20 fr. par mois. On m'en a offert une dans une famille. Je verrai si on a de l'argent. Cependant toutes nouvelles pas bonnes. Un brigadier qui a sa femme à Compiègne a dit qu'elle lui a écrit qu'on allait évacuer cette ville. Et Compiègne prise, c'est Paris menacé, investi peut-être et alors adieu projets charmants, argent à venir! Ma chérie, moi je t'adore chaque minute davantage. Ta dépêche d'hier a été pour moi un bonheur exquis. Oui! mon Noël c'est ton amour et ta dépêche t'amenait si près de moi que je l'ai baisée mille fois. Je ne m'étonne pas que tu ailles prier Dieu à l'église. Toutes les grandes questions, a dit Donoso-Cortes [1] (si ce ne sont pas les propres termes c'est du moins le sens), toutes les grandes questions, toutes les grandes choses, vont à la théologie ou en viennent. Rien d'étonnant que notre amour, la plus grande chose que nous connaissions, ma chérie, aille vers Dieu.

J'ai écrit pour Épinal, si donc tu fais une supplique à Sembat mini. de l'instr. pub. et des b. arts à Bordeaux, en rappelant ma lettre et mes deux noms, dis les localités que tu veux atteindre.

Oui chérie j'ai eu le plus beau Noël possible — ton amour!

Chérie, je tiendrai toutes les promesses que je t'ai faites. Non, je ne te demande pas de m'en relever et je ne veux en rien jamais te faire de peine. J'ai du courage pour tout, sauf pour tout ce qui pourrait te menacer toi et notre amour.

Je t'envoie aujourd'hui la coupure de l'*Ouest-Éclair* que j'ai oubliée l'autre jour.

Mon secrétaire Jean Mollet m'a écrit. Je lui avais écrit en disant que j'étais amoureux définitivement. Je t'envoie sa lettre d'autre part. Elle t'amusera, surtout la phrase :

« *Mais toi quelle est cette histoire, est-ce vraiment la grrande amour!!! et dure-t-elle encore, je te souhaite d'ailleurs bonne chance mais je t'assure que cela m'épate que le papillon délicat se soit posé sur une fleur et n'en bouge plus. Il y a certainement quelque chose de changé dans la machine.* »

J'ai bien ri et l'ai engueulé dans ma réponse. Ce brave imbécile a vraiment une mauvaise opinion de moi. Mais je ne peux lui expliquer toute la force de cet amour qui est pour moi plus que le ciel, ma toute chérie.

Tu m'as fait plaisir en me disant que Toutou est content de moi. Il est logis, c'est mon supérieur et les éloges des supérieurs vont au cœur du simple troupier. Fais-lui toutes mes amitiés.

Je t'envoie aussi la lettre d'Eugène Montfort, ami à moi, mais qui en somme n'avait pas beaucoup cultivé cette amitié depuis six mois, car il a été témoin au mariage de M. L. simplement parce que le mari de celle-ci, Allemand d'ailleurs, avait pris des actions dans sa revue *Les Marges* [2].

Tu vois d'ailleurs qu'il ne parle que de pourfendre les Boches après avoir mendié leur argent puisqu'il avait beaucoup d'actionnaires allemands, Kessler entre autres, et que moi dans ma revue *Les Soirées de Paris*, je n'ai jamais voulu d'argent allemand, sauf des abonnés, car on ne peut empêcher quelqu'un de s'abonner à une revue.

Voilà, ma chérie, à bientôt. Je t'aime de toutes mes forces, de toute mon âme, de tout mon cœur, de tout mon être.

Il fait un froid de chien. Je t'embrasse partout et mords tes lèvres. Tu fais le lézard au soleil, belle indolente. Et Kiss et Tika? tu ne me donnes jamais de leurs nouvelles.

J'ai visité hier le musée de Nîmes, pour y voir l'original du portrait de *Lucrèce Borgia* dont la reproduction ornait mon livre *La Rome des Borgia* paru en 1913 et qui a eu beaucoup de succès. Ce musée est pauvre d'ailleurs. J'ai été aussi à la Maison Carrée où il y a quelques belles choses. Je t'aime et t'embrasse.

Gui.

1. Homme politique et diplomate espagnol, ambassadeur de son pays à Paris, où il mourut en 1853 âgé seulement de quarante-quatre ans. Il était passé du libéralisme à un catholicisme ardent qui lui inspira divers ouvrages, notamment des *Esquisses historico-philosophiques*.

2. Marie Laurencin avait épousé le 21 juin 1914 un peintre allemand qui habitait Paris, le baron de Waetjen. L'appréciation assez mitigée qu'Apollinaire porte ici sur Montfort ne l'empêche pas de répondre aimablement, le même jour, au directeur des *Marges*.

28

Nîmes, le 27 Xbre 1914.

Mon amour adoré, voilà pour la permission, je partirai de Nîmes soit le jeudi à 3 du matin c'est-à-dire la nuit du mercredi au jeudi, si à Tarascon on me laisse prendre l'express j'arriverai à Nice le jeudi à midi et demie, vois l'heure exacte de mon arrivée toi-même.

Sinon, je partirai le jeudi à 8 h. du matin pour arriver à Nice à 5 h. ½ toujours si on me laisse prendre l'express (seconde classe), voir toujours à la gare de Nice l'heure exacte d'arrivée.

Enfin si je ne peux prendre que l'omnibus j'arriverai à Nice à 11 h. et quelque chose du soir. Voir toujours l'heure de l'arrivée à Nice.

Je ne repartirai que le samedi dans la nuit. Télégraphie-moi où tu m'attendras exactement. Moi je télégraphierai de Nîmes ou de Marseille en cas de retard.

Pour l'hôtel le *Cécil* [1] est bien. Un Niçois d'ici me dit d'aller au *P.L.M. Palace* avenue de la Gare, propriétaire Monsieur Lattès. Le voir lui, lui dire qu'on vient de la part de Monsieur Dulla, artilleur au 38e qui lui envoie le bonjour et qu'il fasse les prix les moins chers. Il paraît que c'est complètement neuf, chauf. cent., eau chaude, etc. Enfin, vois toi-même là où nous serons le mieux, car surtout il faut être bien.

Télégraphie vite où exactement je te trouverai. Soit à la gare, soit ailleurs. Que ce moment me tarde mon amour adoré.

J'ai reçu aujourd'hui 3 lettres de toi, VII, XI et XIII.

La poste est donc aussi fantaisiste pour moi que pour toi. J'espère que maintenant tu as reçu le nº II. J'espère que ton rhume est bien fini, maintenant Mémée est bien gentille de me comparer à Polin [2], pour compléter la ressemblance il faudrait le mouchoir de Don Jaime. Elle oublie toutefois que Polin n'est pas artilleur mais biffin! Je suis heureux que tu songes à ma chaîne et il me tarde d'être de nouveau enchaîné. Pas de réponse du Ministère, et toi? Ma chérie, ta lettre XI m'a fait un plaisir adorable. J'ai reçu aujourd'hui une gentille lettre de Jane Mortier. Oui, chérie, même la souffrance ne compte pas au prix de notre amour.

Pour la lettre XIIIe, chère petite, elle m'a trouvé plein de courage. Mais tu te trompes, notre apprentissage sera de 3 mois au plus même si on nous fait devenir logis. N'oublie pas que nous sommes ici peu d'hommes de l'active. La plupart des 3 000 hommes de notre caserne sont des vieillards bons à garder les voies. Mais je ne ferai rien pour partir, je te l'ai promis. Je suis content que tu sois fière de moi, et si tu savais combien je suis moi fier de toi, mon adorée?

Ce n'est pas la correspondance d'Aurel qui a été retrouvée dans le linge sale, mais celle de Berthe M... [3]. Aurel ne m'a jamais écrit que des lettres de consœur à confrère. C'est d'ailleurs une femme irréprochable.

Bien heureux que le pardessus serve à quelque chose. Je t'envoie du laurier cueilli pendant une promenade à cheval.

Le directeur de *l'Intransigeant* m'a écrit. Je t'adore, je te veux jusqu'à en mourir et t'embrasse partout ma toute chérie.

Guil.

1. L'hôtel Cecil se trouve avenue Thiers, près de la gare.

2. Allusion probable à la photographie où Apollinaire a, selon son propre mot à André Rouveyre, « pris l'air de Mars quand il attend Vénus » (voir illust. 1).

3. Sur Aurel, voir la note de la lettre 2. Berthe M. est sans doute Berthe Mendès, dont la signature apparaît dans *Le Petit Niçois*. Apollinaire parle d'elle dans une lettre à Fernand Fleuret du 20 juin 1915; il rappelle à son correspondant qu'elle a écrit à *La Fronde* et collabore maintenant au journal que par plaisanterie il appelle *Le Petit Victorieux*.

29

Nîmes, 28 Xbre 1914.

Mon Lou,

Ci-inclus la lettre de ma femme de ménage et son adresse. Écris-lui pour la trouver en avril, c'est une très bonne femme, très adroite et qui lave très bien.

J'ai reçu aujourd'hui ta lettre XIV. Je n'ai pas encore télégraphié. Je télégraphierai en partant — Je t'ai écrit hier les détails de ma permission — Je ne doute pas, ma chérie, mais tu comprendras que l'histoire de l'officier épatant n'est pas pour me faire plaisir. Je suis très fier et très content qu'on te fasse de l'œil, mais je voudrais que ça ne te touchât point. Que Diable! tu es à moi et le seul œil, *c'est l'œil du maître* a dit La Fontaine, ne l'oublie pas. Je ne veux pas faire le jaloux idiot. Il est bien des choses que je te permettrai et me permettrai. Mais, *je veux* que ça vienne de moi. Et en tout cas, pas tant que je serai ici sauf Toutou qui t'aime assez pour que tu l'aimes aussi. Ensuite on verra, mais pas de nouveaux godelureaux, je t'en prie, Lou, sois sérieuse. Il faut que tu sois la femme la plus heureuse du monde. Mais par moi, par moi, entends-tu —

Au demeurant, je t'adore. Ce matin je suis monté au manège. Cheval idiot qui ruait. Je ne suis pas tombé, mais pour sortir j'ai changé de cheval. Nous avons fait une promenade épatante, dans des chemins impossibles qui descendaient à pic, 20 centimètres de large, ravin à gauche buissons épineux à droite, j'avoue que la perspective de ma permission m'a enlevé beaucoup d'assurance, enfin, mon cheval a été épatant. J'ai pensé me casser la gueule 40 fois, mais rien. Ensuite sur la route grosse émotion, nous allions par deux, le cheval de mon voisin a rué et a cassé d'un coup [de] pied la jambe de celui qui suivait, Combet, brave garçon qui m'a offert une chambre épatante à 20 francs par mois chez ses parents. Je t'en reparlerai — On s'est arrêté et on est revenu au pas, Combet pleurait, en arrivant à l'infirmerie il paraît qu'on a dû lui faire une opération, on lui a arraché un tas de bouts d'os. *Ça ne m'a fait aucune impression.* Et c'est bizarre ça m'a rassuré. En tout cas je sens que demain j'aurai la frousse. La permission est trop près et si je me cassais la gueule avant je ne m'en consolerais pas. Au pansage, mon voisin, garçon de ferme, m'a raconté une très belle histoire. Celle des œufs de coq.

Les coqs, d'après lui, font un œuf tous les sept ans, il est gros comme un œuf de moineau, et n'a pas de jaune. Si on le fait couver, il en sort un petit serpent.

Hier soir, dîné à *la Grille*, on m'a rendu le flacon de pilules de Dioscoride [1] que mon Lou y avait oublié lors de son déjeuner solitaire à ce restaurant. Je te rapporterai ces pilules roses en allant à Nice —

Dis à Jules de faire attention, car on est en train de ramasser tous les Belges, jusqu'à 32 ans paraît-il.

Ici nous avons eu *les Joyeux* qui ont fait beaucoup de scandale en ville. — Ils partent après-demain pour le front. Pauvres gens, ils vont en première ligne — ils sont nourris d'un pain pour 4 jours, et n'ont qu'une capote pas de veste. Têtes brûlées mais beaucoup de braves types. Hier, à la Fontaine, plusieurs jolies filles ont tenté d'entrer en conversation mais j'ai peu répondu et n'ai surtout pas pris de rendez-vous. Il y avait surtout deux sœurs, venues de Nancy, réfugiées, mais réfugiées à leur aise qui avaient envie d'être consolées, mais j'ai mon Lou, et ne veux rien d'autre.

La batterie est consignée pour piquet d'incendie. Je t'écris de la cantine. Si je sors, t'écrirai encore et t'embrasse mille fois partout et te prends toute. Ton

Gui.

1. La Grille est un restaurant de Nîmes. Les granules de dioscoride (à base d'acide arsénieux) étaient utilisés pour le traitement de l'anémie.

30

[Nîmes, le] 28 Xbre [19]14.

(2me lettre)

Ma chérie, le plus probable arriverai à Nice le jeudi à 5 ½ par l'express voir heure juste ou 11 h. ½ voir heure juste. Télégraphierai de toute façon, télégraphie où tu seras.

Inclus, mon portrait en artilleur par Picasso[1], garde-le précieusement, car c'est un dessin extrêmement précieux. Je le ferai mettre sous verre après la guerre.

Ce soir je tousse fortement, mais ça vient de ce que j'ai trop fumé, batterie consignée, mais sorti quand même.

T'embrasse mille fois, t'adore, je t'aime, tu me reverras avec un commencement de moustache, car on nous force à la laisser repousser.

Apporte avec toi, à Nice, le carnet de chèques. J'attends avec impatience la permission. Ensuite c'est ton retour à Nîmes que j'attendrai avec impatience.

Ce qu'on va tirer de coups, surtout si je ne repars que dimanche soir.

Mon Lou exquis et adorable, je t'embrasse partout, partout. Je te désire en ce moment à faire sauter ma braguette d'artilleur.

J'ai embrassé mille fois ton portrait[2] et je t'assure que si [ce] n'était pas une chose que je ne veux pas faire, je me serais fait menotte en le regardant.

J'y retrouvais ton regard si plein de voluptés, si cochon et si joli.

Je suis content que tu aies pu tirer parti du manteau, je suis sûr qu'il te va à ravir.

Lou je t'adore. Aujourd'hui, jour mouillé, bruine, boue.

Embrasse tes seins pour moi, ces beaux pigeons au bec rose et que j'adore.

Comment, tu vas de Saint-Jean à Nice à pied, je ne reconnais plus mon Lou à ce footing. Je t'aime de toutes les façons, je te souhaite, je t'appelle, je te serre à te briser, tu es ma chose, ma petite esclave au gros derrière.

Je pense à toi sans cesse. Rapporte aussi tes lettres à Nice que je les relise, dans les entractes que l'amour voudra bien nous laisser les plus courts possible.

Je te lèche partout, te bois, t'adore, Lou adorable, je te prends toute, comme mon bien, mon seul bien, ma seule chose précieuse, la seule chose qui vaille la peine qu'on la désire, la seule chose qui vaille la peine qu'on soit soldat pour la défendre. Tu es cela mon Lou adoré, je t'embrasse.

Guil.

1. Voir ce portrait en frontispice.

2. Un portrait fait à Nice par le photographe Desgranges (voir illustr. 10). Apollinaire l'a reproduit en calligramme dans la lettre 81.

31

[Nîmes, le] 29 Xbre [19]14.

Mon Lou, renseigne-toi bien sur les heures justes d'arrivée. Télégraphie où tu attendras. Hier soir dans le lit, j'ai senti vivement cette promiscuité où l'on est toujours seul, cet isolement où on ne peut jamais s'isoler — C'est la caserne — Je voulais penser à toi. C'était mon seul souhait de songer fortement à mon Lou chéri en m'endormant. Je sentais que tu es mon véritable amour, le seul, en réalité et que les deux autres fois que j'ai cru aimer n'existaient point, c'était de l'amitié, et la première fois, de la concupiscence, mais pas de l'amour. Je n'ai vraiment aimé qu'en toi ma chérie. Je tiens à toi par la chair, le cœur et l'esprit, par plusieurs conformités d'humeurs et peut-être de goûts, oui aussi de goûts, bien que parfois, pour les choses ordinaires de la vie, ils semblent un peu se contrarier, ce qui aiguise notre amour. Pas moyen de penser à toi. Tous les types de ma chambrée, la chambrée 33, veulent que je fasse un livre dont ils ont trouvé le titre : *Les poilus de la 33*. Ce n'est pas mal pour des charretiers, chacun me racontait son histoire et je ne souhaitais que pouvoir penser à toi. J'étais furieux. Ensuite la conversation des poilus a dégénéré et est devenue gaillarde, gauloise même. *Exemple d'histoires racontées cette nuit :* M. et Mme Nazol s'en vont visiter l'exposition de Marseille. En arrivant Mme Nazol s'arrête devant un marchand de noix de coco. « Qu'est-ce que c'est, Nazol ? » dit-elle à son mari. Le marchand, un Arabe de la Canebière, s'empresse : « Ce sont des œufs d'éléphants », dit-il, et Madame Nazol s'écrie aussitôt : « Nazol, achète-m'en pour 10 francs nous aurons des petits éléphants. » Ce qui fut dit fut fait. M. et Mme Nazol rentrèrent chez eux chargés de leur précieux fardeau... Deux jours après Mme Nazol rencontre Mme Pettalugue : « Mme Pettalugue, venez voir les beaux œufs d'éléphants que Nazol m'a achetés à l'exposition de Marseille. » — « Pas possible! allons-y vite », dit Mme Pettalugue. En effet Mme Nazol emmène Mme Pettalugue. « Mon mari couve les œufs, passez la main sous la couverture et prenez bien garde de ne pas les casser » — « Oh! Madame Nazol, c'est bien vrai, ma foi, que ce sont des œufs d'éléphants je sens déjà une trompe qui remue. »

Voilà le genre. Je viens de recevoir ta XVe lettre — je t'enverrai le télégramme pr avertir de mon arrivée.

Va chez le dentiste indiqué, fais passer ta carte, dis que tu viens de la part de Jane Mortier. Il ne te fera payer que le travail achevé et tu ne le payeras qu'après la guerre. Ce n'est pas malhonnête. On est dans une telle époque, qu'on ne peut guère à l'occasion agir autrement. D'ailleurs, on ne paye pas vite les dentistes en temps de paix, je ne vois pas pourquoi on les payerait plus vite en temps de guerre.

Pour les oranges tu es vraiment trop gentille. Tu dois comprendre que je ne suis pas moins impatient que toi de faire pan pan dans les granges. Car moi, même pas menotte. Te réserve tout. Pense toujours à toi, t'adore au point de ne plus rien voir d'autre, de ne plus penser même aux poèmes pour le moment, *mon Lou en crème fouettée!* Je suis aujourd'hui très courbaturé parce que me suis découvert en dormant. Mais autrement vais bien, et suis tendu en ce moment vers toi mon Lou, si étais près de toi, qu'est-ce que tu prendrais dans ton petit jardin secret si joli, si gracieux, si bien fait, si savant en torsions, en happements, si habile à serrer jusqu'à la limite de la consommation de toutes les forces vives de nos deux amours étroitement enlacés.

Gui.

— Reçu lettre de Berthelot — Lui écrirons de Nice pr ta permission, si pas de nouvelles de Sembat —

32

Nîmes, 29 Xbre 1914.

Mon Lou la nuit descend tu es à moi je t'aime
Les cyprès ont noirci, le ciel a fait de même
Les trompettes chantaient ta beauté mon bonheur
De t'aimer pour toujours ton cœur près de mon cœur
Je suis revenu doucement à la caserne
Les écuries sentaient bon la luzerne
Les croupes des chevaux évoquaient ta force et ta grâce
D'alezane dorée ô ma belle jument de race
La tour Magne tournait sur sa colline laurée
Et dansait lentement, lentement s'obombrait
Tandis que des amants descendaient de la colline
La tour dansait lentement comme une sarrasine.
Le vent souffle pourtant il ne fait pas du tout froid
Je te verrai dans deux jours et suis heureux comme un roi
Et j'aime de t'y aimer cette Nîmes la Romaine
Où les soldats français remplacent l'armée prétorienne
Beaucoup de vieux soldats qu'on n'a pu habiller
Ils vont comme des bœufs, tanguent comme des mariniers
Je pense à tes cheveux qui sont mon or et ma gloire
Ils sont toute ma lumière dans la nuit noire
Et tes yeux sont les fenêtres d'où je veux regarder
La vie et ses bonheurs la mort qui vient aider
Les soldats las, les femmes tristes et les enfants malades
Des soldats mangent près d'ici de l'ail dans la salade
L'un a une chemise quadrillée de bleu comme une carte
Je t'adore mon Lou et sans te voir je te regarde

Ça sent l'ail et le vin et aussi l'iodoforme
Je t'adore mon Lou embrasse-moi avant que je ne dorme
Le ciel est plein d'étoiles qui sont les soldats
Morts ils bivouaquent là-haut comme ils bivouaquaient là-bas
Et j'irai conducteur un jour lointain t'y conduire
Lou que de jours de bonheur avant que ce jour ne vienne luire
Aime-moi mon Lou je t'adore Bonsoir
Je t'adore, je t'aime adieu, mon Lou ma gloire

Gui.

33

Nîmes, le 30 Xbre 1914.

Mon Lou, tu recevras sans aucun doute cette lettre après m'avoir vu. Qu'elle soit, en tout cas, un témoignage de l'impatience que j'ai de te revoir. Ce matin réveillé à 3 ½. Pensé à toi de façon épatante et si me suis pas fait menotte, c'est bien que c'est pas dans mes idées. Mais t'ai aimée tellement en rêvant tout éveillé que tu as bien dû en ressentir quelque chose. Mon Lou, je crois bien que je partirai à 3 h. du matin avec les logis et les brigadiers. Mon cœur bat d'impatience et tu sais à quel point je peux m'affoler par l'impatience. C'est fantastique. Impossible de lire la théorie. Il faut que je t'écrive et je t'écris à la cantine où depuis hier j'ai pu avoir — en prêt — un encrier et une plume, en séduisant la fille du cantinier. En tout bien tout honneur d'ailleurs, inutile je crois de te l'ajouter. Les Joyeux cantonnés au champ de tir de Massillan sont consignés. Ce matin, il y en avait trois à la prison chez nous car c'est chez nous qu'on les met en prison. Je les ai vus. Ils allaient à la visite et un de ces bougres que je regardais m'a déclaré qu'il se souviendrait des artilleurs et que s'il se rencontrait au front avec les poilus du 38e ce n'est pas sur les Prussiens qu'il tirerait. J'avoue que cette déclaration faite par cette espèce d'apache que je sentais résolu et sans aucune sorte de peur m'a fait froid dans le dos. Si je rencontre les Joyeux au front, je tâcherai si je peux de les protéger — artilleur — et qu'ils reviennent des préventions que la prison du 38e leur a suggérées contre nous. C'est la première grande tristesse depuis que je me suis engagé, cette déclaration. Mon

Lou, le ciel est bleu comme les veines à fleur de tes seins. Tu vas me revoir le derrière intact, je suis le seul du peloton qui n'ait pas blessé et je t'assure que je ne suis pas peu fier car l'opinion générale était que je serais indubitablement blessé. Il faut maintenant que je me débrouille pour trouver un manteau ou une capote au moins. Depuis que je suis ici je rends en partie mon estime aux Niçois; ils ne sont pas fanatiques de la caserne et de la guerre, discutent, désapprouvent. Mais les lâches ce ne sont pas eux, mais les Marseillais. Ah! les Marseillais, des poèmes de pusillanimité. Certes ce sont eux qui ont fait la mauvaise réputation du XVe corps. Car ici dans l'ensemble l'esprit est bon. Si j'étais voix autorisée, je renverrais les Marseillais à leur commerce et à leur Canebière. Ils me dégoûtent et quand on a parlé avec un de ces salops on se sent découragé. Tu sais mon Lou que je veux que tu me sois fidèle. Mais si jamais tu flirtais même de loin et innocemment avec un Marseillais, je ne te le pardonnerais pas. Marseille et sa région te sont consignés, le reste aussi, mais les Marseillais ne méritent que le mépris des hommes et le dédain complet des femmes.

Lou, ton télégramme m'a fait plaisir, plaisir, je t'adore, je t'aime et te veux toute en tout, que tu ne me caches rien, que je [ne] te cache rien et que notre amour soit le plus beau, le plus complet que l'on ait jamais éprouvé sous le ciel. A demain Lou exquis.

Guil.

34

[Tarascon, le] 2 janvier [191]5 [1].

Mon Lou adoré, une fois ta silhouette très aimée disparue dans le brouillard qui embrumait ce matin la gare de Nice, je me suis mis à lire *Le Cri de Paris*. Il y avait avec moi dans le wagon un monsieur et une jeune fille. A Cannes la conversation s'est engagée, le Monsieur habite Draguignan et s'appelle Portal, il a été en classe avec mon frère. La jeune fille est professeur de lettres au Lycée de jeunes filles d'Oran, assez intelligente d'ailleurs et je crois honnête [2]. A Marseille, j'ai filé laissant ma capote et mon panier, été déjeuner au Vieux Port, en toute hâte. Beaucoup d'officiers anglais et de soldats hindous. De Marseille à Tarascon esquinté. Ai dû dormir et même ronfler. Enfin à 2 h. 20 Tarascon, temps superbe. La dernière fois j'ai visité sommairement Beaucaire et Tarascon avec le soldat du 1er génie Victor Amiot dont je t'ai parlé, aujourd'hui je décide de visiter Tarascon plus à fond et ai été récompensé. Vieilles rues, vieilles gens, vieilles maisons, des coins délicieux partout, la Mairie est très jolie, décorée d'une statue de Ste Marthe écrasant la Tarasque, le Château, l'église Ste-Marthe, le panorama du Rhône avec sa végétation grisâtre. En face le Château, une vieille maison très jolie portes ouvertes. J'entre, un cloître très gracieux, que je visite sans que personne m'embête, je monte jusqu'en haut. Ensuite voyant que j'ai du temps je me dis que je dois t'écrire et voilà.

Mon Lou tu m'as donné deux jours merveilleux de permission et deux nuits de folie. Je suis encore dans l'enivrement. J'en suis quasi hébété. Mon train pour Nîmes est à 5 h. 17.

En attendant, je pense à toi, je pense que je t'aime, mille fois plus encore qu'à Nîmes, où je t'aimais déjà beaucoup plus qu'avant. Songe à tes promesses et que tu m'appartiens. Bonjour à Mémée. Soigne ton petit estomac. Je t'embrasse mille fois partout et aussi sur les parties fouettées qui s'agitaient si charnellement ces nuits dernières.

J'oubliais de te dire à propos de ma visite à Tarascon que j'y ai découvert une rue du Prolétariat qui m'a paru bien nommée car elle était misérable à souhait.

Là-dessus, je te répète, mon Lou, que je t'adore, que rien n'est plus beau pour moi que ton corps, ton regard, ton sourire. Que je veux que tu m'aimes encore plus que tu ne fais. Tu dois m'aimer de tout l'amour que tu as pour moi en y ajoutant le total des amours passés. Ainsi fais-je moi-même pour toi et si je t'adore, mon Lou, j'ajoute à cette adoration tout ce que j'ai pu éprouver pour d'autres femmes, car tu es pour moi tous les amours, mon Lou, et je dois te rapporter tous les battements de mon cœur, ceux même d'avant que nous nous connaissions. Mille baisers.

Gui.

1. Voici comment Apollinaire raconte sa permission à Jean Mollet dans une lettre datée du 3 janvier :

« J'ai été en permission deux jours à Nice. Parti de Nîmes à 5 h. du matin arrivé à Nice à midi. L'adorée à la gare, déjeuner, pieu jusqu'au lendemain 10 heures alors levés pris le tram jusqu'à Saint-Jean-Cap-Ferrat près Beaulieu où habite mon amie dans la merveilleuse villa de sa cousine, une villa épatante, jardin d'oliviers et de palmiers, puis retour avec les deux poules, jolies toutes deux thé chez Vogade, effet bœuf, le frère et la belle-sœur de Siegler-Pascal épatés. Ensuite laissé la cousine été saluer Cremnitz qui partira le 8 ou le 9. Il est déjà couvert de poux. Tu parles s'il a plu à mon amie, il a fallu le lâcher le plus vite possible, dîner, repieu jusqu'à 6 heures et tram à Riquier pour pouvoir prendre l'express afin d'arriver à temps car à la gare de Nice, on est intraitable sur la question des express. Ensuite à Marseille arrêt d' 1 h ½ été déjeuner sur le port vu les nouveaux Hindous — 30 000 — puis à 2 arrêt à Tarascon jusqu'à 5 h 17 visité Tarascon qui est joli, visité à fond car avais déjà visité en venant ici la première fois, où j'avais été aussi à Beaucaire. »

2. Il s'agit de Madeleine Pagès (voir le récit qu'elle-même a fait de cette rencontre dans son introduction à *Tendre comme le souvenir*).

35

Nîmes, 3 janvier 1915.

Mon adorable Lou chéri, je t'ai écrit hier à Tarascon mais n'ai mis la lettre qu'à Nîmes en arrivant. Tout s'est bien passé. A midi télégraphié mais bureau Saint-Jean fermé tu auras le télég. demain matin. J'ai dormi comme un loir. Ai maintenant devant moi 75 frs. sûrs par mois, c'est pas beaucoup mais un commencement. Si j'en trouve encore autant tu pourras presque venir ici. J'espère d'ailleurs trouver plus. Mon chéri, je t'adore, mais suis revenu triste des éloges que tu m'as faits de tes amours d'avant. Je me demande comment moi qui n'ai point de grands avantages physiques à aucun point de vue pourrai rivaliser [1] avec le souvenir d'aussi beaux garçons. Et je te dis ceci Lou. Réfléchis bien et si tu dois manquer à tes promesses un jour, dis-le de suite, avant qu'il ne soit trop tard. Maintenant pris par cette vie militaire je pourrai supporter une séparation d'avec toi tandis que plus tard, cela pourrait devenir pénible pour l'un comme pour l'autre, toi et moi. Donc réfléchis. Le maître abdique sa puissance jusqu'à la réponse définitive de l'esclave. Après quoi, il sera maître pour toujours ou renoncera pour toujours au pouvoir qu'il tenait de l'esclave *volontaire*. Voilà, Lou! Réfléchis bien, pèse tout, sache tout, fais pour le mieux, pense à toi, pense à moi. Pour le reste je t'aime plus que jamais, mais avec plus de sérieux que jamais. Toi aussi Lou, aime-moi avec sérieux ou bien ne m'aime plus. Mais, n'attise point inutilement ma jalousie. Je t'envoie dans une autre enveloppe, plusieurs lettres parmi quoi une de Remy de Gourmont qui est, je crois, un des meilleurs, peut-être le meilleur écrivain français d'aujourd'hui, une lettre de Mollet, 3 lettres de femmes, la mère et les 2 filles [2]. La lettre non signée est de Mireille (15 ans) dont j'espère tu pourras faire tout ce que tu voudras, je te la donnerai. Elle est charmante. Toi, attention à menotte, veux pas que tu sois malade. Aujourd'hui sorti avec des logis, qui au contraire de ceux dont je t'avais parlé prétendent que nous ne partirons pas du dépôt avant un an. C'est excessif. Il est certain que si on a de l'argent et que tu es là, je resterai volontiers, mais si tu n'es pas là, je ferai l'impossible pour foutre le camp. Je vais tenter quelque chose — (pas pour partir, aie pas peur) mais prie Dieu que ça réussisse, très important.

Je t'aime. Le voyage m'a esquinté, vaseux toute la journée. Demain, lundi, on recommence. Il y a des poilus qui disent que je pourrai avoir une perme dans qqe temps, d'autres que je peux m'attacher une gamelle jusqu'à Pâques. On verra bien, vive la France et mon Lou si chéri. Dis-moi si tu as pu faire qq. chose de mon chapeau. Il y a pour moi un paquet à la batterie, ça doit être les gants d'Aurel. J'espère que les poux de Cremnitz nous porteront bonheur [3]. Souviens-toi de la gare de Riquier [4] et de ta mauvaise humeur, dès patronminette [5], le 2 janvier. Je t'adore et te prends.

Gui.

1. Apollinaire avait d'abord écrit : « rivaliser longtemps avec... »; puis il a rayé le mot « longtemps ».

2. Léoncine Havet et ses deux filles Kikane et Mireille; des poèmes de cette dernière avaient paru dans le dernier numéro des *Soirées de Paris*, daté de juillet-août 1914.

3. Voir la lettre à Mollet citée note 1 de la lettre 34. On sait que le poète Cremnitz figure avec notamment Picasso sur le célèbre tableau de Marie Laurencin qui représente Apollinaire entouré d'amis.

4. Voir la lettre à Mollet citée note 1 de la lettre 34.

5. *Sic.*

36

Nîmes, le 4 janvier 1915.

Mon chéri, ne prends pas ma lettre d'hier trop au tragique. Mais elle est sérieuse songes-y bien. Arrivé aujourd'hui à reconstituer comme fixe en principe 125 frs par mois, c'est 50 frs de plus que hier. Je t'adore, mon chéri, de toute mon âme. Mais il me semble que tu m'aimais moins ces derniers jours à Nice. Songe bien, songe bien. Reçu d'Aurel une superbe paire de gants bleus en laine et une paire de chaussettes en laine. Pas mal n'est-ce pas?

Aujourd'hui événement considérable, le capitaine Arnaud, commandant notre dépôt, a parlé avec moi pendant un quart d'heure. Conversation très bien. C'est un homme très distingué, il m'a serré la main pour finir.

Mon chéri, si tu m'aimes prie bien pour ce que je pense et dont je ne veux pas te parler encore. Comme événement singulier, il est arrivé à la caserne mais pas à la batterie, une des tantes les plus connues de Paris, L*** connu sous le nom de La Baronne. Je ne le connais pas encore mais me promets de regarder de près ce phénomène. Aujourd'hui j'ai commandé pour la première fois. Ça n'a pas été trop mal paraît-il. Nous avons tellement trimé que je suis esquinté.

Aujourd'hui dîné avec le Niçois dans sa taule. Ouvert le panier aux mille oranges et mandarines. J'en ai apporté quelques-unes au logis qui m'a laissé sortir la nuit. Dis à Mémée que ses conseils ne sont pas tombés dans l'oreille d'un sourd. T'envoie lettre précieuse de Picasso, autre de Picabia qui dit s'occuper de toi, le peut, et le fait s'il le dit [1]. Il promet

100 balles pr le 15 que je mettrai de côté pour ton séjour ici.

Il ne fait pas mauvais maintenant. Cependant ce soir brouillard. Picabia annonce la fin de la guerre pour dans 6 semaines. C'est important. Car il m'avait prédit la guerre au mois de mars dernier.

Aime-moi, Lou, et je souhaite que tu me rendes volontairement toute l'autorité que j'ai droit d'avoir sur toi. Grand mouvement en ce moment à la caserne, on renvoie les hommes jusqu'à la classe 89 incluse. C'est de bon augure. Parmi les livres que je t'ai indiqués à acheter, s'il te reste 3 francs disponibles achète le *Ptit Ami* [2] de Léautaud, très intéressant et très singulièrement touchant.

Je suis extrêmement fatigué, et même un peu déprimé mais le moral est bon. J'espère que le tien l'est aussi.

Pas de lettre de toi, ni hier ni aujourd'hui mais j'ai confiance.

Je crois que je vais dormir profondément Lou adoré.

Demain cheval toute la journée. Je serai probablement encore plus fatigué qu'aujourd'hui.

Je crois que cette semaine va me paraître longue, longue.

Je t'aime, t'adore, t'embrasse, te prends toute mon Lou exquis, mon Lou adoré, ma chérie, mon âme et mon tout.

Ton

Guil.

1. Apollinaire lui avait écrit le 29 décembre :

« Je t'ai écrit aussi pour te demander s'il te serait possible d'avoir par ma très aimable et charmante jeune femme, qui mérite tous tes égards, une permission pour aller dans la zone des armées pour y voir quelqu'un qu'elle a absolument besoin de voir. Il s'agit d'obtenir d'aller en chemin de fer à Rambervilliers dans les Vosges. Et de là elle ira à pied à Baccarat (M.-et-M.) qui se trouve à 17 km.

« Fais cela si tu peux. Il s'agit de la comtesse de Coligny-Châtillon qui habite à la Villa Baratier à Saint-Jean-Cap-Ferrat (A.-M.). »

2. Le titre exact est *Le Petit Ami.*

37

Nîmes, 5 janvier 1915.

Ma chérie, Dieu que les postes mettent de temps à m'apporter les lettres de mon Lou! Je n'ai rien de toi encore aujourd'hui.

Toutefois, aujourd'hui bonne nouvelle! Tu sais que Mémée m'avait dit qu'il fallait être officier comme d'une chose facile et que je t'ai écrit de prier pour que quelque chose réussît. Je me suis donc démerdé et ai quitté aujourd'hui le peloton des élèves brigadiers pour entrer à celui des élèves officiers de réserve, autrement dit É. O. R. dans lequel vu ma réputation civile je suis entré sans examen ni concours sur décision du capitaine commandant le dépôt. Tu parles si ça a fait du pétard dans la caserne. Alors maintenant la vie se complique bougrement car le travail devient fantastique. J'ai tous les jours 3 heures de cheval. Voilà d'ailleurs ce que j'ai fait aujourd'hui où j'ai débuté comme É. O. R. 7 ½ à 9 cheval, trot, assouplissements à cheval, bouchonnage jusqu'à 9 1/4, 9 1/4 à 10 h. artillerie théorique — (difficile), 10 à 11 déjeuner, astiquage, 11 à midi instruction intérieure, midi à 2 h. cheval, trot et galop, 2 à 3 ½ artillerie pratique, 4 à 4 ½ manœuvre à pied.

Voilà Lou, prie bien que je supporte cela, nous sommes trois, un ingénieur, un mathématicien pur et moi. Le logis qui nous enseigne est un ingénieur de la Marine, un vrai savant. Enfin, maintenant, je ne puis plus me comparer qu'à Napoléon à Brienne quand il se préparait à devenir sous-lieutenant d'artillerie. La comparaison est osée d'ailleurs, mais enfin elle est séduisante. Demain je vais probablement quitter la batterie pour passer à la 69ᵉ et je coucherai probablement dans une chambre à part avec des logis, nous ne serons que quatre dans la chambre. Finies les corvées! Voilà mon chéri, prie bien pour que je réussisse dans ces travaux difficiles.

Je t'aime de toutes mes forces, mon chéri. J'ai reçu aujourd'hui un petit paquet de nougat venu d'Hendaye, frontière espagnole, je me demande qui me l'a envoyé [1].

Pour le reste, je suis encore sous l'émotion de tous les événements de la journée, l'opéra se complique. Je suis d'ailleurs éreinté de toutes mes chevauchées. Mais je suis très bien portant, je crois qu'É. O. R. j'aurai plus de facilités pour les permissions et peut-être pour quelques couchages en ville quand tu seras [ici], mon Lou que j'aime plus que tout au monde, mon Lou si beau, mon Lou dont j'attends l'assentiment définitif à ma puissance, mon Lou à qui je l'ai faite sentir, cette puissance dans nos nuits de Nice, quand tu t'amusais à me narguer et que je me suis vengé de façon si cuisante sur tes jolies fesses aimées. Mon Lou, ma langue dans tous les replis de ton corps; je te prends toute et de partout à la fois, même de là où ça te fait si peur et si mal. Ma bouche sur la tienne et mon regard dans le tien.

Gui.

1. C'est un envoi des Delaunay. Le 1ᵉʳ août, il écrira à Sonia Delaunay : « J'ai bien reçu le colis, mais je m'étais toujours demandé qui me l'avait envoyé; je vous en remercie, il contenait des choses excellentes et d'une couleur merveilleuse. »

38

[Nîmes, le] 6 janvier [19]14 [1].

Ma reine, ta lettre est bien, mais ne l'adresse pas à Mme Berthelot qui n'a pas d'autorité sur son mari, mais à Berthelot lui-même, *Mr Philippe Berthelot, au min. des aff. étrang.* PARIS. Les ministères sauf celui de la guerre sont à Paris et plus à Bordeaux. Pour Mme Agutte écris *aux soins de M. Marcel Sembat ministre du Travail, au ministère*, PARIS [2]. J'ai reçu aujourd'hui 3 lettres de toi, deux du trois et celle du cinq janvier. Ton cœur ne t'a pas trompée, je suis bien rentré. Content de coulichonnette [3]. Repose-toi bien. Que tu es bonne et mignonne de m'écrire même quand tu es malade. Je suis heureux que les vers t'aient plu. Je t'en écrirai d'autres. Ici on ne se repose jamais. Mais il a toujours fait beau temps. Oui une bonne permission, mon adorée, mais je me demande si j'aurai une permission le 15 enfin, j'essayerai. Le bruit circule que les dépôts seraient rapprochés du front, Vincennes, Satory ou Neufchâteau, c'est possible, pas certain, rien de certain, il se peut que ce soit comme le bruit qui nous faisait aller à Nice. Je te souhaite de réussir pour Toutou.

Ta lettre du 5, bien que je n'aie pas celle du 4, me rassure et me fait bien plaisir, car j'y vois que tu es bien à moi, et moi aussi à chaque instant je t'aime davantage.

Aujourd'hui 2e jour d'élève officier; je ne sais plus aujourd'hui si malgré tout on ne me fera pas passer ce concours dont on m'avait dispensé hier. Enfin on verra et pr aujourd'hui j'ai continué à travailler au peloton des élèves officiers, nous sommes maintenant cinq, on nous a ajouté un prof. de philo au collège d'Apt et un avocat de Nice, le 1er est idiot, le second est en plus cocu, d'après ce que m'a dit le Niçois qui me prête en partie sa chambre. Je suis fatigué, fatigué du pas, du trot et du galop. Enfin pas blessé encore et pas tombé. Je n'ai plus de corvées, mais elles sont avantageusement remplacées par le surcroît de travail que nous avons.

Depuis 2 jours je suis profondément abruti. Il est vrai qu'on nous fait rudement travailler, mon Lou adoré. J'aimerais mieux te tenir contre moi, corriger tes révoltes, baiser tes lèvres et tout ton corps exquis que d'être ici et cependant ceci est beau aussi. On m'a dit que mon inscription au peloton des É. O. R. retardait de plusieurs mois mon départ au front aussi je te laisse juge s'il faut que j'aille jusqu'au bout ou que je demande à partir après avoir été nommé logis? Je te laisse juge et t'obéirai mais songe à mon honneur, Lou chéri, ne l'oublie pas. Je t'adore et t'embrasse mille fois.

Guil.

1. Lapsus pour « 1915 ».

2. Voir lettre 49 : Agutte est le nom de peintre de Mme Marcel Sembat. Après avoir dit d'elle en 1910 qu'elle faisait « de la grande peinture d'amateur », Apollinaire note en 1911 qu'elle « humanise son dessin » et en 1913 qu'elle « a beaucoup gagné en liberté ».

3. Sur le sens de ce mot, voir la *Scène nocturne du 22 avril 1915* (lettre 131).

39

Nîmes, 7 janvier 1915.

Mon Lou adoré, j'ai reçu aujourd'hui ta jolie et gentille carte et ta lettre du 5 écrite chez Vogade. Je t'adore, mon Lou, tu sais écrire de si gentilles choses tournées si joliment que je t'adore encore plus quand je te lis. Aujourd'hui cheval, leçon d'artillerie au tableau, déjeuner avec le grand mathématicien [1] qui a été chercher pour moi et lui à manger aux cuisines, on a mangé épatamment : bouillon, bœuf et pois chiches aux oignons et au vinaigre. Tu n'aurais pas été à la noce. — A midi cheval, à 2 h. canon, à 4 h. théorie. Tu vois si c'est rempli et les 5 élèves officiers étaient esquintés. L'avocat de Nice s'appelle C***, d'après les renseignements il est cocu. — Bruit à la caserne, à la fin du mois on irait à Versailles ou bien à Lyon, au fond on ne sait rien.

Ce matin il a fallu que j'explique au tableau les différentes mesures angulaires, puis que je parle des trajectoires, puis du problème du défilement. Tu vois si je deviens calé. D'ailleurs c'est intéressant. Le projectile est un petit astre dont il s'agit de connaître la vie, les propriétés afin de le diriger au but. C'est évidemment très poétique et tu le comprends sans faire d'artillerie.

Mon Lou adoré, que je voudrais recevoir une réponse à ma lettre de lundi. Tu sais que je t'aime infiniment. Mon amour pour toi est aussi un projectile, un petit astre, un obus qui part de moi, décrivant une trajectoire qui t'atteint sans cesse et éclate de façon à t'envelopper de toutes les forces que je mets à t'aimer.

Reçu aujourd'hui lettre de mon cher maître Élémir Bourges de l'académie Goncourt. Il vit sans bonne, vu la dureté des temps.

Reçu aussi lettre de Blaise Cendrars, un poète suisse qui à mon avis constitue avec moi et Fleuret la seule trinité de poètes qui aient aujourd'hui un talent véritable et du lyrisme[2].

Il s'est engagé au 3e rég. de marche du 1er étranger et est maintenant près du front. Comme il ne peut pas dire où il est (étant d'un rég. étranger), il m'a écrit : « je ne peux pas vous dire où nous SOMME », pour me faire comprendre qu'il est dans la Somme. Comme cette guerre excite l'ingéniosité!

Je suis un peu moins fatigué qu'hier, mais c'est égal, je le suis tout de même et n'ai pas encore pu rien écrire pour *le Petit Niçois*, je le ferai dimanche. Je suis étourdi par le cheval, et il me semble tout le temps qu'il bronche sous moi. Il y a évidemment en ce moment un peu d'affolement dans mon esprit. Le travail intensif en est cause. Et il paraît qu'il va falloir que nous travaillions encore plus. Je me demande quand. J'attends dimanche avec impatience pour me reposer un peu. Prie pour moi, ma gosse adorée, afin que je supporte tout, je t'embrasse mille fois, baisant ton corps exquis, ta chair miraculeuse, ton cul de Houri, je t'aime mon Lou et te prends toute.

Gui.

1. Nicolini, dont il est souvent question dans les lettres suivantes.

2. Curieux rapprochement, bien révélateur du goût d'Apollinaire, que celui de l'aventurier Cendrars et du traditionaliste Fleuret.

40

Nîmes, 8 janvier 1915.

Ma chérie, je ne t'envoie pas de télégramme parce qu'il embrouillerait tout. Je te renvoie ta lettre. Rajoute ce que tu veux. Écris à Mme Berthelot ou à M. Berthelot. A ton choix. Mais je n'ai pas écrit à Mme B. mais à M. B. Fais comme tu penses. L'histoire du soldat malade me paraît bien. Mais je suis trop esquinté pour bien juger de ces choses. Pardonne-moi. Toujours même situation : 4 h. de cheval, etc. Je crois que tu n'as pas encore reçu ma première lettre de Nîmes depuis mon retour.

Qu'est-ce que c'est que cette histoire de commissariat de police ? ? ? ?

Mon ptit Lou inquiet, si tu m'aimes pas d'inquiétude! il fait beau temps. J'ai reçu un chandail envoyé par la femme du sculpteur Archipenko. Moi, je t'adore, mon Lou, je vais chercher un petit appartement pour toi, dès que tu sauras quand tu viens. Je commence à n'être plus que cavalier et artilleur, impossible de rassembler deux idées qui n'aient pas trait à ces deux états qui sont les miens toute la journée. J'en rêve la nuit. C'est de la fatigue, dans quelques jours j'y serai habitué, mais c'est dur. Le soir il faut apprendre les leçons. C'est d'ailleurs assez difficile avec un tas d'instruments compliqués. Le plus extraordinaire c'est que je ne suis pas encore blessé au derrière. Mais j'ai l'esprit un peu troublé et affolé par le grand nombre de choses nouvelles qu'il faut apprendre à la fois et Dieu sait s'il y en a.

Je pense le plus souvent possible et ce sont mes seuls doux

instants à mon Lou adoré, dont je veux avoir seul tout l'amour, toute la tendresse, toute la passivité. Je veux que tu sois obéissante en tout, jusqu'à la mort et pour t'y réduire, belle indomptée, ce sont tes fesses que je veux cingler, tes grosses fesses veloutées qui s'agitent, s'ouvrent et se ferment voluptueusement quand je suis dessus à les fouetter. Je te les fouetterai jusqu'au sang jusqu'à ce qu'elles semblent un mélange de framboise et de lait. Ces deux belles éminences doivent prendre à juste titre la robe rouge cardinalice et je me charge de la leur donner. Je te les ferai tordre de douleur et de délices jusqu'à ce que pantelante je te prenne profondément, bouche à bouche et si tu ne te rends pas c'est le supplice du pal que je te réserve, je t'enculerai jusqu'à la racine de ma queue et te ferai crier de douleur en défonçant ce beau derrière qui ne mérite pas autre chose et pour lequel j'ai eu trop de pitié jusqu'à présent. Je te ferai aussi apprendre l'artillerie et si tu ne sais pas tes leçons de façon à épater Toutou lui-même, ce sont encore tes fesses joufflues qui en supporteront les conséquences. Tu vois, mon Lou, tu peux préparer ton arrière-train et le secouer en marchant, belle chaloupeuse, il n'y coupera pas, je te le cinglerai de la belle façon jusqu'à ce que tu me supplies à genoux de t'épargner. Ce que je ferai si ça me plaît. Ton maître,

Gui.

41

Mon Lou adoré [1],

Voilà enfin le jour arrivé pour l'examen d'élève officier. Il a fallu le passer finalement quand même et je ne sais ce qu'il me réserve car pour passer un examen comme celui-là il vaudrait mieux sortir de l'école primaire comme la plupart des jeunes gens qui m'entourent qu'être un poète apprécié dans plusieurs parties du monde. Enfin! Je t'écris de la salle même d'examen après avoir achevé mon devoir français : *L'air atmosphérique, ses propriétés physiques et chimiques.* Il y a belle lurette que je ne sais plus rien de cela aussi je n'ai rien mis; j'ai aussi achevé ma composition d'histoire sur les guerres du règne de Louis XV que j'ai oubliées aussi et que pris au dépourvu je n'ai pas eu le temps de rapprendre. Ah! Tout ça n'est pas brillant, je ne sais ce qui sera la conclusion de tout ça. En tout cas ce soir je couche dans une pièce de maréchaux des logis, nous sommes 4 mais je reste encore à la 70e bat. Dans tout ce déluge d'imprévu et d'émotions, tes deux lettres d'aujourd'hui où tu devines ma lettre du 3 et y réponds, m'ont causé une joie inouïe. Je me fiche de toutes ces compositions du moment que tu m'aimes et me le prouves si gentiment, si complètement. Je te prends mon Lou, tu es à moi, je t'adore, je t'aime, je n'aime rien autre que toi. Oui, tu es moi-même et je suis toujours en toi comme tu es toujours là. Baisers, mon Lou, je m'énerve. Nous sommes Bd. Gambetta, un autre côté de Nîmes que tu ne connais pas, à l'Artillerie. Demain, dimanche, nous revenons pour l'examen d'arithmétique, l'algèbre, la géométrie, toutes choses que comme tout poète qui se respecte j'ignore complètement. —

Je reprends ma lettre après la sortie de l'examen. Je ne peux rien préjuger. J'ai été dîner et me revoilà au café. Demain aux mathématiques je vais sécher complètement. Après-demain lundi, examen d'intonation. Lou, mon Lou, maintenant la lettre du 3 si tu la reçois déchire-la car elle est sans objet... Tu as tout changé en mon âme. Ne sois pas triste, tu es adorable et je t'aime. Je te dis tout. Dis à Toutou que je l'aime beaucoup et suivrai tous ses conseils. Mon Lou, je ne suis pas méchant, je t'adore et cela m'affole souvent que tu sois loin de moi.

Oui, ma Lou, tu es ma Lou à moi, ma chose vivante que j'aime infiniment, mon bijou précieux, ma petite perle ronde comme ton derrière, comme tes deux petits seins infiniment jolis et si joliment fleuris de deux roses sans épines. Tu te donnes toute et je te prends toute comme tu te donnes ma toute chérie, oui, nous sommes ensemble pour toujours oui, tu m'as tout dit, et tu es si à moi et si en moi que tu devines tout de moi. Il y a une correspondance unique et inouïe entre nos âmes. Non, je n'ai plus de noir après tes lettres et tu me rends infiniment heureux. Ne sois pas triste, mon Lou. Ne sois pas triste puisque je ne suis plus triste.

Je suis ce soir un peu affolé par tout ce remue-ménage d'examen, par mon déménagement dans une chambre de sous-off. Je vais voir demain matin si j'ai mieux dormi. Lou, quand je pense à toi, je me raidis d'une façon inexprimable, tout mon être crie vers l'amour, l'amour c'est toi, toi en tout, tes cheveux de braise, tes chers yeux profonds et doux, la tendresse consentante de tout ton corps, la douceur merveilleusement savoureuse de ta salive, la saveur de ta chair secrète si enflammée, les torsions de ton corps. Il me semble que je te pénètre partout même là où tu le crains, il me semble voir tes soubresauts quand je te fais sentir que tu m'appartiens, que j'ai droit sur toi, droit de te mater, de te faire souffrir, droit d'anéantir ta fierté et ta volonté, il me semble voir ton orgueil fléchir et ta bouche me rendre hommage devant et derrière. Il me semble te voir déjà quand nous irons plus loin sur l'échelle de l'amour et que toutes les folies ouvriront leurs écluses pour nous entraîner au courant de la passion. Lou, tous les torrents de mon être rouleront en toi, je veux te fatiguer de toutes les façons et que tu demandes grâce à ton amant qui ne te l'accordera que si ça lui plaît. Je t'adore, je t'embrasse.

Gui.

1. Lettre du 9 janvier 1915, selon une note de Lou.

42

[Nîmes, le] 10 janvier 1915.

Mon Lou adoré,

Ce matin suite du concours. Les mathématiques. Naturellement j'ai séché sur toute la ligne, on n'a pas idée de demander des math. à un poète. Enfin! Demain examen d'artillerie. Tu comprends comme ça peut être brillant! Il y a un mois que je suis là! Puis concours d'intonation. Je me demande ce qui va résulter de tout cela. Bref, en sortant de ce fameux concours, j'ai mangé une fougasse qui est la fouace de Rabelais sans doute et ressemble aux fougassettes de Grasse. Te souviens-tu? Elles sentaient la fleur d'orange. Dieu, que ces temps idylliques d'innocence sont loin. Et comme j'aime mieux ce temps-ci qui est plus dur mais où tu m'aimes et es à moi. Ensuite, j'ai fait une promenade jusqu'à la Fontaine, suis retourné au temple de Diane et là ai surtout lu les marques de tâcherons, les inscriptions que les compagnons du tour de France ont laissées dans ces vieilles pierres au XVIIe et au XVIIIe siècle. Lajoie Bourguignon, La Verdure Bourguignon, La jeunesse Dophinet, etc, etc, et les dates, 1695, 1742, etc, et les équerres, les compas, tout ça m'a touché. Ensuite cathédrale, ensuite coiffeur où nous fûmes ensemble, c'est eux qui veulent me louer la chambre, le fils était avec moi au peloton des brigadiers. J'ai vu la chambre, pas mal, tu pourras prendre l'eau à la cuisine, il y a les waters, si la cuisine n'est pas louée tu pourras t'en servir pr faire chauffer l'eau, sinon lampe à alcool, la chambre 20 frs par mois, la pension qui se prend tout près et où il n'y a que 5 à 6 personnes, cuisine de famille,

60 frs par mois, ensemble 80 frs; chauffage, service, éclairage, je n'en sais pas le prix mais avec une vingtaine de francs par mois ça fera le compte soit une 100^{ne} de francs par mois.

La chambre est près du théâtre. Je crois que c'est pas mal. Ensuite déjeuner chez mon ami de Nice, puis promenade dans le vieux Nîmes, à l'hôtel de ville entré et vu au plafond de la cage d'escalier 4 crocodiles suspendus, le crocodile est je crois dans les armes de Nîmes.

Enfin je t'écris. J'ai reçu hier soir à la rentrée au quartier à 9 h. ta lettre envoyée de Nice la veille de mon arrivée en permission, cette lettre est adorablement gentille et si je l'avais reçue avant je n'aurais pas écrit la lettre du 3 que tu n'as pas reçue. Je t'adore, je te mange de baisers, je te désire de toutes mes forces. Je voudrais te prendre.

J'oubliais de te dire qu'hier soir, j'ai couché pour la 1re fois dans la chambre avec les maréchaux des logis. Tu parles si je suis mieux. Pas de comparaison. Je suis si bien que je me demande si ça durera. Dans le vieux Nîmes ai vu, rue Trésorerie, une sorte d'agence de location où on annonce chambres meublées depuis 12 frs. Mais je crois l'autre chose à 20 frs mieux. J'irai voir tout de même. Jane Mortier m'a écrit que tu ne lui as pas encore écrit.

Maintenant on reparle du départ du régiment pour Vincennes, mais je ne sais pas ce qu'il peut y avoir de vrai là-dedans.

Je t'adore mon Lou et par moi tout t'adore
Les chevaux que je vois s'ébrouer aux abords
L'appareil des monuments latins qui me contemplent
Les artilleurs vigoureux qui dans leur caserne rentrent
Le soleil qui descend lentement devant moi
Les fantassins bleu pâle qui partent pour le front pensent à toi.
Car ô ma chevelure de feu tu es la torche
Qui m'éclaire ce monde et, flamme, tu es ma force
                Dans le ciel les nuages
                Figurent ton image

Le mistral en passant
Emporte mes paroles
Tu en perçois le sens
C'est vers toi qu'elles volent
Tout le jour nos regards
Vont des Alpes au Gard
Du Gard à la Marine
Et quand le jour décline
Quand le sommeil nous prend
Dans nos lits différents
Nos songes nous rapprochent
Objets dans la même poche
Et nous vivons confondus
Dans le même rêve éperdu.
Mes songes te ressemblent
Les branches remuées ce sont tes yeux qui tremblent
Et je te vois partout toi si belle et si tendre.
Les clous de mes souliers brillent comme tes yeux
La vulve des juments est rose comme la tienne
Et nos armes graissées c'est comme quand tu me veux
Ô douceur de ma vie, c'est comme quand tu m'aimes.
L'hiver est doux, le ciel est bleu,
Refais-me le, refais-me le
Toi ma chère permission
Ma consigne ma faction.
Ton amour est mon uniforme
Tes doux baisers sont les boutons
Ils brillent comme l'or et l'ornent
Et tes bras si roses si longs
Sont les plus galants des galons
Un monsieur près de moi mange une glace blanche
Je songe au goût de ta chair et je songe à tes hanches
A gauche lit son journal une jeune dame blonde
Je songe à tes lettres où sont pour moi toutes les nouvelles du
monde
Il passe des marins, la mer meurt à tes pieds

Je regarde ta photo tu es l'univers entier
J'allume une allumette et vois ta chevelure
Tu es pour moi la vie cependant qu'elle dure
Et tu es l'avenir et mon éternité
Toi mon amour unique et la seule beauté

Gui.

43

Nîmes, le 11 janvier 1915.

Je suis content, mon Lou, j'ai reçu aujourd'hui deux lettres et une carte de toi. D'abord l'adorable lettre où tu réponds à Ma lettre du 3. Mon Lou jamais plus je ne douterai de toi De mon côté, Lou, je t'aime aussi à jamais et pour toujours. Tu es pour toujours ma maîtresse adorée et je suis ton maître. Nous nous sommes donnés l'un à l'autre de telle façon que rien ne pourra plus nous séparer, même la mort. Tu dois avoir le second brouillon et tes lettres à B. et à Mme A. sont certainement envoyées.

L'histoire d'élève officier est pour le moment compromise. L'examen a continué toute la journée. Les résultats sont maintenant acquis mais nous ne les connaîtrons que ce soir ou demain.

Quels sont tous ces amis à toi qui rappliquent à Nice et quelle est cette histoire de commissariat de police dont tu m'as fait espérer le récit et dont tu ne m'as plus reparlé?

C'est très gentil à toi d'avoir envoyé des oranges à Jane Mortier. Elle en sera certainement très touchée.

Oui, Lou, je crois en toi, en nous, je crois, je crois, je t'aime, je suis content, je te prends tout. Tu es la GRANDE CHOSE.

Mon Lou tu ne peux te figurer comme je t'ai désirée hier et cette nuit. Je m'imaginais ton corps, cette chère humidité de la grotte mystérieuse où gîte la volupté. J'ai imaginé que si tu ne me répondais pas comme je voulais, lors de notre prochaine rencontre, je t'aurais mise nue à quatre pattes comme une chienne. Je t'aurais fouaillée pendant que ta bouche m'aurait bu et si je ne t'avais pas jugée suffisamment humiliée je t'aurais piétinée. J'aurais foulé aux pieds ton ventre et ton derrière tour à tour sous les clous de mes souliers d'artilleur. Et meurtrie je t'aurais empalée. Ta lettre est venue et je songe que je te serre dans mes bras et te faisant menotte longuement, longuement, longuement.

Lou il fait froid ce soir. Je vais coucher pour la troisième fois dans la chambre des sous-off. Nous sommes quatre dont avec moi, mon camarade le grand mathématicien Nicolini, personnage inénarrable, le logis Nicolas et le logis Husson ou Busson, inspecteur d'enseignement et pédant, comme un instituteur allemand. Mais on fait ce qu'on veut, lumière quand on veut, pas d'appel, un soldat fait mon lit. C'est épatant. Pourvu que ça dure. Aujourd'hui donc continuation de l'examen, aptitudes au commandement. Je crois avoir bien commandé. Le colonel Pastoureau de la Besse m'a fait appeler, m'a dit qu'il ne pouvait pas encore préjuger des résultats du concours, car c'est un concours. Puis il m'a cité les poètes qui ont été soldats, il n'a d'ailleurs trouvé qu'André Chénier, qui, au demeurant, n'a jamais été soldat. Tout ça dans son bureau j'étais au *portez armes* avec le mousqueton, jugulaire au menton. Enfin, demain les résultats! Je t'embrasse mille fois, mon Lou adoré et te bois aussi, ma chérie.

Gui.

44

[Nîmes, le] 12 janvier 1915.

Mon Lou adoré, hier soir donc en rentrant à la caserne, trouvé dans notre chambre de logis Nicolini aussi inquiet que moi sur le concours. Moi, très grippé, ai été à l'infirmerie, pris cachet aspirine, tisane de bois de réglisse et comprimés de chlorate de potasse, puis rôdé avec le mathématicien Nicolini pour savoir les résultats, rien appris, ensuite été dans la chambre de notre instructeur l'ingénieur Latty, logis et neveu de l'archevêque d'Avignon, il nous a dit que le rassemblement serait à huit heures, là-dessus le vaguemestre de la 69, Giraud, baryton à l'Opéra-Comique [1], nous a conviés à voir dormir le garde-boule de la 69. Il dormait comme un ange calot en tête, cigarette à la bouche, on a fait du chahut, le baryton a chanté, on a usé un briquet à allumer sa cigarette, on l'a attaché sur son lit, finalement au moyen d'une allumette on lui a enflammé la moustache, il s'est dressé sur son lit le visage en flamme, a brisé ses liens et est retombé sur le côté gauche en ronflant. Ce fut une scène inénarrablement rigolote. Là-dessus on a été se coucher. Comme on n'avait rassemblement qu'à 8 h. je me suis levé à 7 h., on m'a apporté le café chaud au lit, je me suis lavé à fond, été à l'infirmerie prendre un bol de tisane, à la cantine ai mangé un anchois aux oignons, puis au rassemblement.

Nous sommes partis 38e en tête, puis 55e, 2o de montagne, coloniale, train des équipages et 19e à travers la ville jusqu'à l'état-major de l'artillerie. Attendu jusqu'à 9 h. Alors le colonel Pastoureau de la Besse et le capitaine Arnaud sont arrivés et le colonel a commencé son laïus : souvenirs de jeunesse, avertissement que les grades seront à titre provisoire et retirés après la guerre sauf pour ceux qui les auront gagnés un à un, puis discours sur nos aptitudes diverses : « C'est ainsi, m'a-t-il dit, devant tous les poilus, que j'ai eu le plaisir d'apprécier votre esprit, votre éducation et que vous m'avez procuré la satisfaction raffinée de parler de poésie avec vous » (je t'ai dit hier notre dialogue, mais tout le monde et M. Latty dit que je lui ai tapé dans l'œil au brave colonel). Puis il a parlé de nos devoirs, bon exemple, « quelques-uns d'entre vous n'ont même pas leurs souliers cirés ». Involontairement j'ai regardé mes pieds : « Ce n'est pas pour vous, m'a-t-il dit encore, vous vous tenez très bien! » Je commençais à être rassuré. Puis il nous a dit qu'on finissait le classement. Nous nous sommes égaillés sur le boulevard Masséna, nous avons pris d'assaut les pâtisseries et à 10 h. ½ on nous a rappelés. Alors retour du colonel, du commandant du 19e, du capitaine du 38e et des officiers examinateurs des compositions. Alors on a déclaré que j'étais classé 1er pour le style et la composition française (ce que j'ai pu mettre de moqueries dans ces choses-là est inimaginable;) et que Nicolini était premier pour les sciences. Puis on a dit qu'on formerait deux pelotons, un pour les jeunes, qui à la fin du peloton seront s'ils réussissent nommés aspirants et un autre pour nous, plus âgés, plus cultivés, qui serons successivement nommés brigadiers, logis et au bout de trois mois si nous donnons satisfaction serons nommés sous-lieutenants de réserve. Les grades seront temporaires pour les jeunes et définitifs pour nous autres. Ceux qui n'étaient pas nommés étaient rudement déçus. Là-dessus Arnaud s'est approché et nous a dit qu'il nous nommerait brigadiers bientôt et nous a dit que nous continuerions à être instruits par Latty, nous restons les mêmes : moi; Kaufer, ingénieur maritime de Toulon dont la grand-mère est cousine du père d'Athanoux; Nicolini; le prof. de philo. du collège d'Apt, D***; l'avocat niçois, C***; et deux nouveaux : un type du 19e; et un poilu de ma batterie nommé Murat. Le commandant du 19e nous a pris Nicolini et moi pour nous avertir que notre peloton durerait moins que l'autre et qu'il fallait en mettre, il a dit que nous nous complétions l'un l'autre au point de vue des connaissances générales et qu'il fallait faire un échange en travaillant ensemble. Puis le colonel a repris la parole, pour nous dire que nous avions quartier libre jusqu'à 9 heures. Alors nous sommes partis, le logis Latty, Kaufer, D*** et moi déjeuner à l'hôtel de Nice, ensuite promenade et maintenant café pour t'y écrire, je les ai semés. Voilà, Lou, le détail des événements relatifs à cette extraordinaire histoire des élèves officiers. Je suis brisé par la grippe et l'émotion. Mais je t'adore et te désire infiniment. Latty a dit que nous ne ferions que cheval et artillerie et surtout des tirs réels. Car pour l'artillerie je passe aussi pour être un des meilleurs, quoique je n'y connaisse pas encore grand-chose et il faut paraît-il que notre peloton de sept poilus soit le plus fort pour l'artillerie.

J'ajoute qu'il y a eu quelques surprises — moi, par exemple, je ne croyais pas que je passerais et parmi les jeunes un joli et gentil garçon nommé G*** qui avait très bien commandé et qui est très amusant au point de vue amoureux; (il est aussi bien pour hommes que pour femmes) a été refusé, de même Bisaiou qui n'avait peut-être pas été épatant au point de vue commandement mais qui est extrêmement joli, une vraie jolie fille blonde, très bien élevé d'ailleurs. Maintenant donc, nous restons dans nos petites piaules de logis, un soldat fait mon lit, pas d'appel, si tu viens le couchage en ville au moins 1 fois par semaine devient facile, plus de pansage, plus de balai, plus d'épluchage de patates. Parmi les plus contents il y avait le type de la coloniale, gentil garçon. Dans la coloniale l'avancement pour les canards de 2e classe est presque impossible, il faut 10 ans pour devenir brigadier, le type du train était enchanté aussi. On leur a dit à l'un et à l'autre qu'ils n'avaient pas été brillants mais qu'on les prenait parce qu'ils étaient seuls de leur régiment. Sur ceux du 2e de montagne de Nice on n'en a pris qu'un, les autres étaient navrés. Ils m'ont dit que leur service de canonniers à pied avec sac et marches dans les montagnes était très dur et qu'ils avaient espéré pouvoir améliorer leur sort. Le colonel leur a dit qu'ils avaient été aussi nuls les uns que les autres et qu'on en prenait un pour ne pas sacrifier entièrement de la chance [2] et que celui qui avait été pris pouvait estimer avoir de la chance, car on l'avait tiré au sort. D'ailleurs la poste où j'ai été t'envoyer le télégramme était pleine des poilus reçus qui envoyaient un télégramme à peu près identique.

Mon Lou, je veux te reparler maintenant de l'Amour
Il monte dans mon cœur comme le soleil sur le jour
Et soleil il agite ses rayons comme des fouets
Pour activer nos âmes et les lier
Mon amour c'est seulement ton bonheur
Et ton bonheur c'est seulement ma volonté
Ton amour doit être passionné de douleur
Ma volonté se confond avec ton désir et ta beauté.
Ah! Ah! te revoilà devant moi toute nue
Captive adorée, toi la dernière venue
Tes seins ont le goût pâle des kakis et des figues de barbarie
Hanches, fruits confits, je les aime, ma chérie
L'écume de la mer dont naquit la déesse
Évoque celle-là qui naît de ma caresse.
Si tu marches, Splendeur, tes yeux ont le luisant
D'un sabre au doux regard prêt à se teindre de sang
Si tu te couches, Douceur, tu deviens mon orgie
Et le mets savoureux de notre liturgie
Si tu te courbes, Ardeur, comme une flamme au vent,
Des atteintes du feu jamais rien n'est décevant
Je flambe dans ta flamme et suis de ton amour
Le phénix qui se meurt et renaît chaque jour.
Chaque jour
Mon amour
Va vers toi ma chérie
Comme un tramway

Il grince et crie
Sur les rails où je vais
La nuit m'envoie ses violettes
Reçois-les car je te les jette.
Le soleil est mort doucement
Comme est mort l'ancien roman
De nos fausses amours passées.
Les violettes sont tressées.
Si d'or te couronnait le jour
La nuit t'enguirlande à son tour.

Mon Lou mon amour, je t'embrasse mille fois, je te prends toute passionnément, de toutes mes forces, de partout, je te prends, je t'aime je t'adore, je ne vis que pour [que] tu sois à moi, ma chose, ma chose obéissante et adorable.

Gui.

1. Il est cité dans le poème *A Nîmes (Calligrammes)* :

Le bon chanteur Girault (sic) *nous chante après 9 heures*
Un grand air d'opéra toi l'écoutant tu pleures.

Il avait débuté le 23 décembre 1903 à l'Opéra-Comique dans le Promoteur de *La Reine Fiamette* (livret de Catulle Mendès, musique de Xavier Leroux) et s'était spécialisé dans les petits rôles de composition du répertoire de l'Opéra-Comique.

2. *Sic.*

45

[Nîmes, le] 13 janvier 1915.

Mon Lou, reçu ta lettre du dix et tu peux penser si l'histoire du capitaine Foutriquet m'a amusé. Ne te désespère pas pour Toutou et puisque l'histoire du parent malade peut compliquer les choses renonces-y — Vois toi-même. Je ne sais pas, je ne peux pas donner de conseils à ce propos, Lou adorée, parce qu'ici on n'a aucun renseignement sauf qu'il paraît que les permissions se donnent beaucoup plus difficilement maintenant qu'avant le nouvel an.

Dis bonjour à Toutou et dis-lui combien je souhaite que tu réussisses. Je suis grippé depuis hier. Je vais prendre des tisanes, des comprimés d'aspirine à l'infirmerie où l'on est très gentil. Aujourd'hui on nous a félicités de nos succès d'examens. Tu parles si je suis content. Maintenant, j'ai encore un scrupule malgré ce que tu peux dire car il paraît que même si je réussis à devenir officier je ne partirai pas sur le front avant six mois peut-être huit... Qu'en penses-tu, sérieusement et sans égoïsme, mon Lou? Écris-le moi. Aujourd'hui champ de tir, on nous a fait aller sur les arrière-trains comme servants et je t'assure qu'on est rudement mal sur ces arrière-trains.

Maintenant, il paraît qu'on ne peut être officier dans le régiment où on a suivi le peloton. Si je pouvais aller à Nice ce serait épatant! Mais je ne sais rien encore.

Lou, encore une fois je veux que tu ne te fasses pas menotte trop souvent. Je vais être jaloux de ton doigt. Je veux que tu me dises quand tu t'ais [1] fait menotte et que tu résistes un peu. Je serai obligé de te corriger. Tu ne fais aucun effort de ce côté. Tu es merveilleusement jolie; je ne veux pas que tu te fanes en t'épuisant par les plaisirs solitaires. Je veux te revoir épatamment fraîche, sans quoi tu recevras des claques comme un écolier qui s'est branlé au lieu d'apprendre ses leçons. Quand on était au collège on faisait un trou à sa poche droite, on passait la main et on faisait ça pendant toute l'étude. Yeux cernés. Mais je ne veux pas qu'une grande fille comme toi qui a un cul superbe et a déjà fait cornard son mari, se branle comme un petit garçon pas sage. Si tu fais ainsi, c'est le fouet que tu auras, ma gosse, le fouet pour te mater. Tu auras beau faire métalliser ton derrière, je te fesserai jusqu'au sang, de manière que tu ne puisses plus t'asseoir. Ton cul payera pour ton petit con, ma chérie. Je te désire éperdument. Je n'en puis plus. Je ne sais si on me donnera une permission pr Nice avant longtemps. Il me tarde que tu sois là. Si tu savais comme j'ai envie de faire l'amour, c'est inimaginable. C'est à chaque instant la tentation de saint Antoine, tes totos chéris, ton cul splendide, tes poils, ton trou de balle, l'intérieur si animé, si doux et si serré de ta petite sœur, je passe mon temps à penser à ça, à ta bouche, à tes narines. C'est un véritable supplice. C'est extraordinaire, ce que je peux te désirer. Tu m'as fait oublier mes anciennes maîtresses à un point inimaginable. Pourtant elles étaient jolies. Je ne les vois plus que comme de la m...de. L'Anglaise qui était épatante, blonde comme la lune, des tétons épatants, gros et fermes et droits, qui bandaient dès qu'on les touchait et la mettaient de suite en chaleur, un cul mirobolant énorme et une taille mince à ravir. Elle n'est plus rien. Marie L. ravissamment faite, un des plus gros derrières du monde et que je transperçais avec un âcre plaisir. Elle n'est pas plus que du crottin. Toi seule, mon Lou adoré, ma chère captive, ma chère fouettée, toi seule existes. Mon Lou je me souviens de notre 69 épatant à Grasse. Quand on se reverra on recommencera. Si ça continue, je me demande si je ne serai pas obligé de me faire menotte moi aussi en ton honneur. C'est tout de même malheureux d'être privé de toi. Le désir au fur et à mesure qu'il s'accroît devient un supplice. Je te couvre de baisers partout, tes chers pieds que j'aime tant je leur fais petit salé, entre chaque doigt, je remonte le long du mollet que je mordille, tes belles cuisses, je m'arrête au centre et parcours longtemps de la langue la cloison qui sépare tes deux trous adorés. Je les adore toutes, les neuf portes sacrées de ton corps, le vagin royal où bouillonne la cyprine voluptueuse que tu me prodigues ô chérie et d'où s'épanche l'or en fusion de ton pipi mignon, l'anus plissé et jaune comme un Chinois où pénétrant je t'ai fait crier de douleur âcre, la bouche adorable où ta salive a le goût des fruits que j'aime le mieux, les deux narines où j'ai mis ma langue et qui ont une saveur salée délicieusement délicate et ces deux oreilles si chaudes, si nerveuses. Les neuf portes de ton corps sont les entrées merveilleuses du plus beau, du plus noble palais du monde. Que je l'aime ma chérie. J'oubliais tes deux yeux chauds et salés comme la mer et plus profonds que ses gouffres. Neuf portes, ô mes neuf muses, quand vous entrouvrirai-je encore? Ma chérie, ma chérie, tu ne peux pas imaginer à quel point je te voudrais. Dis-moi quels sont ces amis à toi qui sont maintenant à Nice. Lou, je ne veux pas que tu t'ennuies, amuse-toi je ne veux pas que tu t'embêtes mais je ne veux pas non plus que tu ailles plus loin que tu ne dois, et ça tu le sais toi-même. Mais Lou pas trop de menotte. Écris, fais quelque chose. Je t'embrasse, je t'aime, je t'adore, je te suce, je te baise, je t'encule, je te lèche, je te fais feuille de rose, boule de neige, tout tout tout absolument tout mon adorée, je te prends toute. Ton

Gui.

1. Tournure constante sous sa plume dans cette expression.

46

Nîmes, 14 janvier 1915.

Mon petit Lou, reçu ta lettre du 12 pour laquelle tu auras une rude fessée que je veux que tu me rappelles toi-même si je l'oubliais. Tu es bien au chaud, à tirer ta flemme et voilà que tu te mets à douter de moi. Moi, je peux douter de moi par fatigue, je ne sais quoi, mais toi, tu vas douter de moi, qui suis ton maître, qui ai tous les droits, toutes les puissances sur toi. C'est insensé. Je t'apprendrai mon Lou que tu m'appartiens et je trouve que tu considères bien à la légère le pouvoir que j'ai sur toi. Je veux que tu aimes tout ce que je te ferai. Il n'y a pas de mal de moi à toi. Tu dois être heureuse de tout ce que je te ferai et tu dois embrasser passionnément le fouet que je brandirai, et tu devras me demander très sincèrement encore. Ce n'est pas seulement ton imagination qui doit être en jeu, c'est aussi ton derrière, ton gros cul qui doit souhaiter les coups comme une grande volupté, si c'est mon bon plaisir de lui en donner, comme tes joues doivent être heureuses des gifles que je puis leur flanquer, si ça me dit. Coups ou baisers ce doit être aussi épatant pour toi, du moment que ça vient de moi. Les coups doivent être seulement considérés comme de gros baisers, et les baisers comme de petits coups. Si quand tu es à froid, tu redoutes les gros baisers, sois si exquise, si passionnée, si adorable que tu ne mérites que les petits coups de ma bouche. Mais tu sais que je t'aime autant dans ma sévérité que dans ma douceur, de même que [le] plus petit bout de ta chair est aussi chéri par moi que le reste, mon amour adoré — Tu vois, amour chéri, que tu devinais juste, puisqu'en effet pour la composition de français j'ai été classé le 1er. Tu as eu des vers avant-hier, je t'en enverrai chaque fois que j'aurai le temps d'en faire. Ne les perds pas car je les réunirai (les meilleurs) en volume et je n'en ai pas copie car je te les écris directement [1].

1. Lettre incomplète; elle devait comporter plusieurs feuillets, le premier seul a été conservé.

47

[Nîmes, le] 14 janvier 1915.

Lou, je viens de recevoir ta lettre du 11. C'est le Psalmiste, ma chérie, qui dit que la crainte du Seigneur, etc., le Psalmiste, c'est-à-dire le roi David lui-même et il s'y connaissait ce poète merveilleux ancien chef de brigands, un des plus grands rois du monde et un des 9 de la Renommée [1].

Maintenant nous sommes 9 à notre peloton, Dieu veuille aussi que ce soient les 9 de la Renommée.

Je viens de lire *l'Action française* — Sembat est ministre des Travaux publics, ne l'oublie pas quand tu écriras à sa femme c'est d'ailleurs pour ça que je t'écris. C'est la 2e lettre aujourd'hui. Écoute, quand tu viendras à Nîmes, tu chercheras toi-même. Les chambres pas chères abondent. Celle que je te dis est bien centrale, chez des gens gentils, très propre. Tu me prends décidément pour un noc, incapable de te trouver une piaule sous prétexte que tu es sensitif [2], je le sais bien, mon Lou, et c'est une des raisons pour quoi je t'adore.

Enfin je bouge plus pour ta chambre mais nom d'une pipe viens vite. J'ai envie de toi. Qui sont ces Desmazières avec qui tu t'es pouffée ? Tu m'as l'air de ne pas t'embêter loin de moi, grand rat doré. Je t'aime et t'embrasse partout mille fois.

Gui.

Mon ami Léautaud m'a écrit une lettre touchante que je t'envoie, il a mis cent sous dedans et n'est pas riche du tout. J'en ai pleuré. Il y a aussi une carte de L. de G. Frick qui est un de ceux qui aiment le mieux ce que je fais — je savais qu'il se bat depuis le 1er jour. Il m'écrit qu'il récite mes poèmes aux poilus dans les tranchées. C'est plus intéressant mon Lou que la baronne. Je t'aime.

1. Les « Neuf Preux » ou « Neuf de la Renommée » est un thème médiéval. Ces modèles de vaillance et d'honneur sont Josué, David, Judas Macchabée, Hector, Alexandre, Jules César, Arthur de Bretagne, Charlemagne et Godefroy de Bouillon. On leur adjoignit plus tard neuf « Preues » ou « Preuses ». Apollinaire évoque la vision des Neuf de la Renommée dans un épisode de *La Femme assise*. Voir sur ce sujet *Le Cri des Neuf de la Renommée*, par Robert Guiette, dans *Guillaume Apollinaire 7* (Minard, 1968).

2. *Sic;* on aura déjà remarqué qu'Apollinaire emploie volontiers le masculin à propos de Lou.

48

[Nîmes, le] 15 janvier 1915.

Mon pauvre petit Lou, j'ai reçu aujourd'hui 2 lettres bien tristes de toi — celle du 2 et celle du 13 (entre parenthèses te prie de toujours dater tes lettres, le jour de la semaine ne suffit pas) celle du 2 a mis 13 jours à venir, la cave de Folicon s'y présente comme une immense caverne pas engageante du tout tu venais de me quitter...

Ta lettre du 13 plus triste. Toutou est toujours dans l'artillerie mais il est agent de liaison, ce que nous serons probablement pour commencer quand nous irons au front. Justement la leçon était aujourd'hui là-dessus. Au début de la guerre, le service des liaisons étant imparfait il est arrivé que l'artillerie française a tiré sur l'infanterie française. Or l'infanterie doit être protégée par l'artillerie. L'agent de liaison est le lien entre l'infanterie 1re ligne et l'artillerie qui la protège, il renseigne l'une et l'autre sur leurs positions réciproques et évite le fratricide sacrilège. C'est un poste important et assez dangereux, mais ce n'est pas l'infanterie. L'agent de liaison a beaucoup d'initiative à montrer, il est presque toujours en route et seul. Poste assez dangereux mais où on a l'avantage d'être seul et de pouvoir être dissimulé (défilé de l'ennemi est le terme plus exact) assez facilement. J'ai interrogé le logis Jaboulet qui a été agent de liaison, il a été blessé d'un éclat d'obus, mais il dit qu'on risque moins que dans beaucoup de postes parce qu'on ne combat pas. C'est bien moins dangereux que d'être colonel d'infanterie, capitaine d'artillerie et brigadier de tir dans l'artillerie. C'est un poste de confiance.

Il se peut qu'on attrape quelque chose mais on n'est presque jamais visé. En tout cas, ça n'a rien à voir avec l'infanterie.

Voilà, mon Lou.

Les agents de liaison sont très nombreux, officiers ou sous-officiers, car l'important dans une armée c'est que tous les corps, toutes les armes puissent coopérer de façon efficace.

Ne te fais pas trop de souci mon Lou puisque Toutou t'a promis d'être prudent et qu'en principe il ne participe pas aux combats.

Soigne-toi, ne t'énerve pas. Mémée est-elle guérie ? Salue-la de ma part. Ne sois pas si triste, mon Lou adoré.

J'ai eu la grippe ces jours derniers, vais mieux ce soir. Tombé de cheval, pas fait de mal. Ce n'est pas comme mon camarade C*** de Nice qui est tombé au galop la tête contre un mur, je l'ai cru mort, on l'a transporté à l'infirmerie. Je ne sais pas ce qu'il est devenu.

Je t'aime beaucoup. Je suis fatigué, fatigué, mais je suis assez gai. Aujourd'hui nous avons étalonné nos mains pour pouvoir mesurer les distances avec les doigts. Je t'embrasse.

Gui.

49

[Nîmes, le] 16 janvier 1915.

Mon Lou,

J'avais écrit à Borys pour la permission et aussi pour le peloton des élèves officiers. Il a écrit aujourd'hui au colonel et au capitaine. C'était trop tard pour le peloton d'É. O. R. mais j'espère que Borys étant dans ces dispositions, ça pourra influer sur l'examen final, car évidemment, il y aura beaucoup de recalés à l'examen final. En tout cas le capitaine m'a fait appeler aujourd'hui et m'a dit que j'avais 24 h. pour dimanche prochain. Je tâcherai de partir à la même heure pour arriver à la même heure; en tout cas, si je ne suis pas à ce train, ce sera comme pour l'autre fois; renseigne-toi sur les trains possibles et sois là, retiens la chambre et télégraphie dès le reçu de cette lettre ou bien si tu pars pour le front télégraphie pour que je renonce à la permission.

Reçu ta lettre du 14, tu passes de mauvaises heures et Toutou vaut bien cela, mon pauvre petit Lou, tu as raison de l'aimer ainsi et je t'approuve, mais ne t'affole pas, Toutou ne risque rien, c'est moi qui te le dis, je l'aime trop moi-même pour qu'il lui arrive quelque chose. Ne t'affole pas, n'écris à personne, tous les postes sont dangereux dans la guerre et celui de Toutou ne l'est pas plus que celui de la plupart des acteurs de cette lutte. Tu sais que je ne voudrais pas te tromper et que je ne suis pas menteur, chérie. Agent de liaison c'est agent de liaison et il se peut qu'on soit tué en chemin, mais on risque moins tout de même qu'en prenant part aux combats. Les postes les plus dangereux dans l'artillerie sont brigadier de tir et capitaine. Le reste c'est la chance. Donc pas d'affolement. D'ailleurs Toutou n'a pas été autre chose jusqu'à présent qu'agent de liaison d'après ce que j'ai compris, il ne risque pas plus maintenant qu'avant, sauf qu'il s'avance plus, mais pas jusque dans la tranchée de 1re ligne, le colonel d'infanterie restant en arrière de son régiment. Pascal n'en sait pas plus que moi puisque son instruction ne porte pas sur ces points qui font au contraire partie de la mienne, ne lui écris pas, avec le mauvais esprit que je lui connais, il t'affolerait. D'ailleurs, Toutou blessé, ce serait pour lui le repos et il ne risque guère à moins de malchance que des éclats d'obus égarés, et il serait bien étonnant qu'ils fissent autre chose que le blesser. Tu sais que j'ai l'habitude de voir les choses au pire afin de ne pas être surpris, donc ma lettre — celle-ci — est pessimiste et en l'espèce elle doit te rassurer, je t'assure mon Lou, Toutou nous reviendra...

Je t'aime mon Lou, n'aie pas bobo, tu as bien fait d'écrire ainsi à M. B. et Mme S.; je n'avais pas pensé à ce domicile particulier pourtant je crois bien que les Berthelot n'habitaient pas Bd. du Montparnasse en 1910 — ils y habitent maintenant, j'ai oublié le numéro. Enfin les lettres parviendront toujours.

Mme Agutte, c'est le nom de peintre de Mme Sembat, c'est sa femme légitime et pas sa maîtresse. Tu as bien fait d'écrire à Mme Mortier.

Fais l'effort pour ne pas te faire menotte, fais-le, il le faut, je le veux, maîtrise-toi, un peu de volonté. Tu as besoin d'être corrigée, c'est pour ton bien et parce que je t'aime qu'il faut que j'en vienne là. Et il faut que je le fasse d'autant plus sévèrement que je t'aime davantage. Tu dois faire plier ton orgueil devant mes ordres, tu es à moi, tu dois m'obéir. Je ne veux pas que tu t'affoles, si tu t'affoles encore comme cela, je me fâcherai et ce sera pire que tout ce que je t'ai dit et que tu sais.

Le *Mercure de France* t'a-t-il envoyé mon volume de *l'Arétin* [1]?

Donc écris vite pour la permission. Je t'adore, mais ne

t'affole pas, ne t'attriste pas, mais aussi dans les moments tranquilles ne te laisse pas aller à faire le noc. Tu es extraordinaire et il me semble que tu mérites plus de sévérité que je n'en ai encore eu. Prends garde, Lou, prends garde, ne me rends pas méchant en faisant des bêtises, toi qui es digne de ne pas en faire, qui ne dois pas en faire. Voyons, Lou, réfléchis un peu, tu es intelligente, tu es d'une race merveilleuse, et des fois tu agis comme un petit noc, allons un peu de fierté, elle doit se développer d'autant plus qu'elle s'est abaissée devant moi, je te l'ai dit, cet abaissement volontaire de ton orgueil doit augmenter ta volonté, ta fierté, toutes tes facultés quand elles s'exercent pour tout autre que moi, je suis ton roi, ton souverain, ton maître, le reste est à toi, tu as tous les droits dessus. Tu as beaucoup de revanches à prendre dans la vie, tu as mon appui et Toutou est à ta disposition, avec tes deux amis tu es la reine du monde entier. Avec moi et Toutou Lou, avec le reste Louve, voilà ce que tu dois être. Mesure, modère la menotte, qu'elle ne t'emprisonne pas, qu'elle ne t'annihile pas, chérie, belle chérie. Domine tes désirs comme ton amant modère les siens qui sont aussi vifs je te jure que les tiens, car il te désire de toutes ses forces, toi mon Lou qui es la plus désirable des femmes, la plus belle fille du monde, et j'espère que dimanche elle pourra me donner tout ce qu'elle a, j'en ai une envie folle, je t'aime.

Gui.

1. Voir la note 1 de la lettre 19.

50

[Nîmes, le] 17 janvier dimanche 1915.

Mon chéri, je t'ai écrit hier pour ma permission, je tâcherai de partir dans la nuit du vendredi pour arriver samedi à midi, sois aux trois trains comme tu devais l'être l'autre fois, mais renseigne-toi des heures d'arrivées qui ont pu changer, télégraphie pour savoir si c'est entendu, ou dans le cas où tu serais partie pour que je renonce à ma permission. Dans le cas où tu aurais ta permission pr Toutou, tâche de faire coïncider ma permission et ton passage à Marseille, où nous resterions le temps de la permission. Télégraphie donc pour savoir si c'est bien ainsi. Si la permission se passe à Nice, toujours au P. L. M. n'est-ce pas?

Je te demande encore, mon Lou, de m'envoyer des nouvelles de Toutou dans chaque lettre. Comment vont tes affaires avec ta mère [1]?

Hier soir j'ai demandé la permission de la journée avec le Niçois Dulla qui partage sa chambre en ville avec moi. Le cuisinier de la batterie est son propre boucher de Nice. Il lui a donné une entrecôte, que notre voisine nous a fait cuire avec des pommes de terre. Sortis à huit heures, on a pris une douche, rasés, on a été entendre la messe en musique à Saint-Paul, près du théâtre, ensuite bien déjeuné, entrecôte aux pommes, roquefort, oranges de Baratier, 1 litre de vin du Gard. Cette nuit je m'étais couché à 11 h. Le ciel était merveilleux, le dicton latin dit du ciel de Nîmes qu'il est égyptien, caelum aegyptiacum. Aujourd'hui mistral et beau temps.

Je t'envoie un article du *Niçois* où Aurel parle gentiment de moi et cite une de mes lettres [2]. Garde-moi l'article. Je te demande encore, mon Lou, de répondre à mes lettres. Si tu les lis, réponds-y. Si tu ne les lis pas... Obéis-moi, Lou! Sans quoi, je t'assure que je me fâcherai, pan pan pour de bon. Je voudrais que tu sois tellement à moi, que je n'aie qu'à te bercer dans mes bras et te prendre et que je n'aie jamais à te fesser autrement que pour m'amuser et t'exciter un peu, mais si tu continues à être désobéissante, il faudra que j'apporte un fouet de conducteur et tu verras. Pour menotte de même, je veux que tu fasses des efforts pour t'y livrer plus rarement. Tu comprends, je ne te demande pas de renoncer à cette récréation, mais de ne pas t'y livrer tous les soirs, car ainsi tu en abuses, t'abîmerais et je veux mon Lou aussi joli toujours que quand j'ai commencé de l'adorer, je veux même qu'il embellisse sous ma domination. Pour cela je veux que sincèrement tu me dises, c'est-à-dire m'écrives chaque fois que tu t'es fait menotte, JE LE VEUX. Je sais bien, du premier coup tu n'arriveras pas à exercer suffisamment ta volonté, mais peu à peu, tu te domineras. Résiste d'abord une fois de temps en temps... Ainsi fais-le toi après reçu de cette lettre en pensant que je t'adore, que je te désire, que je pense à ta nudité exquise de Salomé se branlant devant la tête coupée du Baptiste. Pense combien j'aime tes seins qui sont comme d'exquises meringues sur lesquelles aurait neigé un coucher de soleil rose. Regarde tes belles fesses tremblantes que j'ai fouettées avec délices et dont les palpitations me font tressaillir rien qu'à m'en souvenir. Cette Suisse de ton corps est plus agréable et plus belle que toutes les Alpes avec le mont Blanc, le Righi et le mont Rose. Regarde tes beaux yeux dont les regards se déroulent comme des câbles qui nous ont liés à jamais. Pense que je t'aime autant avec l'âme qu'avec le corps et le lendemain pleine de cette pensée résiste, ne te fais pas menotte. Songe à la douceur, au charme de nos entretiens, contemple ton esprit charmant dont j'adore les traits inattendus et si aigu [3], songe à cette belle intelligence qu'est la tienne dès que tu veux la porter vers le beau idéal et où je veux me regarder toujours avec complaisance. J'ai vu aujourd'hui à un coin de rue du vieux Nîmes cette annonce singulière en gros caractères : *La maison Platon n'a pas de succursale.* Elle a bien raison, la maison Platon, qu'elle reste où elle est, elle n'a pas une succursale en notre amour qui n'est point, qui ne peut pas, qui ne pourra jamais être platonique, mais il faut que nous nous aimions autant hors de la chair que dans la chair. Pour moi je t'aime autant en l'un qu'en l'autre et je t'assure que ce n'est pas peu dire. Il faut donc que ta vie ne soit pas confinée dans ta chair, il faut que parfois tout ton cerveau, toute ton âme, tout ton cœur se mettent entre ton doigt délicat et ton bouton délicieux et en empêchent le voluptueux contact.

C'est l'hiver et déjà j'ai revu des bourgeons
Aux figuiers dans les clos. Mon amour, nous bougeons
Vers la paix, ce printemps de la guerre où nous sommes.
Nous sommes bien. Là-bas, entends le cri des hommes.
Un marin japonais se gratte l'œil gauche avec l'orteil droit
Sur le chemin de l'exil voici des fils de rois
Mon cœur tourne autour de toi comme un kolo où dansent quelques jeunes soldats serbes auprès d'une pucelle endormie
Le fantassin blond fait la chasse aux morpions sous la pluie
Un belge interné dans les Pays-Bas lit un journal où il est question de moi
Sur la digue une reine regarde le champ de bataille avec effroi
L'ambulancier ferme les yeux devant l'horrible blessure
Le sonneur voit le beffroi tomber comme une poire trop mûre
Le capitaine anglais dont le vaisseau coule tire une dernière pipe d'opium
Ils crient. Cri vers le printemps de paix qui va venir. Entends le cri des hommes.
Mais mon cri va vers toi mon Lou tu es ma paix et mon printemps
Tu es, ma Lou chérie, le bonheur que j'attends.

C'est pour notre bonheur que je me prépare à la mort
C'est pour notre bonheur que dans la vie j'espère encore.
C'est pour notre bonheur que luttent les armées
Que l'on pointe au miroir sur l'infanterie décimée
Que passent les obus comme des étoiles filantes
Que vont les prisonniers en troupes dolentes
Et que mon cœur ne bat que pour toi ma chérie
Mon amour, ô mon Lou, mon art et mon artillerie.

Gui.

1. Lou était alors en litige avec sa mère au sujet de l'héritage de son père.

2. Cet article a paru dans *Le Petit Niçois* du 13 janvier. Il est intitulé *Les Intellectuels au feu. Les Poètes soldats.*

Aurel y évoque l'action des intellectuels et des poètes mobilisés. Elle cite une lettre de Mercereau, brancardier, puis écrit :

« En d'autres cas, la nature sensible de l'artiste le gênant, il doit s'armer contre la compassion pour se durcir comme soldat. Il travaille donc. Et voici un aspect du calme que répand sur le cœur de l'homme ce que j'appellerai le travail de la guerre, aspect donné par Apollinaire, né Polonais, engagé volontaire et poète français. Il n'a pas encore vu le feu; et sur l'artiste impressionnable, le labeur de préparation « dès la caserne » a mis comme une paix régulatrice. Déjà semblerait-il agir, la guerre nous débarrasse de son spectre, les récits tragiques des carnages n'agitent plus. « Il n'y a plus que nos chevaux et nos canons. Le travail remplit tout, dit le poète. Et rien, pas même le danger de mort, ne pourrait nous détourner de notre devoir. Je ne crois pas qu'il soit difficile, ou pénible, de mourir dans ces conditions merveilleuses où nous met la discipline. » N'est-il pas admirable de songer que par le seul travail coordonné, et sans qu'il soit besoin même de la valeur, l'homme est déjà mis dans l'état de quiétude parfaite du héros, sérénité qui rend l'héroïsme inutile. Comme si à elles seules, la tâche quotidienne, la pauvreté, l'obéissance du soldat impliquaient l'héroïsme. Cela ne pouvait sortir nettement que d'une lettre de poète, c'est-à-dire de l'homme conscient par excellence. »

3. *Sic.*

51

Lettre à lire tout entière!!!

[Nîmes, le] 18 janvier [19]15.

Ci-joint un chèque de 111 francs que tu toucheras et mettras de côté pour toi ou moi selon les besoins

Lou adoré! 3 choses de toi ce matin, mot où tu demandes adresse de Pascal. Il n'écrit plus — je ne sais ce qu'il est devenu. Je n'ai pas l'adresse sous la main, te l'enverrai si tu en as besoin. A propos de ta lettre du 15, si tu me dis tout, tu es gentille et je t'aime. Pour ce qui concerne Mora, la question ne repose pas seulement dans les promesses que tu es assez noble pour tenir mais aussi dans ton âme et ton désir. Je t'ai dit que je voulais que tu sois ma chose librement, par conséquent l'accomplissement de tes promesses ne me suffit pas, il me faut ta vie, ton sang, chaque respiration de ta poitrine, chacun de tes désirs et tout l'assentiment de ta volonté, de ton corps, de ton esprit. Donc, cela signifie que rien de ta vie passée ne peut subsister en toi comme délectation. Tu dois tout oublier pour n'être plus que mienne, petite comtesse de Coligny! Ce n'est pas un sacrifice que j'estime te demander là, c'est la moindre des choses. Ce n'est pas la dernière chose au demeurant que je te demande. Tu es liée et libre. Tu peux encore refuser, mais pour m'aimer il faut toujours te lier davantage à moi et tu me posséderas d'autant mieux que je t'aurai plus à moi, le plus complètement possible... Si tu m'annonces déjà que ton juillet est pris, tu es le meilleur juge de tes sentiments et de ta volonté, ta plus sage volonté à mon égard... Et je te le dis, je ne suis pas jaloux de ce qui pourrait se passer entre toi et les autres... tu le sais d'ailleurs... mais je suis jaloux de toi, de ce que tu sois complètement à moi et tes dernières lettres montrent un affairement et des tas de préoccupations (naturellement pas de Toutou qu'il s'agit) qui me privent de ton obéissance, de ta tendresse, et presque de tes lettres qui s'accourcissent comme les jours en automne. Je ne m'affole pas de tes amis, mais, Lou, je connais Nice.— Fiche-toi bien des gens, ce ne sera qu'ainsi que tu retrouveras cette force de caractère, cette puissance qui doivent être ton apanage et dont tu ne dois abdiquer qu'en ma faveur.

Qu'est-ce que ces renseignements de Matte? En tout cas pour ma permission de dimanche — il vaudrait peut-être mieux que tu ne m'entraînasses pas déjeuner à Baratier comme lui.

Je recevrais volontiers des lettres comme celles en question mais évidemment je ne suis pas favorisé comme le fameux blessé.

J'aime bien que tu aies trouvé jolie la lettre du petit conducteur. — La lettre d'Yvonne Prath [1] est moins mal que tu ne crois, je t'expliquerai comment. En tout cas, elle est très gentille, et très gentiment, en camarade un peu d'argent chaque mois, c'est rudement gentil tout de même, par les temps où nous sommes. Tu m'écris « je t'adore » à la fin de cette lettre, mais je ne sais pas si tu pensais beaucoup à cela... Ta lettre du lendemain si courte me révèle que tu ne lis pas mes lettres... (A propos de ta lettre du 16 [2].) Alors, si tu ne les lis pas, pas la peine que moi qui de ma vie n'ai écrit à quelqu'un tant de lettres et surtout de si longues m'échine à t'en écrire. Je vais cesser tout simplement. Tu me promets toujours de longues lettres et tu ne lis même pas les miennes. Elles sont longues parce que je pensais te faire plaisir. Mais je te prie de m'excuser. Dorénavant elles seront plus courtes et d'accord avec les tiennes.

Mais non, Lou, arrivée ici, tu descendras au Nice jusqu'à ce que tu aies trouvé — c'est rien — Je regarderai tout de même — En tout cas, et c'est là que je dis que tu ne lis pas mes lettres, car dans la lettre où je parlais de la chambre, je parlais aussi de la pension que tu aurais prise avec tes propriétaires — braves gens — dans une pension de 5 à 6 personnes, cuisine de famille, où l'on t'aurait servie à 9 h. si tu avais voulu — Mais je ne veux pas te gronder — Non je ne connais pas Nîmes mieux que toi — je connais même très mal cette ville où il fait aujourd'hui un froid de Loup. Tandis que je voudrais qu'il y fît un chaud de Lou.

Maintenant, je te prie de plus me chiner sur le métier de poète. Je sais bien que c'est gentiment mais c'est une habitude que tu prendrais facilement. D'abord être poète ne prouve pas qu'on ne puisse faire autre chose. Beaucoup de poètes ont été autre chose et fort bien — (je t'écris à la cantine — excuse ce papier, Lou chéri —). D'autre part, le métier de poète n'est pas inutile, ni fou, ni frivole. Les poètes sont les créateurs, (poète vient du grec et signifie en effet créateur et *poésie* signifie création) — Rien ne vient donc sur terre, n'apparaît aux yeux des hommes s'il n'a d'abord été imaginé par un poète [3]. L'amour même, c'est la poésie naturelle de la vie, l'instinct naturel qui nous pousse à créer de la vie, à reproduire. Je te dis cela pour te montrer que je n'exerce pas le métier de poète simplement pour avoir l'air de faire quelque chose et de ne rien faire en réalité. Je sais que ceux qui se livrent au travail de la poésie font quelque chose d'essentiel, de primordial, de nécessaire avant toute chose, quelque chose enfin de divin. Je ne parle pas bien entendu des simples versificateurs. Je parle de ceux qui, péniblement, amoureusement, génialement, peu à peu peuvent exprimer une chose nouvelle et meurent dans l'amour qui les inspirait. Voilà, Lou, encore une lettre trop longue, si tu la lis, bien, sinon je me vengerai en poète, c'est-à-dire divinement et tu sais que la vengeance est le plaisir des dieux. Je t'aime, mon Lou, mais suis fâché que dans tes lettres de maintenant tu sembles moins fortement à moi, ce semble, qu'il y a quelques jours. Mais je suis content tout de même en prévision de la permission.

Je t'aime, Amour.

Gui.

1. Femme d'un peintre ami d'Apollinaire.

2. En marge.

3. Cette idée lui est chère. Dans *L'Esprit nouveau et les poètes*, qui date de la fin de 1917, il dit : « Tant que les avions ne peuplaient pas le ciel, la fable d'Icare n'était qu'une vérité supposée. Aujourd'hui ce n'est plus une fable. Et nos inventeurs nous ont accoutumés à des prodiges plus grands que celui qui consisterait à déléguer aux hommes la fonction qu'ont les femmes de faire des enfants. Je dirai plus, les fables s'étant pour la plupart réalisées et au-delà, c'est au poète d'en imaginer de nouvelles que les inventeurs puissent à leur tour réaliser. »

52

19 janvier 1915.

Ma chérie,

Je tâcherai de partir vendredi à 8 h. pour arriver à Nice *samedi* matin à six heures. Donc couche au P. L. M. la nuit du vendredi au samedi — sous mon nom, puis si je ne suis pas arrivé le matin sois à la gare à midi, puis en te renseignant sur l'heure juste sois aux autres trains si je ne suis pas arrivé à midi.

Donc sois à la gare à midi si je ne suis pas arrivé par le train du matin, mais ne sois pas à ce train du matin, reste couchée au P. L. M.

Je vais t'écrire encore tout à l'heure à la cantine.

Télégraphie une seconde fois pour que je sache si t'as compris cette lettre et surtout reçue.

Ton Gui.

Je vais travailler ton artillerie.

53

19 janvier 1915.

Mon Lou adoré, je suis fatigué, enrhumé mais bien portant en somme. — Ne sois pas triste mon Lou, tout s'arrangera, sois gaie. Je voudrais te câliner, te dorloter, te dire des choses très douces. Sois calme, mon chéri, ma jolie. Je te dis toute la vérité, mon Lou, je ne me permettrai pas, à toi que j'aime, de dire autre chose. Tout est dangereux dans la guerre, mais le poste de Toutou ne l'est pas plus que bien d'autres et l'est moins que beaucoup d'autres. Que dis-tu illusions, mon chéri, il s'agit d'espérance, de confiance, courage, ne perds pas courage. Prie, prie pour tout ce que tu aimes et surtout résignation, sacrifice. Lou, les femmes doivent être résignées en cette affaire. Toutou et moi t'adorons, nous reviendrons. Toutou sera près de toi, tu le reverras bien portant, mon Lou chéri. Pas de folie, de la force, de la grandeur d'âme, du rire, notre instructeur Latty neveu de l'archev. d'Avignon a eu son frère bien aimé tué il n'y a pas longtemps. Il est gai et je t'assure qu'il aimait son frère, sacrifice, sacrifice. Surtout pas de peur pour Toutou, il est protégé et ne risque rien et surtout pas la mort, donc, tranquillité! Tranquillité. Acquiers la tranquillité par le renoncement.

Crois-moi, ce que je te dis est la vérité. Le camarade va mieux mais est bien abruti. Moi rien au derrière. De plus en plus de travail. Aujourd'hui service en campagne à pied dans le mistral déchaîné et la glace, c'était mortel, c'est pour la lecture de la carte, la topographie et l'orientation. Aussi pas sorti ce soir. Si ton mari était ici, le vent de maintenant le décornerait. Pas de neurasthénie, c'est idiot, mais si tu es déprimée supprime menotte jusqu'à ce que tu ailles mieux. C'est absolument nécessaire.

Mon Lou, je t'aime aussi comme pauvre conducteur de 1915 que je suis. Je t'aime de toutes mes forces et de tout mon courage.

Notre peloton s'est augmenté de 3 types du 19e dont un logis; nous sommes 11. Il y a des types très chics comme genres. Je crois que les mathématiques vont faire changer de caractère. C'est bizarre ces petites choses-là. Je n'aurais jamais cru que j'aurais le courage d'apprendre des choses aussi singulières. Ça rentre cependant et je crois bien que je suis un des premiers du peloton jusqu'à présent. D'ailleurs, je ne veux pas travailler en dehors du peloton, un quart d'heure, une demi-heure au plus, si ça n'allait pas, tant pis.

Je t'envoie un brin de sauge cueilli dans ma promenade d'aujourd'hui —

Et le rendez-vous Matte? [1]
Et le petit officier Vogade?
Et Athanoux?
Quelles nouvelles?...
Et la grippe Mémée?
Que dit Jules à propos de Matte?
A quand coulichonnette?
As-tu reçu le chèque?
Quoi de nouveau au Ruhl?
Et la Mise de Ferrière?
Et Ellissen?
Et le Dr Grinda?
Et chez Boutteau?
Et le commandant des zouaves?
Et mon ami le Pouilleux?
Que dit Billy?
Que dit Mogi?
Que dit Mora?
Et toi que leur dis-tu?

J'ai vu hier une chose drôle au possible et aujourd'hui la chose la plus drôle du monde. Hier! un type à poil aux lavabos — Aujourd'hui? Un type en pyjama mauve et en pantoufles dans un couloir —

Une devinette. Quelle différence entre toi et Poincaré?

Réponse. Quand tu entres dans ma chambre mon membre se lève quand Poincaré entre à la Chambre tous les membres se lèvent.

Il y a dans ma chambre un logis de 48 ans majestueux, quand il dort, c'est magnifique et antique. Il est de Salon, qui fut la patrie du prophète Nostradamus qui est un grand poète.

Je t'aime comme on ne pourrait pas aimer plus. Tu es belle, exquise et le seul lou du monde qui vaille la peine de vivre. A SAMEDI.

Gui.

As-tu reçu ma lettre où je demande un 2e télégramme?

1. Il est difficile d'identifier tous les noms de cette énumération. Matte est un ami de Lou, une des « fleurs rares » qu'elle collectionne. Athanoux un avocat, Grinda un médecin de Nice. Le « Pouilleux » est le poète Cremnitz, mobilisé à Nice au 65e régiment de ligne (voir la note 1 de la lettre 34). Apollinaire a connu un Mora critique d'art, qui fut avec Salmon son parrain au Syndicat de la presse artistique en 1918. Boutteau (ou plutôt Bouttau) est un restaurant de Nice. Jules est un Belge, maître d'hôtel et homme à tout faire à Baratier. Notons enfin que le Billy nommé ici n'est pas André Billy.

54

[Nîmes, le] 20 janvier 1915.

Lou adoré, je t'écris de chez mon camarade Nicolini qui habite rue de la Biche. Sa femme mathématicienne comme lui est jolie et ses deux petites filles aux joues rouges comme des pommes d'api, Yolu, 2 ans ½, et Mi, 4 ans ½, sont des enfants très intelligents et bien portants comme dans les images anglaises. Je vais faire tout le possible pour partir vendredi soir. Je t'adore, mon Lou. Aujourd'hui nous avons été au tir du 90, jamais je n'ai eu si froid, il gelait à pierre fendre. Malgré les gants d'Aurel j'avais l'onglée, les oreilles me faisaient mal, me brûlaient de façon épouvantable, mes camarades étaient comme moi d'ailleurs. On a tiré seize coups de canon, puis on nous a ramenés à 11 h. et 4 avec 14 km dans le derrière, à midi on a retrotté. J'ai eu le cheval au trot le plus sec du monde. Je suis descendu parce que j'en avais assez, on m'a donné un autre cheval au trot presque aussi sec. Enfin j'en avais assez, sur treize que nous sommes maintenant au peloton nous étions 6. Les autres se reposaient. Le soir je suis esquinté et tu dois le voir à ma lettre. Mon Lou, Madame Nicolini va aussi regarder pour les chambres, moi je t'embrasse, je t'aime, je t'adore et je souhaite te voir le plus vite possible. Et ensuite que tu sois ici le plus vite possible. J'espère que pour toi Nîmes aura moins froid et que pendant ma permission à Nice, Nice mettra sa belle robe.

Mon chéri, on va se mettre à table, chez Nicolini, et je vais cesser ma lettre en t'embrassant mille fois de toutes mes forces, mon Lou très adoré.

Tu sais que je n'ai pas eu de lettre de toi aujourd'hui, mais ton télégramme d'hier au soir m'a fait le plus grand plaisir, on me l'a apporté au lit à 9 heures. Je l'ai lu et relu, je l'ai sur moi, je l'ai embrassé. Hier j'ai mis dans ma seconde lettre un brin de sauge cueilli dans la garrigue, garde-la, c'est une plante merveilleuse, exquise dont l'histoire légendaire et botanique est pleine de détails. Je t'embrasse sur la bouche, les seins, les pieds, les mains, et t'adore.

Ne sois pas triste, tout s'arrangera, les beaux temps vont revenir. Ton

Gui.

55

[Nîmes, le] 21 janvier 1915.

Mon beau ptit Lou, reçu 2 lettres du 18 et du 19. Content que tu sois content — ça c'est pour lettre 18. Tu vois mon Lou que mes renseignements pas faux. Content que t'aies laissez-passer n'importe comment — Tu es fou pr Toutou versé dans l'infanterie — TOUTOU NE PEUT PAS ÊTRE VERSÉ DANS L'INFANTERIE. Mais moi en ai plein le cul de toute leur géométrie algèbre cheval artillerie et le fourbi de reste. On attige avec nous, c'est rien de le dire faut le sentir. Si ça continue je demande moi à être versé dans l'infanterie... C'est pas vrai d'ailleurs mais en ai plein le cul et suis un des meilleurs élèves du peloton. Tu piges le moral des autres. Sous prétexte que nous devons arriver vite on abuse vraiment. Hier et aujourd'hui on nous a fait geler tout le jour, aujourd'hui gelée jusqu'à 4 h. de 4 à 5 pluie perpétuelle. Je t'assure que si t'étais pas là demanderais à ne jamais être officier de ma vie. Lou, si Toutou pas en danger, Paris est en danger depuis quelques jours — Je t'en dis pas plus long. Je commence à désirer fin de la guerre. Je suis content que tu te sois amusée lors de la visite de Matte. Je te souhaite aussi de bien t'amuser pendant sa visite — mais oui, Lou, je t'aime, je t'aime plus que je ne puis dire, je t'adore, je ne pense qu'à toi — Et je te désire d'une façon folle. Réponse à la lettre du 19 — injuste, non — t'attrape pas, tu te trompes — je t'adore — Pourquoi admirerai-je que tu m'écris tous les jours — Je le fais bien moi qui ai plus affaire ou à faire et plus fatigant que toi — Mais je t'aime et j'adore tes lettres c'est pourquoi j'en veux — Rouspéter, moi, non — Tu sais bien que je ne t'enchaîne que par tes propres chaînes — Tu es libre, mais quand tu n'écris pas détaillé ai de la peine — Alors? — Je ne pense pas que tu m'aimes moins — mais t'en veux de me sacrifier un peu à tes plaisirs niçois moi qui ai emmerdements nîmois.

J'ai dit que tu lisais pas mes lettres parce qu'il semblait cela d'après ta lettre. C'est tout, t'es mignon, gentil tout plein — Fatiguée, toi, mon Lou. T'ai dit que pour anémie viande de cheval mais tu veux pas me croire et pas menotte, nom d'une pipe, pas menotte.

Tu dois m'être soumise, tu dois, je me donne tout à toi, mais comme ton maître qui t'adore, tu dois être à moi, sans quoi... Ton orgueil doit plier puisque je t'aime — Tu ne dois jamais en faire à ta tête sans quoi me perdras — Je veux pas que tu te forces, je veux que tu sois à moi par *nature*. C'est vrai que je t'aime comme tu es et que tu es plus moi qu'aucune femme l'a été, mais c'est ça qu'il faut garder. — Je t'adore, à samedi, matin si je peux, midi si possible, heure que je pourrai — t'adore.

Gui.

56

22 janvier 1915.

Bonsoir Lou, t'écris pas ce soir car je pars cette nuit ou demain en permission. T'adore.

Gui.

57

[Tarascon, le] 25 janvier [191]4 [1].

Achète pr 1 sou *Les atrocités allemandes en France* rapport officiel — fantastique et peut-être même parfois curieux.

Mon Lou adoré! Me voici à Tarascon par temps froid et un soleil merveilleux. Ce matin, pas pu payer à l'hôtel, tu l'as fait à ma place. A la gare attendu assez longtemps au bureau militaire. Enfin, on me donne la permission de prendre le train. Il faisait un temps magnifique. J'avais le cœur gros, j'étais triste, triste et fatigué. Dans le train, peu de monde en seconde, je trouve un bon coin. Je lis les journaux. A Cannes monte un adjudant-chef du 7e chasseurs avec brassard d'interprète. Je crois reconnaître un ancien camarade de collège, mais ses cheveux rares et grisonnants me font hésiter ainsi que l'indication 7e qui étant donné l'uniforme fantaisie pouvait aussi se rapporter au 7e d'artillerie. Or, je me souvenais que le type en question plus vieux que moi avait fait son service aux Alpins vers 1895. Je le prenais pour un sous-lieutenant. Aux Arcs je ne résiste plus et lui demande s'il est chasseur alpin — Réponse affirmative — Alors nous sommes anciens camarades de collège vous vous appelez Gérard. Stupeur du type, je lui dis mon nom — Reconnaissance. On parle des anciens copains. Un tel tué, Mouléon mort, son frère sans doute aussi etc etc — Il est interprète avec l'armée anglaise et revenu du front est maintenant à Marseille pour attendre les troupes australiennes. M'a confirmé bons renseignements sur Anglais, très chics, très confortables, soldats médiocres, Hindous aussi sauf les Gourkas qui sont très bons soldats. M'a dit que Nice et tout Midi plein d'espions chargés d'exploiter mauvais sentiments du Midi pour essayer de fomenter révolte. Donc l'espion dont tu m'as parlé est très possible. Faut pas hésiter à démasquer, mais avec grande, très grande prudence. Car faut pas se tromper. Je ne sais comment on est arrivé à parler d'absinthe. M'a affirmé qu'à Marseille on en avait comme on voulait. M'a proposé un Pernod. Et en effet à l'arrivée m'a emmené dans un bar assez chic et a demandé 2 tranchées. Aussitôt le barman a préparé sous le comptoir, en les cachant comme dans une tranchée, les 2 Pernods que nous avons bus.

Après, déjeuné seul au buffet de la gare très bien pr 2 francs, ça s'appelle repas militaire. Beaucoup d'officiers anglais, tous assez vieux d'ailleurs. Puis à midi 50 départ, une grosse dame enrhumée en face de moi. Elle avait 4 mouchoirs étalés sur un journal, près d'elle. Chaque fois qu'elle avait envie de se moucher, se mouchait dans premier très fort, puis dans le second moins fort, puis dans le 3e faiblement et enfin finissait de s'essuyer avec le 4e presque propre. A Arles les mouchoirs étaient dans un état tel qu'elle a pris le journal et l'a posé avec les quatre mouchoirs pour qu'ils séchassent sur le plancher du compartiment, à l'endroit où une plaque de métal indique l'emplacement de la bouillotte qui était brûlante. Quand je suis descendu à Tarascon les 4 mouchoirs étaient presque frits sous la surveillance de la dame qui les retournait de temps en temps avec sollicitude. Voilà tout le pastisse de mon voyage jusqu'en ce sinistre Tarascon plein de goumiers et de hussards. Nîmes m'attend ce soir et moi je pense à toi, mon Lou, t'aimant de tout mon cœur et triste un peu encore mais moins que ce matin. Ce temps gris d'hier m'avait désolé. D'après Gérard la place de Toutou n'est plus très dangereuse aujourd'hui, mais il y a seulement deux mois elle aurait été encore très dangereuse. Mais maintenant on fait très attention et le rôle d'agent de liaison serait devenu presque agréable.

De même pour les interprètes. Il en mourait encore il y a deux mois [2] environ 60 pour cent, il n'en meurt plus maintenant que 3 pour cent. Mon Lou, écris-moi gentiment mais ne te fatigue pas, écris court quand tu seras fatiguée. Amuse-toi, n'aie pas d'idées tristes et n'oppose plus aussi violemment ton gentil esprit au mien. Souvent je présente de façon paradoxale des opinions qui ne le sont pas énormément, juge-les, ne les condamne pas immédiatement et ne perds pas confiance en moi. J'ai oublié le martinet. Peut-être as-tu pensé à le reprendre. Fais à Mémée mes amitiés. Lu le journal italien. Un article sur la durée de la guerre. On y donnait les opinions des milieux autorisés français. Dans certains de ces milieux on dit que du train où nous avançons il faudra 15 ans pr arriver à Cologne, dans d'autres on dit un siècle. Ces chiffres sont des plaisanteries en ce sens qu'il faudra par conséquent trouver un autre moyen de dénouer la guerre. C'est pourquoi on essayera une offensive violente sur tous les fronts au printemps. Sinon ce sera à la diplomatie à faire vite le nécessaire. Car on ne peut pas faire durer trop longtemps tout ça. J'oubliais que Gérard m'a dit que tous les hommes sur le front depuis commencement auraient congé d'ici au printemps avant l'offensive générale. Donc Lou je crois bien que verras bientôt Toutou. Je t'aime, mon Lou, de toutes mes forces. Je suis à toi et espère tout de ton âme merveilleusement belle. J'ai en moi le souvenir complet de ta chair — N'oublie pas d'aller chez le dentiste — A l'instant où j'écris pas [3] un détachement de goumiers à cheval. C'est très joli. Je t'embrasse mon Lou, et ton souvenir me réchauffe.

Gui.

1. *Sic*, pour « 1915 ».
2. Apollinaire a écrit : « de moi ». La correction s'impose.
3. *Sic*. Il faut évidemment lire « passe » (voir le début de *Guirlande de Lou*, lettre 58).

58

GUIRLANDE DE LOU

Je fume un cigare à Tarascon en humant un café
Des goumiers en manteau rouge passent près de l'hôtel des Empereurs
Le train qui m'emporta t'enguirlandait de tout mon souvenir nostalgique
Et ces roses si roses qui fleurissent tes seins
C'est mon désir joyeux comme l'aurore d'un beau matin.

*

Une flaque d'eau trouble comme mon âme
Le train fuyait avec un bruit d'obus de 120 au terme de sa course
Et les yeux fermés je respirais les héliotropes de tes veines
Sur tes jambes qui sont un jardin plein de marbres
Héliotropes ô soupirs d'une Belgique crucifiée.

*

Et puis tourne tes yeux ce réséda si tendre
Ils exhalent un parfum que mes yeux savent entendre
L'odeur forte et honteuse des Saintes violées
Des sept Départements où le sang a coulé

*

Hausse tes mains Hausse tes mains ces lys de ma fierté
Dans leur corolle s'épure toute l'impureté

Ô lys, ô cloches des cathédrales qui s'écroulent au nord
Carillons des Beffrois qui sonnent à la mort
Fleurs de lys fleurs de France ô mains de mon amour
Vous fleurissez de clarté la lumière du jour

*

Tes pieds, tes pieds d'or, touffes de mimosas
Lampes au bout du chemin, fatigues des soldats
— *Allons c'est moi ouvre la porte je suis de retour enfin*
— C'est toi assieds-toi entre l'ombre et la tristesse
— *Je suis couvert de boue et tremble de détresse*
Je pensais à tes pieds d'or pâle comme à des fleurs
— Touche-les ils sont froids comme quelqu'un qui meurt

*

Les lilas de tes cheveux qui annoncent le printemps
Ce sont les sanglots et les cris que jettent les mourants
Le vent passe au travers doux comme nos baisers
Le printemps reviendra, les lilas vont passer

*

Ta voix, ta voix fleurit comme les tubéreuses
Elle enivre la vie ô voix ô voix chérie
Ordonne ordonne au temps de passer bien plus vite
Le bouquet de ton corps est le bonheur du temps
Et les fleurs de l'espoir enguirlandent tes tempes
Les douleurs en passant près de toi se métamorphosent
— Écroulements de flammes, morts frileuses, hématidroses —
En une gerbe où fleurit La Merveilleuse Rose

Guillaume Apollinaire.
Tarascon, 25 janvier 1915.

59

Nîmes, 27 janvier 1915.

Mon Lou très chéri, pas de lettre de toi, en revanche une carte extraordinaire de Marie Laurencin. Je t'envoie cette carte embarrassée, singulière et où elle mêle la guerre, ma revue *Les Soirées de Paris*, une demande de nouvelles corrigée par *après la guerre*. Au lieu de signer Baronne de Waetjen qu'elle est maintenant, elle a mis Marie Laurencin. Que faut-il faire? En réalité, je n'en sais rien. J'ai envie simplement de la remercier brièvement et poliment de sa carte. — Nous sommes dans une période de froid. Je suis courbaturé. Depuis ma permission, spleen. Je pense à toi, mon aurore boréale dans ce froid polaire. Je t'adore et pense à nos bonnes nuits en liberté. J'espère qu'elles reviendront bientôt. Salue de ma part ton palmier de Baratier. Il me tarde, mon Lou chéri, que je t'aie en liberté pour mieux te mater. Tu es follement indépendante. Il faut que je te fasse plier que tu le veuilles ou non. Je pense parfois comme toi-même que tu es ce fameux petit garçon qu'il faut châtier dans cette admirable position où tu lèves ta croupe comme une jument qui pétarade. Envoie-moi la photo pour Rouveyre. — Qu'il me tarde d'être avec toi à Paris pour que nous organisions ces merveilleuses soirées dont nous avons parlé. Je sais où je t'attacherai, mon esclave adorée, et nous aurons aussi un noble chevalet où t'étendre, victime royale. Je te fouetterai avec le calme qu'il faut, avec tout le confortable que mérite une aussi belle captive. En ce moment c'est à ta taille divinement souple que je pense, à cette taille qui n'a jamais été entravée et par surcroît ma pensée s'arrête sur ta croupe que je n'ai pu marquer dimanche. Elle se balance orgueilleuse comme un ballon captif que fouetterait le soleil de ses rayons impitoyables.

J'annonce à ma mère les oranges —

Les oranges me font penser à tes seins infiniment exquis. J'ai chanté à Tarascon tes mains si maladroites qu'elles sont pures, car elles ne connaissent point l'attouchement et ne s'y livrent point avec bonne volonté. Ô Lou, la plus pudique des impudiques!

Donne-moi des nouvelles de Toutou. En ce moment tu dois bien t'amuser à Baratier avec Mémée et Matte. A Nice, aussi, ô allumeuse, la plus terrible des allumeuses, ô pétroleuse.

Jane Mortier m'a écrit que si les Berthelot ne répondaient point, c'est qu'ils ne pouvaient rien. Et c'est bien possible. Je souhaite donc que tu puisses réussir au moyen des relations de Matte. Néanmoins, je suis persuadé que Toutou aura un congé dans quelque temps. Lou, écris-moi. Moi, je te désire pour le moment. Je ne sais comment exprimer tout ce que j'éprouve en pensant à toi, mais c'est nouveau. Je crois que je vais t'aimer d'une façon nouvelle et que je vais t'envelopper plus fortement d'amour et de puissance par la volonté. J'ai idée d'un livre dont je vais t'envoyer les feuillets au fur et à mesure qu'ils seront écrits. Rappelle-le moi, si je l'oubliais. Ton

Gui

qui t'adore et te prend tout entière et te plie à volonté.

1. Voir la note 2 de la lettre 27.

60

Nîmes, 28 janvier 1914 [1].

Mon petit Lou tout adoré, reçu ta lettre de mardi — (mets la date) — Oui, j'étais triste à Tarascon, triste à mourir. Le temps était terriblement pâle. Te félicite de fréquenter des gens aussi épatants que ceux que tu cites. Seulement, petit Lou, une observation, la bonne règle veut qu'on n'emploie point la particule lorsqu'on ne fait pas précéder le nom de Monsieur, Madame, Mademoiselle, ou du prénom. Ainsi on dirait de toi *Mme de C.* ou *Lou de C.* mais la *jolie, la merveilleuse C.* Il n'y a d'exception à cette règle que pour les noms d'une ou deux syllabes commençant par une voyelle. Ex. : *les d'O.* famille, je crois, normande, ou bien *d'Assas* comme dans le cri fameux : *A moi, d'Assas, voilà l'ennemi!* Mais on doit dire : *les Bourbon, les Coligny, les Pierrefeu, les Morville.* Tu m'en veux pas, Lou ? Je t'en veux pas pour le képi. Mémée et toi avez raison et je te remercie de me le dire. Seulement crois que c'est surtout par distraction et, malheureusement, je suis aussi distrait dans le civil que dans le militaire. Je suis poète, Lou, et les poètes sont souvent distraits, témoin La Fontaine, Gérard de Nerval et d'autres. Néanmoins tu as raison de me faire cette observation et je te prie de m'excuser auprès de Mémée et de tous ceux que mon képi aurait pu choquer. Je t'assure que les Polonais nés à Rome et qui n'ont jamais quitté la France depuis leur plus tendre enfance sinon pour de courts voyages d'études sont à même de savoir des usages que l'on méconnaît aussi bien en France qu'ailleurs, car en France on n'en observe plus guère. Au demeurant je suis poète, soldat pour le moment — Je ne tiens à être ni homme du monde, ni homme chic, surtout si ça doit m'empêcher de rêver. C'est insensé ce que de petites femmes comme Mémée dont le langage ferait rougir tous les canonniers de tous les régiments réunis peuvent être à cheval sur un képi. Et le moyen de soulever un képi qui supporte un aussi gros derrière. Enfin, c'est une façon de me reparler de Tarascon. Race où cependant on n'est pas si con que tu veux bien me le faire entendre et qui sait fort bien se faire tuer quand il faut, képi en tête pour les Français et surtout pour les Françaises, témoin les Polonais morts en si grand nombre dans l'armée de Napoléon qui ne leur en sut aucun gré. Il est vrai que Mémée est de nation belge, que les Belges se croient tout permis, même de manquer d'indulgence à l'égard d'un canonnier franco-polonais. Pas moyen de lui en vouloir d'ailleurs puisque c'est une charmante espiègle. D'autre part, si je savais qu'on devait enlever son képi chez Vogade, j'ignorais qu'en tenue militaire on saluait une femme en enlevant son képi, même dans la rue. Ce n'est pas réglementaire. J'ai demandé ça à plusieurs logis que la question a troublés. Je tâcherai de demander cela à un officier quoique je sois certain que tu as raison, surtout en ce qui concerne les gradés ou officiers. Mais je ne sais pas si notre commandant d'armes si à cheval si les règlements autoriserait la même chose chez les canonniers nîmois [2]. Enfin, trêve de balivernes, je t'adore, mon Lou, et cette gentille lettre me met du soleil au cœur. Tu es mignonne, intelligente, indulgente. Une chanson d'amour qu'on chante ici finit

Aie pitié de ton pauvre artilleur.

Toi tu en as pitié sans qu'on te le demande. Aussi es-tu la plus adorée, car tu es la plus exquise et la plus belle de toutes les amantes d'artilleur.

D'ailleurs, il faudra que tu aies souvent pitié de ton artilleur, car si tu t'épates d'un fait comme le képi chez Vogade, tu auras lieu d'être épatée encore souvent.

Pour le moment je t'adore comme un fou. Je pense à tes yeux quand tu m'aimes, à ta bouche, blessure profonde. Je me souviens de l'adorable position que tu avais prise samedi, fesses très élevées dans tout leur développement et entre elles cet épais bourrelet de chair brune et grasse où s'ouvre la bouche perpendiculaire et muette que j'adore. Elle s'ouvre chaque fois que ta croupe s'agite. Elle semble sur le point de parler, et moi, maître armé du fouet de justice je cingle cette mappemonde merveilleuse. Toi tu souffres en ton orgueil, tu pâtis et l'amour change en volupté la souffrance que tu ressens. Ta croupe s'agite plus fort à mesure que je fouette plus fort, elle monte toujours plus haut, me dévoilant toute ta pudeur tuméfiée et humide. La prochaine fois, il faudra que tu t'écartes mieux pour que je puisse schlaguer aussi ton entrefesson ombreux où gît cette pastille jaune dont tu es si avare. L'autre jour tes soubresauts étaient brusques comme ceux d'une carpe sortie de l'eau.

De mon bras gauche je serrais ta taille infiniment flexible et de la main gauche je pressais ton ventre. J'aime aussi à palper tes seins tendres et tièdes, doux comme des pis de chèvre, et Lou que j'adore ensuite te chevaucher en partant comme tu imites si bien.

Je crois que tu as entièrement raison à propos de Caillaux et je te fais amende honorable, quoique je reste dans ma pensée sur Mme Caillaux. D'ailleurs, notre discussion avait lieu surtout sur cela, car je n'ai jamais discuté la malhonnêteté certaine de Caillaux. On vient d'arrêter son ancien chef de cabinet Desclaux sous l'inculpation de vol de fournitures militaires [3]. C'est dégoûtant. On devrait fusiller des gens comme ça.

Amour chéri, tu dis que tu seras bientôt près de moi. J'ai honte parfois de mon bonheur et de mon inaction loin de la guerre. Si je ne t'avais pas fait de promesse, il y a des moments — à Tarascon par exemple — où je demanderais à être versé dans l'infanterie pour partir plus vite. Je trouve qu'il y a trop de monde dans nos dépôts. Surtout trop de lâches.

J'espère que dans mes papelards tu gardes soigneusement toutes tes lettres, mots, télégrammes, j'y tiens. Ils sont adorables.

Que dit la Karageorge sur la durée de la guerre? T'ai-je parlé d'un peintre cubiste et polonais arrêté parce qu'on avait pris ses dessins pour des plans et amené enchaîné à Nîmes où il a fini par être remis en liberté [4]. Il y fait des portraits. Il est venu me trouver hier au café pr que je lui donne des adresses à Paris. Il en a assez de Nîmes. — Il fait un peu moins froid aujourd'hui et nous avons vu un peu de soleil. Je t'adore, je t'adore, je t'adore, je te prends toute entière partout et prends ta bouche dans la mienne.

Gui.

1. *Sic*, pour « 1915 ».

2. « Si à cheval si » : *sic*. Il faut évidemment lire « sur ». L'artilleur Kostrowitzky a raison : le règlement précise qu'un simple soldat ne se découvre pas dans la rue, même quand il adresse la parole à une femme.

3. France Desclaux, ancien chef de cabinet de Caillaux, trésorier-payeur aux Armées et percepteur du 1er arrondissement, avait été mis en état d'arrestation le 26 janvier 1915 par l'autorité militaire sur l'inculpation de détournement de fonds publics, essentiellement de denrées destinées à l'armée. Il fut condamné le 22 mars à sept ans de réclusion, à la dégradation militaire et à la radiation de l'Ordre de la Légion d'honneur.

4. A propos de ce peintre, Apollinaire avait écrit le 27 décembre à André Level :

« On m'a présenté ici, au café, un peintre polonais dont j'ai oublié le nom et qui m'a dit avoir été amené de Paris à Nîmes, enchaîné comme espion pour fait de cubisme.

« On avait pris ses dessins pour des plans, épures, etc. » (André Level, *Souvenirs d'un collectionneur.*)

61

[Nîmes, le] 29 janvier 1915.

Mon Lou très adoré — reçu aujourd'hui ta lettre de mercredi — (date donc). Je suis bien content que tu t'amuses et sois joyeuse. Content aussi que tu voies Toutou. Qu'a-t-il donc *comme santé*, qu'est-ce que tu veux dire? Ici, il refait un froid de vieux chien — Pendant que tu seras là-bas, je ne vais pas vivre et serai sans cesse inquiet. L'histoire de Mora est amusante, celle de Zyp aussi, mais tu sais que veux pas de pas de partage surtout avec quelqu'un que je connais pas — Évidemment Mme Mortier toujours illisible. Ai spleen encore surtout si tu vas sur le front, mais suis content à cause de Toutou et de toi qui en es si contente. C'est sans doute mon képi qui a indisposé momentanément Mémée chez Vogade, merci d'avoir envoyé panier d'oranges à Maman. Reçu aujourd'hui lettre du seul homme avec qui fait des vraies blagues, j'avais 19 ans, lui 17 [1]. Mon admirateur disciple L. de G. Frick m'en parlait dans une carte que t'ai envoyée. Il m'a écrit enfin lui-même. C'est amusant. Sa lettre est drôle d'ailleurs. Aujourd'hui il part 600 hommes de notre dépôt pour le front, tu vois qu'on ne veut pas nous laisser moisir ici, on pousse l'instruction de ceux qui restent et il paraît que dans deux mois nous ne serons probablement plus ici mais au feu. Il est arrivé pas mal de nos blessés de l'active. Il paraît que le 38e est un des rég^ts^ d'artillerie les plus éprouvés, surtout comme officiers. Surtout n'en déduis rien pour moi car si je deviens officier on me changera de régiment. Je t'aime aujourd'hui mon Lou comme hier, comme demain.

Je fais toujours des vers pour les fiancées des canonniers et les fais toujours bien, car en les faisant je pense à toi. Je t'aime et il me tarde cependant de partir. Si tu étais là serais sans doute moins impatient, mais toi pas là!! J'ai changé de cantine aujourd'hui pour l'autre où il y a de très jolies filles. C'est même extraordinaire. C'est plus agréable de voir de belles filles que de vilaines. Aussi la fille de l'autre cantinier me fait une gueule de fleurs blanches. Cette nuit presque pas dormi, presque tout le temps été excité en ton honneur. Tu peux te vanter de te faire désirer par un 2e c. c. mon petit Lou. Il y a un soldat qui bouffe un gâteau à la crème en face de moi. On dirait qu'il fait mimi, tu sais, et le derrière de la belle Juliette est dans mon dos, charnu, dur, bien séparé. Ça me fait penser au tien et si je te tenais ce n'est pas un gâteau à la crème que je mangerais.

Adieu Lou adoré, je vais seller mon cheval, nous mettons les étriers maintenant, faisons du trot enlevé et du galop. Mais il fait bien bien froid, voudrais être dans tes bras qui sont mon paradis. Aime-moi bien, je t'adore de toutes les couleurs et sous toutes les coutures. Je t'embrasse, te serre, te baise sur la bouche, langue dedans, dents contre dents. Vive l'amour, mon Lou, et vivent les artilleurs. Ton

Gui.

1. Il s'agit de Toussaint Luca, son condisciple du lycée de Nice, qui est resté son ami.

62

Nîmes, 30 janvier 1915.

Mon petit Lou adoré,

Pas de lettre de toi ce matin. Il fait froid. Ce matin réveillé à 3 h ½ pas pu me rendormir, pensé à toi, à tes yeux dans la volupté, pensé à mille choses à faire ensemble, pensé même à être deux pour t'amuser. Enfin, toutes sortes de folies que je laisse à développer par ton imagination. En tout cas, ton regard ne m'abandonne point, il est d'une fidélité délicieusement obsédante. — Je t'écris comme hier de la cantine et une horrible serveuse vient de verser du café sur la table, quelques gouttes sont tombées sur le papier, j'ai quitté la cantine aux belles filles et suis retourné à l'autre où on est mieux — Je reviens donc à ce matin. Imaginé des liens (chez moi à Paris) pour t'attacher sérieusement sans trop froisser tes poignets. T'expliquerai cela. Ai pensé aussi aux délicieuses chevauchées longues et serrées que tu fis à Nîmes toi cavalière, moi cheval. T'en souviens-tu? Le réveil est venu interrompre ces belles idées. — Hier après t'avoir écrit à midi, sellé, nous avons été loin sauter des murs, passer parmi les arbres, beaucoup, beaucoup de trot, puis recherche d'emplacement de batteries, etc, retour à 5 h. Sortie. Au Tortoni causé avec un médecin major des Sénégalais, retour du front et passant ici pour vérifier les inaptes. Il m'a dit que c'était une vraie boucherie et que chez Sénégalais le cadre gradé entièrement sacrifié, médecin à 300 mètres du feu parce qu'officiers savent que leurs hommes ne les relèveront pas et veulent sentir les médecins tout près. On forme en Algérie 40 régiments de nègres. Après coucher et t'ai raconté la nuit, ce matin ai dit au revoir à ceux qui partaient sur le front et que je connaissais. Ils étaient contents. J'avais presque envie de demander à les suivre comme servant. Car ce peloton que je suis est dur. Je n'ose le comparer à l'enfer, mais c'est un vrai purgatoire. Et je t'assure que je ne suis pas seul à penser ainsi.

Maintenant sitôt lettre finie vais aller seller pour la seconde fois, car avons fait deux h. manège ce matin puis mathématiques d'artillerie théorique.

Mon Lou adoré, je m'embête loin de toi. Je m'embête.

Toi, j'espère que tu t'amuses beaucoup — que tu t'excites — que tu passes le temps par conséquent le mieux possible pour une gentille Lou comme tu l'es.

Je ne peux pas demander la journée demain car on a supprimé les permissions pour toute la batterie à cause de types manquant à l'appel le matin. Demain vais me lever à 7 h. vais t'écrire jusqu'à 11 h. et ficherai le camp en ville pour y mieux penser à toi.

Il est l'heure Lou, je t'embrasse mille fois et continuerai ma lettre ce soir —

Je continue ma lettre, mon Lou, je t'aime à l'infini. J'espère une belle lettre de toi ce soir. Je pense à tes yeux qui m'ont appris à t'aimer.

Voici, mon Lou, quelques mots de l'argot spécial, je crois, au 38e.

Le Pastisse, ce mot s'applique à tout ce qui est un peu embrouillé. La guerre c'est le pastisse, si on se met en pagaille quand on est à cheval ou à pied, c'est le pastisse; tout notre travail, c'est le pastisse, le mot vient du patois de Nice.

Le Balesse, un type, un poilu quelconque. J'en noterai d'autres au fur et à mesure que je les remarquerai.

J'oubliais une histoire singulière. Il y a 2 jours ai été dire bonjour aux poilus de la 33e mon ancienne chambrée. Le conducteur qui a écrit la jolie lettre que je t'ai envoyée, mécontent du morceau de viande qu'on lui avait donné, un assez gros morceau composé surtout de graisse, l'a enfilé en signe de mépris. Il y a fait un trou, a sorti ce que je n'ose pas dire et qui était long et mince comme chez les chiens et les Chinois, une sorte de crayon, quoi, et l'a enfoncé dans la viande et activant les mouvements est allé jusqu'au bout au milieu des hurlements de joie de la chambrée tout entière, puis le morceau de viande d'où dégouttait le fluide vital qu'il y avait dardé, il l'a lancé par la fenêtre où il est allé tomber sur un adjudant surnommé *tête de mort* qui malheureusement a vu la fenêtre d'où c'était tombé, est monté et finalement toute la chambrée, brigadier en tête, a couché le soir à la boîte. Heureusement qu'il n'a pas su ce qu'il y avait dans la bidoche et moi je me suis félicité de n'être plus de la chambre 33.

Mon Lou, je t'embrasse, mille fois, te prends dans mes bras, menotte, menotte et bois ton âme par ta bouche, ma très, très chérie.

Gui.

Tu sais je veux que tu gardes mes lettres, mais veux pas que tu les montres à qui que ce soit.

63

SI JE MOURAIS LA-BAS...

Si je mourais là-bas sur le front de l'armée,
Tu pleurerais un jour, ô Lou, ma bien-aimée.
Et puis mon souvenir s'éteindrait comme meurt
Un obus éclatant sur le front de l'armée,
Un bel obus semblable aux mimosas en fleur.

Et puis ce souvenir éclaté dans l'espace
Couvrirait de mon sang le monde tout entier :
La mer, les monts, les vals et l'étoile qui passe,
Les soleils merveilleux mûrissant dans l'espace
Comme font les fruits d'or autour de Baratier.

Souvenir oublié, vivant dans toutes choses,
Je rougirais le bout de tes jolis seins roses,
Je rougirais ta bouche et tes cheveux sanglants.
Tu ne vieillirais point, toutes ces belles choses
Rajeuniraient toujours pour leurs destins galants.

Le fatal giclement de mon sang sur le monde
Donnerait au soleil plus de vive clarté,
Aux fleurs plus de couleur, plus de vitesse à l'onde,
Un amour inouï descendrait sur le monde,
L'amant serait plus fort dans ton corps écarté...

Lou, si je meurs là-bas, souvenir qu'on oublie,
— Souviens-t'en quelquefois aux instants de folie,
De jeunesse et d'amour et d'éclatante ardeur, —
Mon sang c'est la fontaine ardente du bonheur!
Et sois la plus heureuse étant la plus jolie,

Ô mon unique amour et ma grande folie!

Guillaume Apollinaire.
30 janv. 1915.
Nîmes.

La nuit descend,

On y pressent

Un long, un long destin de sang.

64

[Nîmes, le] 1er février [19]15.

Mon cœur, enfin, deux lettres de toi, des 29 et 30 janvier, il me manque le 28 — Lou exquis, tes lettres sont mignonnes tout plein et je voudrais bien être dans ce Baratier transformé en maison de fous. Je suis heureux aussi que tu ailles au front et très jaloux que Matte ait réussi ce que j'ai pas pu réussir. Ce matin on nous adjoint un nouvel élève, jeune homme de l'École des Chartes nommé Léonard et qui est un admirateur, sérieux parce qu'il a tout lu, même mon livre des *peintres cubistes* [1]. Il a protesté quand j'ai été arrêté, à cette époque il était à Louis-le-Grand et son pion était Nicolini. Tu vois comme les choses vont. Ai oublié de t'écrire hier que samedi dîné chez Nicolini. L'aînée de ses filles (Mimi 5 ans) est d'une intelligence remarquable et te ressemble un peu, a tes yeux, c'est extraordinaire et ça m'a fait une impression fantastique de m'apercevoir de cela, j'ai aussitôt été comme ivre. Je t'ai vue là près de moi, enfant, enfant pure dans un petit lit. C'était délicieusement doux. Mme Nicolini s'occupe de la chambre, mais je persiste à croire que toi tu trouverais mieux. Enfin, ce soir ou dans 2 ou 3 jours j'irai voir la chambre trouvée. Aujourd'hui beau temps et froid moyen. Je suis fou de joie. Tu penses, deux lettres de toi et 2 lettres épatantement gentilles. Je t'adore, jaloux que ton derrière soit couleur de nègre et que je ne sois pas le dessinateur de ce *Black and White*. Bien pour la question homme du monde. Je suis ton maître, ton élève, tout le tremblement, c'est merveilleux, un vrai pastisse comme on dit ici en niçois.

Mon Lou, l'homme du monde soulève son képi pour te saluer de loin et l'amant t'embrasse partout. Le maître voudrait te fesser gentiment pour affirmer sa domination. Il te prendrait sous le bras, et assis sur une chaise, tandis que ton derrière serait bien en l'air, il soulèverait ta jupe, écarterait ton pantalon fendu, soulèverait la courte chemise et pan pan mon ptit lou. Puis quand tes yeux seraient bien langoureux, tes yeux merveilleux, on cesserait et pimpam dans les miches.

Je t'adore et suis content mais si tu ne viens ici que le 15 je suis volé de deux semaines et même plus puisqu'il faudra que tu sois à Paris le 15 avril. Je me trompe, pardonne-moi, je suis pas volé, puisque tu pourras rester au moins six semaines. Je suis content, content, mon Lou exquis, et vais aller seller dans une grande allégresse qui me vient de toi et qui va vers toi et qui me transporte dans un vertige si délicieux que j'y voudrais mourir dans tes bras en plongeant mes yeux dans tes yeux, dans l'amour parfait et terrible. Ton

Gui.

1. Émile G. Léonard devait faire une brillante carrière d'historien et devenir directeur d'études à l'École pratique des Hautes Études. Ses principaux travaux portent sur le protestantisme et sur l'armée au XVIIIe siècle. Lorsque Apollinaire partit pour le front, Léonard demanda à une amie de sa sœur, Jeanne Burgues-Brun, qui avait adopté le pseudonyme d'Yves Blanc, d'écrire un quatrain pour le poète, comme celui-ci le faisait pour ses compagnons. Ce fut le début d'une correspondance publiée sous le titre *Lettres à la marraine*. Léonard lui-même publia, sous la signature de René Maurel, des souvenirs intitulés *Apollinaire à la caserne* (*Mercure de France*, 1er décembre 1918).

Parlant de son arrestation, Apollinaire fait allusion à l'incarcération de quelques jours en septembre 1911; une pétition circula alors pour demander sa mise en liberté immédiate.

65

[Nîmes, le] 1er fév. 1915.

Amour! Je te récris ce soir, encore tout joyeux de tes lettres. Dans le petit conte en vers sans prétention que je t'ai envoyé hier [1], il y a une faute de versification autant que je me souvienne.

Devant moi un logis

Il faut

Devant moi, ce logis

ou *Dans la rue, un logis*

Comme c'est en vers réguliers, que je consacre les vers réguliers à la correspondance et que je les écris au courant de la plume comme s'il s'agissait de prose, je suis très jaloux qu'il n'y ait aucune faute de versification. Lou je t'adore et t'adorant je me souviens de toute ma vie passée, de mes amours insipides auprès de celui qui est maintenant toute ma vie.

Ma vie parsemée en arrière de doux regards de femmes comme une prairie où paraissent quelques fleurs est maintenant un beau parterre où ton regard est à la fois toutes les plus belles fleurs du monde.

Qu'est-ce que le passé? qu'importe l'avenir? quand le présent est aussi merveilleusement royal que celui que tu m'as donné. Ô Lou, Lou câline et tendre, je t'adore car tu es ce que l'univers a de plus parfait, tu es ce que j'aime le mieux, tu es la poésie, chacun de tes gestes est pour moi toute la plastique, les couleurs de ta carnation sont toute la peinture, ta voix est toute la musique, ton esprit, ton amour toute la poésie, tes formes, ta force gracieuse sont toute l'architecture. Tu es pour moi le résumé du monde, il disparaîtrait qu'en toi je retrouverais toute la nature si belle en tout temps et partout. Ô Lou bien aimée, sois bénie pour m'avoir donné un amour inouï, plus fort que tous les amours qu'aient jamais éprouvés les hommes. Sois bénie pour t'être donnée complètement, sans restrictions. Sois bénie d'être belle comme tu l'es, sois bénie dans tes yeux, dans ta bouche, sois bénie dans tes seins qui sont comme de petites juments faisant des caprioles [2], sois bénie dans tes lombes où vibre la noire et terrible volupté, sois bénie dans tes jambes qui sont comme de beaux canons peints en blanc, sois bénie en tes pieds qui sont les socles du plus beau monument que la terre ait vu, ton corps de déesse, sois bénie en tes pieds qui sont forts et que j'ai baisés un jour, les croyant difformes et qui ont la beauté des pieds des femmes grecques qui marchaient toujours à pied. Je t'adore. Sois bénie en ta chevelure qui est comme du sang versé. Je t'aime. Bonsoir Amour.

Gui.

1. Nous ne connaissons pas ce « petit conte en vers ».
2. Forme archaïque, encore attestée au XVIIe siècle.

66

[Nîmes, le] 2 février [19]15.

Mon ptit cœur, ta lettre du 31 janvier m'a fait encore plus de plaisir si possible que les deux lettres reçues hier. Très amusantes les histoires de farces et de chahut. Ça me ramène aux romans du temps de la Révolution (Pigault-Lebrun et d'autres) qui sont pleins de scènes semblables. Farces dangereuses en ce sens qu'elles finissent toujours par un couchage et pourvu que ce ne soit pas toi je m'en fiche. Gentille, gentille, tu es merveilleusement gentille. Ta lettre me dit des choses adorables et qui me consolent — Tu es le biniou de la chanson — Non, je ne veux pas partir si je t'ai, tu penses bien, je t'adore et si tu m'aimes je suis à toi où tu veux. Je ne t'aime pas comme tu m'aimes? Lou! C'est un vrai sacrilège de dire ça, je t'adore, rien ne peut dépasser mon amour pour toi, Lou chérie! Comment peux-tu croire que je puisse m'occuper d'autres femmes — Tu es folle — Je ne pense qu'à toi — J'ai pu dire qu'il y avait quelque part une jolie fille. J'aime mieux voir une jolie fille qu'une laide, mais je me fous de toutes les filles sauf toi, je n'en désire aucune sinon toi. Oui tu es ma maîtresse archichérie, Lou chérie. Je ne regarde avec vice aucune femme. Depuis que je te connais, je ne vois que toi et dans l'amour que j'ai pour toi, il ne peut y avoir de vice, tout est pur et légitime, car je t'aime pour toujours, je suis à toi pour jamais et jamais je ne désirerai d'autre femme que toi. Et ça c'est l'amour pur, ô Lou! Non! Lou je ne suis plus impatient, je t'adore, c'est de l'éternité, ça, et l'impatience ne peut se concilier avec l'éternité.

Je suis un peu triste parce que depuis 1 mois et demi pas de nouvelles de mon frère à Mexico. Le pays est toujours en révolution, mon frère envoie de ses nouvelles régulièrement, un type de mon peloton qui vient de là-bas a reçu des lettres de Mexico, il y a 5 jours, alors je me demande comment il se fait que je n'aie pas de nouvelles d'Albert. Tu sais, j'aime beaucoup mon petit Albert, esprit si droit, intelligence fine, plein de bon sens, travailleur, volontaire et très doux. Très pieux, il avait voulu se faire prêtre et très joli garçon, il était tant que je l'ai connu aussi chaste que St Louis de Gonzague ou St Stanislas Kostka qui fit pénitence toute sa vie pour avoir regardé une femme avec plaisir. Je me demande ce qu'il est arrivé dans ce sacré pays d'Indiens et d'érotisme sanglant qu'est le Mexique. Mon Lou, je t'adore, tes lettres sont si tendres, si jolies qu'elles me feraient tout voir en rose si les temps n'étaient pas si terribles. Si nous n'étions pas comme en était dans lointain Moyen Age de tous les dévergondages de l'esprit, de l'ironie lyrique, de la danse macabré et des terreurs de l'an Mil. Nous sommes dans une époque assez semblable à celle-là, c'est aujourd'hui le temps de l'Angoisse, mon Lou, et l'amour le plus joli, le plus profond, le plus décidé, c'est-à-dire le nôtre, n'est pas grâce à la destinée exempt de cette angoisse qui peut aller jusqu'à nous faire mépriser la vie. Mais, Lou très belle, ma reine, je t'aime et tu es la vie, ma vie, donc puisque je t'aime, j'aime la vie.

Gui.

67

2me lettre

2 février 1915.

Lou, je reprends mon petit entretien avec toi, entretien quotidien, parfois biquotidien et qui est le seul charme de ma vie nîmoise. Ces courts instants où je converse par lettre avec toi sont les meilleurs de ma journée, ils abolissent — pas tout à fait hélas! — les distances. Il me semble alors que tu es un peu devant moi. Et le reste disparaît. Non pas que ma vie actuelle soit médiocre. Loin de là. Elle est au contraire telle que j'aurais regretté qu'elle ne fût pas cela, en de pareilles et si grandioses circonstances. Mais, Amour Chéri, tu es pour moi le plus beau de la vie et le plus noble de la terre. Je t'aime pour tout ce que tu es pour moi, pour tout ce que tu sais m'écrire, pour la façon dont tu peux agir et comme j'aime infiniment ta beauté, ton corps, tes gestes, ta voix et tout ce qui paraît de toi, que rien n'est plus parfait à mon gré que mon amour, tu es la grâce vivante, ta démarche évoque la formule du poète *patuit incessu dea* (Rien qu'à ta démarche on voit que tu es une déesse — *je traduis librement*). J'aime ton esprit romanesque et ton caractère fier que j'adore faire plier. J'adore tes baisers infinis, l'électrique souplesse de ton corps, tes récits, tes aventures et ton langage plein d'afféterie et sans affectation. Tu es un petit diable bien mignon. Je suis content que tu ne t'ennuies pas et suis si heureux que tu viennes et aussi de ta promesse de revenir après ton déménagement de Paris. C'est épatant ce que je peux t'aimer. Je n'ai jamais aimé comme ça. Il me semble que je t'ai toujours aimée, que je te connais depuis ton enfance, depuis que tu comparais ton derrière à celui des autres petites du couvent. Je voudrais Lou que tu aies pour moi, pour me l'envoyer ou me l'apporter, l'autre photo de Desgranges celle où tu es sérieuse. Ce n'est pas trop de 2 portraits de mon Lou très chéri. Puis quand tu seras à Paris tu m'enverras aussi un portrait de toi en pied pour que mon œil retrouve le corps tant aimé de ma chérie. Comment peux-tu penser que j'aie des idées pour une autre femme? L'autre jour à Nice, au *Petit Niçois*, j'avais oublié de te le dire, on m'avait donné lettre d'introduction pour une générale de Nîmes, mari sur front, très jolie paraît-il, galante et une fille très jolie et abordable, aussi, j'ai jeté la lettre quand je l'ai retrouvée il y a quatre ou cinq jours. Ça me serait désagréable de devoir être galant ou de flirter avec quelque femme que ce soit, si belle soit-elle pour les autres, pour moi elle n'existe point puisque je t'ai toi qui es toute la beauté du monde : Ève, Hélène, Messaline, Agnès Sorel, toutes les beautés que le monde renomme ne sont que dalle auprès de mon Lou chéri que j'embrasse de toutes mes forces partout même sur son gros derrière de petit garçon désobéissant qu'il faut fouetter pour donner plus de reliefs à ses appas de jolie fille. Je t'aime. Ton

Gui.

68

LA MÉSANGE

Les soldats s'en vont lentement
Dans la nuit trouble de la ville.
Entends battre mon cœur d'amant.
Ce cœur en vaut bien plus de mille
Puisque je t'aime éperdument.

*

Je t'aime éperdument, ma chère,
J'ai perdu le sens de la vie
Je ne connais plus la lumière,
Puisque l'Amour est mon envie,
Mon soleil et ma vie entière.

*

Écoute-le battre mon cœur!
Un régiment d'artillerie
En marche, mon cœur d'Artilleur
Pour toi se met en batterie,
Écoute-le, petite sœur.

*

Petite sœur je te prends toute
Tu m'appartiens, je t'appartiens,
Ensemble nous faisons la route.
Et dis-moi de ces petits riens
Qui consolent qui les écoute.

*

Un tramway descend vitement
Trouant la nuit la nuit de verre
Où va mon cœur en régiment [1]
Tes beaux yeux m'envoient leur lumière
Entends battre mon cœur d'amant [2].

*

Ce matin vint une mésange
Voleter près de mon cheval.
C'était peut-être un petit ange
Exilé dans le joli val
Où j'eus sa vision étrange.

*

Ses yeux c'était tes jolis yeux,
Son plumage ta chevelure,
Son chant les mots mystérieux
Qu'à mes oreilles on susurre
Quand nous sommes bien seuls, tous deux

*

Dans le vallon j'étais tout blême
D'avoir chevauché jusque-là
Le vent criait un long poème [3]
Au soleil dans tout son éclat.
Au bel oiseau j'ai dit : « Je t'aime! »

Guil. Apollinaire.
2 fév. 1915.

1. Ce vers remplace « Entends battre mon cœur d'amant », biffé.
2. Diverses ratures avant la rédaction définitive.
3. Ce vers remplace « Je pensais au divin poème », biffé.

69

Massillan, 3 février 1915.

Excuse mon papier, ma très belle chérie — Nous avons été ce matin au champ de tir, il fait tellement froid que je me suis esquivé. Je n'ai pas emporté de gants. Il m'était impossible de rester là-bas — Je me suis arrêté dans une auberge. Je reprendrai le rang dans ma colonne quand elle repassera. Je n'ai pas d'autre papier, sous les mots d'amour que j'inscris ici, il y a des notes d'artillerie. J'ai gardé ta lettre d'hier pour la relire aujourd'hui. Petit Lou, j'ai pensé en venant ici à quelles beautés célèbres on pourrait te comparer et j'ai reconnu que tu as le sublime de toutes et les dépasses encore, car tu es incomparable. Tu as la cruauté lascive de Salomé la danseuse, tu as la beauté fatale d'Hélène qui entraîne tous les hommes après toi, tu as les grands yeux égyptiens cerclés de noir de l'Égyptienne Cléopâtre. Tu as la grande bouche voluptueuse de la noire reine de Saba, tu es pieuse comme La Vallière parmi les Carmélites, tu es tacite comme la Maintenon, tu as été infidèle comme Thérésia Cabarrus qui devint Madame Tallien et mourut princesse de Chimay, tu es fidèle dans l'infidélité comme la Créole Joséphine. Tu as le bon sens de l'Épouse du Taciturne, et tu as cet orgueil qu'il faut bien briser, que tu sais devoir être brisé, que tu aimes à sentir brisé sous les coups, qui est de toi, qui est mon petit Lou et qui te distingue de toutes les femmes, peut-être seule la Madeleine avait-elle cela et encore, ce n'était pas une orgueilleuse comme toi. Lou chérie, je voudrais te rendre plus illustre que toutes ces femmes. Je voudrais que grâce à moi ta beauté resplendisse sur le monde comme celle du Parthénon, que tout le monde te dise plus belle qu'Hélène, que ton renom de grâce soit plus grand que le renom de hauteur de la tour Eiffel. Il y eut autrefois une belle Toulousaine, je crois, qu'on appela la Belle Paule, car tel était son prénom, son amant la chanta, chanta toutes ses beautés même les plus secrètes et l'opuscule qui contient la description de ces appas n'est pas seulement aujourd'hui un monument de l'amour qu'il éprouvait pour elle, mais encore une rareté bibliographique [1]. Ce n'est pas cette gloire obscure que je veux pour toi. Il y a déjà plus de gloire vraie dans celle de la belle Péronne qu'aima Guillaume de Machaut, le prince des poètes de son temps. C'est de son nom que vient le terme de péronnelle. Il est employé en mauvaise part bien qu'elle-même fût une fille de talent et bien spirituelle. Mais son renom quoique on l'ait oubliée elle-même et bien qu'un peu péjorative est plus grand que celle de la belle Paule [2]. Ce n'est pas assez. Je veux pour toi une gloire comparable à celle d'Hélène et le dessein de te rendre aussi glorieuse ne peut que m'être profitable puisque pour l'accomplir il faudra que l'Amour me donne le génie, plus que le génie, du grand aveugle Homère.

Pardonne-moi, Lou, tout ce pédantisme d'un matin glacial, n'y vois que le témoignage de mon ingéniosité à vouloir t'aimer chaque jour davantage et différemment que la veille. Pardonne encore ce papier. J'arrive au bout et vais préparer mon cheval pour retourner au champ de tir voir ce qui s'y passe. Ton

Gui.

1. Voici le titre de cet ouvrage, imprimé à Lyon en 1587 par B. Honorat : *De la Beauté, discours divers pris sur deux fort belles façons de parler, desquelles l'hébrieu et le grec usent, l'hébrieu* טוב *Tob, et le grec* καλὸν κἀγαθὸν, *voulans signifier ce qui est naturellement beau est aussi naturellement bon, avec la Paule-graphie, ou Description des beautez d'une dame tholosaine, nommée la belle Paule, par Gabriel de Minut, chevalier baron de Castera, seneschal de Rouergue.*

2. *Sic.* Apollinaire avait d'abord écrit « sa gloire », qu'il corrigea en « son renom »; mais il omit de rectifier les accords.

70

3me lettre

[Nîmes, le] 3 février [19]15.

C'est la troisième fois que je t'écris aujourd'hui, mon Lou; d'abord cette nuit je t'ai fait un petit poème ci-joint. Ensuite à Massillan une longue lettre et maintenant après avoir reçu ta lettre du 1er février je te récris à la cantine. C'est phénoménal comme ta lettre me fait plaisir et me désespère à la fois. Je suis content pour Toutou et pour toi et navré de tous les retards. Je suis dans une mauvaise passe. Esquinté par le cheval. Je l'ai dit à l'instructeur, demain je ne veux pas aller à cheval. Nous ne sommes pas assez forts. On nous fait faire des bonds, des histoires impossibles dans la campagne nîmoise qui est comme un squelette. Ça a l'air d'un cimetière. Rien que des pierres coupantes pareilles à des ossements. Accidents tous les jours. Des branches ont esquinté la figure de 2 de mes camarades, un troisième est encore tombé au galop, esquinté le genou et démis l'épaule. Moi, je suis fatigué, je ne peux plus serrer les genoux. Hier examen d'artillerie, j'ai eu la meilleure note, mais on nous esquinte. On a diminué la nourriture... Enfin! Tout ça est sans intérêt. — *(Ta lettre, je l'adore.)* Aujourd'hui décision ministérielle qu'on ne nomme plus de sous-officiers dans les dépôts mais seulement au front. Alors, je me demande si on y nommera des officiers. Je t'assure que si ça continue je demande à devenir servant et je renonce à tous galons, d'autant plus qu'en partant avec une batterie de 120 je peux avoir des galons en étant servant. Maintenant nous avons des bourrins argentins qui sont grands comme des éléphants, qui marchent comme des ours et foutent des coups de pied de côté, c'est vraiment rigolo. — Enfin! mon ptit Lou, tu vois que je n'ai de joie que par toi, par tes lettres, par ta présence désirée, espérée. Alors, il faut attendre encore au moins 20 jours avant ton arrivée? Du coup je ne sais plus quoi écrire! Alors peu à peu ce sont mes prévisions qui se réalisent pour la guerre?! Tu m'annonces petit à petit ce que je te disais — Je suis en train d'espérer l'entrée de la Roumanie dans le bal actuel. Ça pourra avancer les choses. Écris-moi, Lou, des lettres plus détaillées et parfois plus longues. Je suis avide de tout ce que tu dis et fais. Ainsi vous avez tous pris une cuite à Baratier? Et vous vous êtes bien amusés. Tant mieux. Saint-Jean devait être très joli sous la neige. J'aurais voulu voir cela : les oranges sous la neige!! Maintenant, il fait meilleur ici. Le vent est tombé, le soleil brille. Je t'aime, mon ptit Lou, et t'espère pour bientôt. Et les lettres des bienheureux, rappliquent-elles toujours avec autant d'abondance? Mora toujours furieux, Zyp toujours insinuant, Mogi toujours suisse. Les gigolos niçois papillonnent-ils toujours? — Et la photo pr Rouveyre? Alors quand pars-tu au front? Mon beau ptit Lou, je t'aime et te prends de toute [1], tant que je peux. Je te récrirai sans doute encore ce soir, jamais écrit tant de lettres à quelqu'un qu'à toi, je ne me reconnais plus, mais je t'adore.

Gui.

1. *Sic.*

71

PARCE QUE TU M'AS PARLÉ DE VICE...

Tu m'as parlé de vice en ta lettre d'hier.
Le vice n'entre pas dans les amours sublimes.
Il n'est pas plus qu'un grain de sable dans la mer,
Un seul grain descendant dans les glauques abîmes.

*

Nous pouvons faire agir l'imagination,
Faire danser nos sens sur les débris du monde,
Nous énerver jusqu'à l'exaspération
Ou vautrer nos deux corps dans une fange immonde,

*

Et liés l'un à l'autre en une étreinte unique,
Nous pouvons défier la mort et son destin
Quand nos dents claqueront en claquement panique;
Nous pouvons appeler soir ce qu'on dit matin.

*

Tu peux déifier ma volonté sauvage,
Je peux me prosterner comme vers un autel
Devant ta croupe qu'ensanglantera ma rage,
Nos amours resteront pures comme un beau ciel.

*

Qu'importe qu'essoufflés, muets, bouches ouvertes
Ainsi que deux canons tombés de leur affût,
Brisés de trop s'aimer, nos corps restent inertes!
Notre amour restera bien toujours ce qu'il fut...

*

Ennoblissons, mon cœur, l'imagination!
La pauvre humanité bien souvent n'en a guères.
Le vice en tout cela n'est qu'une illusion
Qui ne trompe jamais que les âmes vulgaires.

Guil. Apoll.
3 fév. 1915

72

4me lettre

[Nîmes, le] 3 février 1915.

Mon petit Lou, c'est la 4e fois que je t'écris aujourd'hui — je t'envoie ci-incluse ma lettre du 30 janvier qui m'a été retournée — pas d'adresse! avais oublié de l'écrire. Je t'embrasse mille fois et vais t'écrire un petit poème aussitôt ma lettre finie. Le temps a été beau cet après-midi. Je suis plus patient, ce qui est une façon de t'aimer davantage. Il y a eu encore un départ aujourd'hui. Ce n'est pas long, un départ. On désigne les hommes le soir, ils partent le lendemain matin. D'ailleurs ils ne sont plus aussi bien équipés que ceux partis il y a un mois. On ne nous permet plus d'approcher ceux que nous connaissons pour leur dire au revoir. J'avoue que je trouve cela un peu brutal et un peu expéditive la façon de ne leur donner pas le temps de dire ouf! Nos plaques d'identité à tous sont prêtes comme nos livrets. Je me demande si nous resterons — je dis moi — jusqu'à juin. Enfin, si tu le crois, je veux bien et parce que je t'ai. Sans quoi... Je t'aime, Lou, t'adore, te suce la bouche, te baise partout, partout, ma chérie, ma consolation, mon amour, ma gloire. Je te serre dans mes bras et t'y garde longtemps de toutes mes forces, pour toujours. Ton

Gui.

73

NOS ÉTOILES

La trompette sonne et resonne,
Sonne l'extinction des feux.
Mon pauvre cœur je te le donne
Pour un regard de tes beaux yeux,
Un mouvement de ta personne.

*

Et c'est dix heures, tout s'endort,
J'écoute ronfler la caserne,
Le vent qui souffle vient du Nord,
La lune me sert de lanterne
Un chien perdu crie à la mort.

*

La nuit s'écoule lente, lente,
Les heures sonnent lentement
Toi, que fais-tu, belle indolente
Tandis que veille ton amant
Qui soupire après son amante?

*

Et je cherche au ciel constellé
Où sont nos étoiles jumelles

Mon destin au tien est mêlé
Mais nos étoiles, où sont-elles?
Ô ciel, mon joli champ de blé!

*

Hugo l'a dit, célèbre image,
Booz et Ruth s'en vont là-haut,
Pas au plafond, sur le passage,
Comme au roman de *Balao*
Duquel je n'ai lu qu'une page [1].

*

Un coq lance « cocorico ».
Ensemble nos chevaux hennissent.
A Nice, me répond l'Écho,
Tous les Amours se réunissent
Autour de mon ptit Lou de Co...

*

*L'ini*maginable tendresse
De ton regard paraît aux cieux
Mon lit ressemble à ta caresse
Par la chaleur puisque tes yeux
Au nom de Nice m'apparaissent.

*

La nuit s'écoule doucement
Je vais enfin dormir tranquille.
Tes yeux qui veillent ton amant,
Sont-ce pas, ma belle indocile
Nos étoiles au firmament?

G. A.
3 fév. 1915.

1. *Balaoo*, roman de Gaston Leroux; dans la première partie, *Il y a des pas au plafond!...*, un grand singe laisse au plafond des empreintes de pas qui troublent les enquêteurs chargés d'une affaire criminelle.

74

— Si on ne peut vendre l'*East Rand* reprends la! —

[Nîmes, le] 4 février 1915.

Mon cœur, t'as rien compris à l'endroit où se passaient les vers, c'est la Promenade de *la Fontaine* à Nîmes, ce sont d'anciens bains romains, tu te souviens, c'est l'endroit le plus joli de Nîmes, il y a 2 gigolos, mais les esclaves sont des filles [1]. — Le prince Karageorgewitch qui est *tellement intelligent! avec un charme slave exquis* t'a dit que la guerre pouvait durer 2 ans — Guillaume Apollinaire qui [est] tellement stupide, sans charme exquis bien qu'un peu slave, t'a dit la même chose. Aussitôt tu admires, petite snobinette, le rasta serbe, avec autant de décision que tu engueulais Guillaume Apollinaire, le traitant de pessimiste, de voyeur en noir, lui disant que tu ne parlerais plus guerre avec lui, etc., etc. Souviens-toi, Lou, que tout ce que je t'ai dit se vérifiera, tu as beau ne pas me croire, c'est cependant ainsi. Je ne t'en veux pas. Mais ton esprit, au lieu de s'efforcer à se lier au mien, ne cherche qu'à s'en défier, n'y voulant voir que déséquilibre, étrangeté et peut-être pis. Suis très vexé, tu sais mon Lou, très très vexé, mais pas fâché du tout, tes révoltes contre ma logique m'amusent au plus haut point. J'ai bien plus confiance en toi puisque je finis par céder le pas à tes idées, à y céder en apparence, car j'attends toujours le moment où tu m'annonceras la même chose que je t'ai dite quand tu la tiens d'une autre source que la mienne et que tu crois plus autorisée.

Fille de peu de foi, je n'ai peut-être pas d'habileté pratique, mais je t'assure que mes jugements sont rarement en défaut. C'est chez moi raisonnement et instinct et même l'instinct vient avant : c'est peut-être ma seule qualité d'ailleurs. Maintenant, je pense cependant, mon Lou, qu'il peut y avoir des causes intérieures qui influent pour hâter la solution. T'expliquerai... mais, on ira au moins jusqu'à la fin de l'année. — Mon Lou, raconte-moi le détail de tes menottes et de tes excitations, raconte-le complètement, ça m'amuse infiniment, bien plus même. Ne crains pas que je me fâche des détails quels qu'ils soient, tout ce qui t'excite d'où et de qui ça vienne m'intéresse. Ce n'est pas gentil à toi de m'en priver... Tu prends toujours mes énervements et mes tristesses momentanées pour des particularités d'un caractère trop jaloux. Tu te trompes, Lou. Je t'aime et si tu m'aimes, c'est assez. Reçu une lettre de la petite fille de 15 ans que je te destine. Comme tu peux voir, elle me fait une sorte de déclaration *A vous pour la vie*. Je ne lui ai rien dit, ni rien fait pour qu'elle écrive cela. Tu vois que je peux te la destiner, elle te plaira beaucoup. Sa sœur a un gosse!! La petite qui m'écrit me dit d'embrasser son amie la nièce du préfet à Nîmes. C'est rigolo. Tu peux être sûre que je ne m'en soucie pas. C'est toi mon Lou que je voudrais... baiser, mon Lou chéri, et reproduire seul avec toi toutes les scènes de la Fontaine, l'une après l'autre. A bientôt, mon Lou, je suis beaucoup plus tranquille, depuis que j'ai pris la décision de lâcher le peloton si on m'y emmerde trop... D'ailleurs je crois que je ne le quitterai pas, mais, enfin, je me fous pas mal des galons après tout et guerre pour guerre, je la ferai bien comme ça viendra. Il est possible qu'on nous nomme bientôt brigadiers, mais on ne sait jamais ici ce qui va se passer. Je t'aime, ton

Gui.

1. On voit mal ce que peut être ce poème : peut-être le conte mentionné dans la lettre 65?

75

[Nîmes, le] 4 fév. 1915.

Lou ma chérie, bien content que t'aies ta permission. Espère que tu réussiras bien. Salue bien Toutou de ma part. Toutes mes amitiés. Dis-lui que je l'aime beaucoup et que suis sûr de l'aimer plus encore quand le connaîtrai. Enfin garde-toi bien dans ce voyage dangereux pr une petite femme et que Dieu te garde, mon amour. Pas d'imprudences d'aucune sorte — Fais-moi savoir où je dois continuer à t'écrire et s'il faut t'écrire. Dis aussi si m'écriras. Tâche de m'écrire. Tu m'as pas répondu au sujet de la carte de *Marie L?* Maman a bien reçu les oranges. Était très contente. Aujourd'hui mal au ventre toute la journée. Ce matin laudanum, cet après-midi élixir parégorique et bismuth, suis très très faible, prends un thé au rhum. Je ne mange pas. Ai frissons. Si t'as pas de lettre de moi, c'est pas ma faute, mais des postes, car t'écris plusieurs par jour plutôt qu'une. Et ton pognon? comme tu dis si voyoutement l'as-tu reçu? Tu me reparles de Borys, c'est un type qui ne m'intéresse plus du tout sauf pour obtenir des permissions.

Ta lettre du 28 janvier toujours pas arrivée? Perdue? ou pas écrite? mon Lou. Et la guerre, penses-tu que j'ai raison maintenant? Ce sera peut-être moins long, mais peut-être pas beaucoup. En tout cas, c'est simple, si ça dure peu de temps c'est que la France et ses alliés sont vaincus, plus ça dure, plus certitudes de notre victoire augmentent. Le temps est notre allié. Il est l'ennemi des Allemands qui auraient eu besoin que ça allât vite. Donc, patriotiquement, faut souhaiter que ce soit long. Voilà! Voilà, petit Lou impatient. Envoie-moi tes impressions de voyage complètes chaque jour, toutes crues, ce sera très intéressant. Tu auras le temps en voyage, tu as un stylographe. Dis bien à Toutou combien je souhaite que le rude baiser septentrional soit compensé par les tiens qui sont si doux. Dis-lui que je manie le millième et le décigrade avec brio et que je vais commander bientôt mon premier tir avec transport de tir (8 obus). Ce sera sans doute avec le 90. Dis-lui que s'il avait par hasard un sitomètre de rabiot, il me rendrait service en me l'envoyant par toi, car ça m'épargnerait une dépense de 25 francs. Il faut que j'achète la réglette et d'autres petites choses. Demande-lui aussi si on emploie beaucoup la hausse décalée (au 75) sur le front.

Voilà mon Lou, quelques commissions pour ton charmant maréchal des logis.

Sur ces recommandations, qui j'espère te parviendront encore avant ton départ, je clos ma lettre en t'embrassant, en te câlinant, en te caressant, en te serrant bien fort, bouche contre bouche — Si t'y penses, apporte-moi, boîte bi-oxyne de voyage [1] — (1 fr. 75) et, saluée par nos glorieux canons, entre, radieuse, ô reine de mon cœur et reine de beauté, dans la zone des armées prosternées devant toi dans les tranchées triomphales.

Gui.

1. Poudre dentifrice

76

RÊVERIE SUR TA VENUE

Mon Lou, mon Cœur, mon Adorée,
Je donnerais dix ans, et plus,
Pour ta chevelure dorée,
Pour tes regards irrésolus,
Pour ta chère toison ambrée

Plus précieuse que n'était
Celle-là dont savait la route,
Sur la grand'route du Cathai
Qu'Alexandre parcourut toute,
Circé que son Jason fouettait.

Il la fouettait avec des branches
De laurier-sauce ou d'olivier,
La bougresse branlait des hanches
N'ayant plus rien à envier
En faveur de ses fesses blanches.

Ce qu'à la Reine fit Jason
Pour ses tours de sorcellerie,
Pour sa magie et son poison
Je te le ferai, ma chérie,
Quand serons seuls à la maison.

Je t'en ferai bien plus encore!
L'amour, la schlague et cœtera...
Un cul sera noir comme un Maure
Quand ma maîtresse arrivera...
Arrive, ô mon Lou que j'adore!

Dans la chambre de volupté
Où je t'irai trouver à Nîmes,
Tandis que nous prendrons le thé,
Pendant le peu d'heures intimes
Que m'embellira ta beauté

Nous ferons cent mille bêtises...
Malgré la guerre et tous ses maux
Nous aurons de belles surprises :
Les arbres en fleur, les Rameaux,
Pâques, les premières cerises...

Nous lirons dans le même lit,
Au livre de ton corps lui-même
— C'est un livre qu'au lit on lit —
Nous lirons le charmant poème
Des grâces de ton corps joli.

Nous passerons de doux dimanches
Plus doux que n'est le chocolat,
Jouant tous deux au jeu des hanches.
Le soir j'en serai raplapla,
Tu seras pâle aux lèvres blanches.

Un mois après tu partiras...
La nuit descendra sur la terre.
En vain, je te tendrai les bras
Magicienne du mystère,
Ma Circé, tu disparaîtras...

Où t'en iras-tu, ma jolie?
A Paris, dans la Suisse ou bien
Au bord de ma mélancolie :
Ce flot méditerranéen
Que jamais, jamais on n'oublie?

Alors sonneront, sonneront
Les trompettes d'artillerie.
Nous partirons et ron et ron
Petit patapon, ma chérie,
Vers ce qu'on appelle le Front

J'y ferai, qui sait? des prouesses
Comme font les autres poilus,
En l'honneur de tes belles fesses,
De tes doux yeux irrésolus
Et de tes divines caresses.

Mais en attendant, je t'attends.
J'attends tes yeux, ton cou, ta croupe...
Que je n'attende pas longtemps
De tes beautés la belle troupe
M'amie aux beaux seins palpitants

Et viens-t-en donc puisque je t'aime
Je le chante sur tous les tons...
... Ciel nuageux... la nuit est blême...
La lune chemine à tâtons...
Une abeille sur de la crème...

4 fév. 1915.

77

DANS UN CAFÉ A NÎMES

Vous partez? — Oui! c'est pour ce soir —
Où allez-vous? Reims ou Belgique!
Mon voyage est un grand [trou] noir
A travers notre République
C'est tout ce que j'en peux savoir —

Y fûtes-vous? — Dans la Lorraine
J'ai fait campagne tout d'abord;
J'ai vu la Marne et j'ai vu l'Aisne,
J'ai frôlé quatre fois la mort
Qui du Nord est la souveraine.

J'ai reçu deux éclats d'obus
Et la médaille militaire.
Blessé, c'est dans un autobus
Que je m'en revins en arrière
Près d'un espion en gibus.

Il voulait fuir. Mes mains crispées
L'étranglèrent. Ce vilain mort
Me servit de lit. Les Napées
Et toutes les Nymphes du Nord
Sur le chemin s'étaient groupées —

Et disaient d'une douce voix,
Tandis que couleur d'espérance
Bruissait le feuillage des bois
« Bravo! petit soldat de France. »
Puis je fis un signe de croix... —

Caporal qui vas aux tranchées
Heureux est ton sort glorieux!
Là-bas, aux lignes piochées,
A vos fusils impérieux
Les victoires sont accrochées!

Dans un dépôt, nous, canonniers
Attendons notre tour de gloire,
Vous êtes partis les premiers;
Nous remporterons la victoire
Qui se jette au cou des derniers. —

Canonnier ayez patience!
Adieu donc! — Adieu, caporal! —
Votre nom? — Mon nom? L'Espérance!
Je suis un canon, un cheval,
Je suis l'Espoir... Vive la France!...

4 fév. 1915.

78

ADIEU !

L'amour est libre, il n'est jamais soumis au sort
OLou, le mien est plus fort encor que la mort
Un cœur, le mien te suit dans ton voyage au Nord

Lettres! Envoie aussi des lettres, ma chérie
On aime en recevoir dans notre artillerie
Une par jour au moins, une au moins, je t'en prie

Lentement la nuit noire est tombée à présent
On va rentrer après avoir acquis du zan.
Une, deux, trois... A toi ma vie! A toi mon sang [1]!

La nuit mon cœur la nuit est très douce et très blonde.
OLou, le ciel est pur aujourd'hui comme une onde.
Un cœur, le mien, te suit jusques au bout du monde.

L'heure est venue. Adieu! l'heure de ton départ
On va rentrer. Il est neuf heures moins le quart
Une... deux... trois... Adieu de Nîmes dans le Gard

4 fév. 1915.

1. Après cette strophe, Apollinaire avait d'abord écrit, puis entièrement rayé, celle qui est ici la dernière.

79

[Nîmes, le] 6 février 1915.

Daté mes lettres d'hier du 4 par erreur [1] — Aujourd'hui ta lettre du jeudi 4 — Donc tu pars, t'écrirai demain dimanche 1re fois et mercredi 2e fois. — Mais je ne comprends pas bien pourquoi pas tous les jours puisque tu écris bien à Toutou tous les jours, et qu'il t'écrit aussi tous les jours. Puisque tu ne reçois aucune lettre sous ton nom comprends pas du tout ces bizarres précautions. Je suppose que ça vient de ce que Toutou ne sait pas que je t'écris chaque jour et que tu m'écris de même et que tu crains de le peiner en le lui disant — qu'en retour, tu ne m'écriras pas plus et que je me brosserai à Nîmes.

Donc, quand tu recevras donc [2] cette lettre, tu seras dans la belle capitale de la Lorraine, dans la capitale du roi Stanislas, dont l'histoire me séduit infiniment. Je me suis beaucoup amusé en lisant la vie de son nain Ferry. Tu entends peut-être gronder le canon! Je t'ai écrit hier de dire mille choses de ma part à Toutou, je te les répète au cas où tu partirais avant d'avoir reçu ma lettre. Embrasse-le sur les deux joues. Dis-lui que je suis son ami et que je suis sûr que notre amitié augmentera encore quand nous nous connaîtrons. Demande-lui s'il n'aurait pas un sitomètre de trop à m'envoyer par toi. Enfin mon Lou que Dieu te garde et que N. Dame te protège, toi, petite femme courageuse et simple très gentiment. Reviens saine et sauve du front, ma chérie. Tu sais combien je t'aime, je vais être anxieux pendant tout ce voyage. Je voudrais bien que tu aies eu à Baratier avant ton départ les lettres que je t'ai écrites, ces jours derniers, c'est fantastique comme les postes sont bizarrement faites.

Enfin fais bonne provision d'impressions intéressantes que tu me raconteras. Je t'envoie une amusante coupure de *l'Écho de Paris :* un fait divers singulier et rigolo [3].

Je ne t'écris pas très longuement aujourd'hui parce que je suis invité à dîner par mon ami Nicolini et vais m'occuper de ta chambre.

Ma sollicitude t'accompagne, tu es mon constant souci et ma suprême consolation.

Je t'aime de toutes mes forces. Pas de poème aujourd'hui je t'en ai fait des masses ces jours derniers. Si pourtant, dis à Toutou ce vers sur l'artillerie, je l'ai pris dans un petit poème envoyé à mon ami André Dupont, l'homme le plus méchant de Paris, et je l'ai inscrit sur mes cahiers d'artillerie

L'Artillerie est l'art de mesurer les angles [4]

Mille baisers, je t'adore, je te baise sur la bouche, ma toute adorée. Ton

Gui
pour la vie.

1. Les numéros 75 à 78.
2. *Sic.*
3. On peut se demander si le « fait divers singulier et rigolo » n'est pas cet écho donné par *L'Écho de Paris* du 4 :
Le Rire gaulois.
Quand nous arrivâmes à X, raconte un joyeux commandant d'artillerie, le bras en écharpe et la langue bien pendue, je m'adressai à une brave dame et lui demandai des draps pour faire des sacs de couchage pour mes hommes. La dame, qui venait de voir sa maison plus ou moins pillée dans la retraite allemande, affolée, m'affirma n'avoir plus rien. Je visite la maison... Je trouve trois draps... Confusion de la maîtresse de céans.
— Je ne veux pas vous remettre à la gendarmerie, lui dis-je de ma plus grosse voix, mais souvenez-vous que vous méritez bien la fessée...
— Oui, monsieur, fait alors la pauvre femme, tout à fait perdue... mais, au moins... pas devant tout le monde...
4. Lettre en vers à André Dupont, datée du 1er février 1915. Louis de

Gonzague Frick a repris ce vers dans le poème *Trèfles à quatre feuilles* où il évoque ses amis séparés par la guerre. Voici ce qu'il dit d'Apollinaire :

Schrapnelle et percutants, ces sinistres marmites
Sont maintenant tes jeux et tes constructions,
Guillaume Apollinaire, ô servant des beaux rites
Qui forges le poème en forme de canon.

L'artillerie est l'art de mesurer les angles.
Donne-moi ton portrait, Guillaume Apollinaire,
Pour le treize mars, jour de mon anniversaire,
En artilleur — sur le grand cheval que tu sangles.

80

[Nîmes, le] 7 février 1915.

Ma Lou adorée — Hier soir dîné chez Nicolini et vu quelques appartements. Rien de fameux dans Nîmes même cher. Ce que j'ai trouvé de mieux est dans la maison de Nicolini — C'est 40 francs par mois, deux pièces, une grande, une petite. La grande a une fenêtre au midi et une à l'est, ce sont les meilleures expositions, elle donne sur un jardin, c'est très tranquille, la petite a une fenêtre au midi, dans la grande un lit assez grand, un autre petit lit de fer qui servira de divan avec des étoffes, un grand bureau épatant avec des tas de tiroirs, fauteuil, chaises, table ronde, suspension à gaz, dalles comme partout à Nîmes, mais on donnera descente de lit et tapis sous la table, cheminée, pendule, placard, rideaux.

Dans la petite, toilette, évier pour vider l'eau, fourneau à gaz, suspension à gaz, table, chaise, seau pour besoins naturels! (pas moyen d'avoir cabinets à Nîmes, ici ils sont dans le jardin, alors un ou deux seaux dans la pièce cuisine remplaceront cela et seront descendus le matin par la femme de ménage). Il y aura également une bonbonne pour l'eau de la journée que la femme de ménage montera le matin du puits ou de la fontaine, car il y a un puits dans le jardin et une fontaine au bout de l'enclos, dans la rue de la Biche. La maison est bien, jouissance du jardin qui est bien, proximité de promenades jolies, bon air, tranquillité, pas de boutiques et cependant proximité de boutiques pour les provisions. On est séparé, pas de promiscuité, 3 locataires. Au rez-de-chaussée un lieutenant du 19e et sa famille, au 1er à droite Nicolini et sa famille, à gauche toi, tes chiens et parfois ton artilleur Gui.

Voici le plan. Au-dessus de toi belle terrasse vérandah avec belle vue sur le mont du Plan et où tu pourras mettre au besoin linge à sécher. Tu auras linge, assiettes, ustensiles de cuisine — Il faudra acheter un bidet, chose peu commune à Nîmes. C'est à dix minutes à pied du 38e.

Voici le plan général :

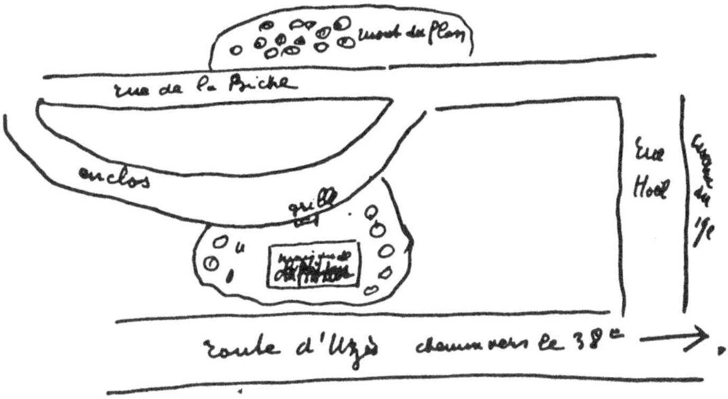

Voici l'aspect :

Voici enfin le plan détaillé de l'appartement :

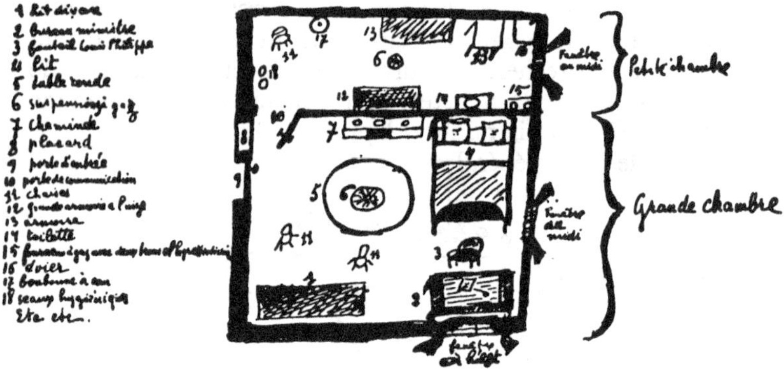

La propriétaire a promis une femme de ménage dans les prix normaux et doux. Tu la garderas une ou deux heures le matin. A midi tu feras ta petite popote toi et tes chiens (Il y a des boucheries de cheval à Nîmes) ou bien tu t'arrangeras avec Mme Nicolini, si elle te plaît, sinon non, le soir moi parti tu referas la petite popote. J'ai acheté aujourd'hui un bout d'indienne ancienne pour jeter sur le lit divan. Je vais chercher d'autres petites choses et tâcher d'arranger cela qui est en soi pas mal de la façon la plus séduisante possible. Le jardin est joli et touffu. Voilà! Dis ce que tu en penses? — J'ai reçu aujourd'hui la lettre extraordinairement suggestive où tu me parles de la poésie *le Rêve*. Tu penses ce que ça a pu me faire. Été sur le point de me faire comme tu as fait. Mais ai résisté. Ça n'a pas été loin d'ailleurs. Il était moins cinq. J'ai relu la lettre au moins vingt fois depuis ce matin. — Vais acheter une cravache... les cavaliers ont besoin de cet instrument!

Vais acheter une cravache
En peau de porc, jaune en couleur,
Si je n'en trouve que macache
Prendrai mon fouet de conducteur.

Aujourd'hui journée du 75, les jeunes filles de Nîmes parcourent les rues vendant des petits drapeaux, en voici un pour Toutou. Embrasse-le bien pour moi. C'est lui qui te remettra cette lettre. Ce soir vais redîner chez Nicolini. Je t'enverrais bien poèmes, mais préfère les garder pour te les remettre ici. Je t'attends, mon Lou, avec une impatience auprès de quoi l'impatience que me décrit si bien ta jolie lettre d'aujourd'hui n'est rien. Demain, ne t'écrirai pas. T'écrirai mercredi encore par Toutou puis me conformerai à tes prescriptions. En tout cas sois prudente, mon Lou adorée, qui vas sur le front avant moi — Tu sais que j'en suis un peu vexé d'être ici à faire l'élève officier — On nous a reversé un nouvel élève, un ingénieur chimiste nommé Bergognon. — Je suis donc vexé de me balader ici pendant que tu risques ta vie sur le front. Heureux Toutou! Ce héros a d'ailleurs mérité pleinement la visite que tu vas lui faire. Comme il doit être content et toi. Tu me raconteras vos émotions de la première minute. Donc dis bien à notre Toutou que je l'aime beaucoup, beaucoup.

Les moutons noirs des nuits d'hiver
S'amènent en longs troupeaux tristes.
Les étoiles parsèment l'air
Comme des éclats d'améthystes.

Là-bas tu vois les projecteurs
Jouer l'aurore boréale.
C'est une bataille de fleurs
Où l'obus est une fleur mâle

Les canons membres génitaux,
Engrossent l'amoureuse terre.
Le temps est aux instants brutaux.
Pareille à l'amour est la guerre.

Écoute au loin les branle-bas,
Claquer le drapeau tricolore
Au vent, dans le bruit des combats
Qui durent du soir à l'aurore.

Salut, salut au régiment
Qui va rejoindre les tranchées.
Dans le ciel pâle éperdument
Sur lui la victoire est penchée

Mon Cœur, embrasse les deux fronts
Front de Toutou, front de l'armée.
Ce qu'ils ont fait, nous le ferons.
Au revoir, ô ma bien-aimée

A bientôt, donc, ma chérie, je t'embrasse partout, partout, baisers très forts, je t'adore, je ne pense qu'à toi, tu es l'amour unique, l'amour mystique, l'amour charnel, tout l'amour ensemble. Je te prends toute et pour toujours, pour toujours. Ton

Gui.

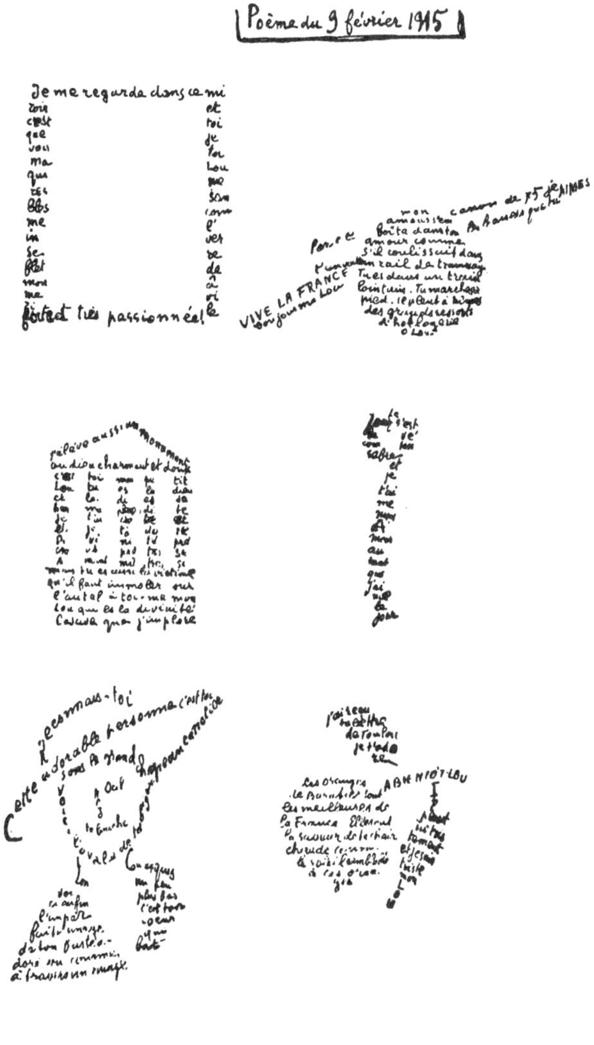
Poème du 9 février 1915
Je me regarda dans ce mi
très passionné
VIVE LA FRANCE
Cette adorable personne c'est toi

82

SONNET DU HUIT FÉVRIER 1915

Lundi, huit février, ma biche
Ma biche part.
Suis inquiet, elle s'en fiche...
Buvons du marc...

Vrai qu'au service de l'Autriche
(Patate et lard)
Le militaire est très peu riche
Je m'en fous, car

Il peut bien vivre d'Espérance,
Même il en meurt,
Au doux service de la France

Un Artilleur,
Mon âme à ta suite s'élance,
Adieu, mon cœur!

Huit fév. 1915.

Le 10 février 1915.

Le poème d'avant-hier *Mirage de guerre*[1] montre, Lou, à quel point nous avons les mêmes pensées à tout instant, ta lettre de Toulon m'apportait en une phrase suggestive la même idée singulièrement blessante pour ton orgueil et dont tu seras châtiée pour l'avoir eue. Cette lettre est d'ailleurs un chef-d'œuvre. Tu es un écrivain charmant et puissant. Tu sais l'art des développements et connais les mots qui peignent. Toute la scène avec l'Anglais est épante [2] comme gradation, mais tu en seras châtiée aussi. Tu comprends bien qu'il ne m'est pas possible de tolérer des déportements aussi ridicules. Et tes histoires avec Matte et Mémée qu'est-ce que c'est encore? Tu as dit que tu raconteras tout. Il faut le faire. Je ne suis pas jaloux du tout, mais enfin il ne faut pas que notre amour devienne un lupanar ouvert à tous les passants. Moi, je n'agis pas comme ça. Marie L. m'a écrit ne lui ai pas répondu sans ta permission, t'ai envoyé la carte. Tu n'as pas daigné m'en parler. Elle a récrit hier une longue lettre, vais répondre samedi pr que tu aies le temps de t'y opposer, mais non seulement tu corresponds avec tous les bienheureux, mais encore flirtes avec des inconnus. Pendant ce temps, je mène une vie ascétique, chaste je ne pense qu'à toi, même quand la petite Mireille m'écrit c'est à toi que je rapporte ses gentillesses. Il est vrai que tu es mignonne aussi et m'écris parfois de belles lettres, témoin celle d'hier, si bandatoire. Tu parles. Je l'ai lue encore tout à l'heure. Elle témoigne d'un vice insensé et je t'adore — Mais tu as un fameux toupet en disant que j'ai développé ces goûts en toi. Je t'ai prise comme tu étais, ma tendre captive et tu avais tout cela dans le sang. Mon camarade de Nice est parti hier soir réformé. Il a offert un dîner à tout casser. Il y avait avec lui et moi, la jolie voisine qui [3]

1. Le « sonnet du 8 février 1915 », la pièce contenue dans la lettre 80, du 7, ou un autre poème aujourd'hui perdu?

2. Apollinaire a sans doute voulu écrire « épatante », mais a omis les deux lettres *ta*, d'où cet « épante ».

3. Lettre incomplète, qui devait comporter plus d'un seul feuillet.

83

[Nîmes, le] 12 fév. 1915.

Quatre jours! mon amour, pas de lettre de toi
Le jour n'existe plus, le soleil s'est noyé
La caserne est changée en maison de l'effroi
Et je suis triste ainsi qu'un cheval convoyé

Que t'est-il arrivé? souffres-tu, ma chérie?
Pleures-tu? Tu m'avais bien promis de m'écrire
Lance ta lettre, obus de ton artillerie,
Qui doit me redonner la vie et le sourire.

Huit fois déjà le vaguemestre a répondu
« Pas de lettres pour vous » Et j'ai presque pleuré
Et je cherche au quartier ce joli chien perdu
Que nous vîmes ensemble, ô mon cœur adoré

En souvenir de toi longtemps je le caresse
Je crois qu'il se souvient du jour où nous le vîmes
Car il me lèche et me regarde avec tendresse
Et c'est le seul ami que je connaisse à Nîmes

Sans nouvelles de toi je suis désespéré
Que fais-tu? Je voudrais une lettre demain
Le jour s'est assombri, qu'il devienne doré.
Et tristement, ma Lou, je te baise la main

Mon cœur écris-moi, écris-moi, je ne sais pas pourquoi tu ne m'écris pas. Écris. Il faut que je retienne l'appartement. J'ai préparé un tas de choses et même acheté un coquetier en buis sculpté autrefois par un forçat de Toulon et qui représente une fois la Cène et de chaque côté la Flagellation. Je ne sais plus que penser. Je suis triste. Je n'écoute plus les cours avec ardeur, je m'embête, ma Lou m'oublie-t-elle? C'est insensé! ce qu'on peut être inquiet. Qu'est-ce qu'il y a? Tu es partie dans un tel état de surexcitation que je me demande ce qui est arrivé à tout point de vue. Écris, tu dois être près de Toutou maintenant. Encore mes amitiés au gentil maréchal des logis. Mais, sacré nom d'une pipe, écris-moi. Si tu crois que Nîmes a de quoi vous consoler de l'attente d'une lettre, tu te mets le doigt dans l'œil. Écris donc, Lou, je suis furieux que tu me laisses ainsi dans l'inquiétude malgré tes promesses. Lou, les postes peuvent-elles avoir de si longs retards? C'est insensé. Je suis comme un train qui va partir. Je bous d'impatience. Écris donc. Dis quand tu reviens. Écris. Écris. Cette attente est insupportable. Ceci est ma troisième lettre depuis que tu as quitté le bord de la mer et le jardin des Hespérides où tu vivais. Je te prends toute, ma bouche dans la tienne.

Gui.

84

[Nîmes, le] 23 fév. 1915.

Mon ptit Lou,

Reçu ta lettre du 17. Tu es avec Toutou, bien heureuse et aussi bien contente. Gentille lettre. Me doute bien que t'as eu aventures pendables. Enfin te verrai au 1er mars et suis content. Le derrière en sang depuis huit jours. Un cheval plus dur que les autres, n'y ai pas coupé. Suis content et de bonne humeur. T'as pas besoin de faire popote. Si Mme Nicolini veut pas, tu auras une bonne. Faut que tu te reposes et manges pas cuisine d'hôtel. T'attarde pas à Baratier. Ai peur de partir avec brevet de chef de section mais 2e can.-cond., car je crois qu'on ne donne plus aucun grade au dépôt mais sur le front. C'est dur, les batteries attelées, mais enfin, me ferai vite grader sur le front. Ai été inquiet mais savais bien que tu ne pouvais écrire. T'aime et t'adore. 2 formules qui me résument mais si pas sage tu verras, serai sévère, Lou, comme un précepteur pour son élève indiscipliné.

Temps très beau. Ai trouvé bel appartement pour toi et tes petits chiens.

Pour me consoler de ton absence, ai appelé Lou ma jument blanche. Si écris à Toutou envoie lui mes amitiés.

Tes lettres du front pas très tendres. T'écris pas volontiers méchant Lou.

Pour popote feras comme voudras, mais le soir ne pourras guère aller au restaurant après neuf heures, mangeras chez toi.

Suis content des belles perspectives que tu annonces. Tant mieux, vive la victoire. Sens-toi pas tant l'âme de soldat, nous sommes là pour ça, sens-toi l'âme d'une gentille petite Lou bien obéissante. Et je crois que tu t'es rudement indisciplinée au milieu de l'armée.

Je t'embrasse, t'aime comme tu m'aimes, si tu m'aimes je t'aime, sinon pas du tout, mais en attendant t'adore de toute la force que me donne soleil de Nîmes et exercices équestres que nous faisons chaque jour. Te prends toute.

Gui.

85

[Nîmes, le] 26 fév. 1915.

Ptit Lou,

Je t'ai écrit à Baratier il y a 3 jours mais j'ai oublié de mettre *ne pas faire suivre* et ai peur que Jules t'ait renvoyé la lettre. Écris quand tu viendras ou télégraphie. Le plus tôt sera le mieux car je crois que tu n'auras pas l'occasion de revenir ici après le 15 avril, époque où je partirai.

Une nouvelle circulaire ministérielle interdit de grader dans les dépôts, nous partirons donc aussitôt instruits comme 1ers canonniers-conducteurs et ne serons nommés qu'au front après avoir fait nos preuves. Donc, on nous a prévenus et dès instruits départ avec certificats constatant nos connaissances, brevets, etc., mais simples 1ers canards, c'est-à-dire bricolant avec un attelage de deux chevaux.

Baisers.

Gui.

86

[Nîmes, le] 27 fév. 1915.

Chère amie,

Tu es libre de rester auprès de Toutou autant que tu voudras et j'en suis charmé pour lui, que j'aime beaucoup, et pour toi aussi.

Néanmoins je te préviens que si tu veux me revoir avant mon départ, il est peut-être temps que tu viennes — ce n'est d'ailleurs pas pour te presser que je te le dis —

Mais une récente circulaire ministérielle interdit de donner des grades dans les dépôts. Je vais avoir trois mois de service, mes classes seront finies et l'on fera partir au plus vite ceux de mon peloton pour qu'ils puissent gagner leurs grades sur le front.

Je partirai donc *très vite* comme conducteur. Ce qui n'est peut-être pas le rêve, mais enfin, le commandant a dit qu'il nous donnerait des certificats constatant travail et aptitudes. Mais tout ça est peu souriant car il est peut-être plus difficile de se distinguer comme canonnier que comme gradé. Enfin!

La question n'est pas là.

Reçu ta lettre et celle de Toutou aujourd'hui.

J'y réponds aussitôt. Je renonce à la chambre qui t'attend depuis un mois. Je vais dédommager aujourd'hui la propriétaire. Tu chercheras où loger toi-même, s'il te plaisait de venir à Nîmes.

Je te dis tout cela, encore une fois, non pour te presser, mais simplement pr te mettre au courant. Et te prie une autre fois, si tu m'annonces quelque chose, de te tenir à tes promesses dans la mesure du possible. Car par ta faute j'ai passé un mois désagréable ce qui n'aurait pas été si tu m'avais prévenu de tous tes retards.

Maintenant, je suis fait à l'idée de ta non venue et tu peux faire comme tu veux, sauf qu'à partir du 7 mars, on pourra me faire partir quand on voudra et en me prévenant seulement la veille au soir pour le lendemain matin.

Je te dis donc au revoir, ma chère amie, à moins que ce ne soit adieu. J'espère que quand tu seras libre — si nous n'avons pas l'occasion de nous revoir — il te plaira de reprendre notre correspondance et comme tu es d'un commerce agréable, j'y concourrai en te répondant régulièrement dans la mesure de mes moyens et du possible.

Dis bien des choses à Toutou. Sa lettre m'a causé le plus vif plaisir. Elle m'inquiète cependant car je vois que tu cours de véritables dangers et je serais désolé qu'il t'arrivât la moindre chose. Je suis charmé d'autre part de savoir que tu t'amuses et que tu es pleine de bravoure. Tu as raison de n'avoir pas de secrets pour Toutou, cependant ne lui raconte pas de choses à tort et à travers. Car bien des choses déformées — même par une aussi belle bouche que la tienne — peuvent donner une très fausse idée de quelqu'un et il me jugerait mal peut-être à tort. Voilà l'essentiel de ce que j'ai à te dire. Pour le surplus je te baise les mains.

Gui.

Notre départ sera du 7 mars au 15 avril, on ne sait pas au juste quand. Remarque que c'est une faveur qu'on nous et me fait en nous faisant partir avant notre tour. Et c'est une faveur telle que rien ne pourrait me la faire refuser. Au demeurant je t'ai promis de rien faire pour partir, mais il va sans dire que je ne dois surtout rien faire pour rester.

87

6 mars 1915.

Mon amie, reçu ta lettre du 27 fév. aujourd'hui — Je te le répète tu es libre de faire comme tu veux sans que je t'en veuille en aucune façon. Je suis triste voilà tout. Qu'est-ce que cette date fixe à laquelle tu dois être à Paris ? Et pour qui ? ne réponds pas sur ce point si tu préfères ne rien m'en dire. Dans ma lettre du 28 t'ai expliqué vaguement la situation militaire en ce moment et qui est très précaire. Je me doute que je ne te verrai pas avant mon départ. Tu devais être ici (ne reparlons même pas de ce qu'écrivais de Baratier). Tes rares lettres du front ont dit *le 1er mars* puis le *10* puis le *16* (celle d'hier). Elle signifie peut-être BERNIQUE !

Je t'ai dit : si une nouvelle circulaire n'intervient pas, permettant donner grades au dépôt, je ne serai pas ici le 15 avril, peut-être même pas le 1er, car à partir de demain 7 je peux partir et probablement pas pr le même Front que Toutou, mais contre les Turcs, toutes les troupes de Nîmes partent contre Turcs ou pr aider les Serbes.

Donc grandes chances pr ne pas se revoir, mon aimée, mais t'en veux pas trop (car même si parfois je te déteste de tant m'oublier, à l'instant où je t'aime le moins, c'est que je t'adore.) —

Seulement faut savoir ce que tu fais, amie : 1re chambre 40 frs par mois, elle était louée pour toi et ai transigé à 30 francs, depuis j'avais reloué un autre appartement mieux toujours pour toi près de la poste et des Arènes, 60 frs par mois, je retransige à 30 frs. pr dédommager proprio ; soit

60 frs que j'aurais mieux aimé que tu dépensasses en voitures ou pr aller à Arles. Mais argent pas important puisque j'en gagne un peu — Ce qui m'agace c'est ta date fixe à Paris — Pas pour rien ou quelque chose, adorée, va, mais parce que je sens là-dessous une sorte de petit mensonge et que je déteste les mensonges quand on s'aime et même quand on est amis. Pour le reste fais ton devoir comme tu veux, surtout si c'est pour Toutou, ne crains pas que je t'en veuille. D'ailleurs, je ne t'en veux de rien. Si par un hasard extravagant et presque improbable, le ministère de la Guerre permettait que sans grades nous puissions passer notre examen de chef de section au dépôt, il se pourrait que nous restassions ceux de mon peloton et moi jusqu'au 1er mai. Et j'aurai peut-être avant cette date l'honneur et le bonheur de baiser ta main.

En tout cas, si tu venais en *mars* selon une promesse qui ne se réalisera sans doute pas — et que je sois encore là — descends à l'*hôtel du Midi* comme l'autre fois, tu y seras mieux et tu seras libre de manger à l'*hôtel de Nice* ou même au *Midi*. L'important est que tu sois bien.

Pour le reste ta lettre m'angoisse terriblement à cause des dangers que tu cours, ma chérie, elle m'affole. Je suis malade de la précédente déjà et n'ai plus de goût à rien, à rien. Le moral est bon, mais tout cela m'ébranle, je crains d'être moins bien portant et si je pars, de partir dans mauvaises conditions. Au demeurant, il fait très beau. Ah! mon adorée, ton amour m'avait fait du bien, mais s'il était vrai que tu m'aimais moins il valait mieux ne pas me redonner à Nîmes ce à quoi j'avais pu renoncer volontairement en partant de Nice le 6 décembre 1914. Voilà, Amour, tout ce que mon cœur d'amant te peut dire et là-dessus il se renferme dans le silence. Tu étais devenue ma joie, mon espoir, mon courage, je suivais tes conseils même dans ton dessein de faire d'un poète un homme du monde accompli, c'eût été beau et tu aurais joué là un rôle important dans l'histoire des lettres; mais chérie, sois sûre que je garde de toi un des meilleurs souvenirs que puisse avoir un poète. Si je te dis des bêtises ou des choses injustes, pardonne-moi, amie, mais de toute façon embrasse Toutou pour moi. Moi aussi, va, je t'embrasse de toute mon âme.

Gui.

Si je partais ces jours-ci écrirai carte à Toutou pr qu'il te la montre et une lettre à Baratier avec mention *ne pas faire suivre* mais si tu veux manquer ou as manqué AU FOND de tes promesses écris une lettre pr finir et adieu, mon très cher amour!

88

Nîmes, le 11 mars 1915.

De toi depuis longtemps je n'ai pas de nouvelles
Mais quels doux souvenirs sont ceux où tu te mêles,
Lou, mon amour lointain et ma divinité,
Souffre que ton dévot adore ta beauté!
C'est aujourd'hui le jour de la grande visite
Et, tous, mon cher amour nous partirons ensuite.
C'est question de jours. Je ne te verrai plus
Ils ne reviendront pas les beaux jours révolus...

Sais-je, mon cher amour, si tu m'aimes encore?
Les trompettes du soir gémissent lentement
Ta photo devant moi, chère Lou, je t'adore
Et tu sembles sourire encore à ton amant.

J'ignore tout de toi! Qu'es-tu donc devenue?
Es-tu morte es-tu vive et l'as-tu renié
L'amour que tu promis un jour au canonnier.
Que je voudrais mourir sur la rive inconnue!

Que je voudrais mourir dans le bel orient
Quand, Croisé, j'entrerai fier dans Constantinople.
Ton image à la main, mourir en souriant
Devant la douce mer d'azur et de sinople!..

Ô Lou, ma grande peine, ô Lou, mon cœur brisé,
Comme un doux son de cor ta voix sonne et resonne,
Ton regard attendri dont je me suis grisé
Je le revois lointain, lointain et qui s'étonne

Je baise tes cheveux, mon unique trésor,
Et qui de ton amour furent le premier gage
Ta voix, mon souvenir, s'éloigne, ô son du cor.
Ma vie est un beau livre et l'on tourne la page

Adieu mon Lou mes larmes tombent. je ne te reverrai plus jamais Entre nous deux ma Lou se dresse l'Ombre

Et souviens-toi parfois du temps où tu m'aimais

L'heure
Pleure
trois
fois

A treize heures trente ordre chez le major savoir si l'on est apte à partir ensuite l'on chevauchera

Prenons les par le flanc
Rantanplan tire lire.

Garde-moi bien toutes les lettres que tu m'as écrites
Et dont tu n'es que la dépositaire
Tu dois me les rendre quoi qu'il arrive
A moins que je ne meure
Ce qui se peut fort bien
Mon Lou, mon Lou chéri, j'ai des baisers plein les lèvres
Je t'en mets sur les yeux, sur tes cheveux
Fauves, partout, partout des baisers affolés
Amour en cristal de Baccarat
Amour brisé en mille morceaux
Quel verrier miraculeux
Pourrait te raccommoder!
J'entends le vent se plaindre au-dessus des garrigues
Et ronfler la caserne aux cent mille fatigues
Un chien pleure à la mort comme mon cœur saignant
Je perds tout sauf l'honneur ainsi qu'à Marignan.
J'ai perdu mes amours. Où sont-elles allées?
Sont-ce elles dont j'entends les plaintes désolées?
Ô tête trop lourde, front en feu, mes yeux tristes
Ô pourpres avenirs comme des améthystes
Trajectoires de vie que mon cœur va suivant
Comme un obus lancé qui traverse le vent.
La nuit est temps propice à celui qui soupire
J'ai goûté le meilleur je vais goûter le pire,
Mais je t'aime ma Lou, comme on n'a pas aimé
Et quand tu seras vieille, enfant, mon cœur mon âme
Souviens-toi quelquefois de moi

Adieu mon Lou chéri, je t'aime infiniment
Si je pars avant de t'avoir revue
Je t'enverrai mon adresse
Et tu m'écriras si tu veux
Adieu, mon Lou, je baise tes cheveux
Adieu, mon Lou, Adieu

Gui.

89

Nîmes, 17 mars 1915.

Ma chère amie,

N'en parlons plus, tu as bien fait, tout ce que tu fais est bien et il n'y a rien à y redire. N'empêche que tu m'as fait être lâche pour la première fois de ma vie. Car toi qui as de si bons tuyaux tu ne sais rien sur ce qui se passe à notre dépôt de Nîmes. Je fais partie d'une division spéciale d'É. O. R. formée par le colonel et par les commandants des 2 régiments de Nîmes. Elle n'a rien d'officiel, on y a mis les gens distingués de 30 ans et au-dessus. Nous devions passer par tous les grades jusqu'à celui de s/lieut. une fois passé l'examen de chef de section, mais la circulaire du ministre parue vers le 10 fév. a tout changé et comme nous n'avons aucune existence officielle, nous continuons le cours par grâce des commandants mais sommes à la disposition de nos batteries pr les départs une fois 3 mois de service. J'y suis. On a passé la visite et lundi on formait une batterie de 90 pr aller à Bizerte et de là en Turquie. On a demandé à notre peloton des volontaires pr partir comme brigadiers faisant fonction de logis. On en demandait 2 et ce sont deux autres qui partent, pas moi, car lâche que j'étais, je n'avais pas de tes nouvelles et en espérais. Voilà, ma chère amie où peut conduire la passion. *Je ne me le pardonnerai jamais et ferai tout mon possible pr réparer cette faute et partir* (puisque tu ne m'aimes plus [1]) *même comme 2e conducteur* avec la batterie de 120 qui va être formée bientôt. Tout cela d'ailleurs ne t'intéresse pas. D'autre part sans te demander autre chose, je te demande, *même maintenant que je ne veux plus t'aimer et veux être guéri de toi*, comme ultime satisfaction, de quitter le front où tu n'es pas à ta place, où tu dois donner du souci à tout le monde et en particulier à Toutou. Je ne te demande nullement de venir me trouver (sacrifice fait), non, ne viens pas ici, c'est absolument inutile puisque tu ne m'aimes pas et que bientôt je ne t'aimerai plus non plus, mais pars de là-bas pour ma tranquillité, pour que je puisse travailler avec courage. Tu m'as anéanti pendant ces 2 mois, si je n'ai pas eu une fièvre cérébrale ce n'est pas de ta faute, mais je suis en plein dans l'anémie cérébrale. Je comprends tous tes sentiments et les respecte mais de ton côté rends-toi compte de ce que j'ai pu souffrir. Dimanche à bout de force après je ne sais combien de jours sans nouvelles, (après ta lettre précédente de Baccarat) j'ai envoyé carte recommandée à Toutou pr avoir nouvelles, ai envoyé lettre (non compromettante pr toi) à Jules [2] pr savoir si tu étais en bonne santé — Enfin, si je n'avais pas eu de lettre de toi, aujourd'hui 17 date fixée par toi pour ta venue je me tuais demain 18. Maintenant c'est fini, je veux ne plus t'aimer, on souffre, on souffre, puis on apprend à ne plus souffrir. Pr notre rencontre à Marseille (car c'est là que tu me fixeras sans aucun doute, par dernière ironie, un illusoire et dernier rendez-vous), n'y compte pas. On ne donne plus de permissions pr Marseille à moins d'un cas de force majeure et je n'en trouverai aucun en l'occurrence.

Ne me crois pas méchant, ma chère amie. Je ne t'ai pas aimée égoïstement, tu te trompes, et me fais injure bien gratuitement; si je t'ai demandé de revenir, c'est surtout à cause des dangers que je savais et que Toutou ne me cachait pas dans les mots qu'il joignait à tes lettres, je ne t'en ai rien dit pr ne pas t'épouvanter toi-même. Bref, je ne demande absolument rien pour moi, mais reviens, ne viens pas ici, va où tu veux, tu es libre, fais ce que tu veux puisque tu ne m'aimes pas tu peux bien aimer qui tu veux, mais ôte-moi le souci de te savoir là-haut, je ne te demande que cela — Si tu vas à Paris, mets chez ma concierge, 202 Bd. St.-Germain, mes lettres et aussi celles que tu m'as écrites (qui m'appartiennent) à moins que tu ne veuilles pas me donner ces lettres que j'aurais toujours relues avec plaisir comme un exquis monument de ma vie en 1914-1915. En ce cas, tu es encore libre d'agir comme tu veux. Je ne t'en veux nullement, tu as embelli ma vie pendant quelques mois, tu m'as fait des serments qui m'ont exalté. Ils m'ont mis quelque temps au-dessus des autres hommes. J'y ai cru et ai été heureux. Donc je dois t'en être et t'en suis extrêmement reconnaissant. Je serai toujours, si tu veux, ton ami et même sans amour tu peux, étant femme et au nom des souvenirs que ton nom m'évoque, compter sur moi en tout et pour tout, sauf naturellement que si je ne t'aime plus, *comme ma volonté le fera en quelques jours*, je ferai toutes les choses que tu as droit d'exiger de moi je les ferai, dis-je, *amicalement* et non plus *amoureusement*. J'aime beaucoup Toutou, chère amie, mais je souffre un peu (plus beaucoup maintenant), d'être toujours la cinquième roue à ta voiture. J'aime bien qu'il soit tout, mais c'est un peu embêtant de n'être rien du tout.

Enfin ne te fais pas de bile pr moi, si tant est que tu t'en sois jamais fait, je ne suis plus fâché, plus du tout. *Lorsque l'amour meurt*... Je suis seulement encore très inquiet à cause des dangers que tu cours et cette inquiétude me rend malade. Voilà.

Guil.

J'envoie copie de cette lettre à Baratier au cas improbable où tu serais partie quand elle arrivera là-haut.

Je n'ai mis — je crois — dans cette lettre que la vérité. Mais si tu me trouvais injuste à ton égard ou si tu croyais qu'il y ait là quelque chose qui puisse froisser Toutou (même s'il ne lit pas la lettre) déchire-la et voilà [3].

1. Cette parenthèse en addition dans la marge.
2. A Baratier.
3. A cette lettre est jointe la copie envoyée à Baratier. Elle est précédée de cette mention : « Copie de ma lettre envoyée sur le front »; elle comporte d'autre part quelques différences: pas de mots soulignés, « puisque tu ne m'aimes plus » au lieu de « puisque tu ne m'aimes pas », omission de « je me tuais (demain 18) », le passage « Pour notre rencontre à Marseille (...) en l'occurrence » en lettres plus grandes et plus grosses, marqué d'un double trait vertical en marge, diverses variantes de formulation...

90

Un peu plus tard ce même 17 mars.

Content d'en avoir fini avec le Titanic copié 2 fois.

Maintenant que ta décision seule peut faire que notre situation respective demeure ou change, puisque j'ai pris une décision que ta prochaine lettre — je te prie d'y prendre garde — peut seule changer, je vais un peu mieux.

Pardonne le papier, n'en ai pas d'autre pour le moment.

Embrasse Toutou de ma part et si tu ne viens pas et veux encore correspondre avec moi, envoie-moi un récit de tes aventures. Je suis tout curieux de les connaître.

J'en ai eu aussi, mais sans aucun doute moins intéressantes que les tiennes.

Je te les raconterai si tu me racontes les tiennes comme t'as promis.

J'ai trouvé une curieuse photo de toi, sur une plage de sable. — Je ne t'en dis pas plus. Amusant n'est-ce pas? et bizarre!

Si tu veux m'envoyer une petite photo de Desgranges, tu me feras plaisir, celle que j'ai commence à s'abîmer.

Mais si tu veux pas, tant pis.

Tu comprends, un maître auquel on n'obéit pas, n'est plus un maître et comme je ne veux pas être esclave, j'aime autant la liberté réciproque.

J'ai été de garde au champ de tir il y a quelques jours, la nuit devant la poudrière, j'ai demandé beaucoup de choses aux étoiles filantes.

Le lendemain soir j'ai manqué m'évanouir en ne trouvant pas de lettre de toi à la caserne.

C'est la 1re fois de ma vie que j'aie eu vraiment mal à la tête.

Enfin, pardonne-moi, ce Titanic, surtout s'il doit te peiner, mais ne pouvais faire autrement que de l'écrire. Ne t'en écrirai plus, vu, maintenant qu'ai mis choses au point.

Amis?

Gui.

91

[Nîmes, le] 19 mars 1915.

Chère Lou,

Pr te montrer que suis pas égoïste. Si ça doit mieux t'arranger aller directement à Paris du front, vas-y. Tu viendras après si tu veux et si je suis là.

Je n'avais pas pensé qu'en effet ça te fera voyage plus court aller directement à Paris.

Enfin feras comme tu veux. Moi, je commence à faire des efforts de volonté afin de n'être plus amoureux de toi. Bonjour à Toutou et je te baise la main.

Gui.

Excuse-moi de ce que tu as cru être de l'égoïsme. Il est vrai que tu m'avais tellement écrit de fois que tu serais là au commencement février que maintenant que c'est fin de mars, j'ai pu avoir une désillusion surtout dans circonstances pareilles. Enfin, bref tu feras comme voudras.

Si tu es encore au front quand liras cette lettre t'engage à partir. C'est pas la place d'une femme et si toutes les mères, épouses ou autres faisaient comme toi... Je ne comprends pas comment des gens sérieux peuvent prendre la responsabilité de te faire courir tant de dangers.

Bref, il est défendu à une femme d'être où tu es et je te le répète, ce n'est pas la place d'une femme. Je suis sûr que Toutou est de mon avis.

Gui.

92

[Nîmes, le] 24 mars 1915.

Lou, mon ptit Lou, ai fait mon possible pr aller à Marseille et pouvoir y rester jusqu'au lundi soir, mais en faisant des pieds et des mains suis arrivé à peine à une permission de 24 h. qui n'est pas encore signée.

Mais je crois l'avoir.

Donc, je partirai samedi à 11 h. serai à Marseille à 2 h. et partirai de Marseille le dimanche soir à 11 heures.

Je coucherai au Terminus s'il y a de la place.

Si je n'ai pas ton télégramme à temps, comme tu n'arriveras à Baratier que samedi, envoie le télégramme au Terminus de Marseille, sans quoi j'attendrai à tous les trains du dimanche arrivant de Nice.

A dimanche donc, petit Lou. Je t'embrasse.

Gui.

93

[Nîmes, le] 25 mars 1915.

Pris garde hier, c'est pourquoi ai écrit peu.
En reviens ce soir huit heures.
Si moi, je n'avais pas ma permission, télégraphierais au Terminus de Marseille au nom *Coligny*.
Le Terminus est à la gare même.

Faction

Je pense à toi, ma Lou, pendant la faction
J'ai ton regard là-haut en clignements d'étoiles
Tout le ciel, c'est ton corps, chère conception
De mon désir majeur qu'attisent les rafales
Autour de ce soldat en méditation

Amour, vous ne savez ce que c'est que l'absence
Et vous ne savez pas que l'on s'en sent mourir.
Chaque heure infiniment augmente la souffrance.
Et quand le jour finit on commence à souffrir
Et quand la nuit revient la peine recommence

J'espère dans le Souvenir, ô mon Amour
Il rajeunit, il embellit, lorsqu'il s'efface.
Vous vieillirez, Amour, vous vieillirez un jour.
Le Souvenir au loin sonne du cor de chasse
Ô lente, lente nuit, ô mon fusil si lourd

Gui.

94

[Nîmes, le] 29 mars 1915.

LA CEINTURE

La Muse

Depuis longtemps déjà je t'ai laissé tout seul
Cependant me voici t'apportant mon mensonge
Poète, sois joyeux, tu sembles un linceul;
Regarde-moi, c'est moi, je ne suis pas un songe.

Le Poète

Ô Muse, je tremblais de ne plus te revoir
Voici ton doux regard, voici ta robe ouverte
Et ta ceinture enfin qui me fait concevoir
Un exquis dénouement devant cette mer verte

L'Amour

Va, ne t'excite pas ta Muse qui revient
Ne t'aime maintenant plus qu'à travers l'espace
Mais prends-lui deux baisers comme un suprême bien
Et sois content surtout, puisque tout lasse et passe

Le Poète

Mais, Amour, tu sais bien que je suis maladroit
Dérobe sa ceinture et m'en fais ma couronne
Je me contenterai de penser à l'endroit
Où pressait ce ruban sur sa belle personne

La Muse

Poète, me voici, j'ai deux baisers pour toi
Je t'aimerai toujours d'un amour platonique
Mais toi tu m'appartiens, je suis ta seule loi
Et reçois ma ceinture en un don magnifique

Le Poète

J'adore ta ceinture, ô Muse, mon amour
Elle est ronde comme le monde et ta mamelle
Elle est ouverte au centre, ainsi ta bouche pour
Rire, et longue comme un vers à rime éternelle
Elle est mon art, elle est ma vie et ma douleur
Elle est l'illusion, elle est toute lumière
Elle la grande beauté, la multiple couleur
Et ma muse en second puisque part la première.
Elle est ta forme aussi car elle a pris ton corps
Elle a saisi ton corps comme une belle proie
Va-t'en, va-t'en là-bas vers les Ests et les Nords
Où t'entraînent l'Amour, la Bravoure et la Joie
Et quand je m'en irai là-bas ou bien ailleurs
Ma muse me suivra, ta ceinture idéale
Irréel arc-en-ciel aux sept belles couleurs
Qui décorent ce soir le ciel sur la mer pâle

La Muse

Adieu, je pars, adieu tu m'attends à jamais
L'Amour s'impatiente et la nuit va descendre

Le Poète

Eh! que m'importe à moi, puisque moi je t'aimais
Ce soir, j'ai dénoué ta ceinture à jamais
Et toi tu n'as de moi pas même un brin de cendre

L'Amour

Espère dans l'Amour, Poète, il reviendra
Te ramener ta Muse avec sa robe ouverte

Ce que l'Amour a dit, Poète, il le fera
Adieu, la nuit descend et la mer n'est plus verte

Le Poète

Adieu, petit Amour, petit enfant ingrat.
Enfin, me voici seul dans la nuit incolore.
Toi, qui n'existes pas, CEINTURE, je t'adore

95

[Nîmes, le] 29 mars 1915.

Lou, cette bizarre et ma foi, fort agréable entrevue de Marseille a été l'objet de mes méditations dès le train. Je tiendrai donc toutes mes promesses, toutefois, en modelant mes sentiments sur les tiens de la même façon que je voudrais modeler une coupe à champagne sur un de tes merveilleux totos. Ainsi ta crise se répète en moi avec toutes ses conséquences. Ce qui, d'ailleurs, est heureux à tous égards.

Dorénavant, Lou, je t'en prie, pas de mensonges en tes lettres, comme celui de ta prochaine venue à Nîmes après le 15 avril quand tu savais n'y point devoir venir. Si c'est par bonté que tu me mens comme conseillait Toutou qui ne me connaît pas, c'est que tu me connais mal. Si c'est par vice, évidemment je n'y peux rien. Mais si ce n'est pas absolument nécessaire à ton bonheur ne me mens plus. Le mensonge me dégoûte quand il entre dans ma vie d'amant ou d'ami. Je sais bien qu'il y a parfois beaucoup d'héroïsme à ne pas mentir. Tu dois à ton sang de ne pas mentir et surtout à moi qui ne me suis jamais montré déloyal envers toi. D'ailleurs, si tu mens, je me mettrai aussi à mentir et il y aura une double crise de mensonge, car ne l'ignore pas, les poètes savent aussi bien mentir que les ptits Lous. Ne prends pas ceci pour un Titanic, tout au plus un Zeppelin et qui n'espère pas produire un effet plus grand que ces fameux dirigeables allemands. Nous ne nous appartenons l'un l'autre pas entièrement en temps de crise. Notre amour, en ce moment n'a qu'une réalité restreinte, amortie si l'on peut dire. S'il fallait en parler, il faudrait l'envisager dans l'espace. Nous nous aimerons toujours et quoi que tu fasses je t'aimerai à la folie. Ce sont des promesses qu'il m'est doux de tenir. Et c'est ainsi que considéré dans l'espace comme une figure géométrique cet amour tend à devenir aussi inefficace qu'un Zeppelin. Ne pense pas que je veuille railler, car je tiens beaucoup à cet amour de Gui pour Lou et Toutou a raison avec l'auteur de l'*Imitation*, je tiens plus à celui-là qu'à celui de Lou pour Gui. Ils sont l'un et l'autre extrêmement forts (après tout, je ne peux parler que du mien, mais je crois et j'aime à croire l'autre dans le même cas), extrêmement forts comme sentiments, pour le reste, ils sont *en sommeil* comme disent les francs-maçons et pour l'instant prêtent moins au grand lyrisme poétique et charnel qui les avait trop exaltés un moment.

Voilà adresse de l'avocat à voir de ma part (téléphoner s'il est à Paris) : *Maître José Théry 28 place Saint-Georges.* Lui expliquer qu'on ne peut le payer maintenant mais seulement s'il y avait résultat. Inutile recommander tact au Lou. Cet avocat est un homme bien et désintéressé. Bon avocat d'affaires. Il est mon collabo au *Mercure de France* et était mon avocat au moment de *la Joconde.* Voilà, Lou. A demain.

Gui.

96

Nîmes, le 30 mars [191]5.

Petit Lou très chéri, ne prends pas trop garde à la lettre d'hier. Elle est dépitée, non railleuse. Ta lettre de Marseille est charmante et j'en aime tout. Je ne suis pas rentré à Nîmes aussi triste que tu as pu le penser. Ma dépression et ma nervosité de Marseille ont vite disparu. Je me suis retrouvé face à face avec la raison et la volonté qui quoi qu'en puisse penser Toutou ont leur valeur et leur vertu très efficace. D'autre part JE SAIS que tu m'appartiens plus que tu ne crois peut-être et cela suffit à me rendre légères les peines qui sans cela seraient les plus affreuses. Je sais que tu es un peu plus à moi que tu ne penses maintenant et malgré tout et toi et le reste je sais bien que *même un officier d'état-major très intelligent* me céderait sur des points essentiels dans ton esprit de fille intelligente. Tu vois de quelle tranquillité épatante Marseille m'a doué à mon départ. Ma chérie, c'est entendu, nos promesses sont entières, les miennes seront entièrement tenues et il est inutile de me les rappeler puisqu'il m'est extrêmement doux de les tenir. Je t'en prie d'autre part, si tu aimes que je t'écrive, et si tu veux que je t'écrive librement, sans contrainte, ne montre pas mes lettres, sauf à Toutou. Sans cela je ne me sens plus libre et tu me gênerais beaucoup en me choquant profondément. Et tu sais faut pas trop choquer ton Gui!!!! D'autre part, si tu veux être véridique, je te dirai aussi tout ce qui m'arrivera. Mais faut aussi que tu sois vraie. D'ailleurs songe comme ça peut être rigolo et vicieux, le cas échéant.

Dès le 1er mai j'irai tous les soirs au mois de Marie, je

prierai pour toi, pour Toutou, ma mère, mon frère et moi-même.

Le fauteuil vert sera toujours dans ma mémoire, je souhaite qu'il ne sorte pas non plus de la tienne.

Hier soir, ma pièce de vers finie et envoyée avec la lettre, je suis rentré au quartier fatigué de 2 jours sans sommeil. Il était de bonne heure, peu ou pas d'artilleurs dans la rue, une jeune fille m'a demandé son chemin. J'avais le temps, je l'ai accompagnée. Elle était charmante, figure un peu fatiguée comme je les aime, corps jeune. Nous avons parlé. Très libre, mais ça ne prouve rien. D'après ce que j'ai compris, eu un amant pas trop aimé. Souhaite l'amour. Connaît tout. Enfin, chez elle, 8 rue Porte Cancière, a voulu que j'entre, présenté au père et à la mère, charmants, veulent que j'aille souvent chez eux, ont mis une chambre à ma disposition et j'y couche samedi où je peux découcher. D'ailleurs toute notre chambre découche le samedi. J'étais seul à ne pas le faire. Je ne sais quelle aventure se prépare là. Ni de mon côté, ni de l'autre. Elle est très libre, mais ça ne prouve rien et j'ai peu de temps à moi. Mais enfin je m'y attelle puisque j'ai ta permission. Je te demande aussi celle de pouvoir y donner quelque chose de moi, sans quoi, je ne pourrais m'amuser complètement et c'est un peu nécessaire. D'ailleurs, ne crains rien, je reste entièrement ton ami dévoué. (D'ailleurs, rien n'est fait encore). Je reste plus même je reste ton amant et toi, à ce que j'ai compris à ta lettre, tu ne restes pas ma maîtresse pour l'instant et surtout dans tes lettres. Nos promesses sont entières, notre franchise doit être entière. Deux libertés qui s'aiment ne sont pas antagonistes. Alors, petit amour, l'avenir est à nous plein de douces promesses. Ne crains pas que je viole les miennes. Toi, ne sois jamais mensongère et nous nous aimons à jamais. J'espère que tu ne m'en voudras nullement, puisque je suis tes conseils. Je te dirai d'ailleurs tout ce qui se fera!! s'il se fait quelque chose. Toi aussi dis-moi *tout ce que tu feras*. Je ne te dirai pas son nom, tu ne le voudrais pas et c'est impossible. J'ai pu te dire des petites choses pr la petite fille ou Marie L. Mais c'était sans importance. Ici, c'est plus puisque c'est une jeune fille d'une famille très bien et à qui on doit la discrétion. En tout cas ne crains rien pour mon amour, qui est plus profond que jamais et plus éthéré, mon petit Lou. Je t'aime beaucoup, beaucoup et avec une douceur infinie et infiniment calme. Donc, Lou, ne me choque plus par des mensonges inutiles vraiment entre nous. Si nous sommes amis, le mensonge devient idiot et moi je suis *entièrement* ton ami. Je voulais encore t'écrire autre chose mais je l'ai oubliée. Je la retrouverai sans doute demain et te l'écrirai. Au revoir, ma chère petite amie. Je t'embrasse.

Gui.

Je rajoute deux pages à la lettre. A partir de demain je t'enverrai des lettres dont les parties qui ne seront pas intimes formeront un livre : *Lettres à Lou* ou bien *Correspondance avec l'ombre de mon amour*. Je les écrirai au recto des pages seulement afin qu'elles puissent être imprimées et la partie intime sera à part la plupart du temps. Je te les écris à toi, mais tu me les reprêteras pour l'impression et je te les rendrai ensuite. Je t'enverrai chaque jour ce que j'en aurai écrit, mais chaque lettre ne sera pas faite en un jour, tu les recevras en plusieurs jours. Si c'est parfois décousu, je remanierai après la guerre. Enfin tu es libre de lire ou ne pas lire. Ça t'est destiné, mais il ne s'y agira pas que de toi, mais aussi beaucoup de moi et de bien d'autres choses. Tout à l'heure en sortant de la caserne vu la jeune fille qui revenait de se promener, elle est descendue avec moi jusqu'à l'église où on prend le tram. Nous sommes restés 5 minutes ensemble. Je lui ai demandé pourquoi elle m'avait demandé son chemin puisqu'elle devait le connaître, habitant Nîmes. Mais il paraît qu'il y a près de 10 ans qu'elle voyage en Angleterre, en Suisse et elle est revenue il y a huit jours de Suisse et connaît mal Nîmes. Elle m'a dit des choses amusantes sur les querelles entre Francophiles et Germanophiles de Bâle où elle était. Elle m'a demandé le chemin me prenant pr un officier à cause de mon képi bleu clair et finalement m'a dit être heureuse de me connaître. Elle n'a rien lu de moi. Mais a entendu une conférence où on parlait beaucoup de moi. C'est une fille intelligente et cultivée. Certes, elle ne te vaut pas, par cet esprit endiablé qui te distingue; mais comme nous sommes séparés, ma chérie, c'est un excellent passe-temps qui ne doit pas te gêner, ni t'être désagréable en rien. Tu es la déesse dans les nuages et on ne dort que rarement avec les déesses. Elle n'est qu'une mortelle et à défaut de déesse, les canonniers sensés tâchent de dormir avec les mortelles. Toi d'ailleurs, ma chérie, et ce n'est pas moi qui te le reprocherai, tu ne t'es pas embêtée jusqu'à maintenant, et ce n'est pas à Toutou non plus qu'il faudrait le reprocher puisque ce délicieux berger d'obus explosifs a peu dormi avec la déesse. Il est vrai qu'il a droit à la vérité lui et non pas moi. Enfin pour revenir à cette gosse, elle a filé derrière Saint-Baudile et suis venu m'asseoir au Tortoni. Il se peut que si je ne peux te faire venir à Nîmes, je tâche d'aller deux jours à Paris embrasser ma mère et te voir par la même occasion, si ce t'est agréable. Et toute crise gardée nous pourrons si tu veux nous promener ensemble. Mais c'est pas sûr et si ça t'embête, dis-le, je resterai en ce cas simplement à Chatou [1]. Mais tout ça, pas sûr. Le nouveau commandant paraît très content de nous. Il est moins moule qu'Arnaud et il se peut bien qu'on parte dans très bonnes conditions et qu'on arrive vite aspirant ou sous-lieutenant. Tout ça pas sûr évidemment, puisque des circulaires quotidiennes dérangent tout. Écris à Toutou que je l'embrasse fort, que je l'admire plus fort encore. Enfin, qu'il me botte sur toute la ligne. Et bien plus que tu ne peux croire et que lui ne pourrait le savoir. D'ailleurs il me botte tant, que c'est à cause de lui que tu me bottes par surcroît, car si Toutou n'avait été ton répondant, il est certain que j'aurais mal jugé le ptit Lou à Marseille. Mais du moment que tu bottes Toutou c'est que je peux aussi me laisser aller à ma tendance naturelle qui est que tu me bottes d'une façon éternelle, scellée par les promesses les plus émues et peut-être dans un des plus émouvants moments que j'aie connus. J'ai dû être un peu ridicule même, mais je ne le regrette pas. Enfin mon ptit Lou suis très content de toute l'aventure. Et l'avenir qui se prépare pr nous est charmant, pas de jalousie et nous amusant ensemble ou séparément serons les plus heureux amants du monde si chacun de nous veut bien tenir ses promesses avec joie et même avec passion et n'avoir *pas un seul mensonge* pour tromper l'autre. C'est la vraie fidélité. Si tu veux t'y tenir, tu seras la femme la plus épatante qu'un poète ait jamais connue et une telle muse est capable de faire de celui qu'elle aime à la façon que tu as promise le plus grand poète du monde. Voilà, Lou, dis toujours si tu as besoin de quoi que ce soit. Dis-le, si je peux le ferai, sinon conseillerai, mais crains pas de dire. Faut tout dire. Puisqu'on est amis, même à l'instant où on est moins amants. Surtout chez nous, ces mots ont des sens profonds et il n'y a pas d'état-major qui tienne, ça compte bien ces choses-là. Baisers des pieds à la tête.

Gui.

1. Chez sa mère.

97

[Nîmes, le] 31 mars 1915.

Mon ptit Lou, ci-joint la première Lettre du livre à venir. *Ombre de mon amour...*

Tu serais bien gentille de chercher dans mes papelards le *Bon Panama* et de me l'envoyer en recommandant la lettre. Tu peux faire cette dépense. Je t'enverrai un peu d'argent ces jours-ci.

Envoie le *Bon Panama* par retour de courrier.

Et prends bien garde aux Zeppelins
Aux Zeppelins de toute sorte
Ceux des Boches sont pas malins
Ceux des Français sont bien plus pleins
Et prends bien garde aux Zeppelins
Chaque officier français en porte

Aujourd'hui rien de neuf, pas vu la Donzelle, mais reçu lettre de la sœur de la petite fille. Elle me rappelle de douces choses. Je crois que je consacrerai à cette lettre ma deuxième lettre d'*Ombre de mon amour.* Je vais tâcher de faire une pièce avec les impressions que j'ai depuis que suis ici. C'est peut-être la meilleure solution pr gagner beaucoup d'argent. Je vais y penser et j'en ferai des parties que je t'enverrai au fur et à mesure. J'alternerai. Quand je serai disposé à travailler à la pièce, ferai la pièce, sinon, *Ombre de mon amour;* comme ça je ne perds pas mon temps.

D'après ce qu'on nous a dit aujourd'hui, nous passerons

le 20 avril ce difficile examen pour le brevet de chef de section. Si tu as un peu d'amitié pour moi, prie bien, ô mystique bizarre, prie bien pr que je le réussisse. Car c'est un papier qui représente pas mal de choses et surtout la faculté de pouvoir devenir officier facilement. Mais, les matières sont si nombreuses que j'ai la trouille parfaite de ne pas le réussir.

J'ai été ce soir à la préfecture pr regarder encore dans le bouquin et ai en effet trouvé la 2e photo où tu es avec Kiss ou Tyka, je sais pas, tu as l'air d'une diablesse ou d'une extraordinaire bohémienne. C'est une photo affolante. A propos, renvoie-moi les 2 miennes qui valent rien et que je veux envoyer à un journal qui me les demande. Dimanche, me ferai faire d'autres, mieux, par un amateur qui a un bon appareil.

Voilà, mon vieux, je t'embrasse sur la bouche, malgré notre crise, et voudrais bien savoir comment t'as trouvé Paris en y revenant. Tâche de bien m'exprimer ça, car tous ceux à qui l'ai demandé savent pas exprimer ce qu'ils voient et toi, faut avouer que tu sais le faire beaucoup mieux que beaucoup de mes chers confrères. A demain, ma vieille consœur. T'embrasse.

Gui.

Envoie-moi le *Bon Panama* avec les papiers qui l'accompagnent et qui sont épinglés avec lui.

98

OMBRE DE MON AMOUR...

1re lettre à la Comtesse de C.-C.

Nîmes, le 31 mars 1915.

Ombre de mon amour, les initiales du grand nom qui est le tien, inscrites plus haut me rappellent celles de mon métier actuel : 2e c. c. dans un régiment d'artillerie de campagne. Tu es C-C aussi, belle ombre et c'est pourquoi entre toutes armes tu marques une préférence pour l'artillerie montée.

Souffre que cette première lettre destinée, je ne sais pas encore comment d'ailleurs, à former jointe à un certain nombre d'autres, un ouvrage qui sera le reflet de ma vie pendant la guerre à partir d'aujourd'hui jusqu'au jour où je redeviendrai civil ou bien jusqu'au jour... Ô Mort, grande mort bleuâtre... Souffre donc que cette première lettre adressée non seulement à toi seule, mais encore aux humains à venir, ne contienne que des préliminaires.

Belle ombre, tu es belle entre toutes les femmes, et cela provient avant tout de ton regard qui a quelque chose de douloureusement voluptueux. Avec cela ton visage est marqué de toutes les lassitudes que l'abus de la volupté trace sur le visage des femmes. Je ne dirai rien de tes oreilles, de ton nez, de ta bouche qui est grande et savoureuse, parce que je les aime tels qu'ils sont et que je les trouve difficiles à décrire. Toutefois, j'ajouterais touchant ton regard que lorsqu'il est hors la volupté et les moments d'esprit inattendus et surprenants qui te distinguent, il devient parfois insistant et gênant par le snobisme imprévu qu'il accompagne.

Je dirai une autre fois ton corps aux neuf portes, hérauts qui annoncent ta grâce forte et souple, hérauts en nombre égal aux neuf Muses et tu portes sur toi les neuf Muses, en nombre égal aux neuf de la Renommée et tu portes sur toi les neuf de la Renommée, en nombre égal aux neuf Preuses et tu es toi, les neuf Preuses [1]. Mais ton esprit est sans égal, il est électrique et diabolique, il est capable de tuer ce qu'il atteint, il est précis et s'aiguise en pénétrant.

Deux ou trois miracles, ou du moins j'appelle ainsi des coïncidences qui m'ont frappé, nous ont mis en rapport. Un amour naquit de cette rencontre et désignée comme tu l'es pour le Vice majeur (car il fut celui d'Ève qui écouta le serpent sifflant comme un fouet), tu te trouvas fatalement en ma possession, puisque je possède le pouvoir magique de châtier et de dominer.

Les mauvais temps où nous vivons, ta situation précaire en ces temps ainsi que la mienne, m'ont forcé à laisser de côté mes prérogatives mais je n'y renonce point et la mystique flagellation que subira alors l'ombre de mon amour te fera comprendre pourquoi Xerxès, le roi perse, fit fouetter la mer.

Tu es infidèle aussi comme la mer; vingt-quatre mâles t'ont prise dans leurs bras (et je serai bien tenté d'y ajouter un vingt-cinquième). D'autres expériences encore ont parachevé ta doctrine amoureuse.

Et l'amour, s'il a orné ta vie, te l'a faite plus dure qu'à beaucoup de femmes.

Tu es peu scrupuleuse, mais tu mérites et soutiens des amitiés profondes, l'une surtout qui t'est chère entre toutes et mon souhait serait que tu voulusses y joindre définitivement la mienne.

Mais tu penses aussi avec quelque douceur à ce matelot américain qui fut ta chose...

Nous deux, chère ombre de mon amour, sommes en guerre, comme l'est aujourd'hui le monde presque tout entier et c'est à ton cœur que je fais la guerre avec mon orgueil.

Il faut que je redevienne ta loi.

Je descends de Rurik, ce chef des Varègues qui fut le premier roi et le premier législateur de la Russie.

Il faut que je redevienne ta loi.

Et nous voici séparés pour longtemps, toi, souffrant et t'amusant de ton côté; moi, peinant et cherchant une joie de mon côté.

Ce soir, le ciel est ouvert devant moi comme un journal déployé. Quelques nuages vagabonds y forment en caractères bien nets un communiqué dont je ne veux pas te donner les détails, mais dont voici l'ensemble, que tu ne dois montrer à personne avant la fin de la guerre.

Elle sera longue. Elle n'a pas encore vraiment commencé. Dieu, que ce sera extraordinaire et effrayant quand ça commencera. Et après, prenons garde à la faiblesse, ce sera le grand tournant à cause des requins qui se tiennent aux aguets dans le Pacifique et ailleurs. Au lieu de pelotons d'élèves officiers on devrait faire des pelotons d'élèves diplomates. Mon Dieu, comme ils manquent, et ceux que l'on n'appelle plus maintenant que les Boches, semblent avoir en ce moment une diplomatie très active...

Mais, ombre de mon amour, ne sois pas triste, tu retrouveras après la guerre ton ami le plus cher et sans doute aussi celui qui n'est que le second : 2e c.c., pour toi, ô 1re C.C.

Et me voici, prophétique et seul, dans ce vieux Nîmes romain où j'espère, si possible, un amour nouveau pour samedi, tout en laissant entier, profondément, durement entier, celui qu'il me plaît d'éprouver pour toi que j'aime aujourd'hui à peine comme une femme, mais comme l'Amour même, mais comme la Poésie, comme la Science. On croit que c'est ainsi que Dante aima Béatrice, et Pétrarque, sa Laure. Et je sais aujourd'hui combien des amours aussi dépouillés peuvent être charmants.

Enfin, ombre de mon amour, je te prends dans le dessein de ne plus t'abandonner. Celui qui a su prendre la Science, la perd-il? Il faut pour cela la mort, ou la folie, ou la fièvre.

Or, je souris en terminant cette première lettre. Je souris

avec un peu de pitié, car je voudrais te savoir très heureuse et que tu sois en chair et os mais non comme une ombre, Ombre attendrissante de mon amour.

Ici, je termine cette première lettre didactique, prophétique et parfois lyrique.

Et je souhaite qu'elle te plaise, comme te plaisait l'ouistiti que tu as vu à Marseille jouant sur le cou d'un type « extraordinaire ».

G. A.

1. Sur les neuf Preuses, voir la note 1 de la lettre 47. Le poème des « neuf portes » sera envoyé dans la lettre du 13 mai (n° 153) sous le titre *En allant chercher des obus.*

99

Nîmes, 1er avril 1915.

Ma pauvre petite chèvre,

Reçu aujourd'hui télégramme, hier rien, mais aujourd'hui le petit poisson bleu des ondes télégraphiques. J'ai ainsi de mon petit Lou bien malheureux un mignon poisson d'avril.

Voilà : j'écris alors ce soir pour arranger chose avec l'autre grand dentiste.

Toutefois si très pressée va chez Monsieur Hénique, 14 ou 16, place du Havre, en face gare Saint-Lazare. Là, tu lui diras que tu viens de ma part. Que je lui présente mes amitiés et irai le voir aussitôt après guerre. Feras la grande dame toutes voiles dehors. De façon à ce qu'il fasse tout travail et tu ne le payeras pas à la fin, je le payerai, moi, plus tard. Mais ne lui dis pas cela. Enfin, tu es assez fine pr tout arranger. Je lui dois 50 ou 80 fr. je ne sais plus. C'était mon dentiste avant que Tzanck me fît son offre pr rien. C'est pourquoi avais plaqué Hénique. S'il t'en parle, dis-lui que je le payerai, mais que suis mobilisé. Surtout dis pas que j'ai un autre dentiste. C'est un brave homme et un bon dentiste mais vaut pas Tzanck évidemment. En tout cas, s'il doit te mettre une couronne, exige qu'elle soit en or pur. De toute façon, arrange-toi pour que travail soit fait, après on verra.

Alors, t'as été Bd. St.-Germain, t'as vu ma maison ? Envoie le *Bon Panama*, oublie pas. — *Hénique ne me connaît que sous mon nom G. de Kostrowitzky* et je ne sais pas s'il sait quelque chose de Guillaume Apollinaire.

Suis curieux de recevoir ta première lettre de Paris. Fait

ici un temps épatant. C'est pas un jour que coucherai rue Porte Cancière mais 2. La nuit du Samedi-saint à Pâques et celle de Pâques au lundi de Pâques. C'est épatant. Donne-moi nouvelles de Toutou. M'embête un peu par ce beau temps à devoir étudier le canon de 90 tout l'après-midi, mais samedi me propose de m'en donner pr mes 2 mois et plus d'emmerdement. En tout cas, ne crains rien, t'as mes promesses, comme j'ai les tiennes et il est entendu, mon pauvre petit, que comptons profondément l'un sur l'autre, quelle que soit la durée de la séparation qui commence.

Alors, il t'est arrivé une sale blague, ta belle bouche t'inquiète, le ciment a cédé, et la dent du fond abîmée te paraît avoir une virulence supérieure à celle du formol?

J'espère qu'en te rapportant le télégramme de Marseille on t'en a remboursé le montant.

Je te quitte; écrirai ce soir la 2e lettre d'*Ombre de mon amour.* Dis-moi ce que tu penses de cette œuvre inspirée par ce sacré petit Lou que j'aime beaucoup et qui est la plus mignonne et la plus gentille petite amie indomptée que le genre féminin, l'éternel féminin ait jamais produit.

Tu peux chanter comme dans la poésie de Jules Laforgue :

Je suis la femme. On me connaît [1].

Oui, on te connaît et comme toutes les femmes, tu mérites une correction quotidienne pour que tu deviennes droite. Pauvre Lou, je souhaite que tu deviennes comme je veux, pour ton bonheur, et ton caprice y trouvera plus que son compte. Au revoir.

Gui.

Dis à Hénique que je ne l'avais pas oublié. Mais avais pas eu le temps, l'aller voir. irai après guerre.

1. C'est le dernier vers de *Notre petite compagne,* poème 45 des *Fleurs de bonne volonté.*

100

OMBRE DE MON AMOUR...
2e lettre

Ombre de mon amour, j'ai reçu aujourd'hui le gentil billet banlieusard que tu m'as envoyé. Il est écrit sur le papier à lettres de ton grand ami que j'aime aussi. J'ai bien reconnu que tu avais acheté toi-même ce papier.

Allons, chère ombre, voici que selon une juste métamorphose tu t'es pour moi changée en torche et flamme tordue, flamme couleur de tes propres cheveux, c'est la liberté que tu éclaires, toi qui est la rébellion.

Je sais pourquoi j'ai tant aimé à Nice cette flamme orange qui parut un midi sur la place Masséna, c'est que j'aime par-dessus tout cette liberté, cette rébellion, mais je les aime contre la liberté même et contre la rébellion même,

Ô naturel désir pour l'homme être roi
On est revêtu de la carte de son royaume
Les fleuves sont des épingles d'acier semblables à tes veines
  où roule l'onde trompeuse de tes yeux
Le cratère d'un volcan qui sommeille mais n'est pas éteint
C'est ton sexe brun et plissé comme une rose sèche
Et les pieds dans la mer je fornique un golfe heureux
C'est ainsi que j'aime la liberté
Et je veux qu'elle seule soit la loi des autres
Mais je suis l'ennemi des autres libertés

Je t'apporte aujourd'hui mon apologue comme don du premier avril. Il finit en queue de poisson.

C'était pendant mon dernier voyage de Marseille à Nîmes. Tu m'as vu au départ. J'avais sommeil et nous étions entassés comme les abeilles de l'essaim. Tous les soldats s'étaient couchés dans le couloir. J'étais seul debout. Tout-à-coup tout tourna autour de moi. Je me trouvai transporté dans un bouge de je ne sais quelle cité marine d'une colonie anglaise. Au centre de la pièce, il y avait un tapis sur lequel plusieurs couples, matelots et putains, faisaient la bête à deux dos. Autour de la salle qui était grande des consommateurs de même sorte buvaient. Une vieille qui était là avec une grande bouche à dents mauvaises me regarda avec tant de douceur que lorsqu'elle se leva, il s'était formé entre son regard et le mien une connivence qui m'entraîna comme une chaîne et nous nous trouvâmes dans une large voie nocturne bordée de parcs. Nous pénétrâmes dans l'un d'eux et l'ayant traversé nous nous trouvâmes près d'un joli lac qui reflétait la lune et un bungalow que l'on avait élevé sur son bord.

« Monsieur, me dit la vieille, c'est à vous de pêcher dans le joli lac et nul doute que vous ne soyez content de votre capture. »

Elle me fit un effroyable sourire et piqua une tête dans le joli lac. Je rêvai un instant sur la rive tandis que la lune y sanglotait. Puis une barque gracieuse en bois d'amourette, avec des rames d'ivoire, s'étant avancée, je ne pus me retenir d'y monter. L'intérieur était capitonné d'un velours turquoise...

J'ai interrompu mon apologue un moment, la gosse est venue me prendre au Tortoni ce qui est extraordinaire... de la part de son père, pour dîner chez eux ce soir. J'y suis et j'écris en attendant le dîner, sur du papier à lettres qui est le sien...

J'en étais donc à la nacelle en bois d'amourette. J'y trouvai une jolie canne à pêche en écaille et me souvenant du conseil de la vieille je jetai ma ligne et bientôt je sentis que ça avait mordu. Je tirai et il vint au bout de ma ligne une jeune femme nue qui tenait l'hameçon entre les dents. Ses seins étaient aussi jolis que les tiens ce qui n'est pas peu dire; on eût dit que deux jeunes chats montraient là leur museau rose. Je ramenai ma balancelle vers la rive tandis que ce mignon poisson qui était de ma pêche se secouait en tendant le derrière, en le faisant rentrer, en faisant les mines les plus amusantes. Elle sauta gracieusement sur la rive. Je la suivis et elle m'entraîna doucement vers le bungalow et à ce moment le soleil se leva et brusquement il n'y eut plus devant moi qu'une chienne qui me regardait d'un regard si pitoyable que je ne pus m'empêcher de prendre quelques rayons au soleil et d'en fouetter à tour de bras cette malheureuse bête qui se sauva en hurlant et il ne resta à sa place qu'une sorte de nuée où apparaissaient les traits des amantes d'antan une à une et ensemble distinctes quoique confondues. Tu étais au-dessus transparente certes et la plus visible quoique au-dessus de toi, il se forma je ne sais quelle image plus neuve, dont je ne sus pas alors distinguer les traits et toutes, toutes comme des scylles vous finissiez en queue de poisson...

Maintenant, on vient me chercher...

Si tu étais venue à Nîmes l'affaire du dentiste se serait beaucoup mieux arrangée...

Je ne t'ai pas parlé de la lettre d'hier, mais aujourd'hui elle ne m'intéresse plus...

Je ne peux plus écrire, car on essaye de lire.

A demain, Ombre de mon cher amour.

101

Vendredi saint [1].
1915

Mon Lou Chéri,

Comme tu voudras! Ta remplaçante, ton *successeur* comme tu dis, a un tempérament épatant, c'est *La Forêt de l'Argonne* où je pars demain, 2e c.c. et volontaire dans une batterie de 75, la 43e du 38e. (Groupe du commandant Maurel ou Morel.) T'enverrai adresse dès qu'arrivé.

Jusque-là écris ici. Tes lettres me rejoindront et j'en aurai plusieurs en même temps. A moins que l'amie ne soit aussi peu fidèle que la maîtresse...

J'écris à la concierge et au gérant.

Mais oui, Lou, je veux bien ce que tu veux, mais je me demande si, étant l'amie de Toutou comme tu l'es, tu pourras être la mienne aussi?!?! Je me demande pourquoi tous les mensonges de Nice et de Nîmes?!? Choisis tes fleurs rares, moi j'ai l'Argonne, des souvenirs et pas de rancune, ni de jalousie. Car je sais bien que si je reviens, te raurai, beau Lou. Aujourd'hui naturellement pas de lettre d'*Ombre de mon amour*. Tâcherai d'en faire au front.

Amuse-toi bien. — Lou, tu ne m'étonnes pas. Mais je te le demande en grâce, explique-moi ce que tu es toi-même. Je ne comprends pas bien. Et une fois pour toutes, dis-moi ce que sommes l'un par rapport à l'autre. Interroge-toi bien pour savoir, et t'es-tu toujours moquée de moi? Je t'assure que ma curiosité est vivement en éveil et ne crains ni de me faire de la peine, ni que j'aie du ressentiment.

Je suis encore plus sérieux que tu ne peux croire. J'ai une grande volonté, et malgré des instants bizarres de marasme, beaucoup de décision.

D'ailleurs, c'est un service à me rendre que m'éclairer sur moi-même.

Ma permission, petite amie, était subordonnée à ta réponse et sur ta réponse, je vais faire dodo avec cette jolie Argonne de mon cœur.

T'écrirai demain au départ et en route.

En effet, mon appartement est des plus singuliers du monde, comme je suis moi-même. Mais faut le voir dans tout son apparat. T'en as pas idée comme ça!

Amie, puisque je veux encore te donner ce nom, envoie-moi le bon Panama et ma *chaîne de montre*. Je m'en servirai pour mettre au bras avec ma médaille. J'aime mieux ma chaîne, souvenir de mon petit frère chéri qu'ai pas vu depuis 2 ans et demi qu'une mauvaise chaîne en fer comme on en donne. Je suis habillé et tout équipé. Naturellement, pas le sou, mais m'en fous. Espère qu'on m'en enverra un peu au front.

Et puis vaut mieux partir. M'embêtais ici. Je ne suis pas fait pour être trop longtemps dans un dépôt. J'aime mieux faire la guerre et, s'il faut mourir, mourir comme mes aïeux qui tous étaient des guerriers.

En relisant ta lettre, je la trouve si mignonne que je suis presque tenté de te croire et te croyant, ma chérie, si tout ce que tu dis est vrai, je t'embrasse partout et te prends toute en te laissant libre entièrement, ne souhaitant qu'une chose, d'être une petite fleur exotique que tu admettrais parfois dans la petite gerbe dont tu parles avec un cynisme que j'adore.

Mais t'en prie, une fois pour toutes, plus de mensonges. Trouve moyen de me faire une place spéciale, quelque chose d'aussi singulier que moi et mon appartement, une place spéciale dans ton cœur, mets-m'y avec une badine ou une cravache, et nous nous entendrons à jamais comme t'as promis. Mais trouve cette place. J'ai maintenant 2 photos avec ta chienne.

Mon Lou, ton Gui se lie à toi comme le lierre à l'arbre qu'il décore et je t'étouffe de baisers.

Pas jaloux du tout. Je me tords au fond de tout toi. Je crois parfois te comprendre. Mais c'est tes mensonges qui me gênent encore. Et si tu y renonces nous aurons une amitié épatante entremêlée avec ton assentiment de joies charnelles soudaines et intermittentes.... Si toutefois je reviens des bras de l'Argonne.

Au revoir, mon Lou, et t'écrirai mes impressions. Garde-les, elles me serviront plus tard.

Gui.

Je me demande si tu trouveras cette place que je demande? Suis pas jaloux de Toutou. Mais comme il a une place que ses sacrifices méritent. Moi jamais eu l'occasion d'aucun sacrifice, c'est ennuyeux. Écris en tout cas pr que je sache à quoi m'en tenir.

2 avril.

Post-Scriptum

Voilà la photo trouvée, je garde celle que m'as envoyée. Baisers, et écrirai d'en route.

Tu es libre et nous sommes amis-amants, veux-tu? Ça ce serait plus épatant encore, tout faire, tout se dire, être des dieux!

Gui.

1. 2 avril.

102

Samedi saint [1].

Avant Départ. Écrirai en route. Écrire tout; est-ce entendu? et expliquer ce qui sera tenu des promesses faites depuis novembre dernier. Dire bonjour à Toutou. Enverrai adresse dès qu'arrivé. Écrire ici en attendant. M'envoyer bon Panama et chaîne de montre. Dire ce qui en est avec Hénique. Pas encore réponse pour l'autre dentiste. Ai écrit concierge et gérant. M'écrire si promesse m'écrire tous les jours sera tenue. Me tenir au courant faits et gestes avec détails qui m'amuseront et me récréeront. Le voyage va être long. Je pars cette nuit à 2 heures 45. Embrasse de tout mon cœur.

Gui.

1. Carte postale militaire envoyée sans enveloppe. Adresse :
La comtesse de Coligny
10 rue Angélique Vérien
Neuilly s/ Seine
Seine
Expéditeur :
Guillaume de Kostrowitzky
1er canonnier-conducteur
38e art. camp.
70e batt.
Nîmes (Gard)

103

Jour de Pâques [1].

Avignon — me voici en route, voyage fantastique. Raconterai détails. Chargé comme un mulet — On ne dort plus. Pâques que je n'aurais jamais imaginées. Je prie Dieu pour toi que j'aime infiniment et mystiquement. C'est pour que tu sois heureuse ici-bas et ailleurs que j'accepte avec bonheur toutes ces souffrances qui commencent.

Gui.

1. Comme le nº 102.

104

Le Teil[1]. Un quart d'heure d'arrêt. J'ai vu la 1re hirondelle, volait à droite mais temps pluvieux. Je prie beaucoup pr toi petite amie adorée — Nous sommes six, j'ai avec moi Berthier dont j'ai parlé dans la *Vie anecdotique* du *Mercure*[2] — Il a voulu partir avec moi nous sommes 6 en tout. A partir d'Avignon avons pris les 1res, je crois que ne changeons plus jusqu'à Châtillon s/ Seine. Embrasse.

Gui.

1. Comme le n° 102.
2. Le 1er juin 1915, « Littérateurs soldats ». C'est la première *Vie anecdotique* depuis que le *Mercure de France* a repris le 1er avril sa publication interrompue au début de la guerre. Elle avait été écrite à Nîmes et communiquée à Lou en épreuves (voir lettre 105).

Lyon-Vaise, 4 avril 1915.
Jour de Pâques.

Six heures du soir. Mon petit Lou très chéri. Je t'écris sans savoir si même je dois t'écrire et si mes lettres te font plaisir. Nous sommes en gare de Lyon-Vaise. Je t'écris sur mon sac individuel. Il paraît que nous allons non en Argonne mais à Mourmelon-le-Petit dans le groupe de 90 du 38ème 43e batterie qui a été amochée. Dès que j'ai su que définitivement t'étais plus à moi, en ai eu un peu de peine, peut-être même beaucoup.

Je suis fidèle comme un dogue

ai-je écrit dans *Alcools* et tu aurais dû te douter que tout ce que je disais de te tromper était pas vrai. Pour le moment, je préfère mourir et ferai possible pour cela. Si pas possible, on verra.

Mais, suis maintenant tout autre qu'avant. Amuse-toi ma chérie puisque tu en as les occasions. Moi je pars de la façon la plus dure et le voulant. On avait bien essayé de m'empêcher de partir. J'ai persisté lâchant peloton et tout. Le comt du Dépôt m'a nommé 1er soldat parce qu'il ne pouvait donner d'autres galons.

Enfin je suis consolé et content parce que je ne suis ni embusqué ni lâche.

Et que j'avais peur que tu me regardes comme embusqué toi qui as été sur le front. Suis rudement content de ma décision. Un soldat est un soldat. Faut partir, on a besoin de toutes les énergies. Les énergies polonaises surtout. C'est le pays qui a le plus souffert de cette guerre, ma Pologne. Si mon sacrifice peut le sauver, me servirai avec joie de mon grand fouet de conducteur. Sommes la race la plus noble et la plus malheureuse du monde, mais la plus brave. Il faut pas mentir à son sang. Me sens l'âme des chevaliers d'autrefois. Tu es ma dame et on aimait sa dame, sans espoir de toucher son cœur. Ainsi t'aimé-je. Si tu veux envoie-moi tes couleurs. Les porterai sous la vareuse et mourrai en les embrassant s'il faut mourir. Paraît que bataille est dure près de Reims où nous allons. Amants-amis! que serais content si c'était possible. Mais si pas possible aime mieux savoir.

Comme la vie est profonde. Refais ce voyage que j'ai [fait] tant de fois enfant, les cheveux longs et blonds, les yeux graves [1]. Pensais pas le refaire simple soldat allant au *Brazas* (brasier) comme disent les gens du midi.

Je suis transporté d'enthousiasme de partir. Maintenant une nouvelle vie commence. Celle où le caractère peut se montrer ce qu'il est. Demain matin zone des armées. Mon ptit Lou très chéri, t'aime profondément, pas charnel du tout, t'aime comme si t'étais déjà un ange. Si je meurs, j'espère que te souviendras de ton poète.

Le petit Berthier, ce brigadier poète dont j'ai parlé dans la *Vie anecdotique*, dont t'ai donné les épreuves a été épatant. Dès qu'il a su que son maître en poésie partait a fait des pieds et des mains pour partir. C'est mignon comme tout, il a 21 ans. 4 poilus avec nous. Il fait fonctionnaire logis, je fais fonctionnaire brigadier. Sommes en 1re. Sommes bien. Mais chargés comme des ânes pour les transbordements. Populations enthousiastes en route. Train militaire. Les autres wagons occupés par le génie.

Au départ les 4 poilus étaient piteux, pleuraient comme des femmes. Ils vont mieux. Tous conducteurs. L'amour est mon péché. Il faut que j'en fasse le profond sacrifice. Je suis homme et peux le faire. Toi Lou, Adieu, sois heureuse. Si veux m'écrire, fais-le, mais pas se forcer, surtout pas se forcer. Bonjour à Toutou. Enfin, si je meurs, j'ai beaucoup aimé, pas à plaindre, car c'est la plus belle chose du monde qu'aimer et être aimé et tu m'as bien aimé quelques jours du moins?!? Aimerais bien savoir cela, mais la vérité. Où est la vérité? Savoir la vérité. Être c'est savoir la vérité quelle qu'elle soit. J'envie un peu Toutou, qu'il ait ton amitié.

Lou, te moque pas de moi, puisque t'ai tant aimée.

La seule récompense que demande c'est vérité toujours vérité et te tiens quitte du reste.

Toi, fais attention à ta vie, ne te fie pas au 1er venu, mon Lou, sois pas malade surtout. Prends garde à *ta gerbe*, de la bien choisir. Pas trop menotte. Aime un brave garçon, pas de goujats. Fixe-toi une fois. Sois pas errante du cœur.

Ame de mon âme, élève-toi toujours puisque tu as quelque chose en toi de très élevé avec des choses moins grandes. Donnerais mon sang pour que tu sois heureuse. Ton fameux *successeur* doit t'étonner un peu tout de même. Avoue que je sais presque aussi bien mentir que toi?!

Déjà, deux nuits sans sommeil. J'espère dormir cette nuit. Enfin, Lou, t'embête pas, sois heureuse, c'est le principal. Le reste est subsidiaire et faut pas s'en soucier. Seulement veux savoir le plus vite possible que serons l'un à l'autre? Et te gêne pas, me faut avant la vérité. Car je l'aime par-dessus tout.

T'embrasse.

Gui

1. Lorsque, habitant Monaco, il accompagnait sa mère à Paris.

106

Dijon. Le Jour de Pâques.

Mon Lou adoré,

Je me souviens de Menton parce que suis avec un type de Menton. Te souviens-tu? Et Sospel, et Monaco. Prends pas garde à l'écriture on écrit en marche. Si tu peux pas lire, lis pas. Nous amusons comme des fous.

T'aime beaucoup. Mais si fallait te détester te détesterai vite — Je prie pour toi, mon Lou adoré. Demande argent dont tu as besoin. T'en enverrai.

Le détachement du 38e est le plus beau détachement de France.

Tu penses si Dijon me fait penser à toi?!!! [1]

Dis à Toutou de m'écrire un mot sur toi, dès que pourras lui donner mon adresse.

Il connaît mon Lou, à moi, que rien ne m'empêchera de reprendre, qu'il me dise vérité et plus que la vérité!

T'adore et t'embrasse mille fois.

Gui.

1. Lou avait vécu plusieurs années à Dijon et s'y était mariée.

107

Châtillon-sur-Seine [1]. Lundi de Pâques.

Nous quittons le P.L.M. pour le réseau de l'Est. Mon enfant chéri, tu reposes en paix. Je t'embrasse et te berce. J'ai dormi cinq heures et suis reposé. Nous rions et chantons comme des fous. Vive la France et mon ptit Lou. Je t'embrasse.

Gui.

1. Carte militaire; mêmes indications que pour le numéro 102.

108

5 avril 1915.

Ptit Lou, nous allons vers Chaumont.

TRAIN MILITAIRE

Nous marchons, nous marchons d'un immobile pas.
Nous buvons au bidon à la fin du repas.
Le dernier arbre en fleurs qu'avant Dijon nous vîmes
(Car c'est fini les fleurs des environs de Nîmes,)
Était tout rose ainsi que tes seins virginaux.
Ma vie est démodée ainsi que les journaux
D'hier et nous aimons, ô femmes, vos images.
Sommes dans nos wagons comme oiseaux en cages.
Te souvient-il encor du brouillard de Sospel?
Une fillette avait ton vice originel...
Et notre nuit de Vence avant d'aller à Grasse?
Et l'hôtel de Menton?... Tout, passe lasse et casse...
Et quand tu seras vieille, ô ma jeune beauté
Lorsque l'hiver viendra après ton bel été,
Lorsque mon nom sera répandu sur la terre
En entendant nommer Guillaume Apollinaire
Tu diras « Il m'aimait » et t'enorgueilliras.
Allons! ouvre ton cœur. Tu m'as ouvert tes bras.

*

Les souvenirs ce sont des jardins sans limite
Où le crapaud module un tendre cri d'azur.
La biche du silence éperdu passe vite.
Un rossignol meurtri par l'amour chante sur
Le rosier de ton corps où j'ai cueilli des roses.
Nos cœurs pendent ensemble au même grenadier
Dont les fleurs de grenade entre nos cœurs écloses
En tombant une à une ont jonché le sentier.

*

Les arbres courent fort, les arbres courent, courent
Et l'horizon vient à la rencontre du train.
Et les poteaux télégraphiques s'enamourent,
Ils bandent comme un cerf vers le beau ciel serein.
Ainsi beau ciel aimé, chère Lou que j'adore
Je te désire encore, ô paradis perdu.
Tous nos profonds baisers je me les remémore.
Il fait un vent tout doux comme un baiser mordu,
Après des souvenirs, des souvenirs encore...

*

Lou,

Cette nuit après Dijon, nous avons été survolés par un Zeppelin, à qui notre train avait été signalé par des espions sans doute. On a tout éteint. Maintenant plus de population. Tout ce pays est désert, profondément désert. Rien que des soldats. Et pour le moment on n'en voit pas encore beaucoup. Le ciel vient de se couvrir et des gouttes commencent à tomber. Il fait tiède. Pas de feuïlles aux arbres. Les paysages paraissent tristes quand on arrive du midi où ils sont si riants.

Dans mes lettres pour pouvoir te dire ce qui se passe, j'emploierai certaines phrases dont voici la signification :

Il fait beau — signifiera : il y a une bataille.

Il fait très beau — signifiera : Bataille en notre faveur.

Le temps est incertain — signifiera : Bataille perdue.

Ces quelques phrases suffiront pr te renseigner sur les événements. Déjà plus de journaux. J'en ai lu hier. C'est pas fameux. Cette expédition des Dardanelles me paraît fort aléatoire. Expédition purement diplomatique pour faire marcher les Balkaniques et je crois qu'on s'est trompé. La diplomatie allemande ne semble pas endormie. Elle a agi et nous avons eu le coup de la Grèce et voilà celui de la Bulgarie. Quand je vois tant de maladresse, j'en ai la rage au cœur et l'impéritie de nos diplomates me navre. Dis-moi tout ce que tu fais et comment tu vas. Nous changerons de train à Chaumont. J'y mettrai cette lettre à la poste. J'espère que tu pourras la lire. Je te prends toute, que tu veuilles ou non, en ce moment ai le droit de te prendre. Je te prends profondément de toutes mes forces et prends dans ma bouche ta langue dure et exquise. Je claque tes belles fesses. Envoie-moi encore des belles photos de toi. Si on revient quelle noce!? Tu m'as promis un voyage et que je voudrais connaître Toutou. Envoie-moi tes couleurs que je les porte sur moi. Au revoir, beaux yeux. T'écrirai sans doute tout à l'heure encore. J'aime tant causer avec toi et en t'écrivant il me semble que nous parlons ensemble. C'est extraordinaire, ce que ce pays est désert. Je t'embrasse mille fois.

Gui.

109

Chaumont, 5 avril 1915.

Mon ptit Lou,

Je t'ai écrit une longue lettre que tu recevras dans 4 ou 5 jours, car j'ai fait la bêtise de la mettre à la poste ici à Chaumont, où on les retient longtemps. Décidément, c'est bien l'Argonne. Une dame qui dîne au buffet en face de moi, se charge de mettre cette carte à Paris où elle part ce soir.

Je t'embrasse mille fois, baisers, baisers partout, mon ptit Lou chéri.

Écris vite surtout, amuse-toi, t'embête pas, sois bien portante. Je t'aime beaucoup, que tu m'aimes ou non je m'en fous et te prends toute, je te mords la bouche.

Gui.

110

Le 5 avril 1915.
Entre Bar s/ Aube et Troyes.

Ptit Lou, je profite de l'obligeance d'un voyageur qui va à Paris pour t'envoyer cette lettre. On me dit que Paris est plein d'embusqués, surtout embusqués dans l'aviation. C'est dégoûtant tout simplement. Je pense beaucoup à mon ptit Lou. Je l'aime et c'est suffisant. Tout le reste n'existe pas. Cette Champagne est un pays extrêmement triste. On a déjà vu des huttes de soldats. C'est très curieux. Mais t'as déjà vu tout ça, ptit Lou, honneur de l'Artillerie. Écris-moi vite, que je sache comment tout va.

Ici, on entend d'autres conversations qu'à Nîmes. On n'entend parler que de guerre, que de guerre. Dis-moi comment est Paris? Je t'aime beaucoup mon ptit Lou. En route, des blessés, mais avons pas vu de prisonniers. J'aurais bien voulu en voir.

Que fait Toutou?

Tu sais que j'ai écrit à la concierge et au gérant.

Mon ptit Lou, j'espère te revoir bientôt. C'est très singulier. Il me semble que je te reverrai bientôt. Nous avons fait jusqu'à maintenant bon voyage, très agréable, presque un voyage d'agrément. En ce moment, la pluie se mêle au soleil, c'est le diable qui se bat avec sa femme.

J'ai vu de jolis patelins que j'aurais voulu visiter avec toi.

On ira après la guerre faire une gentille balade, si je reviens, mais enfin, j'espère bien en revenir de ce fameux brasier.

Enfin, Lou, au revoir. Quand t'auras cette lettre, je serai arrivé et t'enverrai aussitôt mon adresse.

IL Y A

Il y a des petits ponts épatants
Il y a mon cœur qui bat pour toi
Il y a une femme triste sur la route
Il y a un beau petit cottage dans un jardin
Il y a six soldats qui s'amusent comme des fous
Il y a mes yeux qui cherchent ton image
Il y a un petit bois charmant sur la colline
Et un vieux territorial pisse quand nous passons
Il y a un poète qui rêve au ptit Lou
Il y a un ptit Lou exquis dans ce grand Paris
Il y a une batterie dans une forêt
Il y a un berger qui paît ses moutons
Il y a ma vie qui t'appartient
Il y a mon porte-plume réservoir qui court, qui court
Il y a un rideau de peupliers délicat, délicat
Il y a toute ma vie passée qui est bien passée
Il y a des rues étroites à Menton où nous nous sommes aimés
Il y a une petite fille de Sospel qui fouette ses camarades
Il y a mon fouet de conducteur dans mon sac à avoine
Il y a des wagons belges sur la voie
Il y a mon amour
Il y a toute la vie
Je t'adore

Au revoir mon ptit Lou

Gui.

III

Châlons s/ Marne [1].

Petit Lou — sommes arrivés à Châlons à huit heures. Couchons dans la salle d'attente et repartons demain matin à 7 h. Pour Mourmelon, c'est décidément notre destination. Je sais pas encore si c'est Mourmelon-le-Petit ou Mourmelon-le-Grand. Mais l'un et l'autre sont près de Reims. Nous n'avons connu notre vraie destination que ce soir. Traversé pays désolé depuis Troyes. De grandes batailles ont eu lieu là. Des voyageurs, gens du pays, nous les ont racontées. Des choses extraordinaires. Des soûleries impardonnables ont retardé la victoire. Il n'y a pas que les officiers boches qui ont bu trop de Champagne — Les villages n'existent plus. C'est fantastique. Mais j'ai confiance. Si les intrigues contre Joffre ne réussissent pas, je crois qu'il nous donne la certitude de la victoire. Je t'embrasse fort, fort, fort.

Gui.

1. Écrite le 5 avril, cachet postal d'arrivée du 7.

112

Gui aime Lou [1].

Au revoir
Lou

Gui.

Envoi du 1er CC
G. de Kostrowitzky
38e art 70e batt
Nîmes Gard

1. Carte postale représentant le canal à Châlons-sur-Marne. Cachets postaux de Châlons-sur-Marne, Gare, 6 avril 1915, et Neuilly, 7 avril 1915.
Les mots « Guy aime Lou » ont été écrits du côté image.
« Au revoir » est en surcharge sur « A bientôt ».

113

Ma petite amie Lou [1], me voici au front, t'écrirai plus longuement dès que j'aurai le temps. Écris-moi vite. Tu trouveras mon adresse sur la carte. Je te dirai mes impressions quand je pourrai t'écrire plus longuement. Je pense beaucoup à toi. Avons fait très bon voyage, un peu long et lent seulement. Je t'embrasse.

Gui.

1. Carte militaire écrite vraisemblablement le 6, cachet postal du 8. Adresse de l'expéditeur :
G. de Kostrowitzky
1er c.c.
38e art. de camp.
45e batterie
Secteur postal 59

114

Mourmelon-le-Grand, 6 avril 1915.

Ma Lou, je coucherai ce soir dans les tranchées
Qui près de nos canons ont été piochées.
C'est à douze kilomètres d'ici que sont
Ces trous où dans mon manteau couleur d'horizon
Je descendrai tandis qu'éclatent les marmites
Pour y vivre parmi nos soldats troglodytes.
Le train s'arrêtait à Mourmelon le Petit.
Je suis arrivé gai comme j'étais parti.
Nous irons tout à l'heure à notre batterie.
En ce moment je suis parmi l'infanterie.
Il siffle des obus dans le ciel gris du nord
Personne cependant n'envisage la mort.

*

Et nous vivrons ainsi sur les premières lignes
J'y chanterai tes bras comme les cols des cygnes
J'y chanterai tes seins d'une déesse dignes
Le lilas va fleurir. Je chanterai tes yeux
Où danse tout un chœur d'angelots gracieux.
Le lilas va fleurir, ô printemps sérieux!
Mon cœur flambe pour toi comme une cathédrale
Et de l'immense amour sonne la générale.
Pauvre cœur, pauvre amour! Daigne écouter le râle
Qui monte de ma vie à ta grande beauté.
Je t'envoie un obus plein de fidélité
Et que t'atteigne, ô Lou, mon baiser éclaté

*

Mes souvenirs ce sont ces plaines éternelles
Que virgulent, ô Lou, les sinistres corbeaux
L'avion de l'amour a refermé ses ailes
Et partout à la ronde on trouve des tombeaux

*

Et ne me crois pas triste et ni surtout morose
Malgré toi, malgré tout je vois la vie en rose
Je sais comment reprendre un jour mon petit Lou,
Fidèle comme un dogue, avec des dents de loup;
Je suis ainsi, mon Lou mais plus tenace encore
Que n'est un aigle alpin sur le corps qu'il dévore

*

Quatre jours de voyage et je suis fatigué
Mais que je suis content d'être parti de Nîmes!
Aussi, mon Lou chéri, je suis gai, je suis gai
Et je ris de bonheur en t'écrivant ces rimes.

*

Cette boue est atroce aux chemins détrempés.
Les yeux des fantassins ont des lueurs navrantes.
Nous n'irons plus au bois, les lauriers sont coupés,
Les amants vont mourir et mentent les amantes.

*

J'entends le vent gémir dans les sombres sapins
Puis je m'enterrerai dans la mélancolie
O ma Lou, tes grands yeux étaient mes seuls copains.
N'ai-je pas tout perdu, puisque mon Lou m'oublie!

*

Dix-neuf cent quinze, année où tant d'hommes sont morts
Va-t'en, va-t'en, va-t'en aux Enfers des Furies
Jouons, jouons aux dés; les dés marquent les sorts
J'entends jouer aux dés les deux artilleries

*

Adieu, petite amie, ô Lou, mon seul amour
          Ô mon esclave enfuie,
Notre amour qui connut le soleil, pas la pluie
          Fut un instant trop court.

La mer nous regardait de son œil tendre et glauque
          Et les orangers d'or
Fructifiaient pour nous. Ils fleurissent encor.
          Et j'entends la voix rauque

Des canons allemands crier sur Mourmelon
          — Appel de la tranchée. —
Ô Lou, ma rose atroce, es-tu toujours fâchée
          Avec des yeux de plomb?

*

Ô Lou, Démone-Enfant aux baisers de folie
Je te prends pour toujours dans mes bras, ma jolie.

*

Deux maréchaux des logis jouent aux échecs en riant.
Une diablesse exquise aux cheveux sanglants se signe à l'eau bénite.
Quelqu'un lime une bague faite avec l'aluminium qui se trouve dans la fusée des obus autrichiens.

Un képi de fantassin met du soleil sur cette tombe.
Tu portes au cou ma chaîne et j'ai au bras la tienne
Ici, on sable le champagne au mess des sous-officiers.
Les Allemands sont là derrière les collines
Les blessés crient comme Ariane
Ô noms plaintifs des joies énormes
Rome, Nice, Paris, Cagnes Grasse Vence, Sospel Menton, Monaco, Nîmes
Un train couvert de neige apporte à Tomsk, en Sibérie, des nouvelles de la Champagne
Adieu, mon petit, Lou, adieu
Adieu. Le ciel a des cheveux gris

Gui.

DOCUMENTS

1. « Mon portrait en artilleur par Picasso »
(lettre 30, 28 décembre 1914) © Succession Picasso, 2017.
Bibliothèque nationale, Paris.

2. Lou en 1915.

3. Apollinaire artilleur à Nîmes.
« Mémée est bien gentille de me comparer à Polin... » (lettre 28, 27 décembre 1914).

4. Lou, « couchée dans l'herbe, la croupe montagneuse » (lettre 200, 4 août 1915).

5-6. « Deux croquis de notre demeure,
l'intérieur et l'extérieur... » (lettre 118, 9 avril 1915).

7. « La lampe à la lueur de quoi je t'écris
est un verre suspendu sur un quart attaché à un fil de fer »
(lettre 121, 12 avril 1915). Dessin d'Apollinaire.

8. La messe dans un hangar. « J'étais ému
extrêmement et je dessinais ce que je t'ai envoyé »
(lettre 137, 26 avril 1915).

9. Billet de la nuit du 27 avril 1915.

La nuit
S'achève
Et qui
Poursuit
Son rêve
Où tout
Est bon
On est en quête
Mais qui
N'y pense guère,
La nuit
s'étoile et la paille se dore :
il songe à celle qu'il adore
nuit du 7 avril 1915

12. « Cette adorable personne c'est toi » (*Poème du 9 février 1915*, lettre 81). Phot. Desgranges, Nice.

13. « Un croquis d'une partie du cimetière près d'ici » (lettre 182, 7 juin 1915).

14. La batterie abandonnée. Dessin d'Apollinaire.

notre batterie est sauvage. Nos officiers
aussi. Ils ont 3 cagnas à l'écart de tout le
monde que nous autres — et il n'est pas si
embêté des hommes qu'il ne faudrait pas
embêter. Les artificiers [illegible]
[illegible] à pied et [illegible]
déjà 80 francs. ce qui n'est pas mal en
temps de guerre — Il [illegible] plus que les
ne m'a coûté que 3 fr. 50 — [illegible]

J'habite tout seul maintenant une grande
belle petite casbah souterraine creusée
dans le tuf et bien recouverte de
rondins et de terre. Je suis bien
content que tu sois contente comme
moi de ta belle villa. Je suis sûr que
que tu vas recevoir d'une façon
parfaite et que j'approuverai un
nom merveilleux.

15. Fragment de lettre (lettre 195 bis, juillet 1915 ?).

16. « Sur mon dessin, les poilus écartent les pattes » (lettre 196, 23 juillet 1915).

17. Marseille. Dessin d'Apollinaire.

115

Le 7 avril 1915.

Ptit Lou, maintenant on est tout à fait en avant. On peut pas plus. Et c'est beaucoup plus loin qu'étais hier. Peux pas dire plus. C'est fantastique — Il fait beau.

Il faut, mon ptit Lou pour que tu aies été où tu as été et y être restée que tu aies dormi avec tous les officiers, car je vois bien les difficultés que t'as dû subir. Mais t'étais pas en avant. T'étais comme étions hier avec l'État-Major. Mais ce n'est rien. C'est en avant que c'est grandiose.

Ici on vit dans les bois. Les obus ne m'ont fait aucune impression et pour saluer mon arrivée nous en avons eu le plus grand nombre qu'il y ait eu depuis que nos batteries sont ici, mais peux pas te dire où. Écris-moi, ptit Lou, des choses sur toi, ce que tu fais et toutes les cochoncetés surtout. Ça me récréera surtout dans les débuts de mon séjour ici. J'en ai inventé d'épatantes depuis quelques jours. Pas expérimentées encore. Je réserve cela après guerre. Mais elles sont épatantes et tout à fait neuves.

Ici c'est la bonne vie sauvage. Nous vivons comme les Cow-Boys du Far West. En somme Toutou est heureux qui peut parfois se reposer dans un village. Mais la vie de cow-boy a aussi ses agréments. Ces sales Boches sont là tout près. Enfin, ce matin 150 obus ont été tirés où j'étais, tué personne, pas même un cheval. On passe le temps à faire des bagues. Envoie-moi la mesure de ton annulaire, j'en ferai une très jolie avec une belle devise. Donne-moi nouvelles de Toutou, mais rien écrire sur la guerre, car les lettres seraient arrêtées. Je me demande si je te reverrai jamais. Ça c'est le plus aléatoire. Enfin, comme tu sais, mon ptit Lou, tu fais comme tu veux! J'espère que tu voudras bien m'écrire selon tes promesses. Mais si tu ne tiens pas cette promesse-là, ça ne fera qu'une de moins et je n'en suis plus à une promesse près.

Enfin, quelle que soit la promesse que tu voudras bien tenir, j'en serai heureux.

Ce qui me fait penser qu'après tout tu es capable de quelque gentillesse c'est ton sentiment pr Toutou. J'ai fait tout ce que j'ai pu pr te montrer que je t'aimais et avec désintéressement. A toi de savoir si tu dois mépriser cet amour ou non. Mais j'aimerais bien que tu fixasses tout cela dans ton esprit afin que je sois renseigné.

L'atmosphère du front est en somme très agréable. Il n'y a que toi qui manques et qui manqueras longtemps.

Tu m'as écrit que *quelle que fût la durée de cette séparation qui commence il fallait que nous comptions l'un sur l'autre.* Je sais bien comment tu [1] peux compter sur moi mais j'aimerais savoir en quoi et comment je puis compter sur toi. Écris-le-moi, et fais-le moi aussi écrire par Toutou qui te connaît bien et qui, je crois, sait dire la vérité.

Enfin, mon petit Lou, je t'aime beaucoup et j'ai un moral épatant. Je croyais que voir ça de près pouvait vous faire manquer le cœur, mais ça ne m'a rien fait du tout et en suis bien content. Ça n'empêche pas que ce soit fantastique.

L'amour, vois-tu Lou, est la grande chose sérieuse de ma vie, et tu es le grand amour.

Ça, c'est vrai et vrai pour toujours. Si tu t'en fous, dis-le, je m'efforcerai de changer.

Mais je te souhaite de ne pas t'en moquer, car mon amour a la vertu de grandir, d'orner ce qu'il aime et je te voudrais vraie et au-dessus de toutes les femmes, t'embrasse.

Gui.

G. de Kostrowitzky 1er c.c.
38e artillerie de camp.
45e batt. Secteur postal 59

1. Apollinaire a écrit : « comment je tu peux »; le contexte montre que le « je » est un lapsus.

116

8 avril 1915.

Ptit Lou, le seul livre qui se trouve ici est un petit dictionnaire médical dans lequel je trouve ceci qui t'intéressera (d'après ce que tu disais à Marseille) :

« Hypertrophie des petites lèvres. — Sous l'influence d'attouchements répétés... les petites lèvres ou nymphes peuvent acquérir un développement exagéré et faire saillie en dehors de l'orifice des grandes lèvres ou fente vulvaire. Cette hypertrophie occasionne une grande gêne dans la marche; la muqueuse s'excorie, etc. Il est facile de remédier à cette infirmité par une petite opération sans danger, qui consiste à exciser toute la portion des nymphes qui débordent hors de la vulve. On enserre leur racine entre les mors d'une pince longue de plusieurs centimètres et on coupe tout le tissu resté libre. En affrontant avec des serres fines ou des points de suture les bords de la muqueuse, il ne se produit pas d'hémorragie et on obtient une guérison rapide. »

Petit Lou, si tu rencontres à Paris des ennemis à moi, défends-moi si tu veux ou non, mais surtout dis-leur que j'ai à leur disposition 5 lettres. T'en rencontreras sûrement. Ici mon ptit Lou, on vit sous terre. C'est curieux. Mais tout ça manque évidemment de femmes et Toutou est un type rudement heureux de t'avoir eue là-bas. Envoie-moi la mesure de ton annulaire pr te faire une bague. Je tâcherai demain si possible de faire des vers. La vie est dure, je suis avec Berthier. Il faut que nous creusions notre demeure. Il faut être tout; terrassier, maçon, serrurier, charpentier, tout.

C'est une vie grandiose qui ne va pas sans une mélancolie lyrique extraordinaire. Les obus gémissent d'une façon déchirante.

Moi, je pense à toi. J'y ai pensé toute la nuit en regardant les étoiles et j'ai donné ton nom à l'une d'elles dont je ne savais pas le nom. Elle se trouve un peu à droite et au-dessous du baudrier d'Orion. Alors, je cause avec ce ptit Lou, changé en étoile, et comme elle palpite et que sa lueur a un peu celle de ton regard elle me consolera infiniment dans les nuits claires comme celle d'hier.

Les nuits ici sont extrêmement animées, attaques, déplacements, les routes sont encombrées de convois. C'est une vie singulièrement noctambule que mènent les gens du front.

Je crois bien qu'il faudra en arriver à menotte. Écris-moi des lettres qui au moins autorisent cette suprême ressource, même s'il ne s'agit pas de moi, mais d'autres, mais qu'il s'agisse surtout de toi.

Tu seras rudement gentille si tu fais ça. Enfin, on verra et peut-être même arriverai-je à une chasteté parfaite en ton honneur, ô ptit Lou adoré.

Lou, quels sacrifices faut-il encore faire pour que tu aies pour moi des sentiments qui soient pas tout à fait, mais presque ceux que t'as pr Toutou?

Mais quels beaux souvenirs j'ai de toi à Grasse, quand je te tenais sur le canapé, comme un petit garçon que l'on va fouetter, t'avais peur [illisible] [1], je t'ai forcée à tenir les fesses hautes, tes grosses fesses merveilleuses, hautes sous la lumière et la schlague commença, tu te tordais, ouvrant et refermant ton petit derrière....

Et à Nîmes, quand je t'ai prise entièrement là où tu ne voulais pas avant, te souviens-tu. Je t'ai eue vaincue, complètement vaincue et t'aurai encore. Il me tarde de recevoir des nouvelles de toi, mais ici je crois que la poste est moins rapidement faite que du côté de Toutou.

Enfin, mon ptit Lou, ménage ta santé, te fatigue pas, qu'on ait la joie de revoir tes merveilleux totos de vierge pure!!!?

Et puis au fond tu es pure, petite Démone-Ange-Enfant que j'adore, singulier mélange de *La-plus-grande-joie* et de *La-plus-triste-vie*. Je voudrais contribuer avec mon ami inconnu Toutou à te rendre tout cela exquis et que tu sois désormais après la guerre *La-vie-la-plus-délicieuse*.

On dort au-dessus de l'eau. On s'en f.... totalement. Si on pouvait vite f..... les Boches dehors, je coucherais bien volontiers sur la dure chez moi, sur une planche à côté de mon lit pendant 3 ans.

Ces bougres de cochons sont là, on voit leurs tranchées. Qu'on voudrait être un grand inventeur et trouver quelque chose qui leur fasse l'effet que la mort-aux-rats fait aux rats et aux souris.

Mon Lou, la voix des obus est un véritable miaulement, ils miaulent comme des chats amoureux. C'est fantastique. On voit les Taubes et l'on fait des devinettes : quel est le comble de la propreté pour un aviateur en campagne? *Réponse :* Prendre son Taube tous les matins.

Hier au village où j'étais revenu chercher mes paquets, le curé nous a parlé, il était nu-tête. C'est un brave homme mais sale! Ses cheveux étaient dans un état! Je lui ai dit : « Vous devriez pas sortir sans vous couvrir la tête. » Il m'a répondu : « Je sors maintenant sans képi (textuel) depuis que j'ai vu des soldats me crier *A bas la calotte*, comme je n'en mets plus, ils ne peuvent plus le crier. »

Le ciel est aujourd'hui mélancolique, je ne verrai sans doute pas ce soir la petite étoile qui palpite si bien et que j'ai appelée Lou.

Je te la montrerai après la guerre et nous la regarderons ensemble.

On voit pas mal d'avions, et on se terre aussitôt sous peine de prison, pour ne pas être repérés, mais pas encore vu de Zeppelin, ça doit être plus curieux, il me semble.

Te souviens-tu du petit voyage en auto que nous fîmes à Beaumont-sur-Vesle dans la Marne, l'an dernier. J'y ai pensé tous ces jours, car le pays rappelle un peu cet endroit délicieux [2].

Mon petit Lou, au revoir, je t'écrirai demain; me suis plus déshabillé depuis départ de Nîmes, essayerai le faire ce soir, mais je me demande si je ne gèlerai point. Dis-moi comment fait Toutou? et s'il ne se déshabille que quand il couche dans un lit. Il est vrai que nous ne couchons jamais dans des lits, mais il y en a qui se déshabillent. Il est vrai qu'ils sont bien habitués à la température tandis que je ne le suis pas encore. T'embrasse, ma Lou.

Gui.

1. Il semble qu'on puisse déchiffrer « des cinglants » (un mot comme « coups » étant omis ?).

2. Ce « petit voyage en auto » n'a jamais eu lieu. Par ce procédé, Apollinaire indique à Lou où il se trouve.

117

(1915) 8 avril au soir.

Mon Amour,

Je suis pr quelques jours à l'échelon à 1 km. de nos tranchées. C'est en pleine forêt marécageuse quelques huttes en roseaux. Je songe à Robinson, aux trappeurs. Je t'écris à la lueur tremblante d'un bout de bougie. Il a plu, maintenant le ciel est clair. La bataille commence dans la nuit, je ne sais où, mais pas loin et je l'entends distinctement, ininterrompue. On dirait que le diable fait moudre son café. C'est fantastique, avec les lueurs des obus qui miaulent et éclatent comme si c'était quelque grand roi qui donnerait un feu d'artifice en l'honneur de ta beauté. Aujourd'hui nous n'avons reçu qu'un petit nombre d'obus. Je vois à peine ce que je t'écris. Je suis dans une batterie exclusivement composée d'hommes du Nord qui n'ont pas de nouvelles de leur famille restée dans les pays envahis. L'étoile nommée ptit Lou est là qui me regarde avec douceur, peut-être même avec tendresse. Mon cœur, c'est curieux, comme ici on pense avec tendresse très, très douce à ceux qu'on aime. On ne souhaite que leur bonheur complet. Je souhaite le tien très complètement et je le souhaite ardemment. Mon cœur est devenu comme une meule rougie au feu et qui tourne en écrasant tous les anciens désirs, les anciennes ambitions. J'entends miauler tous ces petits chats volants. Combien j'aimerais mieux la voix d'un ptit Loup. J'ai regardé aujourd'hui la petite photo avec le chien enveloppée dans ce gentil petit mot où il est dit que Gui et Lou... Sur cette photo tu as un air étrangement diabolique que je ne t'ai pas encore vu et que je veux connaître pour participer de ton mystère profond. Ah! cette photo! Tu as l'air d'une de ces dames égyptiennes qui, toujours inassouvies, s'en allaient sur le bord de la mer pour y violer les cadavres des matelots jetés là par les naufrages. Ô profond, profond ptit Lou, toi la sœur de mon esprit, ô sœur incestueuse! Âme de mon âme, je t'adore! — L'après-midi la grêle est tombée, elle tombait au plus profond de moi-même abattant les moissons que l'amour y avait semées. Je me sens moi-même comme une forêt très lointaine dans laquelle s'en va une toute petite lumière qui tremble et qui semble sur le point de mourir. Et maintenant, ptit Lou, c'est comme une exquise hallucination. Tu es là tout près de moi, tu me redis ces mots très doux que tu m'avais écrits, pendant ton voyage de Baratier à Nîmes. Tu me redis tout cela, tu me calmes, tu es douce, douce et moi aussi je me sens doux et merveilleusement tendre. J'étais un enfant de quinze ans à peine quand j'ai connu entièrement les joies de l'amour, mais je ne l'ai jamais éprouvé aussi fortement que pr mon petit Lou. Un bizarre insecte de la forêt, un insecte qui ressemble à un tout petit cochon, se promène sur le papier de ma lettre, il est de bon augure. Je ne sais quand je recevrai de lettre de toi. Depuis quelques jours, il n'arrive pas de lettres ici paraît-il. Donc, mon ptit Lou chéri, sois contente puisque je suis content. Fais tout ton devoir envers Toutou, va auprès de lui dès que tu pourras. Aime-le bien de toutes les façons. Et amuse-toi aussi tant que tu pourras. Il ne faut pas que tu sois malheureuse en rien. Quand t'auras besoin de quelque chose, si je peux le faire le ferai toujours. Je veux surtout que tu sois très heureuse avec tous tes désirs satisfaits. J'ai été un peu égoïste un moment, mais ce n'est pas ma nature et ça ne dure pas, ce n'est pas profond, c'est un simple oubli du rôle de poète qui comme le roi donne tout de lui-même, le premier à toute l'humanité, le second, à son peuple... Tu es pour moi l'un et l'autre. Amuse-toi mais pas crapuleusement, Lou, que Mémée ne corrompe pas ton gentil langage mignon, qui est un de tes charmes. Tu ne dois avoir qu'un vice raffiné, mon petit page ambigu.

Je me demande si je reviendrai de cette extraordinaire aventure, c'est possible mais c'est tout ce que l'on peut dire. Je voudrais te revoir comme je t'ai laissée et le caractère pas gâché. Je t'écris longuement ces jours-ci parce que je ne sais pas ce que j'aurai à faire dans quelque temps. Si je vois que je m'embête trop et que j'ai le cafard trop fortement, j'aurai toujours la ressource de demander à aller chez les fantassins où la vie ne traîne point.

Mon petit Lou, je t'embrasse tout doucement ta langue dans ma bouche, dans un baiser à mourir. La fusillade continue, les mitrailleuses crépitent. Ceux qui n'ont pas entendu ces choses émouvantes ne peuvent s'en faire une idée. Tu les as entendues et tu n'es pas une novice de cette profonde émotion du front. Les journaux ne reflètent nullement ce qu'est la guerre. C'est que les journalistes qui la décrivent ne la connaissent point... On vient de me donner une lampe pour finir ma lettre. Il est dix heures. Il faut que je dorme. Hier soir, peu dormi, joué jusqu'à une heure du matin.

Mon cher petit Lou, je t'adore,
Mon très cher petit Lou je t'aime,
Ma chère petite étoile palpitante je t'aime
Corps délicieusement élastique je t'aime
Vulve qui serre comme un casse-noisettes je t'aime
Sein gauche si rose et si insolent, je t'aime
Sein droit si tendrement rosé, je t'aime,
Mamelon droit couleur de champagne non champagnisé je t'aime
Mamelon gauche semblable à une bosse du front d'un petit veau qui vient de naître je t'aime
Nymphes hypertrophiées par tes attouchements fréquents, je vous aime
Fesses exquisement agiles et qui se rejettent bien en arrière, je vous aime

Nombril semblable à une lune creuse et sombre je t'aime
Toison claire comme une forêt en hiver je t'aime
Aisselles duvetées comme un cygne naissant je vous aime
Chute des épaules adorablement pure je t'aime
Cuisse au galbe aussi esthétique qu'une colonne de temple antique je t'aime
Oreilles ourlées comme de petits bijoux mexicains je vous aime
Chevelure trempée dans le sang des amours je t'aime
Pieds savants, pieds qui se raidissent je vous aime
Reins chevaucheurs, reins puissants, je vous aime
Taille qui n'a jamais connu le corset, taille souple je t'aime
Dos merveilleusement fait et qui s'est courbé pour moi je t'aime
Bouche, ô mes délices, ô mon nectar je t'aime
Regard unique regard-étoile je t'aime
Mains dont j'adore les mouvements je vous aime
Nez singulièrement aristocratique je t'aime
Démarche onduleuse et dansante je t'aime,
Ô petit Lou, je t'aime, je t'aime, je t'aime et quand je le rajouterais encore, ce serait toujours le même mot. C'est celui-là même, je t'aime. Tout cela, si tu veux bien, naturellement car je ne veux te forcer en rien, pas même à te laisser aimer, tu sais, petit Lou, adieu donc, et à demain, si j'ai le temps d'écrire, mais jusqu'à nouvelle décision de ta part, t'enverrai chaque jour quelque chose.

Gui.

118

9 avril 1915.

Mon petit Amour — Je t'envoie ci-inclus deux croquis de notre demeure, l'intérieur et l'extérieur[1]. Je fais depuis aujourd'hui fonction de brigadier à l'échelon, 6e pièce. Je suis dans une cabane en roseaux. Un feu brûle toujours dans la cabane, car on fait la cuisine par pièce. Nous sommes seuls dans la forêt. Les Boches n'avaient pas repéré jusqu'ici ma batterie et son échelon. Mais notre échelon a dû être repéré, car hier soir après que je t'eus écrit ma lettre, c'est-à-dire vers 11 heures, on a commencé à tirer sur notre forêt. Nous avons reçu trente obus, mais un peu trop longs ce qui fait que nous n'avons rien eu. D'ailleurs les obus éclataient mal. Ce matin tous les hommes ont couru chercher les fusées dans l'espoir d'en trouver en aluminium pour les bagues, mais toutes les fusées étaient en cuivre, déconvenue. Nos chevaux ont été calmes, ce qui fait qu'on n'a eu aucune pagaye. Ces obus boches sont de très mauvaise qualité. La forêt est sur un marécage, on est dans l'eau. On vit ici comme Robinson dans son île, un peu plus nombreux seulement. Les hommes de ma pièce sont tous de braves gars du Nord, de l'Aisne et de l'Oise. Un seul Niçois. La plupart n'ont pas de nouvelles de leur famille restée dans les pays envahis et pas le sou. Aussi la cabane a-t-elle été dénommée *Villa des Fauchés.*

On ne regrette et souhaite ici qu'une chose : *la FEMME la phâme*, ça nous affame et Dieu sait si souvent la femme est infâme. Pour le reste c'est l'enthousiasme, le patriotisme simple et parfait et je crois que ma batterie est une des plus braves de l'armée française. Personne ne rechigne aux corvées, à rien. J'ai pas de couverture. On n'a pas voulu m'en donner à Nîmes et j'en ai pas trouvé à acheter. Si je m'en tire dans cette humidité, avec mon couvre-pied, j'aurai une rude santé. Les débuts sont bien. On mange dehors devant la cabane et les hommes y ont fait un jardin minuscule avec des parterres de pensées et de pâquerettes et des inscriptions : *Honneur, Patrie, Campagne, 1914-1915.* Cette forêt est émouvante. Elle contient le patriotisme, l'amour profond et désespéré. Chaque branche défeuillée est un vœu de bonheur, un vœu timide pour soi, un vœu de bonheur ardent pour les autres, surtout pour l'autre, celle qu'on aime. Nos officiers sont gentils. Ils vivent comme nous, mais sous terre à la batterie à 1 km. d'ici. Notre capitaine est très intelligent, c'est un professeur de Polytechnique, aussi il connaît son affaire et notre batterie n'a jamais eu d'à-coups, tout y marche bien et mécaniquement, on y a même l'électricité, produite sur place.

Il est dommage qu'on ait à signaler de mauvaises choses dans la population civile des environs. Je ne comprends pas qu'on ne force pas tous les civils à foutre le camp.

J'aime mieux être avec ces gars du Nord venant tous du 42e d'artillerie qu'avec les zigoteaux du Midi, flanchards et déprimants. L'eau ne manque pas. On peut se laver à loisir. C'est encore une veine.

J'ai fait mon testament en ta faveur, en cas d'accident quelconque. Il n'y a pour le moment puisque la Pologne n'existe pas encore — que des tableaux. Tu n'as vu aucun tableau de valeur, *ils sont tous cachés* avec ma collection de statues africaines. Il y a ma bibliothèque, et mes livres qui en temps de paix rapportent de 3 à 4 mille francs par an. Tout ça n'est pas grand-chose et pardonne-moi de n'avoir pas plus à te laisser. Le détail est dans le testament. J'ai donné ton nom pr que tu sois prévenue en cas d'accident. C'est dans mon livret matricule. En ce cas, tu préviendrais le secrétaire de la rédaction de *l'Intransigeant*, 12 rue du Croissant, et le dirr du *Mercure de France*, 26 rue de Condé. Ma mère serait prévenue car j'ai donné son nom avec le tien.

Je te prie, Lou, de ne montrer mes lettres à personne, je serais très gêné. Et je crois que je t'aimerais beaucoup moins si tu répandais le secret de mon amour.

Si je mourais, n'oublie pas surtout les droits d'auteur sur *Alcools*. Je ne les ai pas touchés, et pas fait de traité, par conséquent c'est un livre qui est entièrement à moi. Tu ferais aussitôt un traité avec le *Mercure* selon les habitudes de la maison. C'est un livre qui seul dans 4 ou 5 ans rapportera dans les deux mille francs par an et plus tard il peut rapporter plus encore. Je n'ai pas eu le temps, au moment de la mobilisation, de faire de traité pr *le Poète assassiné* qui est imprimé et corrigé; l'éditeur est *L'Édition*, 4 rue de Furstenberg. Il faut faire un traité, 50 centimes par volume comme droit d'auteur pr le 1er mille, 60 centimes par volume pour le 2e et le 3e mille, 75 centimes par volume pour les mille suivants jusqu'au 10e mille et 1 franc par volume à partir du 10e mille.

Pour *l'Hérésiarque* il y a 2 ans que j'ai pas fait de compte avec Stock son éditeur. Il faudra voir ce que j'ai à y toucher et consulter mon traité qui est chez moi, j'indiquerai où dans le testament. D'ailleurs, l'éditeur a le double du traité.

Il y a aussi un manuscrit au *Mercure : les Diables amoureux*, faire un traité comme pr *le Poète assassiné* [2].

Il y a encore un livre tout prêt à paraître, imprimé, broché à l'Édition, 4 rue de Furstenberg, *Les 3 Don Juan;* faire un traité de 2 francs par volume, comme droits d'auteur [3].

T'embrasse.

Gui.

Tout ceci t'intéressera pas en ce moment que je suis encore en vie. Mais si je meurs, relis cette lettre avec attention, d'ailleurs j'espère que Toutou sera là pour s'occuper de tout cela à ta place.

Gui.

1. Voir illust. 3 et 4.
2. Rappelons que ces *Diables amoureux* ne paraîtront qu'en 1964 (Gallimard).
3. Relevons cette précision : *Les Trois Don Juan*, dont l'édition porte la date de 1914, n'avaient pas encore paru en avril 1915.

119

Le 10 avril 1915.

I

Le ciel est étoilé par les obus des Boches
La forêt merveilleuse où je vis donne un bal
La mitrailleuse joue un air à doubles croches
Mais avez-vous le mot — Mais oui le mot fatal —
Aux créneaux, aux créneaux, laissez là les pioches

*

On sonne GARDE A VOUS rentrez dans vos maisons
CŒUR OBUS éclaté qui sifflait sa romance
Je ne suis jamais seul, voici les deux caissons
Tous les dieux de mes yeux s'envolent en silence
Nous vous aimons ô Vie et nous vous agaçons

*

Les obus miaulaient un amour à mourir
Les amours qui s'en vont sont plus doux que les autres
Il pleut, Bergère, il pleut et le sang va tarir.
Les obus miaulaient. Entends chanter les nôtres
Pourpre Amour salué par ceux qui vont périr!

*

Le Printemps tout mouillé, la Veilleuse, l'Attaque
Il pleut, mon âme, il pleut, mais il pleut des yeux morts.
Ulysse, que de jours pour rentrer dans Ithaque!
Couche-toi sur la paille et songe un beau remords
Qui, PUR EFFET DE *L'ART*, soit aphrodisiaque.

II

Je t'écris, ô mon Lou, de la hutte en roseaux
Où palpitent d'amour et d'espoir neuf cœurs d'hommes
Les canons font partir leurs obus en monômes
Et j'écoute gémir le forêt sans oiseaux

*

Il était une fois en Bohême un poète
Qui sanglotait d'amour puis chantait au soleil
Il était autrefois la comtesse A*lou*ette
Qui sut si bien mentir qu'il en perdit la tête,
En perdit sa chanson, en perdit le sommeil

*

Un jour elle lui dit « Je t'aime, ô mon poète »
Mais il ne la crut pas et sourit tristement
Puis s'en fut en chantant : « Tire-lire A*lou*ette »
Et se cachait au fond d'un petit bois charmant.

*

Un soir, en gazouillant son joli tire-lire
La comtesse A*lou*ette arriva dans le bois :
« Je t'aime, ô mon poète, et je viens te le dire
« Je t'aime pour toujours. Enfin je te revois.
« Et prends-la pour toujours, mon âme qui soupire »

*

Ô cruelle *Alou*ette au cœur dur de vautour
Vous mentîtes encore au poète crédule.
J'écoute la forêt gémir au crépuscule.
La comtesse s'en fut et puis revint un jour :
« Poète, adore-moi, moi, j'aime un autre amour »

*

Il était une fois un poète en Bohême
Qui partit à la guerre on ne sait pas pourquoi.
Voulez-vous être aimé, n'aimez pas, croyez-moi!
Il mourut en disant : « Ma comtesse, je t'aime »
Et j'écoute à travers le petit jour si froid
Les obus s'envoler comme l'amour lui-même.

III

Te souviens-tu, mon Lou, de ce panier d'oranges
Douces comme l'amour qu'en ce temps-là nous fîmes
Tu me les envoyas un jour d'hiver à Nîmes
Et je n'osai manger ces beaux fruits d'or des anges.

*

Je les gardai longtemps pour les manger ensemble
Car tu devais venir me retrouver à Nîmes.
De mon amour vaincu les dépouilles opimes
Pourrirent. J'attendais. Mon cœur, la main me tremble!

*

Une petite orange était restée intacte
Je la pris avec moi quand à six nous partîmes
Et je l'ai retrouvée intacte comme à Nîmes,
Elle est toute petite et sa peau se contracte.

*

Et tandis que les obus passent, je la mange
Elle est exquise ainsi que mon amour de Nîmes
Ô soleil concentré, riche comme mes rimes
Ô savoureux amour, ô ma petite orange!

*

Les souvenirs sont-ils un beau fruit qu'on savoure?
Le mangeant, j'ai détruit mes souvenirs opimes.
Puissé-je t'oublier mon pauvre amour de Nîmes!
J'ai tout mangé : l'orange et la peau qui l'entoure.

*

Mon Lou, pense parfois à la petite orange
Douce comme l'amour, le pauvre amour de Nîmes,
Douce comme l'amour qu'en ce temps-là nous fîmes.
Il me reste une orange :
un cœur, un cœur étrange.

IV

Tendres yeux éclatés de l'amante infidèle,
Obus mystérieux...
Si tu savais le nom du beau cheval de selle
Qui semble avoir tes yeux!

*

mon
cheval se
nomme
Loulou!!

Car c'est Loulou, mon Lou, que mon cheval
se nomme,
Un alezan brûlé,
Couleur de tes cheveux, cul rond comme une
pomme,
Il est là tout sellé.

*

c'est très
sérieux, envoie
le diamètre
de ton annulaire
en millimètres

Il faut que je reçoive, ô mon Lou, la mesure
Exacte de ton doigt
Car je veux te sculpter une bague très pure
Dans un métal d'effroi.

Mon petit Lou, j'ai dû interrompre ma lettre en vers, je la reprends en prose. Je t'aime beaucoup, my love, ma Lou. On entend la mitrailleuse moudre le café, un avion nous survole. Dans la forêt, on bâtit une nouvelle cabane. Le ciel s'éclaircit. Le vent est tombé. Mon cœur est calme. Je n'ai encore pu dormir dans la cabane. Manque d'habitude. Hier soir j'ai enlevé mes souliers pour la première fois depuis mon départ de Nîmes. Aujourd'hui, me suis lavé à fond au puits dans la forêt sous la pluie. Que fais-tu? T'amuses-tu? Ne t'embête pas surtout. D'ailleurs suis pas trop en peine pour cela. On entend aussi nos canons. Ceux des Boches se taisent en ce moment. Par les temps clairs sur les hauteurs on aperçoit la plus actuelle des cathédrales. Je t'embrasse. Ma bouche sur la tienne.

Gui.

120

11 avril 1911 [1].

Ptit Lou, hier après que je t'eus [envoyé] ma lettre on est venu m'avertir que j'étais nommé agent de liaison et que je commencerai ma fonction de suite. Je remplace un maréchal des logis qui a été tué récemment. Dans ces conditions j'espère que les 2 galons rouges ne tarderont pas, puisque j'en ai déjà un. Ensuite, on tâchera de gagner les autres, bien qu'il y ait bien peu de nominations dans l'artillerie. Ainsi si je suis nommé brigadier et Berthier logis, ce seront les premières nominations dans la batterie depuis les six mois que la batterie est à la guerre. Mais pour le moment je reste à l'échelon; si Berthier est nommé logis, il me quittera pour aller avec les canons. Nous ne creuserons pas notre tanière. Il ira dans une de celles déjà creusées et je resterai dans ma hutte avec mes conducteurs dont le Niçois est épileptique!! Aussitôt la bonne nouvelle, j'ai fait seller mon cheval et je suis parti avec le brigadier, qui remplace depuis trois jours le marchis tué, pour qu'il me montrât le chemin de l'endroit où j'irai tous les matins. Mon cheval est épatant, je m'étais trompé, il n'est pas alezan brûlé, mais noir, tout noir avec une étoile blanche en tête et des yeux cochons. Ma selle est merveilleuse! J'étais dans une joie inexprimable. La pluie avait cessé. Il était cinq heures. J'étais rudement fier. Quatre mois de service et se rendre déjà utile même dans un poste subalterne mais dangereux et de confiance, ça a de quoi donner une belle idée de soi-même à un poète dont le métier ressemble en somme assez à celui des putains, puisque comme celles-ci nous prostituons nos sentiments au public. Enfin, nous sommes partis, sortis du bois, traversé des terres, arrivés à la grand-route, là grand trot, contourné un village, dans un chemin de boue et de fascines. Là, la canonnade commence. Je m'en souviendrai toujours. C'était épatant. Le brigadier Laurent qui est de Roye, me dit : « D'ici les Boches nous voient, faut passer vite et s'ils tirent pas hésiter à descendre de cheval et se cacher derrière un arbre. » Arrivés à la hauteur de la forêt superbe où nous devions aller et qui est bien plus belle que celle où nous logeons, un miaulement déchirant et Pan! un fusant éclate dans les arbres à 25 mètres et à 15 mètres de hauteur. Des feuilles volent. Les chevaux sont habitués. On les met au galop dans les terres sur la lisière et nouveau miaulement, Pan! à la même hauteur et un peu plus près mais pas dans les arbres, si bien qu'on a vu la fumée jaune-rougeâtre qui est restée longtemps en l'air. Ça a été tout, ensuite ils ont tiré plus à gauche sur une des batteries du groupe, mais pas la nôtre qui est à même hauteur, mais plus à droite. Puis on est entré dans le joli bois, là on a laissé les chevaux dans une hutte et on a continué le chemin à pied, en passant sur d'extraordinaires ponts en roseaux et en osier.

On est revenu de même, mais sans accompagnement de fusants.

Il est six heures du matin, je repars à 7 heures et demie, mais seul cette fois.

Je t'écris ces choses, parce que je sais bien que tu t'en fous pas mal, sans quoi je les aurais dissimulées pour pas t'effrayer. D'ailleurs, ça n'a rien d'effrayant. Mais je les note pour retrouver ces impressions après la guerre, impressions toutes fraîches, prises sur le vif et tout de même c'est à toi que je les écris, je ne sais pourquoi, par une dernière faiblesse, n'ayant pu vaincre encore ma tendresse. Enfin, j'espère que tu voudras bien garder mes lettres, surtout celle-ci où est consigné le récit, bien simple il est vrai, de mon véritable baptême du feu. Tu voudras aussi me prêter cette lettre après la guerre.

Je t'aurais aussi demandé de m'acheter un liseur porte-carte et de l'encre à stylo. Je t'aurais envoyé de l'argent pour cela. Mais tu as déjà à t'occuper de Toutou et moi je ne compte pas dans ta vie, laissons donc cela.

Pour le reste, je suis content, et rudement content d'être sur le front. Quand j'aurai huit mois comme Toutou, je commencerai sans doute à m'embêter. Pour le moment, je suis en plein enthousiasme et la fonction que l'on m'a assignée l'augmente encore.

Les quatre mois de dépôt m'avaient déprimé ainsi que la fin malheureuse de notre amour.

Et il vaut mieux être ici, soldat fier et discipliné, que ronger un regret, un regret d'amour, surtout quand il s'applique à une inconstante comme tu l'es. Je reste ton ami, mais je sais tout, Lou. Je sais quand tu m'aimas moins, je sais même que dans peu tu ne m'écriras même plus. D'ailleurs tu me l'as laissé entendre suffisamment à Marseille. J'y suis fait. Te gêne pas. D'ailleurs, je sais bien aussi que je te raurai un jour. Je suis têtu comme un âne quand je m'y mets [2]! En tout cas, pour le moment je profite de mon reste bien maigre et tes lettres seront toujours les bienvenues.

Voilà, P'tit Lou, les nouvelles du front. Que dit Toutou, de tout cela? et dis-lui que je l'embrasse amicalement. Car je ne suis pas un ami inconstant et je reste malgré tout un amant fidèle tant que j'aime et tant qu'il me semble que l'objet aimé est digne, serait-ce même très peu, de mon amour. Un amour, P'tit, qu'au contraire de ce que tu supposes, je ne prodigue pas. Mais, je ne déteste pas que l'Amour me fasse parfois souffrir. C'est là une source intarissable de poésie. Il est vrai qu'il faut que la souffrance ne dure pas trop longtemps.

T'embrasse.

Gui.

1. *Sic*, pour « 1915 ».
2. Ces deux phrases « D'ailleurs, je sais bien (...) quand je m'y mets! » en marge avec un renvoi.

121

12 avril 1914[1].

Mon Lou, pas de lettres encore! Le temps est long. Aujourd'hui été aux tranchées, puis chez le commandant, puis à B., le gros bourg le plus proche, d'où je t'ai envoyé mon adresse. Suis fatigué. Espère dormir, car ai pas dormi encore depuis que suis ici. Mais pas d'obus. La canonnade pète toujours, mais assez lointaine. Aux tranchées c'est fantastique. Les tranchées des fantassins. Nos batteries sont à 1100 m. des tranchées boches. Donc c'est pas loin. L'adjudant observateur d'artillerie, faut le trouver et pour un novice pas facile. Boyaux étonnants. Il paraît que les tranchées de notre secteur sont les plus belles du front. Boyau Bonaparte, boyau du commandant, que sais-je? C'est, je te dis, fantastique. Au bout, tout créneaux comme au Moyen Age. On voit les Boches à 140, 150 mètres. Gourbis, cuisines couvertes de mousse, trous de repos profonds de 12 mètres. Ah! Mon Lou! Faut l'avoir vu pr s'en faire une idée. Évidemment, toi, qui as été voir Toutou, tu sais tout ça, je ne te l'écris que pour me relire après la guerre, et garder la mémoire de tout cela qu'aucun journal n'a décrit. Formidable tout cela. A ne pas croire si on ne l'a pas vu. Et la terre marneuse de la Champagne, sur soi, sur les fantassins!!! Pas d'attaque à ce moment. J'espère avoir l'occasion d'y aller au moment du feu. Mais, nom d'une pipe de nom d'une pipe, ces créneaux sont à donner le cauchemar. Le colonel d'infanterie n'est pas là naturellement et t'as rien à craindre pr Toutou, à moins qu'il ne fasse absolument le même métier que moi. Il paraît que j'aurai à lui porter souvent des notes mais je ne lui suis pas spécialement affecté. C'est là un poste plus tranquille et qui mène plus facilement aux honneurs, le mien ne mène qu'à l'honneur. Tous les soirs à 9 heures, je vais aux tranchées porter les lettres, le matin au commandant. Ça change, tout de même, de tout, même de toi. Enfin, ptit Lou, tout va bien dans le meilleur des mondes. Une seule chose importe, c'est que je supporte l'humidité de ce bois marécageux. Maintenant, je te sens auprès de moi comme jadis, toute petite dans mes bras, me racontant tes choses gentilles, me donnant ta bouche, ta langue savoureuse. Dis-moi, quand coulichonnette. Ça me rapprochera de toi de savoir tes *affaires*.

Ptit Lou, pourquoi donc qu't'es si méchante, quand on t'aime. T'es aussi rigolote que la guerre. Tu sais que je t'en veux pas, parce que je sais bien que te raurai. Mais enfin, t'es trop méchante et ça vaut vraiment pas la peine d'être méchante avec ton Gui qui demande pas mieux que tout ce que tu veux même à son détriment. T'aimerais peut-être mieux si tu m'aimais, mais t'aimerais peut-être pas plus. Enfin, t'as raison, t'es mon ptit Lou quand même et tu ne le sais que trop, p'tite vaque! Coups de canons sur Perthes!!!

La lampe à la lueur de quoi je t'écris est un verre suspendu sur un quart attaché à un fil de fer [2]. Elle est alimentée par de la graisse de bœuf gardée par les hommes et rognée sur leur ration puis fondue, la mèche est constituée par le brin d'un bonnet coton appartenant par [3] un poilu de ma pièce qui l'a destiné pour cet usage. Mon ptit Lou, un feu de chêne à gauche, un tronc d'arbre pour écrire, la veilleuse devant et je t'adore.

Journaux, on sait plus ce que c'est. On lit vaguement le communiqué. Mais on peut se flatter que ce qu'on t'a dit quand t'as été voir Toutou est de la couillonnade pure et simple. Tu verras ce que je te dis. Je m'épate qu'un homme intelligent comme celui que tu dis ait pu énoncer des choses aussi bêtes. Mon pauvre ptit Lou, il y a bien gens bêtes dont tu te doutes pas. Cependant toi t'es pas bête, mais snob épouvantablement. Ça t'empêche de bien comprendre la vie, le vice et peut-être même l'amour et ça t'empêche surtout d'être vraiment heureuse. Tu verras ça. J'aurai ma revanche. Et peut-être plus tôt que tu ne crois. Tu veux rien comprendre ni à ce que je suis ni à ce que je puis être. C'est peut-être ton tort. Car peut-être ton désamour m'empêchera-t-il d'être tout ce que je voulais être et par toi j'aurais pu être plus qu'un, que deux, que mille hommes. Mais n'en parlons plus, tout ça perdu, enterré, foutu. Ainsi va la vie, à cause des femmes. Et quand on dit de quelqu'un c'est un con, on sait bien ce que parler veut dire. Bonjour à Toutou.

T'embrasse très fort. Vive la France.

Gui.

1. *Sic*, pour « 1915 ».
2. Voir illustr. 5.
3. *Sic*.

122

13 avril 1915.

AGENT DE LIAISON

Le 12 avril 1915 tormoha
L'ombre d'un homme et d'un cheval au galop se profile sur le mur
Ô sons Harmonie Hymne de la petite église bombardée tous les jours
Un harmonium y joue et l'on n'y chante pas
Mon cœur est comme l'horizon où tonne et se prolonge
La canonnade ardente de cent mille passions
Ah! miaulez. Ah! miaulez les chats d'enfer
Le 12 avril 1915
Ô ciel ô mon beau ciel gemmé de canonnades
Le ciel faisait la roue comme un phénix qui flambe
Paon lunaire rouant Ainsi-soit-il
On disait au soleil Mahomet Mahomet
Je suis un cri d'humanité
Je suis un silence militaire
Dans un bois de bouleaux de hêtres de noisetiers
Ensoleillé comme si un trusteur y avait jeté ses banques
Je me suis égaré
Canonnier n'entendez-vous pas ronfler deux avions boches
Mettez votre cheval dans le bois Inutile de le faire repérer
Adieu mon bidet noir
Un pont d'osier et de roseaux un autre un autre

Une grenouille saute
Y a-t-il encore des petites filles qui sautent à la corde
Ah! petites filles Y a-t-il encore des petites filles
Le soleil caressait les mousses délicates
Un lièvre courageux levait le derrière
Ah! petites et grandes filles
Il vaut mieux être cocu qu'aveugle
Au moins on voit ses confrères
Enfermons-nous ensemble en mon âme
Ô mon amour chéri qui portes un masque aveugle
Une petite fille nue t'en souviens-tu
T'en souviens-tu
Étouffait une colombe blanche sur sa poitrine
Et me regardait d'un air innocent
Tandis que palpitait sa victime.
Soldat Te souviens-tu du soir Tu étais au théâtre
Dans la loge d'un ambassadeur
Et cette jeune femme pâle et glorieuse
Te branla pendant le spectacle
Dis-moi soldat dis-moi t'en souviens-tu
Te souviens-tu du jour où l'on te demanda la schlague
Devant la mer furieuse
Dis-moi Guillaume dis-moi t'en souviens-tu
Après les ponts le sentier Attention à la branche
Brisée
Ah! Brise-toi mon cœur comme une trahison
Et voilà la Branche brisée
Un carré de papier blanc sur un buisson à droite
Où est le carré de papier blanc
Et me voici devant une cabane
Que précède un luxe florissant
De tulipes et de narcisses
A droite canonnier et suivez le sentier
Enfin je ne suis plus égaré
Plus égaré
Plus égaré

Tu peux faire mon Lou tout ce que tu voudras
Tu ne me mettras plus mon Lou dans l'embarras
Une baïonnette dont on ne sait si elle est boche française ou
anglaise sert de tisonnier

Vous avez un laissez-passer
Agent de liaison
Le mot
C'était c'était la Ville où Lou je t'ai connue
Ô Lou mon vice
Le 12 avril 1915
Un agent de liaison traversait au galop un terrain découvert
Puis le soir venu il grava sur la bague
Gui aime Lou
Le 12 avril 1915 Tormoha Manitangène
Lamahona
Lamahonette
Un homme de ma batterie pêchait dans le canal
Y a partout des sentinelles
Baïonnette au canon devant le commandant d'armes
Je m'en fous amenez-moi votre lieutenant
Enfin je me tirai de cette infanterie
Je ne sais pas comment
Te souviens-tu du jour où cette fille sage
S'arracha quatre dents
Afin de te donner un précieux témoignage
De son amour ardent
L'ombre d'un cavalier et d'un cheval s'allonge sur le sol
La villa du Cafard est dans le bois de X

Les chatons des noisetiers nuancent les mousses
Et les lichens sont pâles
Comme les joues de Lou quand elle jouit
Quel prince du Bengale donne un feu d'artifice cette nuit
Et puis
Et puis
Et puis je t'aime

Gui.

123

14 avril 1915.

Lou, pas de lettres encore! Il me semble que je n'ai plus d'amis; que le monde entier m'oublie.— Pour le demeurant, je suis bien. J'ai rajeuni de dix ans. Tous les matins et tous les soirs balade à cheval tout seul, libre comme l'amour.

J'ai fait vœu de chasteté. Il y a cependant des femmes et l'on cite des officiers qui font la noce. Je ne sais pas si c'est vrai. Enfin, la chasteté ne règne pas sur le Front. Toi, qu'est-ce que tu as dû prendre! Et je ne m'étonne pas que tu aies cru devoir me raconter à Marseille des boniments à la peau de... Toutou. Dis-lui bien que je l'embrasse tout plein. Donc, je serai chaste. Et je me sens si grandi par cette résolution que je ne redoute plus aucune fatigue.

Toi, ma pauvre chérie très chérie, prends garde, il paraît qu'il y a de belles maladies vénériennes à gagner aux Armées et parmi *tous* les grades.

Je t'aime infiniment avec une profonde douceur, sans rien de charnel. Je suis ton plus grand ami, sans que tu t'en doutes, et voudrais que tu fusses tout simplement très, très heureuse.

On s'habitue à la canonnade. Je ne t'en parle même plus. D'ailleurs depuis hier soir, c'est moins fort.

Que je suis heureux d'avoir eu la force de faire vœu de chasteté et de me sentir la force de l'observer pendant tout le délai que je me suis fixé! Quel bonheur de n'être plus dominé par l'amour charnel, de n'être plus la proie d'un désir, de se dominer soi-même enfin, afin de dominer un jour les autres.

Ô Lou, ma très chérie,
Faisons donc la féerie
De vivre en nous aimant
  Étrangement
  Et chastement.

Nous ferons des voyages
Nous verrons des parages
Tout pleins de volupté,
  Des ciels d'été
  Et ta beauté!

Mes mains resteront pures
Mon cœur a ses blessures
Que tu me panseras
  Puis dans mes bras
  Tu dormiras

Par de jolis mensonges,
Des faux semblants, des songes
Tu feras qu'éveillé
  Ait sommeillé
  Émerveillé

Ce cerveau que je donne
Pour ta grâce, ô démone,
Ô pure nudité
  De la *CLARTÉ*
  Du pâle été.

Ainsi, j'évoque celle
Qui te prendra, ma belle,
Par l'Art magicien
  Très ancien
  Que je sais bien :

Les philtres, les pentacles
Les lumineux spectacles
T'apportent agrandis
    Les Paradis
    Les plus maudits.

Nous aurons, je te jure,
Une volupté pure
Sans ces attouchements
    Que font, déments,
    Tous les amants

Et purs comme des anges
Nous dirons les louanges
De ta grande beauté
    Dans ma *Clarté*
    De Pureté.

Douce, douce est ma peine!
Ce soir je t'aime à peine
Mon cœur, fini l'hiver!
    Il vient d'Enfer
    Du feu, du fer.

J'ai charmé la blessure
De cette bouche impure!
Aime ma chasteté,
    C'est la *Clarté*
    De ta beauté.

Gui.

124

Le 15 avril 1915.

Pas de nouvelles et de personne. Les postes se moquent de nous. Comme agent de liaison je me perds tous les jours. Les sentiers, les routes sans carte, c'est à ne pas s'y retrouver. Tout à l'heure j'irai aux tranchées des fantassins.

Mon Lou, les passions humaines sont singulières. Sur le Front, la morale n'existe plus surtout parmi les hommes, les simples soldats dont je suis. Les rêves les plus étranges s'extériorisent en paroles ardentes la nuit. Beaucoup d'hommes rêvent qu'ils dorment avec leur fille ou leur sœur et ne s'en cachent pas. Ils en parlent le jour avec délices, c'est la délectation morose dans toute son horreur. Et il est bien curieux à remarquer que l'inceste apparaît toujours en maître aux époques troublées. L'histoire le prouve et ici quotidiennement j'assiste à de l'histoire.

Mon cœur, j'ai regardé longtemps ce soir
Devant l'écluse
L'étoile, ô Lou, qui fait mon désespoir
Mais qui m'amuse

Ô ma tristesse et mon ardeur, Lou, mon amour
Les jours s'écoulent
Les nuits s'en vont comme s'en va le jour
Les nuits déroulent

Le chapelet sacrilège des obus boches.
            C'est le printemps
Et les oiseaux partout font leurs bamboches.
            On est contents

On est contents au bord de la rivière
            Dans la forêt
On est contents. La mort règne sur terre
            Mais l'on est prêt.

On est prêt à mourir pour que tu vives
            Dans le bonheur
Les obus ont brûlé les fleurs lascives
            Et cette fleur

Qui poussait dans mon cœur et que l'on nomme
            Le souvenir
Il reste bien de la fleur son fantôme
            C'est le désir :

Il ne vient que la nuit quand je sommeille;
            Vienne le jour
Et la forêt d'or s'ensoleille
            Comme l'Amour!

Les nuages s'en vont courir les mondes
            Quand irons-nous
Courir aussi tous deux les grèves blondes?
            Puis à genoux

Prier devant la vaste mer qui tremble
            Quand l'oranger

Mûrit le fruit doré qui te ressemble
Et sans bouger

Écouter dans la nuit l'onde cruelle
Chanter la mort
Des matelots noyés en ribambelle.
Ô Lou, tout dort

J'écris tout seul à la lueur tremblante
D'un feu de bois
De temps en temps un obus se lamente
Et quelquefois

C'est le galop d'un cavalier qui passe
Sur le chemin
Parfois le cri sinistre de l'agace
Monte. Ma main

Dans la nuit trace avec peine ces lignes
Adieu mon cœur
Je trace aussi mystiquement les signes
Du Grand Bonheur

Ô mon amour mystique, ô Lou, la vie
Nous donnera
La délectation inassouvie
On connaîtra

Un amour qui sera l'amour unique
Adieu mon cœur
Je vois briller cette étoile mystique
Dont la couleur

Est de tes yeux la couleur ambiguë
J'ai ton regard
Et j'en ressens une blessure aiguë
Adieu, c'est tard

Adieu, mon ptit Lou. J'entends dans le lointain, le moulin à café, tac, tac, tac. Les chevaux hennissent et remuent. Aujourd'hui, il a plu dans la matinée, j'ai été trempé. Je me suis séché à un grand feu de frêne dans notre hutte. Je pense à toi, à toi de Grasse, Nice, Menton et Nîmes, à toi dans l'église de Marseille. Il est 2 heures du matin. Tout à l'heure je descendrai dans les sapes revoir ces pauvres fantassins. Je t'embrasse.

Gui.

125

16 avril 1915.

Mon Lou, je suis donc retourné aux tranchées des fantassins pr service. Je devais trouver l'adjudant observateur que naturellement n'ai pas pu trouver après l'avoir cherché pendant six heures dans les tranchées sans arrêter de marcher de boyau en boyau.

Je me suis mieux rendu compte aujourd'hui de ce que sont ces tranchées : *Muraille de Chine*, plus frêle que cette muraille de Chine dont on se moquait tant dans les récits de voyages où j'en ai lu la description.

Voici donc, ma chérie, mon odyssée dans cette pâle cité du silence, de la monotonie.

Je suis parti à pied à huit heures, le matin, passé aux positions de notre batterie prendre les ordres. Dormegnie, le conducteur non monté de ma pièce, me rejoint pr que je le fasse entrer avec moi dans les tranchées. Le secrétaire du commandant qui passe en sens inverse me montre ma nomination de brigadier. Le tireur de ma pièce, nommé Braque, veut m'expliquer où se tient l'adjudant, mais il s'embrouille si bien qu'il finit par venir avec nous. En route, nous nous arrêtons pr examiner des tas d'obus non éclatés, de tous les calibres. Enfin nous joignons une batterie d'un autre régiment. On installe les 75. Zzzzz pan, un obus explosif éclate à 4 mètres de nous : un 88 autrichien. Tout le monde court, sauf nous qui ne savons que faire car nous ne connaissons pas les gars de cette batterie où nous nous trouvons. Zzzz pan, second obus à deux pas. Heureusement que les éclats restent dans le trou ou bien vont je ne sais où. Enfin, on n'a reçu que de la terre et des branches. Les gars de la batterie inconnue nous appellent à leur tanière. Nous y allons. Ces servants sont de l'Orne, tous Normands. Les obus tombent successivement. Puis silence. On repart. Les tranchées blanchoient dans la plaine. On dirait qu'on fait le Métro. Nous arrivons aux tranchées et entrons dans le premier boyau. 2 mètres de haut, 1 mètre de large. Jusqu'à un mètre et demi depuis le sol, c'est de la craie : blanc de neige. Tout cela est d'une propreté minutieusement extraordinaire. Pas un fétu de paille, pas un papier. Tous les 4 ou 5 mètres, un garage semi-circulaire permet à un homme de se mettre de côté, afin de laisser passer ceux qui viennent en sens contraire. En face, se trouve un puisard. Les boyaux ont des noms : *Boulevart Bonaparte*, *Boulevart Allemand*, *Boulevart Mort aux Boches*, *Boyau Fabert*, *Boyau Gabrielle*, *Boyau de la Rose*, *Boyau de la Marquise*, *Boyau des Foireux*. Tout cela s'entrecroise infiniment. C'est, je te l'ai dit, la muraille de Chine, mais en creux. C'est un vrai dédale. Minos avec sa tête de vache s'y croirait dans son labyrinthe, qui était carré somme toute, mais pas d'Ariane, les Arianes sont complètement absentes.

De féminin
Nous n'avons rien
A part Rosalie-Baïonnette

dit la chanson du front. Très peu de soldats. Parfois une sentinelle près des créneaux. Parfois dans un trou on voit des pieds, poilus dont on voit les pieds et qui dorment. Parfois un type avec un seau de confiture ou avec un seau de vin. Et les boyaux s'entrecroisent. Une balle siffle, Crrrrss, puis 7 ou 8 sifflent ensemble. Au bord d'un trou un sergent lit un volume des œuvres de Walter Scott. Kilomètres, kilomètres! Les créneaux de 1re ligne sont des boîtes de bois mince, sans cul ni couvercle autour desquelles on a mis de petits sacs de terre. J'ai vu aussi une ardoise percée d'un trou. Mais toujours ces créneaux laissent voir que la cloison est mince entre nous et les Boches. C'est frêle et cela a du chic. C'est fait avec rien. Il y a là de la grâce, ma foi, oui, de la grâce féminine. C'est quelque chose comme un chapeau délicat à la mode parisienne. Solide, non pas, léger, léger. Les soldats sont rares. L'un d'eux fait sécher au soleil une chape de mouton. Nous prenons un boyau très peu creux; on fait un kilomètre à 4 pattes. Puis un boyau profond, devant un bois de bouleaux et de noisetiers. Je saute sur le talus pour te cueillir une branche de noisetier devant les tranchées de 1re ligne, te l'enverrai avec la bague. Je trouve aussi une violette ci-incluse. Je te l'envoie avec d'autres fleurs ou plantes trouvées dans les tranchées. Cette équipée me vaut une petite éraflure au front et une engueulade verte d'un adjudant d'infanterie. Enfin, nous arrivons au milieu des hussards. Je cherche notre adjudant où il doit être : un poste d'écoute à 30 mètres des Boches. On ne le trouve pas. Un poilu sculpte une femme à poil dans la craie des tranchées, cette nudité immaculée est d'un pompier lamentable. Une cloche (une sonnaille comme les vaches en ont en Suisse est suspendue dans un angle). Dessus on a dessiné à la craie un membre génital. Sur les sacs des créneaux, on lit : « On les aura! », « Quand même », etc., etc. Je ne trouve pas mon adjudant du 38e. A 4 heures, je me décide à m'en revenir avec les deux poilus et ma cargaison de fleurs et de plantes, brins d'églantier, de noisetier, pimprenelle, myosotis, aconit, pâquerettes, etc. Un poilu qui polit une bague d'aluminium nous raconte que, depuis deux jours, les Boches envoient des bombes pleines de tessons de bouteille. On revient par le *boyau de la Marquise* qui mène à l'arrière. Il y a un puits très profond, des commodités effrayantes. Des poilus se débarbouillent, s'épouillent, etc. Hors des tranchées quelques-uns cultivent un bizarre petit bout de jardin planté par eux ou leurs prédécesseurs.

Voilà le voyage, mon petit Lou. On est revenu par le bois. Aux positions de tir de la batterie on a mangé et bu et nous avons repris le chemin de nos demeures. J'ai reçu ta gentille

lettre du 13. En effet l'histoire de Toutou est amusante. Il n'a oublié que les combinaisons L et L
G P
P G[1]

J'ai le front qui me fait un peu mal et en ce moment je dois courir à pied et non à cheval pendant le jour. Comment vont tes petits chiens? J'envoie une carte à Toutou. Je ne t'ai jamais envoyé de carte pas convenable et de ma vie, je n'ai correspondu avec une grue. Enfin, quoi, tu es de mauvaise humeur! Moi je m'en f...

Donc la violette vient de la zone neutre entre tranchées françaises et boches. On va chercher des canards sauvages, j'en avais trouvé 2 petits mais ils se sont sauvés.

Je t'écris dans la forêt. Le soleil joue sur le papier et un bel insecte vert se promène sur la table. Loulou, mon cheval, qui est si gentil est derrière moi qui fait des grâces sous l'abri de roseaux. Mon petit Amour, je pense à ta beauté. La nuit, j'ai ton étoile. Le jour, on espère le vaguemestre, les lettres sont rares. Je ne sais pourquoi on fait si mal la poste pour les Armées. Donc, petit Lou, je t'adore, je t'aime bien. Je t'aime bien, bien. Ta lettre d'hier était bien gentille, mais elle contenait peu, peu, 4 pages, mais peu, peu. Je crois qu'il y [a] plus dans mes lettres de soldat? N'est-il pas vrai, m'amie?

Gui.

1. Bien qu'Apollinaire ait nettement écrit la lettre P, on est tenté de lire T(outou) : voir les allusions au « sandwichage », lettres 142 et 147.

126

Le 18 avril 1915.

Mon petit chéri, il est 6 heures, le vaguemestre vient de venir il n'avait pas de lettre de toi. Je suis triste à penser que tu puisses être malheureuse, mon très cher amour. J'ai fini ma journée, je lis un roman à 13 sous, *les millions du trappeur*. Je pense que ton déménagement est fini. Que tu vas faire gentiment dodo et que tout va redevenir rose, si la paix ne tarde pas trop... Que dans ton dodo, tu vas faire de jolis rêves, où il sera peut-être même un peu question de moi. Je viens t'embrasser gentiment et ce soir quand tu te coucheras j'irai encore t'embrasser câlinement puis je te bercerai, comme ma gosse chérie, et quand tu dormiras je te veillerai en t'embrassant longtemps, doucement, sans t'éveiller. Je te dirai aussi, ma très jolie, de très jolies, de très tendres choses, tout bas à l'oreille sous tes jolis cheveux dont j'adore la couleur sanglante, émouvante; ce que je te dirai si gentiment, si tendrement fera partie de tes jolis rêves, ma chérie. Je te dirai surtout : je t'aime, je t'aime, je t'aime encore, je suis à toi malgré toi pour toujours et je te prendrai toute, toute, pantelante dans un beau rêve où nous nous adorerons. Je te prendrai toute et ferai aussi le rêve avec toi que tu es le petit garçon pas sage du poème...

Mon Lou, ma chérie Je t'envoie aujourd'hui la première pervenche
Ici, dans la forêt on a organisé des luttes entre les hommes
Ils s'ennuient d'être tout seuls, sans femme, faut bien les amuser le dimanche
Depuis si longtemps qu'ils sont loin de tout ils savent à peine parler

Et parfois je suis tenté de leur montrer ton portrait pour que ces jeunes mâles
Réapprennent en voyant ta photo
Ce que c'est que la beauté.
Mais cela c'est pour moi, c'est pour moi seul
Moi seul ai droit de parler à ce portrait qui pâlit
A ce portrait qui s'efface
Je le regarde parfois longtemps une heure, deux heures
Et je regarde aussi les 2 petits portraits miraculeux
Mon cœur
La bataille des aéros dure toujours
La nuit est venue
Quelle triste chanson font dans les nuits profondes
Les obus qui tournoient comme de petits mondes,
M'aimes-tu donc, mon cœur, et ton âme bien née
Veut-elle du laurier dont ma tête est ornée?
J'y joindrai bien aussi de ces beaux myrtes verts
Couronne des amants qui ne sont pas pervers.
En attendant voici que le chêne me donne
Sa guerrière couronne

Et quand te reverrai-je, ô Lou, ma bien-aimée
Reverrai-je Paris et sa pâle lumière
Trembler les soirs de brume autour des réverbères
Reverrai-je Paris et les sourires sous les voilettes
Les petits pieds rapides des femmes inconnues
La tour de Saint Germain des Prés
La fontaine du Luxembourg
Et toi mon adorée, mon unique adorée
Toi mon très cher amour?
Je t'aime tout plein
tout gentiment
Mon joli ptit Lou
et je t'embrasse

Gui.

127

Dimanche 18 avril 1914.[1]

Mon petit rat tout roux de la tête, tu comprends si ta lettre d'hier m'a retourné. Voilà : je t'enverrai tout l'argent que je pourrai. Je peux pas beaucoup. Et je te l'ai dit. Je fais partie d'une batterie extrêmement pauvre, tous des régions envahies. Naturellement, dès les nominations avec le titre de comte qui est sur le livret matricule on m'a mis du mess, pas pour moi, mais pour améliorer l'ordinaire des sous-offs de l'Échelon. Demande à Toutou si j'ai le droit sans froisser personne de ne pas manger au mess. Ça revient assez cher et j'aime mieux t'envoyer tout à toi que de faire l'idiot dans cette forêt où je me contente très bien de l'ordinaire qui est très abondant comme vivres et comme tabac. Tu comprends que je me contente du tabac de troupe et que ce n'est pas pr ajouter une goutte de Dubonnet ou un verre de vin mousseux que je voudrais risquer de te priver du peu que je peux te donner. Toutou est militaire plus que moi. Demande-lui conseil pour moi et pour toi ma grande chérie. Ma lettre du 17 doit contenir quelque chose, pas beaucoup, t'enverrai quand aurai reçu. Ce matin, ma petite enfant, j'ai eu très peur, bataille d'aéros au-dessus de moi et comme je pensais à ta lettre d'hier une trouille insensée. *Le garde à vous* sonnait dans tous les villages et sur le front il signifie *abritez-vous*. Je t'assure que j'avais peur pas pour moi mais à cause de ta lettre et tu peux me croire, grande chérie, je ne suis pas menteur. Le ciel très bleu se meublait de petits nuages blancs. Je sentais que j'étais seul à découvert. J'avais peur. Puis j'ai vaincu cela et mis mon cheval au galop. Au village que je dois traverser et qui est criblé par les obus, l'harmonium ne jouait pas dans l'église. J'ai arrêté mon cheval, attaché à un pommier et été où sonnait la musique, un hangar où on disait la messe. Un capitaine d'infanterie était le prêtre, les cierges étaient nombreux sur des chandeliers de bois qui s'appellent des ifs, en voici la forme  le hangar était plein de hussards habillés de gris comme les élèves des asiles d'orphelins. On chantait

> Nous voulons Dieu, c'est notre père,
> Nous voulons Dieu, c'est notre roi.

J'étais très, très ému, mais ça m'a donné beaucoup de courage. J'ai essuyé ensuite 3 obus qui ont abattu ou plutôt mâché 3 poteaux télégraphiques. Le commandant m'a défendu de circuler le jour à cheval et ça m'embête de m'envoyer toutes ces balades à pied. En revenant, rencontré des musiciens d'une musique militaire d'infanterie qui allaient donner un concert à un autre village. Les ai suivis, ai écouté le concert. Et suis revenu tard, ai presque rien mangé, avais pas faim. Mon enfant adorée, faut pas être malheureuse. Je n'ai pas été gentil dans mes lettres parce que malgré toi je te considère comme m'appartenant et me révolte. Voilà pourquoi je n'ai pas été gentil. Mais tu sais bien que pauvre grande chérie je t'aime beaucoup et voudrais que tu sois très heureuse.

Que te dire de plus? Rien, sinon que te prends dans mes bras et te câline beaucoup. Tu me connais mal. Tant pis pour toi, chérie, et quel dommage que t'aies un tel cœur d'artichaut. Mais t'en veux pas, cependant, ptit Lou, garde bien mon amitié. Elle n'est pas rien, va! Ton

Gui.

1. *Sic*, pour « 1915 ».

128

19 avril.

Mon petit Lou exquis pas moyen de t'envoyer de mot aujourd'hui. Je t'écris au crayon mon stylo est vide.

Au soleil
J'ai sommeil!
Lou je t'aime
Mon poème
Te redit
Ce lundi
Que je t'aime
Lou, Loulou
Me regarde
Ce ptit Loup
Se hasarde
A venir
Voir courir
Sur ma lettre
Le crayon.
Voudrais être
Un rayon
Qui visite
Mon ptit Lou.
Vite vite
Je te quitte
Et vais vite
Sur Loulou

Gui.

129

Le 20 avril 1915.

Mon cœur, encore aujourd'hui au crayon. On a traversé des étangs. Loulou en avait jusqu'aux genoux. Suis fatigué. Je t'embrasse fort, fort, fort, de toutes mes forces. Je voudrais t'aimer longtemps longtemps, côôôchon. Je me demande si t'es maintenant chez moi. T'en parlais pas dans tes dernières lettres. Que fais-tu? mon petit chéri très belle et très exquise. Suis entouré de fantabosses, me tarde d'être revenu à ma forêt, suis las. Je t'aime mon petit Lou. Je ne peux pas te dire mieux, parce que je ne sais que ça. C'est toujours la même chanson et elle me semble toujours nouvelle. Il y a un petit pont charmant au loin et une route par où arrivent 2 cavaliers en bonnet de police, il y a aussi un petit village au loin dans les arbres en fleurs, il y a une vieille femme courbée qui ramasse des salades sans doute. J'entends un bruit de forge pas loin, sans voir la forge. Les fantassins font tous des bagues pr leur femme, leur bonne amie, pour les officiers. Je t'enverrai la mienne dès que t'auras déménagé.

Un rossignol en mal d'amour
Chante et rechante tour à tour
Sur le mode
Majeur
Puis le mode mineur
Et je voudrais qu'il prît le ton de l'ode
Afin de chanter à ce déclin de jour
Ma très chère ptit Lou, toi ma très chère amour

Gui.

130

Le 21 avril 1915.

Mon Lou, mon Lou chéri, adoré, exquis. Je suis content content : des tas de lettres de Nîmes qui sont de toi et 1 lettre où tu dis être chez moi. Hier et avant-hier à cheval, pas pu t'écrire de lettre, ai pas rencontré de boîte aux lettres ni de poilu pr me renseigner, et étais pressé, pressé. T'ai écrit les 2 billets ci-joints parce qu'aucun jour sans t'écrire, Lou merveilleux que j'adore. Procédons par ordre : 1° t'ai envoyé encore rue Angélique Vérien des lettres le 18, 1 contenait un petit billet; *l'as-tu eue?* 2° ta dernière lettre reçue à Nîmes et que t'ai renvoyée! disait que le lendemain tu me raconterais ton *voyage « qui n'est pas cochon »*, l'as-tu fait? La lettre en ce cas serait perdue 3° Enfin, dans ta lettre du 6 reçue hier, tu dis que tu me diras le lendemain ce que moi, Gui, je serai pour toi, Lou, et tu ajoutes : « *tu seras content* ». Nom d'une pipe, j'attends avec impatience cette joie-là. Maintenant je vais reprendre la série des lettres adorables reçues hier soir et y répondant c'est pour moi l'occasion de les relire. J'ai le bon Panama et je te remercie. — Ta lettre du Vendredi saint est un amour, ta lettre du 3 avril approuve l'idée du bouquin je le continuerai donc et beaucoup de ce qui est et sera dans mes lettres quotidiennes en fera partie. N'aie pas peur, aucune indiscrétion gênante pour toi ne fera jamais partie d'aucun bouquin de moi. J'aime trop ton cher vice pour en parler et quant aux deux douzaines en question, dans le livre on réduira ça à 2 ou 3 ou même 4 unités?!? Mais rien qui puisse être une indiscrétion sur *notre cher roman à nous*, ma chérie, ce serait un sacrilège épouvantable et je t'adore. *Tu es ma Muse* mais bien plus que cela encore. Je t'embrasse partout et te serre à te briser et suis, chérie excité *à l'instar* de la tour Eiffel! Ta lettre du 5, mon Lou, est extraordinaire et l'ayant lue, ayant lu 20 fois les mots si singulièrement spécieux qui la composent, cher petit Lou, mon *âme depuis ce temps tremble et s'étonne*. C'est entendu, mon cher Louveteau, tu es l'être le plus franc du monde et ce n'est sans répugnance que je m'étais décidé à essayer de croire le contraire. Lou! Lou pour ce qui me concerne aucune *nécessité* ne me séparera jamais de mon amour. La combinaison Hénique aurait marché quand même... Ta lettre du 6 est ma lettre chérie. Tu dis : « Je t'aime autant que tu m'aimes, sois-en bien sûr... et je n'aurai jamais de secrets pour toi. » Je t'adore. Je reconnais qu'il y avait des invraisemblances dans mon invention. Toutefois, il est vrai que la petite Marthe (de Paris) qui écrit tous les jours et dont je viens aussi de recevoir un paquet de lettres avec les tiennes offre de venir à Nîmes [1]. Tu trouveras la lettre dans celles que je te renvoie et que tu laisseras chez moi. Tu peux d'ailleurs déchirer la sienne. A propos de ta charmante lettre du 7, écris donc à Toutou de m'envoyer la copie de ta « description détaillée et pittoresque sur le vif de *mon* extraordinaire home ». C'est pour moi rigoler, mon Lou! A propos de l'Égyptien qui se dessèche : j'ai toujours nourri de la méfiance à l'égard des Égyptiens. Étant gosse, 6 ans, dans un grand hôtel de la Côte d'Azur, un Égyptien qui me trouvait à son goût m'avait fait voler par un garçon. Ça a été un drame épouvantable. Ma mère a mis 6 heures à me retrouver... vierge d'ailleurs... Et le petit gigolo adorable?... Pour ton mot du 8, merci, ma tant aimée, d'avoir gardé les lettres de ton Gui. Enfin le mot du 17 où tu es chez moi depuis une heure! Je te prends... comme tu le veux et je t'aime tout plein, raide comme un 75, mon amour. C'est une situation adorablement épouvantable.

Donc ces deux jours ai eu à aller loin et ai dormi par terre. Heureusement il faisait beau temps. Aujourd'hui le temps est couvert, ce matin il pleuvotait. Pas d'obus depuis 3 jours. Me suis mis en route à huit heures. Dans le bois ai relu tes lettres, le 75 aurait bien épousé Menotte, mais ai résisté quoique bien envie. Aujourd'hui t'envoie la bague. Inventé un tub derrière la cabane avec Berthier : une cuve, une planche pr les pieds et un seau en toile, le tout à côté du puits. Hier en revenant ai pris le premier tub, au soleil, et un taube ronflait au-dessus tandis qu'on était à poil. Ce matin ai pris le tub à 4 h. ½, il pleuvait et c'était épatant de recevoir la pluie dans la forêt. Berthier d'ailleurs est charmant 22 ans, grand et très gentil. Il est poète et mécanicien, chimiste, je ne sais quoi, encore. Reçu à Centrale au dernier concours. Je le reverrai après la guerre.

Demain jeudi je retourne aux tranchées. Parmi les impressions oubliées l'autre jour, il y a celle des betteraves. J'en ai goûté une. Ça a exactement le goût d'un morceau de sucre avec la consistance du radis noir. T'ai-je dit la nudité des tranchées? C'est extraordinaire. La nudité est toujours peu excitante et c'est un de tes charmes les plus exquis que même à poil tu restes excitante, mais la nudité des tranchées a quelque chose de chinois, d'un grand désert asiatique, c'est propre et désolé très silencieusement. Hier, ai eu une impression effroyable. Je passais dans un village mort. Un hussard, blond, jeune, l'air franc et robuste, joli aussi m'aborde : « Brigadier, où est le major? » — « Ici, je ne sais pas, je ne connais que le nôtre à B. » — « Je peux aller qu'ici, j'ai le pied droit qui pourrit. » Trois heures après je repasse au même village, je revois mon hussard. Il me crie : « Je l'ai trouvé. » — « Qu'est-ce qu'il t'a dit? » — « Il m'a dit que mon pied allait pourrir et qu'il n'avait rien pour l'empêcher. » — « Enfin, il ne t'a rien fait? » — « Il m'a mis de la teinture d'iode et fait donner une chaussure plus grande. » — « Mais, enfin, on va te soigner. » — « On peut pas, je vais ce soir à la Marquise (c'est les tranchées) avec le sac et mon vieux, qu'est-ce que tu veux? c'est comme ça, à la revoyure. » J'étais glacé de voir ce gosse si gentil et si simple avec son pied qui pourrissait. Je ne sais d'ailleurs pas ce que ça veut dire, peut-être la vérole! Pauvre gosse. Mon Lou très chéri, je te prends dans mes bras et je t'embrasse longtemps, longtemps. Ta langue dure comme un poisson de mer parcourt ma bouche et m'affole, tes yeux chavirent comme deux grands Dreadnought touchés par un sous-marin. Puis, ma chérie, je te courbe et vergette l'adorable cul de mon petit garçon pas sage, tu le hausses et l'abaisses, ma Lou exquise en l'écartant comme un bel ange qui respire au paradis. Alors, c'est dit, ma grande gosse, tu es à moi pour toujours et t'auras plus de secrets pour moi. Dis à Toutou que je l'aime bien, pas de la même façon que toi, mais enfin beaucoup, sandwich ou non — Madame Mortier a écrit, elle demande des nouvelles de toi. En ce moment, dans la forêt, les oiseaux gazouillent, le soleil est revenu et les conducteurs pour passer le temps luttent à mains plates, le torse nu. L'un s'est passé à la suie pour faire le nègre. C'est rigolo comme tout. On m'a écrit pour faire une exposition de mes poèmes-idéogrammes à New York [2]. Si ça se fait, ce sera épatant. A demain, petit Lou adoré, je t'embrasse tout plein et te prends toute, toute de toutes les façons. C'est le moment des morilles, on va en chercher le matin et on en mange deux fois par jour, ça a la saveur chérie de ta bouche. Donne-moi aussi des nouvelles de Toutou. Je t'aime, je t'aime et je veux toujours t'aimer. Le front ne fait plus mal. On fume du tabac américain qu'on a distribué en surplus. C'est un don anonyme, paraît-il. Alors le campement a l'air d'un campement de chercheurs d'or en Californie. Je t'adore ma chérie et te caresse doucement bouche dans ma bouche. Ton

Gui.

1. Marthe Roux.
2. De Zayas, qui vient d'ouvrir à New York la Modern Gallery.

131

22 avril 1915.

Il est minuit et demie, mon Amour, et nous attendons. A 7 heures, Alerte!, en une heure, on était prêt et depuis ce temps on attend dans la nuit noire, tout éteint. J'écris dans ma cabane, un logis m'a prêté sa lampe électrique de poche et Berthier m'éclaire pendant que je t'écris. J'espère que ce sera une fausse alerte, car attendre encore des lettres de toi, loin peut-être aux Darda. dont on reparle ici, ça m'embêterait considérablement. J'ai reçu aujourd'hui ton ptit mot épatant « Mystère et pommes de terre frites ». T'as vu le communiqué du 20 — Vives actions d'artillerie dans le secteur de R [1]. C'est surtout jusqu'au 18 que ça se passait, depuis c'est les 60 ou 70 obus quotidiens, c'est rien du tout —

*

SCÈNE NOCTURNE DU 22 AVRIL 1915

GUI CHANTE POUR LOU

Mon ptit Lou adoré Je voudrais mourir un jour que tu m'aimes
Je voudrais être beau pour que tu m'aimes
Je voudrais être fort pour que tu m'aimes
Je voudrais être jeune jeune pour que tu m'aimes
Je voudrais que la guerre recommençât pour que tu m'aimes
Je voudrais te prendre pour que tu m'aimes

Je voudrais te fesser pour que tu m'aimes
Je voudrais te faire mal pour que tu m'aimes
Je voudrais que nous soyons seuls dans une chambre d'hôtel à Grasse pour que tu m'aimes
Je voudrais que nous soyons seuls dans mon petit bureau près de la terrasse couchés sur le lit de fumerie pour que tu m'aimes
Je voudrais que tu sois ma sœur pour t'aimer incestueusement
Je voudrais que tu eusses été ma cousine pour qu'on se soit aimés très jeunes
Je voudrais que tu sois mon cheval pour te chevaucher longtemps, longtemps
Je voudrais que tu sois mon cœur pour te sentir toujours en moi.
Je voudrais que tu sois le paradis ou l'enfer selon le lieu où j'aille
Je voudrais que tu sois un petit garçon pour être ton précepteur
Je voudrais que tu sois la nuit pour nous aimer dans les ténèbres
Je voudrais que tu sois ma vie pour être par toi seule
Je voudrais que tu sois un obus boche pour me tuer d'un soudain amour

LILITH ET PROSERPINE

(aux enfers)

Nous nous aimons sauvagement dans la nuit noire
Victimes de l'ascèse et produits du désespoir
Chauves-souris qui ont leurs anglais comme les femmes

LE PTIT LOU

Faut pas parler comm' ça, on dit coulichonnette

LILITH

J'ai créé la mer Rouge contre le désir de l'homme

PROSERPINE

J'ai fait sortir de son lit le Léthé
J'en inonde le monde comme d'un hippomane

L'OISEAU D'ÉTERNITÉ DU MOUTIER DE HEISTERBACH

Je suis l'éternité
Mort belle de la Beauté
Je mords la mirabelle de l'Été
Flambant Phénix de la Charité
Pélican de la prodigalité
Aigle cruel de la Vérité
Rouge-gorge de la sanglante clarté
Corbeau de la sombre bonté
Qu'est devenu le moine hébété

LA PRIÈRE

Abaissement qui élève
Le maître fut l'élève
Aimer n'être pas aimé
Fumée, belle fumée

LA JOIE

Ah! Ah! Ah! Ah!
Je commande et mande
Je nais du mal à Samarcande
Mais il ne faut pas que j'at-
tende

LE REMORDS

Toutes deux appelez-moi votre père
Et l'Art est notre fils multiforme
Je m'ouvre la poitrine, Entrez! c'est votre demeure
Il y a une horloge qui sonne les heures

LA 45e BATTERIE DU 38^e^

Les chevaux hennissent Éteignez les lumières
Les caissons sont chargés Empêchez les hommes de dormir
Entends miauler les tigres volants de la guerre

GUI

Je pense à toi ma Lou et ne pense pas à dormir

LE PTIT LOU

Je suis dans ton dodo et de loin près de toi

LE MONDE ou bien LES GENS DU MONDE

Mon petit Lou je veux te reprendre
Oublie tes soldats pour mes fêtes.

L'AVENIR

Lou et Gui et vous Toutou faut que voyez tous trois
De merveilleux rivages
Une ville enchantée comme Cordoue
En Andalousie. Les gens simples séduits par votre cœur
Et votre fantaisie
Vous donneront des fleurs, des cannes à sucre
Vous pourrez voir encore plus loin si vous voulez
La Nature des tropiques
Une ville blanche; à vingt minutes de la ville un petit pays sur la mer avec de belles maisons dans des parcs
Vous louerez un palais où de toutes les fenêtres
Lou touchera les palmes avec ses mains
Les chevreaux, les ânes, les mules ravissantes
Comme des femmes
Et aussi expressives quant au regard seront avec vous

GUI

L'avenir m'intéresse et mon amour surtout
Mais l'art et les artistes futurs ne m'intéressent pas.
A Paris, il y aura la Seine
Et le regard de mon ptit Lou

CHŒUR DES JEUNES FILLES MORTES EN 1915

Quand les belles furent au bois
Chacune tenait une rose
Et voilà qu'on revient du bois
N'avons plus rien entre les doigts

Et les jeunes gens de naguère
S'en vont, ne se retournent pas
Ceux qui nous aimèrent naguère
Emportent la rose à la guerre

Ô mort, mène-nous dans le bois
Pour retrouver la rose morte
Et le rossignol dans le bois
Chante toujours comme autrefois

Gui.

1. Voici ce communiqué :
« Rien à ajouter au communiqué d'hier soir en ce qui concerne les opérations en Lorraine et dans les Vosges.
« Sur le reste du front, actions d'artillerie particulièrement vives dans la région de Soissons, le secteur de Reims et l'Argonne. »
Apollinaire confirme ainsi sa présence près de Reims.

132

23 avril 1915.

Mon Amour,

Lu et relu ta mignonne petite lettre du 19. Tu es tout près de moi dans mon colombier.

Amour-Roi
Dites-moi
La si belle
Colombelle
Infidèle
Qu'on appelle
Petit Lou,
Dites, où
Donc est-elle
Et chez qui?
— Mais chez Gui

Tu lis des bouquins menottiers, mais tu pourrais au moins dire les titres pour qu'on sache et donner ton jugement sur ce que tu lis. Il y a d'ailleurs beaucoup d'imbécillités. Dis à ma concierge que si elle reçoit des lettres envoyées par le brigadier G. de Kostrowitzky à Monsieur Guillaume Apollinaire qu'elle te les donne, car pr ne pas multiplier les envois à toi, je m'en envoie que tu peux décacheter; dans le prochain et premier envoi de ce genre, il y a un journal américain où on a reproduit un de mes poèmes, tu déposeras ces papelards chez moi, simplement [1].

[...]

Je ne sais si je me trompe mais il me semble que les pauvres poilus de ma pièce sont plus intelligents, les conducteurs aussi bien que les servants.

Tu m'as écrit, Lou, que tu avais bons tuyaux et que nous nous reverrions vite.

J'avoue que malgré tout rien, ma chérie, ne laisse encore supposer cela. Oh! la lenteur!

Tu sais que ma méthode, Lou, est d'observer ce qui tombe sous mes sens pour en déduire ce qui est au-dehors de mes sensations immédiates. Je crois qu'une petite chose, quelle qu'elle soit donne l'image d'une plus grande encore et des plus grandes toujours ou des plus petites encore, à l'infini.

1. Ces mots terminent le recto du feuillet. Il semble que celui-ci ait été coupé, d'où une lacune avant la première ligne du verso et une autre à la fin.

133

24 avril 1913 [1].

Tu penses, ma très chérie, si l'histoire de Lou donnant une fête à ses amis dans le colombier ou perchoir de Guillaume Apollinaire m'a amusé. D'ailleurs tu n'as pas vu ce perchoir dans sa splendeur, avec ses précieuses statues nègres, chinoises, ses beaux tableaux. Comme tu le vois, il ne donne pas l'idée de ce qu'il est en réalité en temps de paix. Ainsi, mon petit Lou, c'est sur le *De figuris* [2] que tu es tombée ; c'est un manuel classique d'érotologie ; il traite de toutes les formes du baiser, mais autant qu'il m'en souvienne il y est peu question de ton cher vice. Les notes de Forberg sont d'ailleurs bien faites et indiquent une science profonde de l'antiquité, mais quand je te reverrai, te ferai connaître bien mieux cette antiquité, si elle t'intéresse, et des formes autres du baiser, plus profondes encore, et des spintries mieux arrangées. Je t'en prie, Lou, ne montre pas mes lettres, en aucun cas, si tu veux que je t'écrive comme je fais, sans me gêner et comme à quelqu'un dont j'estime l'âme très très proche de la mienne. Le *De figuris*, qui ne sont que des notes, des *hors d'œuvre*, comme disait en grec ce chaste Forberg, ont le tort d'être une compilation, c'est pédantesque comme toutes les compilations. Tu trouveras d'ailleurs chez moi plusieurs des ouvrages dont Forberg donne des extraits, ainsi *Félicia ou Mes Fredaines* en 4 ou 5 éditions, dont l'une reliée en demi-maroquin citron est la meilleure, celle de 1793 et d'autres, parmi lesquelles l'édition de *Félicia*, que j'ai redonnée l'an dernier [3]. En tout cas, chérie, ne me fais pas chiper mes livres. Il y a des gens très bien qui ne se font aucun scrupule de chiper des bouquins ou d'en emprunter sans jamais les rendre. Aussi n'en prête à *personne*. On a maintenant trop de mal à trouver les livres curieux. Je suis bien content que ça t'amuse d'être chez moi. Si je t'y revois, je t'initierai à bien des choses étranges, raffinées, uniques, dont tu n'as pas idée avec tout ton esprit et dont je n'ai pas encore parlé avec toi, car il faut pour cela des esprits royaux et qui s'entendent et se comprennent en tout, pour tout et malgré tout. Et tu sauras ainsi bien des énigmes, ton esprit s'élargira, ton intelligence prendra tout l'essor qu'elle mérite, ma tant chérie. Mais faut être digne de cela... faut rester digne de nous... toi comme moi. Moi, j'ai toujours fait ce que j'ai pu pour être digne de moi devant moi-même; ensuite, j'ai tous les droits pour moi devant toi. Toutou demande mon adresse. Je lui ai écrit une carte il y a près d'une semaine. Demain, je t'écrirai longuement, le vaguemestre arrive, faut que je boucle. Je t'embrasse mille fois, mille fois, Lou!

Gui.

1. *Sic*, pour « 1915 ».
2. *De Figuris Veneris (Des Formes du baiser)* par F.-K. Forberg (1824), traduit en français sous le titre *Manuel d'Érotologie classique (De Figuris Veneris)* par Alcide Bonneau (Liseux, 1882).
3. *Félicia ou mes Fredaines*, deuxième partie de *L'Œuvre du chevalier Andrea de Nerciat*, introduction, essai bibliographique par Guillaume Apollinaire, Bibliothèque des Curieux (Les Maîtres de l'Amour).

134

24 avril 1915.

J'ai réfléchi, ma chère amie, n'envoyez pas la chaîne [1]. Elle me gênerait ici et après tout j'en ai déjà une qui ne me gêne point et m'est plus précieuse encore.

Je mets à vos pieds, ma chère amie, les hommages respectueux de votre admirateur.

Gui.

Vos lettres ne mettent généralement que 3 jours à me parvenir, mais les miennes mettant autant, cela fait un écart d'une semaine entre nos réponses.

Gui.

1. Carte militaire sans enveloppe adressée au domicile d'Apollinaire, 202, boulevard Saint-Germain, où séjourne alors Lou — d'où le ton cérémonieux.

135

25 avril 1915.

Ma chérie, n'envoie pas de liseur, pas besoin. Tous les jours à peu près la même chose. Je connais le chemin. Pas la chaîne non plus. Ni l'encre, elle m'encombrerait après tout. Il n'y a pas moyen de s'installer. On est toujours sur le qui-vive, donc il ne faut pas d'encombrement sinon celui de tes lettres adorées.

Tu ne m'avais pas écrit que tu allais chez moi, je ne l'ai su que par tes lettres de Nîmes et comme tes lettres de Paris n'en parlaient pas, j'attendais, ne sachant rien à ce sujet. Va donc chez Hénique le dentiste, relis la lettre qui en traite, essaye, que diable, si ça ne réussit pas, ce ne sera qu'une démarche inutile et c'est tout. Compte toujours pr avoir une réponse à tes lettres 8 à 9 jours. Tu l'écris, elle met deux, trois ou quatre jours à me parvenir, je réponds, compte autant pour que la réponse te parvienne. Quand, ma pauvre Lou, te décideras-tu à ne pas mener cette vie effrayante et peut-être inutile dont tu parles!!!

Tes lettres ma chérie me vont toutes au cœur, je les adore, longues ou courtes.

Mon Lou, comment se fait-il que les hommes pouvant se forcer à l'ascétisme absolu, à la sagesse complète, par devoir, par sacrifice, un ptit Lou ne le puisse pas?

Je ne te le reproche nullement. Tu ne te connais que deux amis, n'est-ce pas assez? Alors tu veux en avoir d'autres?

Je me doute bien à quoi les mots *preuves*, *définitivement* et *des amis pour toujours* soulignés dans ta lettre peuvent faire allusion. Mais je suis tranquille, tu ne trouveras ni 2 Gui ni 2 Toutou.

D'ailleurs qu'est-ce qu'on ferait à plus? La Trinité est un nombre parfait, mais plus nenni. Et je sais bien qui serait sacrifié, *bibi*, qui ne s'y résignera pas d'ailleurs et qui, s'il vit, saura bien se défendre et te reprendre.

Mais, éliminer, ma chérie, c'est la vie, puisque la morale exige même un homme, une femme, c'est tout, la morale et la religion! Des cœurs royaux pourraient s'entendre à 3, mais plus?! Je ne parle ni de passades, ni de ce que tu appelles gentiment des caprices et qui n'importent guère.

Enfin, mon Lou, je te comprends si bien que je t'aime et t'aimerai toujours.

Entre parenthèses — et ceci pas pour nous — ce qu'il y a de terrible dans les longues guerres, ce sont les retours. Les Pénélopes sont rares et les hommes rusés comme Ulysse encore plus. J'ai toujours maintenant présente à la mémoire cette effrayante histoire contée par Balzac : *Le colonel Chabert.* C'est un colonel du 1er Empire, passé pour disparu pendant la retraite de Russie; il revient, un jour, retrouve sa femme mariée, de nouveaux enfants, sa femme est heureuse. Il doit disparaître. Ce que cela se reproduira après cette guerre des Nations!! J'en frémis un peu d'y penser. Passons à la lettre du 22. Ma chérie, tu m'envoies des choses bonnes comme ton ptit cœur. Tu es trop gentille. Mais ne dépense rien, sauf les choses nécessaires quand te demanderai, et demanderai rarement. J'ai bonne santé et me contente très bien de l'ordinaire. Débarrassé du mess; Berthier s'en est retiré aussi.

Il fait froid aussi ici, et dans une forêt marécageuse, les pieds dans l'eau dans les huttes inondées, tu peux te figurer la situation.

T'es bien mignon de me dire qu'on refera pan pan, j'en suis sûr et ce sera bien autre chose que jadis, gradation en tout, tu verras. T'auras jamais connu ces choses-là. C'est plus nouveau même que les idéogrammes poétiques et tu penses si ce nous sera agréable d'inventer quelque chose en amour!!

Au revoir, mon Lou très chéri, je t'adore.

Gui.

J'ajoute ici, mon ptit Lou, que *l'Intransigeant* m'a demandé un poème. Je me souvenais de celui que t'ai envoyé pr toi : *Le ciel est constellé par les obus des Boches* [1]... Je l'ai envoyé... On m'a écrit pour me demander de modifier les deux derniers vers trop.... hum!... hum!... Je l'ai fait. Tu les liras dans l'*Intran.* Toutefois, puisqu'ils t'appartiennent et que le livre où ils paraîtront te sera dédié, je n'ai pas osé mettre ton nom sur un poème paraissant dans l'*Intran* sans être certain que ça ne t'embêterait pas. Renseigne-moi à ce sujet pour une autre fois.

1. Voir lettre 119 et *La Nuit d'avril 1915* dans *Calligrammes.*

136

Mettre les chiens chez Maman, lui écrire 10, villa Lambert, Chatou (Seine et Oise), lettre suit.

Respectueusement.

Gui [1].

1. Carte militaire, sans date; cachet postal d'arrivée, Paris, 29 avril 1915.

137

26 avril 1915.

Mon ptit Lou très chéri,

Pas de lettre de toi aujourd'hui, hier assisté à la messe, prié pour toi, on chantait et je chantais aussi

Ô miraculeuse
Qu'on raille là-bas
Aux bords de la Meuse
Garde nos soldats
Ave Ave Ave Maria
Ave Ave Ave Maria
Douce et maternelle
Vois le repentir
De la France si belle
Qui ne peut périr
Ave etc
C'est la pécheresse
Au cœur enflammé
Absous ses faiblesses
Elle a tant aimé
Ave etc

Je pensais à toi pendant qu'on chantait cela, ma toute chérie, et je pensais avec ferveur à mon ptit Lou, que je voudrais si gentille, si mignonne, comme tu mérites de l'être avec cet esprit supérieur, primesautier, français, charmant qui est le tien, ma toute chérie. Après on a chanté

Mais au plus fort de la mêlée
Quand les obus fauchent les rangs
Ô Jeanne d'Arc dans la vallée
Compte les morts et les mourants

Prends de nouveau ta place
Au front des régiments
Et va bouter hors d'Alsace
Jusqu'au dernier des Allemands (*bis*) [1].

J'étais ému extrêmement et je dessinais ce que je t'ai envoyé [2]. Mon ptit Lou chéri, je veux que tu sois heureuse, je veux t'aimer pour ça. Mais je veux en retour que tu sois mon amie complètement. Et une vraie amie doit beaucoup à l'amitié. A l'Amitié, sais-tu bien ce que ça veut dire, ma petite enfant, on ne peut avoir 36 amitiés.

Aujourd'hui tristesse, Berthier a dû monter à la batterie de tir, j'irai le voir chaque matin, en allant au commandant. Je me construis une cabane pr habiter seul. C'est amusant comme tout de fabriquer sa maison. Après la paix... je tâcherai d'acheter un terrain et je fabriquerai un rendez-vous pr l'été. Ça m'amusera énormément de fabriquer ça. Je te raconterai comment j'ai fait et surtout comment j'ai meublé ma villa du front. En tout cas, j'ai une glace, une cuvette, une cuve pr le tub, un matelas en varech et un traversin, ça peut t'épater mais c'est comme ça, une table aussi. Ç'a été difficile à se procurer, mais j'ai ça. En ce moment, calme complet. Maman m'a écrit une lettre amusante que te renvoie pr que la mettes chez moi. Elle conçoit la guerre avec un luxe! Une vraie balade au bois de Boulogne, quoi. Les lettres de Nîmes ont renvoyé aussi une lettre de la môme Marthe [3], avec sa photo que je t'envoie, tu mettras ça dans ma collection. J'attends tes photos avec une impatience fantastique. J'aimerais bien des photos où on te voit, comme les photos de Desgranges, les petites photos c'est gentil, je les aime bien, mais je préfère, tu le comprendras, celles où on voit quelque chose.

Enfin quoi, mon Lou, je ne m'en fais pas, ça ne vaut pas la peine. Je prends la vie comme elle vient et les obus idem. Tu es mon seul souci. Aujourd'hui sans lettre de toi, je suis sur des charbons ardents. Demain te ferai des vers. Aujourd'hui beaucoup de travail pas amusant. T'en dis pas plus. T'écris sais pas bien comment et ma lettre doit être d'un décousu. Pas le temps de la relire et c'est pas d'aller dans le monde, coquin de bonsoir, qui me rend si pressé. J'attends avec impatience aussi la lettre de Toutou. Je l'aime bien et je suis sûr que sa lettre m'éclairera beaucoup sur mon ptit Lou. Je t'embrasse tout plein, je t'adore, je te prends toute, ma toute chérie, et te berce doucement en te câlinant gentiment, gentiment.

Gui.

1. Ces vers et les précédents sont ceux de deux cantiques cités de mémoire par Apollinaire : *A Notre-Dame de Lourdes à qui les Allemands ont lancé un défi (cantique de la revanche)* et *A Jeanne d'Arc*.

2. Voir illustr. 6. Au verso du dessin : « La Messe à M. Dimanche 25 avril 1915. On voit peu de soldats, parce que d'où j'étais, on ne les voyait pas ou plutôt j'étais au milieu d'eux. Le prêtre, capitaine des hussards, l'enfant de chœur, un dragon, on voit l'harmonium, les 3 chantres et les 3 seules femmes qui sont restées à M. C'est une grange! »

3. Marthe Roux.

138

26 avril 1915.

Mon petit Lou, ta lettre d'aujourd'hui m'a rempli de stupéfaction. Prends garde avec ta vie de patachon!!! de ne pas me faire donner congé de mon appartement après la guerre. J'y suis très bien. Ne fais pas de bruit, je t'en supplie, n'y reçois pas trop de poilus. C'est une maison où il y a un sénateur et je ne sais quoi encore. Je t'en supplie, mon Lou, tu me ferais un tort irréparable, si je me trouvais sur le pavé après la Guerre. Je ne paye pas mon loyer pendant la guerre et après la guerre on attendra, mais pour ça faut pas que des ptit Lou viennent faire les fous là-dedans. Vue de loin la vie que tu mènes a quelque chose d'insane. Pendant que nous trimons ici et attrapons peut-être la crève, on bamboche à Paris!

Pour les chiens, ils ne seront jamais mieux que chez ma mère qui les adore. En tout cas si tu la vois ne parle de rien, ni si j'avais de l'argent ou non, si j'en ai, si j'en gagne. J'ai dit à Maman que t'avais été très gentille pr moi, et que comme t'avais besoin d'aller à Paris pr tes affaires je t'avais prêté mon appartement. Dis que sommes très amis, il ne sera pas question d'amants, naturellement. Offre-lui de payer nourriture et contributions des chiens. Je t'en enverrai le montant selon tes indications et tu lui enverras. Car relations tendues et faut faire bien attention entre Maman et moi. —

Dis pas que t'ai rien confié, affaires ou papelard. Si elle te demande dis que tu crois que tout est chez les Mortier et que tu ne les connais pas.

Les chiens seront très bien. Il n'y a que des chiennes chez

elle et un vieux cocker magnifique. Tes toutous seront dans le jardin et ne risquent pas de faire pan pan.

Je crois que c'est la meilleure combinaison. Écris-lui. Je l'ai prévenue par lettre aujourd'hui.

J'attends toujours avec beaucoup d'impatience la lettre de Toutou.

IL FAIT MAUVAIS TEMPS [1] en ce moment et de toutes les façons.

Tu sais que les paquets pr soldats sont gratuits, ils sont donnés dans les gares ou dans les établissements de petite ou grande vitesse. Renseigne-toi à ce sujet, pas pr moi, à qui tu n'auras que rarement, j'espère, pauvre ptit Lou, à envoyer de paquets, mais pr Toutou.

Beaucoup de poilus reçoivent ici gratuitement des paquets, assez gros, de chez eux.

Demande à la femme de ménage comment va *Pipe* ma petite chatte?

Dis-moi si as reçu les 50 balles.

Surtout n'envoie pas le liseur inutile en ce moment, n'envoie pas la chaîne non plus, inutile, et j'ai la tienne que j'adore.

Qu'est-ce qu'on dit à Paris? Ici la soupe c'est toujours potage, pas d'Italie malgré les dires des journaux.

Alors toujours beaucoup d'embusqués et surtout des embusqués de l'arrière en bleu horizon qu'on ne voit pas!!!

Si j'étais une jolie femme, j'en cognerais un dans la rue et je dirais : « Pardon, Msieu, je vous avais pas vu! »

Ici l'horizon ne se porte plus et je crois qu'on a raison. Est-ce que tu reçois toutes mes lettres? Elles sont toutes datées et doivent se suivre. Je te prends dans mes bras mon ptit Lou et t'embrasse mignonnement tandis que tes belles paupières battent comme des pétales de fleur de pêcher, ma jolie, mon tout.

Ton

Gui.

1. Le code annoncé dans la lettre 108 donne toute sa signification à cette formule.

139

La nuit
S'achève
Et Gui
Poursuit
Son rêve
Où tout
Est Lou
On est en guerre
Mais Gui
N'y pense guère.
La nuit
S'étoile et la paille se dore :
Il songe à Celle qu'il adore

Nuit du 27 avril 1915 [1].

1. Ce poème sous un dessin; voir illustr. 7.

140

28 avril 1915.

Jolie bizarre enfant chérie
Je vois tes doux yeux langoureux
Mourir peu à peu comme un train qui entre en gare
Je vois tes seins, tes petits seins au bout rose
Comme ces perles de Formose
Que j'ai vendues à Nice avant de partir pour Nîmes
Je vois ta démarche rythmée de Salomé plus capricieuse
Que celle de la ballerine qui fit couper la tête au Baptiste
Ta démarche rythmée comme un acte d'amour
Et qui à l'hôpital auxiliaire où à Nice
Tu soignais les blessés
T'avait fait surnommer assez justement la chaloupeuse
Je vois tes sauts de carpe aussi la croupe en l'air
Quand sous la schlague tu dansais une sorte de kolo
Cette danse nationale de la Serbie

*

Jolie bizarre enfant chérie
Je sens ta pâle et douce odeur de violette
Je sens la presqu'imperceptible odeur de muguet de tes aisselles
Je sens l'odeur de fleur de marronnier que le mystère de tes jambes
Répand au moment de la volupté
Parfum presque nul et que l'odorat d'un amant

Peut seul et à peine percevoir
Je sens le parfum de rose rose très douce et lointaine
Qui te précède et te suit, ma rose

*

Jolie bizarre enfant chérie
Je touche la courbe singulière de tes reins
Je suis des doigts ces courbes qui te font faite
Comme une statue grecque d'avant Praxitèle
Et presque comme une Ève des cathédrales
Je touche aussi la toute petite éminence si sensible
Qui est ta vie même au suprême degré
Elle annihile en agissant ta volonté tout entière
Elle est comme le feu dans la forêt
Elle te rend comme un troupeau qui a le tournis
Elle te rend comme un hospice de folles
Où le directeur et le médecin-chef deviendraient
Déments eux-mêmes
Elle te rend comme un canal calme changé brusquement
En une mer furieuse et écumeuse
Elle te rend comme un savon satiné et parfumé
Qui mousse soudain dans les mains de qui se lave

*

Jolie bizarre enfant chérie
Je goûte ta bouche ta bouche sorbet à la rose
Je la goûte doucement
Comme un khalife attendant avec mépris les Croisés
Je goûte ta langue comme un tronçon de poulpe
Qui s'attache à vous de toutes les forces de ses ventouses
Je goûte ton haleine plus exquise que la fumée
Tendre et bleue de l'écorce du bouleau
Ou d'une cigarette de Nestor Gianaklis
Ou cette fumée sacrée si bleue
Et qu'on ne nomme pas

*

Jolie bizarre enfant chérie
J'entends ta voix qui me rappelle
Un concert de bois, musette hautbois, flûtes,
Clarinettes, cors anglais
Lointain concert varié à l'infini
Tu te moques parfois et il faut qu'on rie
Ô ma chérie
Et si tu parles gentiment
C'est le concert des anges
Et si tu parles tristement, c'est une satane
triste
Qui se plaint
D'aimer en vain un jeune saint si joli
Devant son nimbe vermeil
Et qui baisse doucement les yeux
Les mains jointes
Et qui tient comme une verge cruelle
La palme du martyre

*

Jolie bizarre enfant chérie
Ainsi les cinq sens concourent à te créer de nouveau
Devant moi
Bien que tu sois absente et si lointaine
Ô prestigieuse,
Ô ma chérie miraculeuse
Mes cinq sens te photographient en couleurs
Et tu es là tout entière
Belle
Câline
Et si voluptueuse
Colombe, jolie, gracieuse colombe
Ciel changeant, ô Lou, ô Lou

Mon adorée
Chère, chère bien-aimée
Tu es là
Et je te prends toute
Bouche à bouche
Comme jadis
Jolie bizarre enfant chérie

Gui.

141

29 avril 1915.

Mon petit chéri,

Il ne m'a manqué je crois que quelques-unes des lettres envoyées à Nîmes. Quand tu m'écris appuie bien sur 38e car il y a aussi par ici la 45e batterie d'un autre régiment d'Artillerie.

La lettre du 18 qui contenait les 20 francs a été encore adressée rue Angélique Vérien [1]. Ne me remercie pas, je ne fais que mon devoir puisque je suis ton *grand ami*. Seulement je veux de toi et secret (avec Toutou non, c'est entendu) et confiance. Mais je ne veux rien avoir de commun même pour en être apprécié, loué, estimé, avec les autres fleurs rares que je n'aurais pas choisies, donc *motus* avec tout le monde Si tu crois qu'il faut qu'on me remonte le moral, tu te trompes, mon Lou, et ne m'estimes pas beaucoup. Je sais prendre des responsabilités et les soutenir jusqu'au bout sans défaillance. Je peux parfois au début d'une décision avoir ce trouble, cette profonde douleur comme en eut le Christ qui dans le jardin des Oliviers connut la sueur de sang, l'hématidrose, mais ensuite c'est fini et je marche droit. Donc tout ce que tu dois me dire c'est la vérité. Gui demande à Lou si les *moments*, les *étapes* seront rares? En tout cas, Gui qui a franchi depuis presque un mois la zone des étapes et qui se trouve dans la zone de l'avant sur la ligne de feu est dégagé de tout et adore son Lou qui est aussi pour lui une chose si chère et si jolie!

Que Lou dise à Gui si les dessins de Gui l'amusent, et lui plaisent, si les vers lui plaisent aussi, qu'elle dise aussi en détail ce qu'elle fait, ce qui amusera bien Gui qui sur le front se figurerait le ptit Lou affolé dans Paris et y faisant mille galipettes...

Que Lou qui connaît mal la botanique se méfie aussi de ses instincts de jardinière et ne cultive pas de fleurs vénéneuses! Gui n'a pas besoin de dire à Lou qu'aucune fleur rare ne doit être cultivée au perchoir de Gui, du moins la nuit, ce serait pour Gui le congé certain de son appartement auquel il tient pour diverses raisons, ne serait-ce que parce que Lou y a perché.

Pour le reste Gui aime Lou comme il est et sait bien qu'il lui fera doubler et redoubler les étapes en question. Gui fait le fou sur les routes, prend des bains dans un charmant ruisseau plein d'iris dans la jolie forêt, pas celle qu'il habite, l'autre. Il ne jongle pas avec les obus mais les regarde jongler tout seuls en se demandant parfois si tout cela est vrai, si Gui est Gui, si la terre est la terre et s'il n'a pas été brusquement transporté dans une autre planète.

Gui demande encore une fois à Lou ses couleurs, parce que s'il fallait mourir, il veut mourir sous les couleurs de sa dame comme faisaient les chevaliers.

Mon Lou, je reprends ma lettre après qu'elle a été tachée de pétrole, pardonne-moi. C'est parce que l'on vient de m'appeler pr me donner l'adorable paquet que tu m'as envoyé que j'ai mis ma lettre de côté et qu'elle s'est tachée. Quelle fée exquise tu fais! Tu es mille délices! Je ne croyais pas qu'un paquet pouvait faire autant de plaisir. Figure-toi! Des tas de petites photos de mon Lou adoré! 1 carte postale. Tu es exquise dans toutes, chérie, mon espiègle, c'est charmant tout cela, t'en reparlerai demain, ai déjà mangé 2 pâtes de fruits et en ai donné 5 à 3 maréchaux des logis et à 2 brigadiers. J'en donnerai pas d'autres parce que ça me vient de toi. J'ai déjà mis la médaille à mon cou.

Je vais fumer une cigarette de Maryland et serai très heureux. Mon Lou, t'adore. T'as acheté la boîte à la Civette! T'es gentil comme tout. — Autre chose avant de finir, une demande : Combien de *grands amis?* Chacun n'est-il pas un numéro *inédit?*... Et chacun n'a-t-il pas une case spéciale? Tout ça, outre Toutou naturellement, Toutou dont j'espère chaque jour une lettre... Je serai toujours le grand ami-amant de Lou et je la prends toute comme elle dit et souligné 4 fois.

Gui.

1. A Neuilly, où réside alors Lou.

142

30 avril 1915.

Ma chérie, il est bien vrai décidément que les jours se suivent et ne se ressemblent pas. Hier ta lettre exquise et le petit paquet. Aujourd'hui ta méchante lettre. Je tiens si peu à mon épithète que j'y ai renoncé entièrement dès que j'ai eu tes lettres. Je suis parti de Nîmes l'âme un peu triste. Ta première lettre reçue ici était peu aimable, le seul passage un peu drôle et aussi peu aimable d'ailleurs était relatif au sandwichage et tu disais à ce propos « *vous êtes aussi dégoûtants l'un que l'autre* ». J'ai cru que Toutou se moquait de moi et que tu m'avais représenté à lui sous des couleurs si singulières qu'il fallait corriger cela. Qu'ai-je écrit exactement?... Voilà en tout cas la carte presque textuellement : « *Mon cher petit Toutou chéri. Votre lettre sur sandwich dont m'a parlé Lou était bien spirituelle. Excusez-moi. Surtout ne me jugez pas avant de me connaître. J'aime Lou, j'aime vous. Mais dites à Lou de ne pas me mentir. J'aime beaucoup la vérité. Gui.* »

Tu vois que ce n'est pas méchant. Dis à Toutou de t'envoyer la carte. Tu verras que c'est ça. En tout cas, si tu crois que j'ai mal agi, je te prie de m'excuser toi-même et d'excuser surtout l'état un peu hagard où j'étais en arrivant sur le front, surtout qu'en outre à ce moment il y avait ici pas mal d'actions violentes.

Pour la chaîne t'ai écrit de ne pas l'envoyer, le liseur non plus. Ne pourrais-tu pas réclamer la lettre du 18 avec le billet qui est dedans? Dis-moi où il faut envoyer quand pourrai t'envoyer quelque chose.

Excuse aussi que ce soit si peu...

Mon petit, ne me gronde pas trop pendant que je suis si loin. Aujourd'hui, suis si triste de cette lettre et hier étais si content!

En tout cas, ne pense pas que j'aie voulu exciter Toutou contre toi,... je ne lui écrirai plus... nous sommes trop loin pour nous comprendre... Écris-lui qu'il m'a mal compris. En tout cas suis désolé d'une carte si mal interprétée.

Comme commission rien d'autre que la *bi-oxyne*, boîte de voyage, 1 fr. 50 ou 1 fr. 75 (je ne sais plus exactement), c'est tout. Il y a du frêne ici, inutile d'en envoyer. Tu peux envoyer le paquet gratuitement en demandant les renseignements dans une gare ou dans un bureau de grande ou petite vitesse.

Je suis très, très froissé, mon Lou, que tu aies pu croire que j'aie voulu mettre quelque chose entre toi et Toutou. Je vous aime tous deux. J'ai essayé de te le prouver à toi que j'aime d'amour et d'amitié. Lui, je l'aime d'amitié, et espère bien le lui prouver. A moins qu'après tout une mort rapide ne me délivre de tous ces ennuis quotidiens, si tu ne m'aimes plus, si tu ne me crois pas, alors j'en aurai vite assez de cela.

Assez sur ce point...

J'espère une lettre plus gentille de toi demain. Je l'espère et comme je suis énervé à l'excès aussitôt ma lettre finie je vais seller et faire quelque vingt-cinq km. sur Loulou. Puis ce sera l'heure de rentrer dans la hutte.

Mais ne m'écris plus de lettres comme celle d'aujourd'hui qui est hargneuse. Tu écrirais à quelqu'un qui t'a fait une mauvaise action, n'écrirais pas autrement.

Me reprocher la carte à Toutou c'est comme me reprocher les lettres d'il y a 20 jours. Tu me disais que je t'eng... Ensuite il n'en a plus été question. Dis à Toutou que c'est fini cette histoire-là et ici on a vraiment des choses assez dures à faire pour que mon ptit Lou ne vienne pas jeter la détresse dans le cœur de Gui.

Gui a peut-être été stupide, mais Lou a été méchante.

Seulement Gui sait bien que Lou n'est pas méchante au fond et la tristesse et la mauvaise humeur de Gui se dissiperont après qu'après sa balade à cheval Gui aura regardé en détail les charmantes photos d'hier.

Lou n'a-t-elle pas reçu la bague?

Enfin, enfin, enfin, tu es rudement fâchée. C'est pas mignon. Te fâche pas, te fâche pas, t'en fais pas, t'en fais pas.

Voilà mon ptit Lou, une fois pour toutes, TU N'ES PAS MENTEUSE, et j'en suis rudement content.

Ah! J'ai surtout écrit cette carte à Toutou parce que tu m'avais montré une lettre où il disait : « *Si vous croyez que les nerfs de Gui ne puissent supporter* (je ne sais plus quoi) *ne lui dites pas la vérité.* » T'en souviens-tu? — Alors aussitôt arrivé ici, lui ai écrit la carte incriminée. Écris-lui cette raison qui est la vraie, car j'ai peur de lui écrire maintenant. *Toutou!* TOUTOU!! Allons Lou, un baiser quand même.

Gui.

143

2 mai 1915.

Mon ptit Lou, c'est mon 4e dimanche ici, et il y a un mois que je partais de Nîmes. Toi mon ptit chéri que deviens-tu? Tu cultives les fleurs rares! Enfin, mon ptit Lou, ne t'embête pas. Je n'envierai jamais personne si j'ai toute ta confiance.

J'ai regardé le calendrier dans la hutte qui sert de bureau à la batterie. C'est aujourd'hui la fête de saint Athanase et c'est avec une bizarre volupté que, simple brigadier perdu dans une forêt, j'exerce mon esprit et aiguise ma mémoire sur ce docteur de l'Église, ce docteur de l'abstraction en qui se sont alliées ces forces extrêmes mais si ingrates pour qui les emploie : la science et l'humilité.

Mon esprit parcourt le temps à rebours et pardonne-moi ma toute chérie de t'entraîner avec moi. Nous voici au IVe siècle, en 325, au concile de Nicée, un jeune homme, beau et persuasif s'y leva soudain et confondit l'hérésiarque Arius. C'était Athanase. A 30 ans, il était évêque d'Alexandrie. L'année après c'est la mort de l'impudique Fausta étouffée dans un bain, puis c'est Hélène inventant la Sainte-Croix. Sainte Hélène! devant elle, mère du 1er empereur chrétien, tombe cette troublante, indécente, diabolique statue de la Volupté, qui, depuis l'Empereur Adrien, se dressait comme le plus grand des sacrilèges sur le Calvaire.

Après la mort de sainte Hélène, c'est Athanase persécuté. Je ne me souviens plus des détails de cette histoire byzantine. On l'accuse d'impudicité, de viol, de meurtres, de magie. Une jolie femme nommée Timothée l'accuse de viol, de plus encore, de stupre qui est le viol des vierges, enfin voilà Athanase exilé à Trèves d'où est partie la 1re armée qui ait envahi le sol français durant cette guerre et qui était alors la Capitale des Gaules. Je ne me souviens plus guère de la suite de cette pieuse histoire que m'a rappelée le calendrier.

Je reprends ma lettre que j'avais dû interrompre. Ici on fait des lettres en 5 ou 6 fois.

Aujourd'hui, j'ai déjeuné à midi et dans une salle à manger ce qui ne m'était plus arrivé depuis longtemps. J'ai vu des gens, des femmes, mais moins jolies que celles de l'autre jour dans la cave comme t'ai dit et qui étaient rien du tout à côté de toi [1].

Enfin me voilà revenu dans la forêt. J'attends le vaguemestre qui hier n'a pas apporté de lettre du ptit Lou.

Il fait un temps lourd, très chaud et très orageux.

J'ai maintenant ma cabane à deux. Je suis pas mal sur mon matelas de varech, et nous nous sommes fait avec mon camarade une belle salle de bain en branches de sapins et 2 puisards, un pour prendre l'eau, l'autre pour la jeter. Les grenouilles commencent à coasser et font plus de chahut encore que les oiseaux, mais la nuit il y a un crapaud qui fait tinter sa note pure et claire comme le clair de lune épars sur les champs de bataille. Sur le canal, j'ai vu passer une péniche et deux jeunes filles, une brune, une rousse se peignaient sur le pont. J'ai pensé avec mélancolie que ce serait peut-être le bonheur, être sur cette péniche, marinier, mari d'une de ces filles, puis j'ai pensé que cette idée que j'ai eue là était sans doute le mieux de cette histoire et que j'ai eu ainsi le meilleur de ce bonheur-là qui s'est dissipé comme s'en allait la péniche au fil du canal et comme s'éteint à l'instant même une des délicieuses cigarettes que tu m'as envoyées.

Lou, chérie, et ta bouche! Et le moral! Et l'excitation! Ma chérie, sois heureuse, c'est tout ce qu'on te demande.

Ici nous tâchons d'être les plus forts. C'est ce qui nous importe à nous, et par conséquent c'est pour le bonheur de celles que nous aimons que nous sommes ici, combattant ces

Boches aux sentiments factices, à l'âme infecte et qui sont l'opprobre de l'humanité!

Je t'adore de tout mon cœur, mon cher ptit Lou adorable et adoré.

Si ai bien compris l'heureuse fleur rare n'appartient pas à la flore mais à la faune et faut supposer que c'est un matou?!?

T'embrasse.

Gui.

1. Allusion à une lettre sans doute perdue.

144

3 mai 1915.

Mon petit Lou très chéri,

Je comprends bien toutes les raisons, le printemps, les fleurs, et ne t'en veux pas du tout, ptit Lou de mon cœur. Je souhaite que tu réussisses avec la sœur de Tzanck. Je voudrais aussi que tu allasses (!) ou envoyasses (!) quelqu'un rue Angélique Vérien pour voir si par hasard la lettre ne se retrouverait pas avec son ptit fafiot.

Alors, c'est vrai, mon joli rat musqué, il faut aussi que je compte entièrement sur toi?! Et on est amis pour la vie! Si tu savais ce que ces gentilles dispositions de l'esprit de mon Lou à mon égard me font plaisir, tu serais contente.

J'ai reçu une lettre d'un sous-préfet de mes amis, qui envie mes sensations *fortes et exquises* [1]. C'est tout de même étonnant ce que les poilus de l'arrière et de l'intérieur qui font l'amour tant qu'ils veulent, ne risquent rien et couchent dans un bon lit ont du culot, je te leur f...ai avec plaisir des coups de bâton.

C'est tout [de] même extraordinaire ce qu'il y a encore d'embusqués! Et on parle de prendre les femmes aux armées, mais qu'on prenne d'abord tous les hommes...

J'ai interrompu ma lettre pr monter à cheval dans la nuit noire sans lune, été aux tranchées dans l'encombrement impressionnant des nuits du front. Sentinelles partout. Le mot. Puis la rase campagne. Les réflecteurs puissants qui balayent l'obscurité. Des fusées lumineuses perçant les ténèbres, la fusillade, c'était fantastique.

J'ai cueilli aujourd'hui des fleurs que je mets sur ma lettre, il y a là le premier lilas.

Quel an, ma chérie, pourrons-nous aller cueillir ensemble le 1er lilas?

Ici rien de neuf que la guerre, canon, tout tonne, tonne et retonne.

Que pense-t-on à Paris de la durée? Moi j'ai bien mon idée mais ne la dis pas.

L'Italie oui ou non va-t-elle marcher ou veut-elle nous faire attendre sous l'orme comme moi à Marseille?

Mon ptit Lou, aurais voulu voir le pigeonnier avec ses beaux iris noirs et ses œillets mutins, fripons dont tu parles si bien.

Enfin, Lou chéri, je t'embrasse mille fois.

Toujours pas de lettre de Toutou. Peut-être n'a-t-il pas le temps du tout. Moi, je mets tout le jour, aux moments libres, à t'écrire, je me demande si j'y arriverai toujours.

Baisers forts forts.

Gui.

Renvoie-moi mes vilaines photos de Nîmes. T'en enverrai d'autres. Vais en faire faire. Ai beaucoup changé. Je me servirai utilement de ces photos nîmoises.

1. Toussaint Luca, qui vient d'être nommé sous-préfet à Lodève.

144 *bis*

4 mai 1915.

N'en jette plus, la cour est pleine [1]. Je vois bien que nous sommes amis définitivement. Noc! Louftingue! Stupide! C'est plus que je n'aurais osé espérer. Je n'ai jamais écrit que tu aurais fait du scandale... je t'ai priée de ne pas en faire... pas la même chose; mais pas voulu te faire de peine. Je te prie donc une fois de plus de me pardonner ma noquerie, mon louftinguisme et ma stupidité.

Tu me pardonneras encore, mais je me suis engagé pour défendre ton pays. Ce n'est donc pas pour te f..., toi, ma chérie, à la porte. Et je me demande pour qui tu me prends. Voyons, t'ai-je jamais laissé supposer que j'étais ou goujat, ou inconstant? Je ne t'en veux pas parce que je t'aime pas seulement pour le coucher; je m'en fous après tout, il y en a d'autres, ni pour rien de toi, mais pour toi seule mon pauvre petit si secouée par l'amour et par la vie!!!, toi que j'aime bien malgré que t'aies aussi un sale caractère. Ça fait deux sales caractères qui, ma foi, vont bien ensemble!

Mais t'es amusante comme tout. Alors tu ne me diras plus rien??? Tant pis pour toi puisque je suis ton poète, il faut que je puisse chanter tes faits et gestes et pour cela que je les connaisse. Donc si tu ne me dis rien tu perds quelqu'un qui sait apprécier ton esprit et tes aventures.

Je voudrais aussi savoir si j'ai le droit de te parler à cœur ouvert et de t'engueuler de temps en temps sans que tu te mettes en rogne?

1. Cette lettre ne figure pas dans la série des fac-similés établie par Pierre Cailler. Nous en donnons le texte (selon toute apparence incomplet, puisqu'il ne comporte ni formule finale ni signature) d'après André Rouveyre, *Amour et Poésie d'Apollinaire*, éditions du Seuil, 1955, p. 212.

145

5 mai 1915.

Mon ptit Lou chéri,

J'ai reçu, aujourd'hui, le brin de muguet du 1er mai. Merci! J'ai reçu aussi un mot de Toutou. Ce mot a mis plus de 10 jours à me parvenir, parce qu'il s'était trompé de secteur. Dans ce simple petit billet j'ai vu quelle nature d'élite était Toutou. Tu as bien raison de tant l'aimer et bien plus que moi qui après tout ne mérite peut-être en effet pas ton gentil amour. Toutou le mérite entièrement. Il est bien plus chic que moi. Mais, ptit Lou, si mince que soit mon mérite, je ne t'en aime pas moins tout plein. Je t'écris dans une clairière de notre forêt. Je ne vois au-dessus de ma tête que le ciel. Je me sens libre, isolé comme une parcelle cosmique qui nage dans l'éther, soumise uniquement aux lois — peut-être contestables elles-mêmes — de la gravitation. Il me semble que je suis seul au monde dans un lieu qui est comme un véhicule magique sur lequel je parcours l'univers. Le faible frémissement de la brise de mai est le courant d'air provoqué par la course de la planète. Le mugissement sourd des canons lointains est le clapotement des liquides intérieurs causé par la révolution de l'immense marmite de campement qu'est notre terre autour de son axe. La plus minime partie de cette terre à laquelle je suis rivé est maintenant invisible et je ne vois plus que le ciel qui est peut-être aussi mon amour pour toi. Tout souvenir de société, lois, mœurs s'évanouit. Je fais galoper mes pensées comme j'ai fait galoper ce matin le jeune Loulou tandis que nous passions près du petit pont qu'observent les Boches, je fais galoper mes pensées librement, follement et je m'enivre ainsi jusqu'au vertige : tel le fakir qui oublie tout dans la contemplation d'un point quelconque de son corps. Je n'adore pas plus la nature que l'Indien n'adore son nombril. Au contraire, conscient d'être placé en tête de la création, je nourris un certain dédain pour les formes inférieures de la vie. Je comprends bien que les productions de la raison doivent en partie être plus logiquement conçues que celles de la Nature inconsciente, et surtout être plus profitables à l'Homme qui les créa dans un but d'utilité ou d'agrément personnels. Mais la matière première de ses œuvres, il la puise dans la Nature et quoique l'Homme soit arrivé à produire, à l'aide des machines, de l'air et de la lumière, je préfère encore le soleil avec ses vibrations d'amour que la Science ne peut surpasser et l'atmosphère avec sa source d'oxygène inépuisable. Poète, j'aime la Nature comme une servante qui m'est nécessaire pour m'apporter les impressions, les images dont je tisse mes conceptions, et, homme, c'est un plaisir pour moi d'amener cette esclave puissante, cette adversaire implacable, de l'amener par ruse à se mettre à la disposition de ma volonté. Mon Lou, je t'adore et te prends toute.

Gui.

146

6 mai 1915.

Mon ptit Lou chéri,

Je n'ai rien eu de toi aujourd'hui, par contre nous avons reçu une pluie torrentielle qui a traversé mon pauvre abri et tout est trempé sauf mon papier à lettres. Mon matelas, mon sac, tout. C'est la plus forte pluie, paraît-il, depuis le commencement de la guerre; à 4 heures le soleil a reparu, d'ailleurs il ne fait pas froid, mais à 7 heures a commencé un bombardement fantastique. Il n'est rien arrivé, mais les commotions ont été si répétées que j'en ai mal au cœur, comme des nausées, et suis d'une lassitude immense, d'autant plus que la nuit dernière n'ai pas pu dormir. Je crains que Toutou, ne s'illusionne un peu sur *les jours prochains*... Ici on se prépare à je ne sais quoi, mais moi qui trotte je vois... J'étais plus gai et plus fort hier avec le gentil muguet. Aujourd'hui suis sombre, mes camarades aussi. Berthier n'a pas supporté la vie ici et une méningite s'est déclarée, on l'a transporté à l'infirmerie à B. et on l'évacuera, paraît-il, demain. Je perds ainsi mon meilleur, mon seul ami ici et un vide immense se fait autour de moi. Ma seule consolation est de t'écrire, de bavarder avec toi qui peut-être ne t'intéresses plus à mes lettres! mais non; tu les aimes bien tout de même mes pauvres lettres de noc et de louftingue et de stupide... Pardonne-moi ma tristesse, mon ptit Lou, faut pas que je sois triste. D'ailleurs, je crois que je vais déjà mieux. Tu as raison de vouloir qu'on dresse Tyka maintenant, car l'époque la plus favorable pour essayer les chiens est le printemps. Le chien qui fera de bons arrêts à cette époque sera meilleur encore en automne.

Alors, tu ne veux plus rien me dire de ce que tu fais? — D'après les lettres que je reçois de gens très solides, je crois que les embusqués sont de plus en plus nombreux et sur l'arrière tous les postes tranquilles sont occupés par des officiers et des sous-offs de l'active. Je trouve tout cela singulier et me demande parfois s'il n'y a pas un peu de folie dans l'air. As-tu reçu la petite bague? J'ai lu aujourd'hui dans *le Journal* un petit article relatif à nos bijoux en aluminium boche [1]. Tu dois être en voyage, en ce moment. Bon voyage, mon Lou, je te prends dans mes bras et je t'embrasse gentiment, virilement.

Ton

Gui.

1 On ne trouve pas trace de cet article dans *Le Journal*.

147

7 mai 1915.

Oh! la mignonne lettre, mon Lou chéri. Alors tu ne m'en veux plus et tout ce que tu dis est fort raisonnable. J'ai tort complètement et te prie de me pardonner. — Tu me racontes la fable de l'ours et de l'amateur de jardins où celui-ci devient une amatrice de fleurs rares et l'ours en effet c'est moi, mais n'ai pas de maître, tout au plus une maîtresse — si on peut dire — puisque l'ours, encore sauvage, vit dans les bois — Cependant, Lou, ne prends jamais mes considérations pour des reproches. L'ours n'est pas dompté, mais s'il grogne, parfois, il ne lance pas de pavés, même pas de petits pavés. Pr le dentiste commence toujours à te faire faire le travail. On ne paie pas d'avance j'espère; laisse tout faire, on verra bien après. Fais faire le travail, c'est ça le principal. Tu compliques, je crains, une chose simple — Surtout ne m'engueule pas pour cette timide observation dont je m'excuse aussitôt... avec une de ces envies de te faire mettre à genoux devant moi!! tu sais!!!

Non, pas reçu la lettre sur la bague... perdue!! D'ailleurs, bien simple JE RÉPONDS toujours à tes lettres. J'attends la mesure de ton doigt. Après tout, ne m'envoie pas la bi-oxyne. Je me la ferai envoyer par quelqu'un d'autre. Toi, ptit Lou, t'as pas le sou —

T'enverrai cinquante francs en lettre recommandée après-demain —

Quel est cet ET que tu cites après le vaguemestre à propos de ma carte à Toutou? Est une orchidée, une tulipe ou la fleur du mancenillier? J'ai écrit à Toutou, qui m'a écrit, comme je t'ai dit — il ajoute qu'*il est très, très difficile de l'étonner*. Dis-lui qu'après les charmants sandwichs imaginés de concert, je conçois qu'il ne doit pas être facile de l'étonner et que d'ailleurs l'étonnement n'est pas un but, mais qu'homme sandwich, c'est déjà une position sociale. T'embrasse fort mon Lou.

Gui.

148

8 mai 1915.

Non, ptit Lou, il y a sur la bague quelque chose de plus gentil encore et c'est « Je t'aime, Lou. » Ta carte d'aujourd'hui est plus courte mais plus pleine de choses exquises que certaines lettres plus longues. Mon chéri, je t'écris chaque jour et quand t'ai pas écrit un jour te le dis le lendemain — mais t'écris chaque jour. Mon ptit Lou chéri, je ne te boude jamais, jamais, tu le sais bien, mon amour très chéri, ma Lou. J'écris la lettre avant la venue du vaguemestre, s'il rapporte le mandat il sera dans cette lettre, sinon le mettrai demain.

Je suis peut-être stupide quelquefois, mais toi tu es parfois bien méchante — Tant mieux pour l'histoire du dentiste — Explique-moi. Mais explique-moi toujours tout, mon chéri, je ne sais pourquoi, tu te méfies parfois de moi, ou te froisses, faut pas, faut pas. Tu sais bien, j'espère, que je t'aime vraiment, pas banalement. — Tu dis que tu m'aimes, alors, laisse-toi aller gentiment à mon amour. Tu te laisses aller à celui de Toutou, laisse-toi aussi aller au mien. Puisque tu dis qu'il m'aime bien, et que tu sais que je l'aime aussi, alors laisse-toi aller gentiment à ce double amour. Mais non, il faut tout le temps te repêcher, te reprendre, tu fuis, on dirait parfois que t'es mécontente d'être aimée. Puis, c'est tout-à-coup un mot délicieux comme celui d'hier — A propos, mets la date plutôt que le jour — et quand tu n'écris pas, avertis dans la lettre suivante. D'autre part, comme les endroits où je passe sont de plus en plus arrosés — si par hasard — faut penser à tout — tu recevais une nouvelle pas amusante à mon propos — *n'en dis rien* — comme ça tu pourras rester tranquillement dans le pigeonnier. Envoie-moi d'autres photos de toi, mon chéri, ça ne fait rien si t'es pas seule — Plus j'aurai d'images de mon Lou, plus je serai content — Envoie pas la bi-oxyne — me la procurerai autrement.

Hier, nuit, allant à la batterie, dans un bois, un poilu débouche sur moi, je le vois quand il est sur moi. En temps ordinaires, dans ces cas-là, au coin d'un bois, on s'entend demander « La Bourse ou la Vie. » Pas du tout. C'était un poilu qui voulait me demander de faire toucher par le vaguemestre un mandat qu'il m'a confié. Amusante image de guerre.

Envoie vite la mesure de la bague — mais garde aussi la première.

Chérie, aujourd'hui, grande sensualité — te désire beaucoup, beaucoup, très, très excité — Ai regardé longtemps la petite photo où t'es dans l'herbe, visage tourné à gauche de profil, un beau bras nu jusqu'au coude et un air de jouir, de jouir — Tu es ravissante dans ce petit tableau exquis et je voudrais bien t'avoir, nue, ton joli derrière bien en l'air, bien obéissante... Je t'adore, mon petit chéri. — Il y a maintenant dans notre forêt beaucoup de douleurs et aussi de maux d'yeux. — Les hommes pensent beaucoup à leurs femmes et j'entends beaucoup parler de faire menotte...

Moi, chérie, j'obtiens par la force des choses une grande perfection de mœurs qui résulte du genre et de la règle de ma vie actuelle. J'apprends à ne compter que sur moi-même, à ne jamais demander conseil à personne, à toujours prévoir les conséquences d'un acte. Cela ne m'empêche point d'ailleurs d'être un imaginatif, un poète, et peut-être même parfois et en certaines choses un névrosé, comme toute ma génération née et élevée dans le siècle de l'extrémité et de l'activité vitale excessive.

T'adore, t'adore, t'adore, t'adore.

Gui.

149

9 mai 1915.

Ptit Lou, pas de lettre de toi hier — T'ai envoyé hier un mandat de 50 frs. — T'envoie aujourd'hui dans un autre pli deux amusants fragments de papier de tenture second empire. Je les ai décollés dans une maison complètement réduite en ruines et j'ai découpé les deux sujets — turcos et cantinières — vieillard parlant à des enfants — C'est de l'imagerie amusante et rare celle des papiers de tenture et il y a des collectionneurs qui s'y intéressent. En 1913, je crois, il y a eu une exposition de papiers de tenture au musée du Louvre et elle a eu du succès [1]. J'espère que ça t'amusera, vu surtout les conditions où se trouvaient ces deux images. Tu dois maintenant être revenue dans le pigeonnier... Raconte-moi quelque chose d'amusant, dans une de tes prochaines lettres, ce que t'as fait quand t'as été voir Toutou, par exemple. Je suis curieux, tu diras; mais enfin après tout, tu sais bien que je ne suis pas si jaloux et voudrais bien participer un peu, de loin, aux amusements du ptit Lou. — Raconte-le moi, ce que je te demande avec détails circonstanciés, comme tu sais bien les mettre quand tu veux. Nouvelles photos aussi. Ai un grand désir de photos du ptit Lou très chéri. C'est pas gentil d'avoir pas confiance en moi. On est tellement amis que ça me peine de supposer que tu ne veuilles pas me raconter quelque chose. Et puis tout ce que tu as à raconter doit être si amusant, si suggestif pour un homme du front si privé par conséquent d'amusements quels qu'ils soient. Il y a en ce moment ici des lilas en masse. J'en ai un bouquet énorme sur ma petite table dans ma cagnat lilas mauves et lilas blancs, ils embaument au point qu'il me semble que c'est toi que j'embrasse. Il fait aujourd'hui un temps magnifique avec de la brise. Ce matin ai été à la messe dans un autre village qu'avant. C'était un fantassin prêtre qui officiait et étant arrivé vers la fin j'ai assisté au déshabillage du prêtre et ça faisait un drôle d'effet de voir cet officiant se transformer peu à peu en simple soldat. Ensuite, j'ai passé près d'un cheval mort, gonflé, les organes génitaux en prolapsus. Il en est monté un nuage de grosses mouches mordorées qui faisaient une musique comme un harmonium lointain ou une harmonie cristalline. Que dit le gentil Toutou? qui a passé déjà huit mois de cette vie dure dangereuse et monotone du front. D'après ce que tu disais, il semble qu'il y ait plus de civils de son côté que du mien. Hier à 6 heures ai dû aller à un village où se trouve un état-major installé dans un délicieux petit château XVIIe siècle. Boiseries de l'époque, parc magnifique, aux formes superbes. Je croyais rêver. Nous pauvres hommes des bois, nous sommes devenus de véritables sauvages et le moindre luxe, maintenant, nous étonne, les ululements des oiseaux nocturnes, le glissement de la couleuvre, le grignotement des rats, le chant du rossignol, la scie du râle des genêts, le miaulement des obus, les fleurs, les frondaisons, voilà notre luxe. Mais enfin de temps en temps on rigole tout de même. Te raconterai demain quelques-unes des choses drôles que j'ai vues ou entendues.

Deux brins de myosotis dans ma lettre, ça veut dire *ne m'oubliez pas* et surtout n'oublie pas la mesure de la bague qu'il me fera tant plaisir de faire et surtout de réussir au moins aussi bien que la première. Mon ptit Lou te prends dans mes bras et t'embrasse bien bien fort et je prends ta langue.

Gui.

1. Une exposition des artistes décorateurs a eu lieu au pavillon de Marsan au début de 1913. Apollinaire en a rendu compte dans *L'Intransigeant* du 28 février (article recueilli dans les *Chroniques d'art*).

150

10 mai 1915.

Mon ptit Lou très chéri,

J'ai eu ta lettre de Gray [1], donc il n'y avait pas d'interruption entre tes lettres : mardi et mercredi; c'est simplement à cause de la poste que je n'ai pas eu de mot de toi avant-hier. Tu penses encore que je boude, mais maintenant j'espère bien que tu sais que non, mon Lou très chéri, et que je n'ai pas un si *sale petit caractère* que ça. N'est-ce pas, petit Lou adoré? Je t'aime mon chéri et tu me plais infiniment, car s'il y a quelque chose d'amusant dans le monde aujourd'hui, mon pauvre chéri, c'est la manière dont le ptit Lou a mis de la fantaisie charmante dans la vie. Il serait véritablement à désirer qu'un esprit plus élevé que le mien en étudiât tous les détails si délicieux pour les transporter dans le domaine de la poésie, car ils relèvent du lyrisme le plus pur et le plus subtil, car j'ose juger qu'il ne serait pas inutile que la civilisation en profitât et que les hommes pussent admirer une aussi tendre, une aussi vivante, une aussi élégante variété. Je me permettrai, mon adorée, de t'en présenter un jour quelques essais. Ce sera un entretien convenable à ton esprit si délié. Ils te divertiront et te feront mieux connaître toi-même. Tu es dans un âge où l'amusement et les jeux sont permis aux femmes; mais en même temps, tu dois donner quelques-unes de tes pensées à des réflexions sérieuses. Je tente d'écrire mes lettres de façon que tu en rencontres quelques-unes dans ces missives venues des armées. L'apparence en est souvent puérile, je le confesse, mais ces puérilités, peut-être, Lou adoré, servent parfois d'enveloppe à des vérités importantes, et pour ne pas me répéter, je clos — sans enveloppe — ma carte-lettre. Je t'adore.

Gui.

1. Près de Vesoul. Après être restée en compagnie de Toutou, Lou rentre à Paris.

151

11 mai 1915.

Mon chéri, mon adorée,

Reçu hier la jolie lettre datée de Chalindrey[1] et mise à la poste à Paris — Mais si, tu es un charmant ptit qui fait bien, bien plaisir à son Gui qui t'en adore toujours davantage. L'histoire de l'incendie dans le cœur du beau lieut[t] de Gray m'a amusé infiniment. Je demande des détails complets. Tu m'as envoyé un délicieux petit poème, exquis comme toi, parfait comme toi. C'est sans aucune faute de versification. Tu es plus que ma muse, mon aimée, tu es la poésie même [2].

RÊVERIE

Ici-bas tous les lilas meurent
Je rêve aux printemps qui demeurent
Toujours
Ici-bas les lèvres effleurent
Sans rien laisser de leur velours...
Je rêve aux baisers qui demeurent
Toujours

Poème du ptit Lou

I

Le vrai, mon Enfant, c'est ton Rêve...
Tout meurt, mon Cœur, la joie est brève
Ici ;

Mais celui que l'Amour élève
Est délivré de ce souci :
Pour lui, toujours dure le Rêve
Ici...
Amours passés, fleur qui se fane :
Illusion pour le profane,
Mais nous
Broutons la Rose comme l'Ane,
Rose qui jamais ne se fane
Pour nous...

II

Un seul bouleau crépusculaire
Sur le mont bleu de ma Raison...
Je prends la mesure angulaire
Du cœur à l'âme et l'horizon...

C'est le galop des souvenances
Parmi les lilas des beaux yeux
Et les canons des indolences
Tirent mes songes vers les cieux

III

Ton amour, ma chérie, m'a fait presqu'infini
Sans cesse tu épuises mon esprit et mon cœur
Et me rends faible comme une femme
Puis comme la source emplit la fontaine
Ton amour m'emplit de nouveau
De tendre amour, d'ardeur et de force infinie

IV

C'était un temps béni nous étions sur les plages
— Va-t'en de bon matin pieds nus et sans chapeau —
Et vite comme va la langue d'un crapaud
Se décollaient soudain et collaient les collages

Dis, l'as-tu vu Gui au galop
Du temps qu'il était militaire
Dis, l'as-tu vu Gui au galop
Du temps qu'il était artiflot
À la guerre?

C'était un temps béni : le temps du vaguemestre
— On est bien [plus] serré que dans un autobus —
Et des astres passaient que singeaient les obus
Quand dans la nuit survint la batterie équestre

Dis, l'as-tu vu Gui au galop
Du temps qu'il était militaire
Dis, l'as-tu vu Gui au galop
Du temps qu'il était artiflot
À la guerre?

C'était un temps béni : jours vagues et nuits vagues,
Les marmites donnaient aux rondins des cagnats
Quelque aluminium où tu t'ingénias
À limer jusqu'au soir d'invraisemblables bagues

Dis l'as-tu vu etc.

Mon Lou adoré, le vaguemestre est là, je t'adore, te désire, te prends toute de toutes mes forces, t'aime, t'aime, t'aime ma chérie, mon petit garçon pas sage chéri, prends-moi dans tes petits bras, vive la France et mon ptit Lou.

Gui.

1. Près de Langres.
2. Ce « délicieux petit poème », cité en exergue à *Rêverie*, est en réalité de Sully Prudhomme; intitulé *Ici-bas*, il fait partie des *Stances*, comme l'a signalé M. Cassagneau dans *Guillaume Apollinaire 5* (1966). Lou en a recopié les deux premières des trois strophes. Le deuxième vers de la première (« Tous les chants des oiseaux sont courts ») manque sous la plume d'Apollinaire : omission de sa part, ou de la part de sa correspondante?

152

12 mai 1915 [1].

Je rêve de revoir mon ptit Lou pour toujours
Ô nuances des frondaisons pendant les matins lourds
Creux où joue le jour comme aux cassures d'un velours

Ô temps, souffre qu'en moi-même je retourne en arrière
Dans les commencements de cette longue guerre
Voici la mer et les palmiers
Et cette grande place où tu la vis naguère
        Sous son grand canotier

Ô temps, reviendra-t-il le temps où nos deux âmes
Comme deux avions ennemis se rencontreront
Pour l'idéal combat où mon Lou tu réclames
        La verge d'Aaron.

Puisque tu es, cœur éternel : La FEMME
        Et que je te connais
Onde qui fuit, porte sur rien, insaisissable flamme
        Ou gamin pied de nez

Ou bien, ô mon cher cœur, tu es cette musique
Qui monte nuit et jour du creux des bois profonds
Et tes bras blancs levés en geste prophétique
        Annoncent ce que font

Et tout ce que feront les longs troupeaux des hommes
Venus sous ton regard chargé de volupté
Te crier leur Désir, dire ce que nous sommes
Et ce qu'avons été

Puis s'en aller mourir par le matin livide
Afin que tes beaux yeux aient le droit de choisir
L'esclave le plus beau pour orner ton lit vide
Afin de t'assouvir.

Et s'en aller mourir par le matin livide
Afin que ton caprice ait le droit de choisir
L'esclave encor plus beau pour orner le lit vide
Selon ton bon plaisir

Ô Lou, je te revois sur la grand place à Nice
Dans le matin ambré...
Un obus vient mourir sur le canon factice
Que les Boches ont repéré.

1. Le manuscrit est perdu; texte donné d'après une copie de Lou.

153

13 mai 1915.

Ptit Lou, Rien de toi hier, mais sans doute aurai-je quelque chose aujourd'hui, peut-être même 2 lettres! Celle d'hier et celle d'aujourd'hui. J'en serais rudement content.

EN ALLANT CHERCHER DES OBUS

Toi qui précèdes le long convoi qui marche au pas
Dans la nuit claire...
Les testicules pleins, le cerveau tout empli d'images neuves...
Le sergent des riz pain sel qui jette l'épervier dans le canal bordé de tilleuls...
L'âme exquise de la plus Jolie me parvient dans l'odeur soudaine des lilas qui déjà tendent à défleurir dans les jardins abandonnés

*

Des Bobosses poudreux reviennent des tranchées blanches comme les bras de l'Amour

*

Je rêve de t'avoir nuit et jour dans mes bras
Je respire ton âme à l'odeur des lilas

*

Ô Portes de ton corps
Elles sont neuf et je les ai toutes ouvertes
Ô Portes de ton corps
Elles sont neuf et pour moi se sont toutes refermées

*

A la première porte
La Raison Claire est morte
C'était, t'en souviens-tu le premier jour à Nice
Ton œil de gauche ainsi qu'une couleuvre glisse
Jusqu'à mon cœur
Et que se rouvre encore la porte de ton regard de gauche

A la seconde porte
Toute ma force est morte
C'était t'en souviens-tu dans une auberge à Cagnes
Ton œil de droite palpitait comme mon cœur
Tes paupières battent comme dans la brise battent les fleurs
Et que se rouvre encore la porte de ton regard de droite

A la troisième porte
Entends battre l'aorte
Et toutes mes artères gonflées par ton seul amour
Et que se rouvre encore la porte de ton oreille de gauche

A la quatrième porte
Tous les printemps m'escortent
Et l'oreille tendue entends du bois joli
Monter cette chanson de l'amour et des nids
Si triste pour les soldats qui sont en guerre
Et que se rouvre encore la porte de ton oreille de droite

A la cinquième porte
C'est ma vie que je t'apporte
C'était t'en souviens-tu dans le train qui revenait de Grasse

Et dans l'ombre, tout près, tout bas
Ta bouche me disait
Des mots de damnation si pervers et si tendres
Que je me demande, ô mon âme blessée
Comment alors j'ai pu sans mourir les entendre
Ô mots si doux, si forts que quand j'y pense il me semble que
je les touche
Et que s'ouvre encore la porte de ta bouche

*

A la sixième porte
Ta gestation de putréfaction, ô Guerre, avorte
Voici tous les printemps avec leurs fleurs
Voici les cathédrales avec leur encens
Voici tes aisselles avec leur divine odeur
Et tes lettres parfumées que je sens
Pendant des heures
Et que se rouvre encore la porte de ta narine de gauche

A la septième porte
Ô parfums du passé que le courant d'air emporte
Les effluves salins donnaient à tes lèvres le goût de la mer
Odeur marine, odeur d'amour, sous nos fenêtres mourait la
mer
Et l'odeur des orangers t'enveloppait d'Amour
Tandis que dans mes bras tu te pelotonnais
Quiète et coite
Et que se rouvre encore la porte de ta narine de droite

A la huitième porte
Deux anges joufflus veillent sur les roses tremblantes qui sup-
portent
Le ciel exquis de ta taille élastique
Et me voici armé d'un fouet fait de rayons de lune
Les amours couronnés de jacinthe arrivent en troupe
Et que se rouvre encore la porte de ta croupe

A la neuvième porte
Il faut que l'amour même en sorte
Vie de ma vie
Je me joins à toi pour l'éternité
Et par l'amour parfait et sans colère
Nous arriverons dans la passion pure ou perverse
Selon ce qu'on voudra
A tout savoir à tout voir, à tout entendre
Je me suis renoncé dans le secret profond de ton amour
Ô porte ombreuse, ô porte de corail vivant
Entre les deux colonnes de perfection
Et que se rouvre encore la porte que tes mains savent si bien ouvrir

Gui.

154

L'AMOUR, LE DÉDAIN ET L'ESPÉRANCE [1]

Je t'ai prise contre ma poitrine comme une colombe qu'une petite fille étouffe sans le savoir
Je t'ai prise avec toute ta beauté ta beauté plus riche que tous les placers de la Californie ne le furent au temps de la fièvre de l'or
J'ai empli mon avidité sensuelle de ton sourire, de tes regards, de tes frémissements
(J'ai eu à moi, à ma disposition ton orgueil même quand je te tenais courbée et que tu subissais ma puissance et ma domination)
J'ai cru prendre tout cela, ce n'était qu'un prestige
(Et je demeure semblable à Ixion après qu'il eut fait l'amour avec le fantôme de nuées fait à la semblance de celle qu'on appelle Héra ou bien Junon l'invisible.
Et qui peut prendre, qui peut saisir des nuages? qui peut mettre la main sur un mirage? et qu'il se trompe celui-là qui croit emplir ses bras de l'azur céleste!
J'ai bien cru prendre toute ta beauté et je n'ai eu que ton corps
Le corps hélas n'a pas l'éternité
Le corps a la fonction de jouir mais il n'a pas l'amour
Et c'est en vain maintenant que j'essaye d'étreindre ton esprit
Il fuit, il me fuit de toutes parts comme un nœud de couleuvres qui se dénoue

Et tes beaux bras sur l'horizon lointain sont des serpents couleur d'aurore qui se lovent en signe d'adieu
Je reste confus, je demeure confondu
Je me sens las de cet amour que tu dédaignes
Je suis honteux de cet amour que tu méprises tant

Le corps ne va pas sans l'âme
Et comment pourrais-je espérer rejoindre ton corps de naguère puisque ton âme était si éloignée de moi
Et que le corps a rejoint l'âme
Comme font tous les corps vivants
Ô toi que je n'ai possédée que morte!)

*

Et malgré tout, cependant que parfois je regarde au loin si vient le vaguemestre
Et que j'attends comme un délice ta lettre quotidienne mon cœur bondit comme un chevreuil lorsque je vois venir le messager
Et j'imagine alors des choses impossibles puisque ton cœur n'est pas avec moi
Et j'imagine alors que nous allons nous embarquer, tous deux, tout seuls peut-être trois, et que jamais personne au monde ne saura rien de notre cher voyage vers rien, mais vers ailleurs et pour toujours
Sur cette mer plus bleue encore, plus bleue que tout le bleu du monde
Sur cette mer où jamais l'on ne crierait : « Terre! »
Pour ton attentive beauté mes chants plus purs que toutes les paroles monteraient plus libres encore que les flots
Est-il trop tard, mon cœur, pour ce mystérieux voyage?
La barque nous attend, c'est notre imagination
Et la réalité nous rejoindra un jour
Si les âmes se sont rejointes
Pour le trop beau pèlerinage...

*

Allons, mon cœur d'homme la lampe va s'éteindre
Verses-y ton sang.
Allons, ma vie, alimente cette lampe d'amour
Allons, canons, ouvrez la route
Et qu'il arrive enfin le temps victorieux, le cher temps du retour

*

Je donne à mon espoir mes yeux, ces pierreries
Je donne à mon espoir, mes mains, palmes de victoire
Je donne à mon espoir mes pieds, chars de triomphe
Je donne à mon espoir ma bouche, ce baiser
Je donne à mon espoir mes narines qu'embaument les fleurs de la mi-mai
Je donne à mon espoir mon cœur en ex-voto
Je donne à mon espoir tout l'avenir qui tremble comme une petite lueur au loin dans la forêt

Gui.

1. Non daté, placé par Lou à cet endroit de sa correspondance, le poème date probablement de la mi-mai, peut-être même du 14 mai, si l'on se fonde sur les allusions de la lettre du 15 mai 1915.

155

14 mai 1915.

J'ai ta lettre de lundi — il n'y en a pas eu de dimanche —Je ne suis pas triste, mais il est peut-être vrai que je préférerais l'amour à l'amitié. Il est vrai qu'on ne peut tout avoir. Je n'ai pas adopté la carte-lettre, mais l'emploie quand je n'ai pas le temps. D'ailleurs il y en a plus dans mes cartes-lettres que dans les lettres les plus longues de Lou. Lou, mon Lou, il n'y a jamais d'engueulades dans les lettres de Gui à Lou... Le ptit Lou est un gamin charmant et très espiègle... il mériterait cependant une correction pour les reproches qu'il fait à son maître et que celui-ci ne mérite pas. Le ptit Lou d'autre part est très gentil, trop gentil de courir pour Gui qui ne veut pas que Lou se donne de la peine pour lui. Mais je te remercie tout plein, mon ptit Lou d'avoir tant cherché la bi-oxyne.

Gui obéira pr une fois au ptit Lou en voyant s'il est possible de se faire vacciner pr la typhoïde, car Gui tient à revenir ne serait-ce que pour reprendre sa place de maître auprès du ptit Lou et pour l'avoir à soi, le corriger quand il faut et pour le forcer à faire sa volonté, la volonté de Gui et de nul autre.

Lou est bien gentil de penser à la santé de Gui et qui en est tout content de savoir que Lou tient à lui.

Mon ptit Lou, je t'adore. Je viens de galoper dans des prairies pleines de boutons d'or et de ne-m'oubliez-pas. Ce matin j'ai cueilli des iris au ruisseau dans la forêt. Raconte-moi une fois de jolies choses sur toi, tes lettres sont exquises et je les adore — mais voudrais détails — et des photos, de longues lettres comme tu m'en écrivais à Nîmes, en voudrais de temps en temps.

Alors le ptit Lou a un beau printemps à Paris. Il est ici d'ailleurs magnifique. On se sert de sa cravate contre bombes asphyxiantes, on la mouille et allez donc — En ce moment les hommes s'embêtent. Le printemps nom d'une pipe!! Vu Péxonne sur la carte — ce doit être l'endroit où est le train régimentaire du 62e [1]. Mets la date sur tes lettres et dis quand t'as pas écrit. Je t'adore et t'embrasse.

Gui.

1. Le régiment de Toutou. Péxonne se trouve entre Rambervillers et Baccarat.

156

15 mai 1915.

Merci, mon amie, de m'envoyer des baisers éternels. — Je crois que tu préfères les vers de romance aux autres. Mais de qui donc sont ces vers que tu cites avec un plaisir si vif?

Mais, non, je ne suis pas trop gentil. Je fais ce que je peux... par pure amitié puisque l'amour... est dans mon cœur tout seul pour mon Lou...

Mais tu passes donc ta vie aux Ternes!?

Tu es mignon comme tout de prier pour moi, et si tu pries avec ferveur, avec amour(?!), nul doute que j'en revienne bien entier. Ici, le froid a repris, il pleut en outre. Je suis gelé, morfondu. J'ai les mains glacées. En outre très fatigué de ce qu'il y avait dans ma lettre d'hier... en suis tout étourdi encore... presque abruti...

En tout cas, dis toujours ce qu'il te faut. Si je puis, le ferai. — (Dis, si t'as reçu ce que je dis pr le dentiste?)

Gui ne serait-il même plus le poète de Lou?

LES ATTENTIVES

Celui qui doit mourir ce soir dans les tranchées
C'est un petit soldat dont l'œil indolemment
Observe tout le jour aux créneaux de ciment

Les Gloires qui de nuit y furent accrochées...
Celui qui doit mourir ce soir dans les tranchées
C'est un petit soldat mon frère et mon amant!

Et puisqu'il doit mourir je veux me faire belle
Je veux de mes seins nus allumer les flambeaux
Je veux de mes grands yeux fondre l'étang qui gèle
Et mes hanches je veux qu'elles soient des tombeaux
Car puisqu'il doit mourir je veux me faire belle
Dans l'inceste et la mort ces deux gestes si beaux

Les vaches du couchant meuglent toutes leurs roses
L'Aile de l'oiseau bleu m'évente doucement
C'est l'heure de l'Amour aux ardentes névroses
C'est l'heure de la Mort et du dernier serment
Celui qui doit périr comme meurent les roses
C'est un petit soldat mon frère et mon amant.

*

Mais, Madame écoutez-moi donc
Vous perdez quelque chose
— C'est mon cœur, pas grand-chose
Ramassez-le donc

Je l'ai donné je l'ai repris
Il fut là-bas dans les tranchées
Il est ici... j'en ris, j'en ris
Des belles amours que la mort a fauchées

*

L'espoir flambe ce soir comme un pauvre village
Et qu'importe le Bagne ou bien le Paradis
L'amour qui surviendra me plaira davantage
Et mes yeux, sont-ce pas de merveilleux bandits.

Puis quand malgré l'amour, un soir je serai vieille
Je me rappellerai la mer, les orangers
Et cette pauvre croix sous laquelle sommeille
Un cœur parmi des cœurs que la gloire a vengés

*

Et tandis que la lune luit
Le cœur chante et rechante, lui :
« Mesdames et Mesdemoiselles
« Je suis bien mort! Ah! quel ennui
« Et ma maîtresse que n'est-elle
« Morte en m'aimant la nuit. »

*

Mais écoutez-les donc les mélopées
Ces médailles si bien frappées
Ces cloches d'or sonnant des glas,
Tous les muguets, tous les lilas

Ce sont les morts qui se relèvent
Ce sont les soldats morts qui rêvent
Aux amours qui s'en sont allés
Immaculés
Et désolés

*

Le 13 mai de cette année
Tandis que dans les boyaux blancs
Tu passais masquée, ô mon âme
Tu vis tout d'un coup les morts et les vivants
Ceux de l'arrière, ceux de l'avant
Les soldats et les femmes...
Un train passe rapide dans la prairie en Amérique...
Les vers luisants brillent cette nuit autour de moi

Comme si la prairie était le miroir du ciel
Étoilé
Et justement un ver luisant palpite
Sous l'Étoile nommée Lou
Et c'est de mon amour le corps spirituel
Et terrestre
Et l'âme mystique
Et céleste.....

Petit Lou, je reprends ma lettre après avoir reçu le délicieusement mignon paquet. Tu es un enfant exquis. Le tube à confiture est épatant. C'est un vrai canon en miniature ou autre chose encore!... Merci pr les cigarettes. J'en fume une maintenant... Et merci pr la bi-oxyne... Je te remercie et je t'adore... Toi, dis bien tout ce dont tu as besoin... Je ferai toujours mon possible... En même temps que le tien ai reçu un autre petit paquet gentil aussi, chocolat, pommes enveloppées dans des fleurs de glycine encore fraîches. Envoi de la sœur de la petite fille... c'est la sœur mariée... t'en ai parlé... Dedans il y avait le ptit mot gentil que je t'envoie pr que tu le mettes avec mes papelards parce qu'il est mignon et joint la mère et les 2 sœurs très gentiment [1].

T'envoie 2 pensées cueillies dans un petit jardin né sous les obus dans le bois, autour tout est brûlé, haché, cassé, plus 2 brins d'aubépine, de la blanche et de la rose. Je t'adore mon ptit Lou très chéri, hier soir quand ai commencé ma lettre temps horrible, nuit pénible que te raconterai quand après guerre relirai cette lettre, matinée aujourd'hui fatigante, émotion, mais temps merveilleux. Le rossignol chante, on tire sur un taube, je suis las et dispos en même temps. Hier j'étais fatigué, fatigué. Mais je t'adore tout plein, te prends dans mes bras, pauvre petit que fatigue coulichonnette et t'embrasse bien bien tendrement.

Gui.

1. Léoncine Havet et ses deux filles, dont il a déjà été question.

157

16 mai 1915.

Ptit Lou,

Je reçois de Tzanck la lettre ci-incluse. Je lui ai répondu que je ne croyais pas que tu te fusses arrangée tant que ça avec qui le remplace. Et qu'il m'écrive si c'est possible comme je disais dans ma lettre. Toi, fais ce que tu veux. Si tu veux retournes-y pr voir.

Enfin tu es libre et fais pr le mieux.

Pas de lettre de toi aujourd'hui. Je t'envoie la lettre de Tzanck parce que je crois que si c'est possible de faire ainsi que je dis, chez Tzanck, c'est à tous égards très avantageux pr toi et plus simple après tout que n'importe quelle autre combinaison.

Ne penses-tu pas?

Je t'écris en fumant comme un mylord une excellente cigarette de Maryland envoyée par mon ptit Lou qui est le plus charmant trésor qui soit au monde.

Je t'adore, mon ptit Lou, toi qui fais l'amour avec l'ingénuité de saint François d'Assise parlant aux oiseaux.

Tu es gentil comme tout. Tu m'as fait jusqu'ici un bien immense dont je te suis très reconnaissant et après la guerre, si tu veux continuer ta gentille influence sur moi, tu feras de ton Gui un homme épatant qui te devra tellement que jamais il ne pourra t'en être assez reconnaissant.

Il a fait hier un temps épatant. Je voudrais bien qu'il continue. En ce moment c'est minuit, je viens de faire un tour à cheval. Les routes, les prés sont jonchés des petits diamants que sont les vers luisants. Je m'en allais en rêvant de toi, de ta gentillesse, de ton charme si capiteux. De temps en temps, l'*Halte-là* décidé d'une sentinelle me rappelait à la réalité guerrière que j'avais oubliée. Puis c'était tout le petit drame du mot qui se déroulait et une fois passé je retombais dans cette rêverie déréglée où tu flottais réelle à peine comme une musique et voluptueuse comme le tendre chant d'un violon.

Je suis rentré à 11 heures après m'être égaré deux fois; malgré les étoiles la nuit n'est pas très claire.

L'étoile nommée Lou palpite au-dessus de moi comme si c'était ton cœur même qui battait dans le ciel nocturne.

Et tandis que meurent au loin les dernières rumeurs des convois de ravitaillement, le chant du rossignol s'éveille déjà, en trilles, en roulades avec d'infinis points d'orgue et des silences brusques.

Je vais regarder de nouveau tes chères photos et ensuite je vais aller faire dodo et dans un beau songe te revoir sans doute avec tes yeux langoureux, l'adorable douceur de ton baiser et la violence passionnante de ton étreinte exquise.

Langue éternelle et je te prends toute.

Gui.

158

17 mai 1915.

Charmant [1] ptit Lou chéri, chéri,

C'est entendu, te dis-je, réserverai les cartes pour les jours où n'aurai absolument pas le temps ou bien où... n'aurai pas de lettre de mon Lou...

Pourquoi pas tout écrire... tu m'en as écrit bien d'autres... Je te donne ma parole d'honneur de BRÛLER toutes les lettres que tu m'enverras et où tu mettras un grand D au commencement ou à la fin et je te promets de les détruire dès le lendemain même de leur réception...

Donc, tu peux tout raconter avec les détails les plus piquants, *siouplait* et les plus *purement* PLATONIQUES. Moi, aussi, Lou, j'adore les fleurs... je connais aussi la rumeur du vent dans la cheminée du pigeonnier, mais les fleurs mon Lou, tu as raison, ça console de tout. Je me souviens que la première fois que nous sommes sortis seuls, un matin, je t'ai donné une brassée énorme d'œillets, au marché de Nice et tu es partie avec ces fleurs à Saint-Jean-Cap-Ferrat...

Alors Mémée...

Matte a la typhoïde... n'était pas ou était vacciné?

Pour les bouquins te l'expliquerai demain, mais je veux que tu ne les montres à PERSONNE... et en retour que tu me racontes des choses... des choses...

Hier, dimanche, été à la brigade qui est dans le château au parc où mouraient les roses. C'était jour, plein d'officiers de toutes armes qui se dégonflent gentiment pendant un joli concert auquel j'ai assisté.

Ça m'a fait un grand plaisir.

Le chef d'orchestre avait une figure curieuse, ridé aux tempes, moustache blonde, nez courbé, lèvres abaissées aux commissures, ça lui faisait faire une drôle de grimace extatique, on aurait dit qu'il *donnait tout*. Le clarinettiste avait le visage de travers et un air intense de bonne gourde.

Ensuite ai été boire du champagne dans une cave d'un autre village où est l'échelon d'une autre batterie de notre groupe. J'avais été invité. Il y avait là une femme assez jolie maîtresse d'un lieutenant mais qui doit *connaître* aussi les marchis avec qui j'étais. C'est curieux une très jolie femme habillée prétentieusement avec des affûtiaux démodés ou qui du moins me paraissaient l'être. Jolie mais pas d'esprit du tout. C'est rudement désagréable une femme sans intelligence. Le snobisme est quelquefois bien agaçant aussi, mais la sottise prétentieuse plus encore.

Enfin, c'était gentil quand même et ne me suis pas embêté. Le matin, j'avais beaucoup eu à faire et étais arrivé en retard pour la messe. Sur la route, j'ai rencontré le capitaine prêtre avec ses bottes, sa soutane, sous laquelle il avait son étole. Comme il m'avait vu à la messe d'autres dimanches, il m'a parlé très aimablement, avec un air doux et perdu dans une sorte de rêve paradisiaque, il m'a dit qu'il allait aux tranchées confesser les poilus qui le voudraient... J'hésitais à lui dire monsieur l'abbé ou bien mon Capitaine et j'alternais ces appellations dans mes réponses. Enfin, il m'a dit que si je voulais me confesser il était aussi à ma disposition...

Je reprends ma lettre dont j'ai un peu perdu le fil, puisque tu peux donner des conseils médicaux mon ptit Lou tu devrais bien demander ce qu'il faut faire pour éviter le paludisme qui nous menace un peu dans les marécages où nous vivons... Tu trouveras sous ces lignes un vague croquis de Gui en bonnet de police rêvant à Lou. Lou est dans le lointain, un lointain délicieux et dont l'approche s'appellera la Victoire et qui est lui-même sous un réseau de lettres, de toutes les lettres de l'alphabet. C'est grâce à elles qu'il rejoint le ptit Lou si lointain. Tout cela forme une petite fable qui vaut bien,

Ensuite on a été boire du champagne dans une cave d'un autre village où est l'échelon d'une autre batterie de notre groupe j'y avais été invité. Il y avait là une femme assez jolie maîtresse d'un lieutenant mari qui doit connaître aussi les marchis avec qui j'étais. C'est curieux une très jolie femme habillée gentiment avec des affectations de modes ou qui du moins me paraissaient l'être jolie mais pas d'esprit du tout. C'est vraiment désagréable une femme sans intelligence. Le snobisme est quelquefois bien agaçant mais la sottise prétentieuse plus encore. Enfin, c'était gentil quand même et je ne me suis pas embêté. Ce matin, j'avais beaucoup à faire et étais arrivé en retard pour la messe. Sur la route, j'ai rencontré le capitaine prêtre avec ses bottes, sa soutane, sous laquelle il avait son étole. Comme il m'avait vu à la messe d'autres dimanches il m'a parlé fort aimablement, avec un air doux et perdu dans une sorte de rêve paradisiaque, il m'a dit qu'il allait aux tranchées confesser les poilus qui le voudraient... J'hésitais à lui dire monsieur l'abbé ou bien mon capitaine et j'alternais ces appellations dans mes réponses. Enfin il m'a dit que si je voulais me confesser il était aussi à ma disposition...

Je reprends ma lettre dont j'ai un peu perdu le fil, puisque tu peux donner des conseils médicaux mon petit Lou tu devrais bien demander ce qu'il faut faire pour éviter le paludisme qui nous menace un peu dans les marécages où nous vivons... Tu trouveras sous ces lignes un vague croquis de Gui en bonnet de police rêvant à Lou. Lou est dans le lointain, un lointain délicieux et dont l'approche s'appelle la Victoire et qui est lui-même sous un réseau de lettres de toutes les lettres de l'alphabet. C'est grâce à elles qu'il rejoint le p'tit Lou si lointaine. Tout cela forme une petite fable qui vaut bien, après tout, bien qu'elle ne soit pas de La Fontaine, celle de l'ours et de l'amateur des jardins que tu m'as racontée, il y a quelques jours.

Je me suis fabriqué ce matin un porte-manteaux pour suspendre mes effets j'ai maintenant un lit à colonnes. Le tout en branches de noisetier, avec par-dessus mon fameux matelas de varech dont je t'ai parlé.

Je t'embrasse avec frénésie, ma foi, j'en fais autant.

Et la mesure pour la bague ?...

après tout, bien qu'elle ne soit pas de La Fontaine, celle de l'ours et de l'amateur des jardins que tu m'as racontée, il y a quelques jours.

Je me suis fabriqué ce matin six porte-manteaux pour suspendre mes effets. J'ai maintenant un lit à colonnes, le tout en branches de noisetier, avec par-dessus mon fameux matelas de varech, dont je t'ai parlé.

Tu m'embrasses avec frénésie, ma foi, j'en fais autant.

Silence bombardé par les froides étoiles
Ô mon amour tacite et noir
Lamente-toi, puis soudain éclate en sanglots...
Là-bas, voici les blanches voiles
Des projecteurs jetés aux horizons d'espoir
Où la terre est creusée ainsi que sont les flots.

*

. . . .
Adieu la nuit!
Tous les oiseaux du monde
On fait leur nid
Et chantent à la ronde

. . . .

*

Ptit Lou, je connais bien malgré tout ta douceur
En suivant le Printemps tous les jours sur la route
En me baignant le front dans cette ombreuse odeur
Qui me vient des jardins où je te revois toute.
Ainsi je gagnerai le grand cœur embaumé
De l'univers tiède et doux comme ta bouche
Et son tendre visage au bout de la mi-mai
S'offre à moi tout à coup langoureux sur sa couche

De pétales d'iris de grappes de lilas
Ptit Lou d'Amour je sens à mon cou tes bras roses :
Cette île de corail qui sort de tes yeux las
Et que sur l'océan de l'Amour tu disposes.

*

« Tu me demandes trop d'aimer sans être aimé
Tu me demandes trop peut-être »...
Disait en souriant le doux soleil de mai
A la belle fenêtre
« Tu veux que chaque jour
Les longs rayons de mon amour
T'illuminent, mon cœur, ainsi qu'une caresse
... Et toi toi que me donnes-tu ? »
« Turlututu
Dit la fenêtre
Écoute-moi soleil mon maître
Je ne suis belle que par toi
J'existe par ta lumière,
A part l'obscurité de la chambre, ma foi
Je ne possède rien de rien ; pénètre-moi
Et tout à coup je deviens belle et je suis claire. »

Ainsi, ma tendre Lou, parlèrent le Soleil
Et l'ombreuse fenêtre.
Soudain ce fut la nuit. Il vint à disparaître
Elle mourut aussi dans un obscur sommeil
Comme un Phénix Il renaquit toujours pareil
Et son amant La vit renaître...

A cette fable il ne faut pas
Chercher une morale...

J'entends du bruit : ce sont les rats qui pas à pas
Tournent autour de ma cabane en la nuit pâle
Tournent en rond...
Et je te baise
Sur ton beau sein fait d'une rose et d'une fraise
Et tu me baises sur le FRONT

Gui.

Et la mesure pour la bague?...

1. « Charmant » est en surcharge sur « Vieux ».

159

18 mai 1915.

Décidément tu es un drôle de petit.

Je lis ta lettre de vendredi, mignonne, écrite au quadruple galop... et avant tout je t'admire et te remercie pour la façon gentille et charmante dont tu tiens tes engagements en m'écrivant chaque jour en ayant tant à faire et ne m'aimant pas. D'autre part ton cœur est seul... Alors le mien aussi... je continuerai à être ami puisque tu le veux ainsi, un point c'est tout...

Enfin, tu es si drôlement faite que tu ne peux réagir virilement... Quand on est femme il faut savoir être homme à l'occasion.

Penses-tu que je ne sois pas seul — tu m'écris tous les jours, mais je me sens bien seul puisque ton cœur n'est pas avec moi...

Et je me demande encore ce que tu es venue faire à Nîmes!!!!!

Tu es recherchée par les hommes, après tout les femmes ne sont pas rares non plus... bien que je te juge supérieure aux autres femmes et bien accordée à mon esprit. Je ne réponds pas à leurs lettres ou le fais avec une froideur complète, une indifférence absolue... Je me demande si — puisque je ne peux pas compter sur toi à qui je ne défends d'ailleurs pas de t'amuser — si je vais répondre toujours aussi froidement.

Il pleut terriblement, froid de chien également ici.

Tu dis que sommes séparés, mais la séparation peut se combler par l'imagination. Notre commerce épistolaire pouvait, je pense, dans la mesure des nécessités guerrières remplacer pour un temps un commerce plus doux encore. Tu juges autrement, à ton aise —

Et cependant tu penses à moi, tu m'embrasses bien, bien fort.

Tu es un Lou tout plein de mystère.

La guerre ne t'amuse pas. Crois-tu qu'elle m'amuse plus, moi qui y suis mêlé, en somme, activement, si j'ose dire.

Et *je savais d'avance* que ce n'était pas amusant. Cependant, c'est toi que je défends — et jusqu'à présent rien d'autre.

Quels sont ces gros nuages??

Bizarre —

Je sais bien que la situation du ptit Lou n'est pas celle qu'il mériterait...

Mais, patience...

Comme tu dis *tu ne couches pas sous les ponts* grâce au pigeonnier.

Du peu que moi et Toutou pouvons faire, contente-toi en attendant mieux... et la fin du cauchemar selon ton effrayante expression.

Debout, Lou, courage, dis toujours franchement ce dont tu souffres, ce qui te manque et ferai l'impossible pr que mon amitié ne soit jamais au-dessous de ce que tu en attends.

C'est curieux que tout le monde s'hypnotise sur l'Italie... moi pas du tout... mais là, pas du tout.

Gui.

160

19 mai 1915.

Mon ptit fifi, ta lettre est bien mignonne... Je vais m'occuper de la vaccination puisque tu penses que c'est si nécessaire. A Nîmes, je ne me suis pas fait vacciner anti-typhoïdiquement parce que le médecin de Nice avec qui nous avons déjeuné la première fois que je t'ai vue était d'avis que c'était dangereux. Je ne comprends plus rien à ta façon d'être avec moi. Des jours tu m'écris comme si je t'étais entièrement indifférent, le lendemain c'est une lettre d'une si tendre sollicitude qu'elle toucherait un Boche.

La mesure de ton annulaire je crois que tu peux la prendre toi-même au moyen d'un fil de soie plusieurs fois enroulé autour de ton doigt et noué.

Tu es bien préoccupée de l'Italie en ce moment mon Lou, est-ce qu'il y aurait un Italien dans un petit pot de fleurs en ce moment-ci?

Les nouvelles que tu me donnes sont excellentes et me réjouissent infiniment.

Ici, le printemps commence à défleurir et ça me fait un peu de peine. Aujourd'hui cependant j'ai vu [une] [1] aubépine rose en fleurs, je ne sais pas d'ailleurs si c'est le vrai nom de cet arbre charmant. Il était tout en fleurs, les petites feuilles s'y mêlaient agréablement aux fleurs rouges plutôt que roses et pressées et nombreuses. On aurait dit une œuvre d'art, une plante artificielle ou obtenue par un art particulier comme par exemple chez les Japonais. Car, il y a quelque chose de bien singulier dans les arts raffinés c'est qu'ils produisent des œuvres qui lorsqu'elles ne veulent pas viser au sublime sont bien plus gracieuses, plus belles même que ce que la nature peut produire dans les mêmes proportions et ma foi, un feu d'artifice, aussi, est à première vue bien plus beau que la guerre. C'est là non point une apparence vaine, mais un fait de plaisir immédiat pour nos sens blasés d'hommes qui de fils en pères[2] sont un peu habitués à la nature; cependant dès qu'on approfondit on voit qu'il y a dans la nature quelque chose de supérieur à ce qui n'est que l'artifice. C'est la vie même et pour que l'œuvre d'art y atteigne il faut l'inspiration. Et l'inspiration se rencontre rarement dans les œuvres qui ne s'adressent qu'à la joie superficielle des sens. C'est pourquoi il arrive bien souvent que les œuvres inspirées ne sont pas immédiatement agréables.

L'amour aussi est une œuvre d'art et il est plus important qu'il soit animé par l'inspiration qui est la vie même, plutôt que d'être, dès l'abord, trop plaisant, trop seulement plaisant.

Tu parlais hier des journaux et ton appréciation si concise était juste. Ils sont au-dessous de tout; non seulement la censure les gêne, mais encore ils sont rédigés par des savetiers plutôt que par des écrivains. Il semble cependant que la censure devrait en développer le côté spirituel; loin de là ils sont plus bêtes que jamais.

Enfin, ptit Lou, voudrais-tu être assez gentille pour me donner des nouvelles de ma chatte Pipe? C'est une petite bête très douce et très coite qui avait l'habitude de se percher sur mon cou et de ronronner pendant que j'écrivais.

J'entends une chouette tirer ses coups de sifflet... C'est sinistre... Hier, nuit, j'ai entendu le plus fort bombardement de ma vie, rien que grosses pièces et tout cela tirait avec une rapidité stupéfiante. Ici, il y a des soldats qui labourent maintenant et d'autres qui travaillent dans les vignes.

La discipline, les consignes des sentinelles, les gendarmes, tout cela est devenu, très, très sévère, conseil de guerre pour un rien ou du moins qui à première vue paraît un rien, mais c'est égal, les gendarmes ont un peu trop, je crois, de pouvoir sur les soldats combattants.

Je t'envoie des pétales d'iris [3]... et mon salut, malgré tout, encore bien plus qu'amical, mon ptit Lou chéri.

Gui.

1. Apollinaire a écrit : « J'ai vue aubépine », contractant comme il lui arrive de le faire par distraction deux mots (« vu une ») en un seul.

2. *Sic*, pour « de pères en fils », plus conforme au sens. D'autre part, il semble que « moins » doive être rétabli entre « un peu » et « habitués ».

3. Ces pétales devaient être collés en marge des premières lignes de la lettre, qui sont écrites très en retrait par rapport aux suivantes. Un dessin portant la date du 17 devait accompagner cette lettre (voir illustr. 9).

161

20 mai 1915.

Ptit Lou, ta lettre d'aujourd'hui pas longue mais gentille et confiante m'a fait bien plaisir. Je t'écris tous les jours, si t'as pas eu de lettre de moi, c'est que la poste a du retard.

Nom d'une pipe, si les nouvelles que tu dis pouvaient être vraies et que ça finisse vite, serais pas fâché non plus. Alors ce roman fantastique? Ça m'intrigue rudement... Raconte-m'en quelque chose, les complications, les histoires phénoménales!!!!!!

Alors Mémée estomaquée de l'appartement et bien collée en boîte!? — tant mieux... mais d'ailleurs je crois que tout le monde est collé en boîte, sauf Jane Mortier à qui tu as parlé toi-même; d'ailleurs je me charge de faire qu'elle ne sache plus rien et qu'après tout elle ne sache même pas si, au moment où tu as été la voir, il y a eu quelque chose d'absolu entre nous...

Tu dînes au Bois, *moi aussi...*

. . . .

J'ai lu aujourd'hui par hasard un numéro du *Temps* où se trouvait un article (le n° est du 12 mai) concernant les catholiques allemands et notamment l'évêque de Metz qui vient, paraît-il, d'interdire le culte de dulie que la béatification de Jeanne d'Arc permet de rendre à l'héroïne admirable de la Lorraine, à celle dont les obus boches destructeurs de cathédrales n'ont pu toucher la statue équestre sur le parvis de Notre-Dame de Reims.

Cet article m'a rappelé une lointaine journée de ma vie. C'était en automne 1901. J'étais en Allemagne, dans une forêt comme maintenant, mais logé dans une jolie villa forestière entourée d'un parc à l'italienne, le tout dans une clairière à l'orée de laquelle s'ébattaient le matin les chevreuils.

Je fus invité à cette époque dans un *Rittergut* (propriété foncière à laquelle est attaché le titre de chevalier) qui se trouvait sur la rive gauche du Rhin. Moi, j'habitais sur la rive droite, derrière les Sept Montagnes légendaires qui sont si romantiques et si pittoresques, mais que des caboulots déshonorent. J'habitais plus haut, plus loin que la jolie et fameuse ruine de l'abbaye de Heisterbach, où vécut Césaire de Heisterbach, l'annaliste à qui nous devons la relation de la si belle histoire du jeune moine qui, ayant douté de l'éternité, fut, un jour qu'il avait été seul ramasser du bois, charmé par un écureuil gracieux qui jouait et sautait dans les hêtres.

Quand le moine revint au couvent, il retrouva avec peine son chemin, les arbres qu'il avait laissés arbrisseaux avaient grandi en quelques heures; mais quel ne fut pas son étonnement quand il arriva au couvent de ne point reconnaître le portier et de n'être pas reconnu par lui...

Il ne serait pas entré si le portier n'avait eu l'idée d'aller quérir l'abbé, que le moine ne reconnut pas non plus et il lui dit le nom de l'abbé qu'il connaissait. On vérifia et l'on vit que cet abbé avait en effet gouverné le couvent quelque 300 ans auparavant...

Et le moine connut que le temps n'existe point, qu'il est une illusion, ou plutôt une convention et que s'il avait pu prendre pour une minute à peine le temps passé à regarder avec plaisir cet écureuil envoyé de Dieu pour donner une leçon au moine de peu de foi et lui donner un avant-goût de ce que peut être l'éternité, qu'eût-ce été s'il avait connu les joies du Paradis où le temps n'entre point en jeu...

... J'habitais donc sur la rive droite du Rhin et fus invité dans la propriété en question qui était située sur la rive gauche derrière Remagen où se trouve l'église consacrée à saint Apollinaire, dont la source qui fournit l'eau d'Apollinaris est un peu plus haut dans la vallée de l'Ahr, à Neuenahr.

Les gens qui m'avaient invité parlaient fort bien le français et, bien que je ne fusse pas du tout connu à cette époque comme poète, me faisaient la grâce de me tenir pr un homme de talent... Ils me firent même faire la connaissance d'un châtelain du voisinage dont la fille... mais je t'en parlerai une autre fois.

Bref, on m'engagea à aller visiter la belle abbaye bénédictine de Maria Laach, située au bord du lac empoisonné de Maria Laach, et le lieu même où Geneviève de Brabant vécut sauvagement dans la solitude.

Il n'y a qu'un petit nombre d'abbayes de bénédictins en Allemagne, la plus célèbre est celle de Beuron de Bavière, fort ancienne, et où l'on a retrouvé le curieux manuscrit des *Carmina Burana*, qui contient des poésies amoureuses que j'ai souvent eu envie de traduire, et dont la basse latinité me plaît singulièrement au point que j'en sais quelques poèmes par cœur. Ils ont été édités tels qu'ils sont dans le manuscrit par la Société littéraire de Stuttgart [1].

L'abbaye de Maria Laach est plus récente. Elle jouissait, à cette époque, de la faveur de l'empereur, qui l'avait visitée l'année d'avant, je crois.

On me donna une lettre d'introduction pour l'abbé du couvent qui s'appelait Benzler.

Je partis un matin, guidé à travers la forêt par un jeune paysan rhénan qui ne parlait que le plat allemand. En route la pluie nous surprit et c'est trempé que j'arrivai à Maria Laach où le portier du couvent, ne comprenant rien au peu d'allemand que je savais et dont je tentais de me servir, s'obstinait à me prendre pour le boulanger : « *Sie sind der Bäcker* », me répétait-il. Finalement, quand je lui eus montré ma lettre, il comprit et me fit comprendre que l'abbé venait d'être appelé au siège épiscopal de Metz et qu'il ne pourrait me recevoir, car il se préparait à se rendre dans son diocèse et que même il partirait dans une heure à peine.

Je le vis à son départ et lui remis ma lettre. Il me dit qu'il s'intéressait à la littérature moderne française, surtout à la poésie, et qu'il était heureux de devenir le pasteur spirituel d'une province qui avait fourni à la France sa plus grande, sa plus poétique héroïne : « Laquelle, ajouta-t-il, n'a été dignement chantée que par le grand poète allemand Schiller. » Il me donna en outre une médaille, que j'ai perdue, et qui représentait, je crois, saint Benoît.

Et l'abbé Benzler, blond, pâle et maigre, s'en alla en Lorraine pour y devenir ce Mgr Benzler, qui vient de s'élever si bassement, si étrangement contre la Pucelle qui narguant les marmites chevauche toujours devant la cathédrale en ruines, tenant haut la bannière qui fut à la peine et puis à l'honneur et qui est encore à la peine...

Voilà les souvenirs que m'a rappelés aujourd'hui l'article du *Temps* et la décision sacrilège de l'évêque de Metz [2]...

Je me suis inquiété de la vaccination antityphoïdique. Dans notre groupe, presque personne n'est vacciné et le secrétaire du commandant à qui j'en ai parlé m'a dit qu'une correspondance commençait à s'échanger à ce sujet [3]...

Il fait un temps de chien et tu peux malaisément te figurer ce que ça peut être dans une forêt comme celle où nous habitons. *Tout n'est pas rose à la guerre*, dit la chanson...

Nous sommes en outre dévorés par les moustiques. Tu ne peux te faire une idée de leur nombre. Il y en a de toutes sortes et l'une d'elles est gigantesque; on dirait de véritables oiseaux-mouches velus, emplumés, oserai-je dire.

Je m'embête un peu; le public est vraiment médiocre, quoiqu'il s'agisse de braves garçons qui se détestent tous les uns les autres.

Chose singulière que l'armée, des épiciers y sont officiers et des gens de carrières libérales simples soldats — il n'y a d'ailleurs que bien peu de gens des carrières libérales dans notre groupe.

Les officiers cependant sont bien; quant aux maréchaux des logis, paysans de l'Aisne et paysans archipaysans comme dans les opéras-comiques. Il n'y a que trois logis à peu près... et encore!!! et l'un est au train régimentaire... on le voit rarement... Les brigadiers : paysans ou valets de ferme; les hommes : mécaniciens ou charretiers ou serruriers... Heureusement que tout m'amuse, même la nature... On s'en fait pas trop quand il fait beau, mais quand il tombe de la pluie... Ah! si ça dure encore l'hiver ce sera pas toujours folâtre la vie d'artilleur... J'ai écrit à Toutou de pas s'en faire, mais je le comprends rudement, bien qu'il n'y ait pas encore deux mois que je suis ici. La seule distraction, avec la correspondance, c'est le canon, la guerre quoi, et à la guerre comme à la guerre, mon ptit Lou.

Gui.

1. La première édition a été publiée en 1847 par Schmeller.

2. Ce récit, sous le titre « L'Évêque de Reims et Jeanne d'Arc », forme la première partie de *La Vie anecdotique* parue dans le *Mercure de France* du 1er août 1915.

3. Cette vaccination n'est devenue obligatoire dans l'armée qu'en 1916.

162

21 mai 1915.

Ptit Lou, jolie tout plein aussi ta lettre du 17... jolis mes vers, mais je n'en mets plus parce que j'avais l'impression que tu ne les aimais pas ou t'étaient peut-être indifférents... Alors moi, ai brisé la lyre qui en moi sonnait pour toi... Tu étais si bien dans mon amour, mais il fallait le dire... jusqu'ici tu m'as torturé en le dédaignant, au point que j'ai fait tout ce que j'ai pu pour l'étouffer en moi. Et tu veux que je t'aime encore plus — pour me le rendre à la façon de Marseille.

Si ça va bien pour ce qui concerne la guerre, ptit Lou, tant mieux. Car il me tarde de m'en revenir afin de te reprendre comme je veux. *Tu es à moi*, ne l'oublie point. Tu n'as plus sur moi qu'un seul droit, celui de pouvoir compter sur moi entièrement et pour tout ce que je pourrai faire jusqu'à mon dernier souffle, malheureusement pas beaucoup pendant la guerre... Tu m'as écrit un jour que j'étais *ton homme*. Je ne l'oublie point et en dépit de toi je reste ton homme qui te protège et à qui *tu appartiens*.

Tu es énervée... Et moi donc!... Toi, tu as tout sous... la main...

Tu reparles du front... t'avais demandé de me raconter... mais malgré tes promesses tu ne me racontes rien. Au fond, as-tu jamais tenu une seule promesse? C'est rigolo comme tout cette façon charmante de donner toujours sa parole et de n'en avoir point.

Lou parle, mais elle est muette.

Lou ne parle [1] qu'au pieu.

Enfin, tout ça est épatant et m'excite rudement...

Enfin, pour tout couronner, tu te trottes sous l'averse après m'avoir embrassé bien fort.

Aujourd'hui bouffé la confiture en tube. C'est rigolo, on dirait le père la Colique, mais c'est très bon et on fait facilement des tartines de cette façon-là.

Livres en question — il y en a beaucoup et partout, particulièrement dans la petite pièce tout de suite après cuisine. Dis, je te prie, titres de ceux que t'auras lus pour voir un peu si tu devineras le mien.

Tâche trouver *les Onze Mille Verges* dans la bibliothèque vitrée — je crois dans le rayon du haut et tout à fait à droite ou à gauche, un petit livre recouvert d'une couverture factice.

Mais ne parle de cela à *personne*, sans quoi tu me ferais beaucoup de tort. Écris-moi donc les choses rigolotes et excitatives de ton voyage au front et du *roman fantastique*. Je t'ai promis de brûler les lettres où il y aurait D. Je suis, tu le sais, homme de parole, donc, fais-moi plaisir une fois. Moi, il me semble que je fais tout ce que je peux pour te faire plaisir, chaque fois que je le peux.

Et des photos ? Nom d'une pipe, tu ne réponds pas là-dessus non plus —

Réponds-moi que diable... Réponds afin que je sache si au moins tu lis mes lettres et si tu ne veux pas, réponds-le, que je sois renseigné.

Je ne veux pas te forcer à m'aimer ou même être simplement amicale à mon égard, mais je voudrais au moins que tu répondisses par un oui ou un non aux demandes que j'ai encore l'innocence de t'adresser et dont tu sembles te contrefoutre magistralement au point que je finirai par faire de même. J'aime fort, mais il faut qu'on m'aime de retour et en ce cas j'aime pour TOUJOURS ; mais si mon amour n'est pas nourri par un amour qui lui répond, le mien s'étiole et s'en va.

Si tu juges que cela ne vaut point quelque chose : mon amour ou mon amitié, à ton aise, mais dis-le, pour qu'au moins je le sache.

Dis aussi si tu as besoin de quelque chose, car il ne faut pas, mon pauvre ptit Lou, que tu pâtisses parce que les hommes au lieu de faire l'amour à... hem... rabattues préfèrent se tirer des marmites pour ainsi dire à bout portant.

As-tu trouvé des draps chez moi?

Réponds quelquefois à mes questions ou dis carrément si mes lettres t'embêtent, auquel cas je m'efforcerai de ne pas t'ennuyer davantage.

Gui.

Quelques pétales d'une rose cueillie dans un jardin du front à 500 m. des Boches.

1. Peu lisible; peut-être « marche ».

163

ROSES GUERRIÈRES [1]

Fête aux lanternes en acier...
Qu'il est charmant cet éclairage!...
Feu d'artifice meurtrier...
Mais on s'amuse avec courage :

Deux fusants, rose éclatement,
Comme deux seins que l'on dégrafe
Tendent leurs bouts insolemment :
« Il sut aimer! » Quelle épitaphe!

Un poète dans la forêt
Regarde avec indifférence
Son revolver au cran d'arrêt
Des roses mourir en silence.

Roses d'un parc abandonné
Et qu'il cueillit à la fontaine
Au bout du sentier détourné
Où chaque soir il se promène

Il songe aux roses de Sâdi
Et soudain sa tête se penche
Car une rose lui redit
La molle courbe d'une hanche

L'air est plein d'un terrible alcool
Filtré des étoiles mi-closes
Les obus pleurent dans leur vol
La mort amoureuse des roses...

*

Toi qui fis à l'amour des promesses tout bas
Et qui vis s'engager pour ta gloire un poète
Ô rose toujours fraîche, ô rose toujours prête
Je t'offre le parfum horrible des combats

Toi qui sans défleurir, sans mourir, succombas
Ô rose toujours fraîche au vent qui la maltraite
Fleuris tous les espoirs d'une armée qui halète
Embaume tes amants masqués sur leurs grabats

Il pleut si doucement pendant la nuit si tendre
Tandis que monte en nous cet effluve fatal
Musicien masqué que nul ne peut entendre

Je joue un air d'amour aux cordes de cristal
De cette douce pluie où s'apaise mon mal
Et que les cieux sur nous font doucement descendre

Gui.

1. Daté par Lou de la fin de septembre 1915, le poème fut plus probablement écrit dans la deuxième quinzaine de mai 1915; il fait écho aux lettres des 21 et 22 mai.

164

22 mai.

Tit Lou, comment veux-tu que je connaisse tous les vers de Sully Prudhomme [1]! En principe je ne connais les vers de personne et je ne sais même pas par cœur les miens... Ma remarque n'avait rien de désobligeant. J'avais d'abord cru qu'il s'agissait d'un poème de Lou... ensuite d'un autre... Mais moi-même j'aime beaucoup les vers de romance et je suis plus romance que n'importe quel poète peut-être. Je comprends que ces vers t'aient fait rêver... Mais non, tu ne préfères pas les choses compliquées... il n'y a pas de choses compliquées... Et pourquoi *malheureusement*, à quoi, à qui s'applique ce *malheureusement*, tit Lou?... Est-ce à moi et dois-je croire que tu regrettes que je sois ou du moins que j'aie été ou que je doive être toujours *Le poète de Lou??* Non, n'est-ce pas? tit Lou... Je suis toujours *le poète de Lou!*

Pétales de pivoine
Trois pétales de pivoine
Rouges comme une pivoine
Et ces pétales me font rêver

Ces pétales ce sont
Trois belles petites dames
A peau soyeuse et qui rougissent
De honte
D'être avec des petits soldats

Elles se promènent dans le bois
Et causent avec les sansonnets
Qui leur font cent sonnets

Elles montent en aéroplane
Sur de belles libellules électriques
Dont les élytres chatoient au soleil

Et les libellules qui sont
De petites diablesses
Font l'amour avec les pivoines

C'est un joli amour contre nature
Entre demoiselles et dames

Trois pétales dans la lettre
Trois pétales de pivoine

*

Quand je fais pour toi mes poèmes quotidiens et variés
Lou, je sais bien pourquoi je suis ici
A regarder fleurir l'obus à regarder venir la torpille aérienne
A écouter gauler les noix des véhémentes mitrailleuses

Je chante ici pour que tu chantes, pour que tu danses
Pour que tu joues avec l'amour
Pour que tes mains fleurissent comme des roses
Et tes jambes comme des lys
Pour que ton sommeil soit doux
Lou [2]

*

Aujourd'hui Lou je ne t'offre en bouquet poétique
Que les tristes fleurs d'acier
Que l'on désigne par leur mesure en millimètres

(Où le système métrique va-t-il se nicher?)
On l'applique à la mort qui elle ne danse plus
Mais survit attentive au fond des hypogées

*

Mais trois pétales de pivoine
Sont venus comme de belles dames
En robe de satin grenat
Marquise
Quelle robe exquise
Comtesse
Les belles f...es
Baronne
Écoutez la Mort qui ronronne
Trois pétales de pivoine
Me sont venus de Paris

Gui.

1. Voir la note 2 de la lettre 151.
2. Ce mot en caractères plus petits : sans doute une hésitation du poète.

165

22 mai 1915.

Pauvre pigeonnier qui ne voit pas souvent sa colombe.

Je souhaite que ce que tu m'annonces à propos des bonnes nouvelles soit vrai... Mais ne pas confondre encore succès avec fin de guerre... moi, d'ailleurs je ne souhaite que la fin, mais naturellement avec Victoire complète.

J'ai ta petite lettre du 18 mai où tu dis que tu couches rarement au pigeonnier. Comme tu y es chez toi, tu es libre de faire ce que tu veux.

D'autre part on m'a écrit t'avoir vue venir *manger un gâteau chez « Topsy* [1] *» en coup de vent... et de théâtre!!......*

Ah! mon pauvre ptit Lou!!!......

D'ailleurs, j'aime mieux que tu t'amuses que tu t'embêtes.

T'es mignon d'espérer me revoir cette année.

Je t'écris longuement chaque jour, donc chaque retard doit être imputé à la poste...

Les marécages de la forêt sont maintenant pleins de ces iris jaunes dont voici des pétales et qu'on appelle Iris de Germanie. Ces iris de Germanie fleuris en France sont j'espère un bon présage et signifient sans doute que l'Allemagne rend enfin hommage à la France et lui cède et en signe de soumission elle fait pousser ses fleurs chez nous au lieu de les faire fleurir chez elle.

Voici encore des pétales d'une rose rose cueillie au pied d'un calvaire merveilleux où s'élève une vieille croix de fer forgé du 16e qui se trouve à l'intersection de 2 routes charretières.

Temps triste, triste et comme j'ai réagi je ne suis pas triste.

Je suis barbé par le M^{al} des logis fourrier Bodard, parisien, pas bête, mais barbant à l'extrême avec des raisonnements qui n'en finissent pas.

Veux-tu que je te fasse une bague oui ou non?

Pas de vers aujourd'hui, la lyre est brisée et a besoin d'être raccommodée...... Je crois que nous irons avant peu dans un autre secteur...

Gui.

Je reprends ma lettre en voyant que je n'ai pas mis le nom de qui t'a vue au Topsy — pas de raison de le cacher, d'autant plus qu'il n'y a aucun mal. C'est Jane Mortier, qui vient d'ailleurs de quitter Paris —

Elle est très gentille. Elle m'a envoyé ce papier qui est épatant et une singulière tablette de thé — c'est très gentil, mais inutilisable — car il faut faire dissoudre dans de l'eau bouillante et qu'on n'a pas d'eau bouillante!!! Tu vois ça d'ici. Surtout si par hasard tu la rencontres, ne le lui dis pas, que le thé était inutilisable dans la forêt. Elle est maintenant dans le Midi..... Son mari est très malade et je trouve qu'elle est très, très gentille de m'avoir envoyé cette tablette singulière. Mais le papier est épatant.

Tu sais, fais attention quand tu me donnes des nouvelles de ne me rien dire à la légère. J'ai déjà dit à tous les officiers de la région et surtout du régiment que les nouvelles étaient bonnes, qu'on me l'écrivait d'un milieu à même de savoir...

Me fais pas mentir...

Cependant, on dit ici que la Roumanie ne marchera pas... Qu'en dis-tu, toi qui peux savoir... et qui es à l'arrière où on sait?...

J'aurais bien envie de raccommoder ma lyre...

Pauvre petit Lou, dis-moi comment va ta santé. M'as-tu pas dit que tu étais affaiblie?

As-tu ce qu'il te faut?

Gui.

1. Salon de thé situé 55, boulevard Haussmann.

166

24 mai 1915.

Après quelques jours de calme qu'est-ce qu'on nous envoie aujourd'hui nuit de la Pentecôte. C'est une heure du matin. Hier matin, j'ai été voir nos bombardiers détachés dans les tranchées. J'ai été porter le prêt. Promenade épatante. Laissé cheval aux cuisines. Au retour à travers des prairies littéralement dorées à cause des boutons d'or. J'écoutais une sourde canonnade. Sur la route je vois une charmante petite couleuvre à collier jaune, quand je la touchais elle se dressait très brave et dardait sa langue, elle rampait en changeant souvent le sens de ses torsions  ou bien 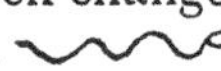

Voilà qu'arrive à cheval un évêque-commandant, je ne l'avais pas entendu venir. J'entends : « Vous cherchez des traces ou une piste? » Je lève la tête et vois un vieillard à barbe blanche, yeux très doux, bonnet de police à quatre angles dorés, grand truc violet autour du cou, croix épiscopale sur la poitrine, soutane noire et flottante, bottes noires vernies, éperons. Je réponds : « Je regarde une couleuvre. »

Il m'a regardé avec des yeux très doux et a passé. La couleuvre aussi s'en est allée, bon petit génie qui m'est de bon augure, au retour déjeuné puis été entendre le concert dans le parc dont je t'ai parlé, puis rentré, lettres, rien de toi, mais une lettre d'un de mes amis, écrivain italien intéressant, plus intéressant que le factice D'Annunzio aux grâces surannées de vieille coquette. Je t'envoie la lettre dans un autre pli adressé à G. Apollinaire. Puis été dîner à la ville, où j'étais invité [1], j'ai vu des fillettes charmantes, l'une surtout vraiment délicieuse et très très coquette, mais avec moi rien à faire, la chasteté même, puis on a téléphoné la décision de l'Italie [2] et me suis trotté pour rentrer chez nous. A une heure donnée tout le front a tiré une salve d'honneur, en l'honneur de la nouvelle alliée, c'était magnifique, la nuit était tombée, les tranchées ont poussé un vivat unanime. Puis maintenant les Boches répondent — Il me tarde de lire les journaux pour savoir ce qui se passe sur le nouveau front italien après la déclaration de guerre. Évidemment ça va occuper pas mal de soldats boches. Enfin tant mieux, plus il y aura de gens dans la danse, moins, j'espère, la guerre durera et plus tôt nous serons rendus à nos occupations civiles.

J'ai idée maintenant que les Allemands vont tâcher d'utiliser vite et violemment toutes les forces de leur marine contre l'Angleterre, afin de tâcher de la briser, de détruire sa force navale...

Je me suis fait photographier en revenant du concert par un m[1] des logis des chasseurs que je connais, je suis avec Berthier qui est sorti de l'infirmerie et qui était au concert avec moi. Si la photo a réussi je te l'enverrai.

En allant au concert, dans le village que j'ai traversé et où il y a de la troupe, sur l'église j'ai vu une pancarte avec l'inscription Prison, ça fait froid dans le dos surtout que maintenant on est très très sévère.

Voilà pr aujourd'hui, au revoir, ptit Lou, à demain, je t'envoie un insecte tout doré trouvé dans les tranchées. Je ne connais pas son nom.

Gui.

1. Sans doute chez le libraire Henri Matot, dont il a utilisé le papier à en-tête pour cette lettre.

2. L'entrée en guerre de l'Italie, attendue depuis plusieurs jours, est effective le 24 mai.

167

25 mai 1915.

Ma petite enfant chérie, j'ai reçu hier tes deux lettres du 21 et du 22. Mais non je ne t'en veux nullement parce que tu ne m'as pas écrit le 20. Je ne t'en veux jamais, ma chérie, toi aussi sois toujours gentille dans tes lettres. Cependant tu t'acharnes dans chacune de tes lettres à nous séparer tellement au point de vue des sens et de la chair, à creuser entre nos corps un fossé si profond que de loin, comme je suis quelquefois, je sens comme un dégoût de la vie à cause de cela... Mais depuis la lettre dont tu parles l'habitude est prise et c'est fini, pas d'amertume.

Tu as mon *affection, tu as mon cœur, je ne le reprendrai jamais et ne t'ai jamais menacée de le reprendre.* Ma chérie, je t'aime aussi profondément que tu m'aimes et plus peut-être encore... Je sais bien, mon ptit Lou, que tu mériterais beaucoup plus de bonheur que tu n'en as et je suis désolé de ne pouvoir te le donner, ni matériellement, ni moralement, ni charnellement puisque c'est fini entre nous, que ton cœur en a ainsi décidé et qu'il ne reste que cette profonde amitié qu'après tout j'adore puisqu'il ne reste qu'elle.

Non, Lou, tu n'as pas de défauts (sinon un tout petit peu de snobisme et pas assez confiance en moi) et encore ne sont-ce des défauts que pour moi. Tu n'as en somme que des qualités mon ptit Lou et des qualités si élevées que je me désespère parfois en songeant que c'est un autre qui doive en jouir... Quoique je n'aie point dit mon dernier mot à ce propos, en dépit des dispositions de mon Lou.

Si tu es capable de m'aimer de tout ton cœur, je ne désire rien autre et nous sommes d'accord, car moi je suis plus que capable de t'aimer ainsi, *je t'aime ainsi*... je ne souhaite que de t'entourer d'une tendresse comme tu veux, et mon amour t'enveloppe toute, ma petite sensitive.

Oui, la vie est menacée, hier dans le petit bois, j'ai reçu une trentaine de balles de schrappnell dont aucune ne m'a touché mais elles m'ont arrosé et sont tombées à 3 ou 4 centimètres de mon visage. D'ailleurs ça me cause plus d'impression maintenant en l'écrivant qu'hier au moment où ça se produisait. Mon ptit Lou, si tu m'aimes, je ne désire rien, rien d'autre. Je réponds point par point à ta lettre. Tu m'aimes, je suis donc très, très heureux et pour rien au monde ne veux te faire de chagrin. Ne prends donc jamais au sérieux une lettre de mauvaise humeur.

On a forcément parfois de la mauvaise humeur à cause de l'attente du résultat qui tarde bien que l'Italie soit maintenant comme tu me l'as annoncé entrée dans la danse.

Ce qui fait que maintenant j'ai une foi absolue dans les renseignements de mon petit Lou et que je commence à espérer que nous nous reverrons avant la fin de l'année. Donc ne prends pas ma mauvaise humeur comme un fait définitif. Je ne cesserai *jamais* de t'aimer tu le sais bien, petite Masque, tu ne doutes pas de mon amour. Mais d'autre part, petit Lou très malin, tu sais que ton Gui a parfois un sale caractère. Non, il ne faut pas que je fasse de peine à mon ptit Lou. C'est juré et je prends ta bouche que tu me donnes dans ce long baiser que tu dis et je te serre bien fort sur ton [1] cœur, mon petit enfant chéri, ne te fais pas de chagrin, pas de désespoir, ma Lou, je t'aime, je t'adore.

Voilà pour la première lettre du 21, voyons celle du 22.

Elle me vient du pigeonnier. Oui, Lou, j'ai confiance en toi pour l'*amitié* et pour la *tendresse* mais le reste dis-tu est *peu de chose*. Bien encore... *Je suis ton poète et ton ami*... bien aussi... *Quand tu auras du chagrin c'est sur mon cœur que tu viendras te réfugier*... et tes joies d'autres les auront... Mais tu as raison, c'est une jolie place tout de même... Mais ne mets pas Toutou en avant. Tu sais bien que je ne suis pas du tout jaloux de Toutou, mais pas du tout (je l'aime beaucoup). Et je comprends parfaitement que tu l'aimes beaucoup plus que moi... Mais si je ne plaisais pas à Toutou quand nous nous connaîtrons... qui pourrait se taper même pour l'amitié et la poésie...? Comme tu lui annonces si passionnément qu'il ait à se taper pour le reste.

D'ailleurs, ce reste est réglé et pour rien au monde je ne demanderai quelque chose de ce côté-là, du moment que tu as mis si bien nos relations sur le pur terrain de l'amitié. Qu'elles y restent donc.

Mais Toutou ayant la grande place, quand quelqu'un aura le côté sens, je tâcherai de trouver un cœur moins occupé parce qu'il ne restera dans le tien pas beaucoup de place pour Gui. J'attendrai alors ta décision.

Enfin, je ne sais pas que croire. J'ai une grande place maintenant mais admets que le côté sens vienne à être occupé, et sans doute ne tardera-t-il point à l'être puisque tu le souhaites, cette grande place se réduira à un tabouret de cour comme en avaient les duchesses, l'être unique sera assis sur une fesse très gêné de sa position comparable à celle de nul autre.

Mais ne suis pas triste, tu auras toujours ma *tendresse* — mais dis-tu, *tu veux surtout mon amour...* injuste petite fille chérie... qu'en veux-tu faire puisqu'il ne doit pas te servir? Enfin, il est à toi, fais-en ce que tu veux. Petite fleur je serai le soleil que tu veux que je sois. Le soleil féconde les fleurs. — Je ne veux pas que tu sois désemparée et je ne partirai jamais, jamais, je serai toujours auprès de toi, pour te consoler quand tu auras du chagrin, pour te défendre si on veut te faire du mal, pour t'aider à marcher si tu es lasse, pour te bercer très doucement quand tu voudras et je prendrai ta bouche doucement et passionnément dans de longs baisers quand tu auras besoin de ma tendresse, quand tu seras désabusée des amours moins tendres, moins durables, moins certaines.

Quand tu auras besoin d'un cœur qui sera toujours là comme une sentinelle devant un pont.

Petit Lou, je ne partirai donc jamais de ta vie que j'aime mieux que la mienne... Tu ne m'as rien écrit de très méchant, mais tu me disais que ton cœur est vide et parfois quand je songe à tes promesses volontaires et à ce qui s'est ensuivi, ai un peu de rancœur, c'est tout, n'y fais pas attention.

Le récit que tu me fais sur la mode m'amuse extrêmement et j'attends avec impatience des détails ou photos et je réitère ici quelques demandes auxquelles tu n'as pas répondu.

1° Récits piquants sur tes dernières amours, tu sais où, là-bas.

2° Détails sur le roman singulier de Lou à Paris.

3° Photos anciennes de toi que je n'aurais point.

T'ai indiqué pour trouver *les Onze Mille Verges* — Tu trouveras au même rayon tout en haut de cette bibliothèque dans la petite pièce après la cuisine de grands livres jaunes : lis surtout les 3 volumes intitulés L'œuvre d'*Andrea de Nerciat*. Dans la même bibliothèque, il y a tous les volumes du *Coffret du Bibliophile* surtout *les Aphrodites* et *le Diable au corps* qui se font suite (chacun 3 petits volumes dans des boîtes [2]).

Quand tu auras lu cela t'en indiquerai d'autres.

Il y a aussi *le Nouveau Chatouilleur des dames* qui est sur ton vice [3].

Tu parles des fleurs qui décorent si gentiment le pigeonnier. C'est exquis, ces lilas blancs, ces pivoines et ces roses mousseuses comme ton sexe blond. Le bonheur serait là, mais t'y retrouverai-je si je reviens???

J'ai peur que la colombe ne soit envolée et le pigeonnier sera triste, triste.

Mais ne parlons pas de cela. Je suis tout à la joie de ton gentil amour que tu m'affirmes encore, ou plutôt de cette gentille amitié...

Tout ce qui me vient de toi, m'est exquis, délicieux.

Donc, je n'ai pas de rancœur, maintenant et les rares fois où j'en ai un peu, cela me vient de mon caractère qui a des sautes brusques, mais je ne doute pas de toi parce que l'on ne saurait douter du Ptit Lou, malgré ce qu'elle dit parfois.

Je n'en doute pas parce que Lou est le caractère le plus droit, le plus véridique, le plus franc que je connaisse et qu'elle est ma grande amie chérie et que son amitié est ma consolation. Je t'adore, je prends ta bouche, ton cœur. Je le sens battre sous ton nichon adorable qui lève son nez rose.

Écoute battre le mien qui ne bat que pour toi. Je t'aime.

Gui.

1. *Sic.*

2. Les trois volumes de l'œuvre de Nerciat, dans la collection « Les Maîtres de l'Amour », ont été publiés par Apollinaire. « Le Coffret du bibliophile » est une collection parallèle aux « Maîtres de l'Amour », chez le même éditeur (Bibliothèque des curieux). Apollinaire y collabora abondamment. *Le Diable au corps* et *Les Aphrodites* sont de Nerciat.

3. Cet ouvrage publié à la fin du XIXe siècle est, selon *L'Enfer de la Bibliothèque nationale*, « un voluptueux récit dont la flagellation fait le fond, mais sans aucune cruauté »; il est précédé d'une *Introduction* définie comme une « aimable et savante dissertation sur la flagellation » dans la même notice bibliographique.

168

26 mai 1915.

J'ai reçu ta gentille lettre de la Pentecôte, écrite à sept heures du matin. Je ne t'en voudrai pas du tout si tu te dégonfles demain en ne m'écrivant pas, ma petite chérie : du moment que tu t'amuses, c'est tout ce que je demande. Oui, je serais bien heureux aussi moi d'être avec toi par un joli temps, et peut-être suis-je bien bête de ne pas y être, alors que j'aurais pu... Enfin! Il y a des rêves qui deviennent des cauchemars, mais si tu voulais bien les cauchemars se changeraient vite en jolis rêves. Enfin tu es la maîtresse d'en user comme tu voudras et je suis à ton entière disposition pour rêver ou cauchemarder. D'ailleurs, je suis sûr que tu ne me donneras que de jolis rêves et surtout d'adorables réalités.

Oui, maintenant j'ai CONFIANCE EN TON CŒUR. Maintenant *je te connais.*

Mais, non ne te justifie pas, il n'y a pas de quoi et tu ne me connais pas non plus alors. Oui, oui, oui, c'est entendu confiance phénoménale.

Je ne te demande pas de noms sur *certaine chose*, mais, nom d'une pipe, raconte-moi l'histoire avec les descriptions pour m'amuser. Parle de toi comme d'une tierce personne. Désigne-toi sous le nom de *Ludovise*, ton amie sous celui de *Polka*, le poilu, s'il y en a un, sous le surnom que tu voudras et les poilus, s'ils sont plusieurs, sous les surnoms que tu choisiras, je t'en souffle quelques-uns de ces surnoms (Silvandre, Tircis, Colin, etc.) — Tu me dis que tu n'as pas le droit d'en parler : « *N'y étant pas seule mêlée... tu me comprend??* » Je ne comprends rien du tout et ma curiosité est éveillée à l'extrême... Tu y joues le grand premier rôle, diable!!! Je comprends encore moins. Je me souviens pas de l'amie dont tu parles et dont tu m'aurais parlé à Nice...

Mais non, ni fâché, ni grognon... si tu me racontais les belles histoires que je demande t'en raconterai aussi.

Si j'aime mon Lou?! mais plus que jamais. T'ai indiqué des livres, mais cherche toi-même, dis-moi ce que tu auras lu.

Enfin, je t'assure que je suis extrêmement intrigué... D'ailleurs ça t'amuse extrêmement, mon Lou, que je sois jaloux, moi ça ne m'embête pas de l'être. Nous ne nous embêtons donc pas l'un l'autre, donc nous n'avons à nous plaindre ni l'un ni l'autre l'un de l'autre.

Ma pauvre petit Lou, si tu me prends pour grognon t'as bien tort et t'es rudement contente de penser que je m'intéresse tellement à toi.

Enfin, tu avoueras que de mon côté je ne suis pas un amoureux gênant, embêtant, têtu et rancunier.

D'ailleurs... enfin je n'ajoute rien.

Quand tu me donnes de ces longs baisers à la fin des lettres ça me fait quelque chose...

Je te le rends ce long, long baiser...

Que raconte Toutou?

Si tu ne me racontes pas les histoires divertissantes que je te demande, je serai fâché, tu sais. *Raconte-les en les attribuant à quelque autre personne*, je m'en fous, mais raconte-les-moi pour alimenter les rêves.

C'est extraordinaire qu'après m'avoir promis d'avoir confiance en moi, de tout raconter, tu te défiles comme pour le reste à Marseille!! Je finirai par croire que tu as juré, toi si franche, de ne rien me dire de vrai...

Mais, non, ce n'est pas cela...

Allons, chère amie, rien qu'amie, racontez donc à votre ami ces choses amusantes afin qu'il récrée son esprit où n'alternent plus que des images pyrotechniques et sylvestres.

Voilà, mon aimable trésor, quelques-unes des réflexions inspirées par ta prose.

Ces réflexions sont d'ailleurs exactement celles que tu voulais m'inspirer et, comme je ne feins pas, tu dois être rudement contente de me faire faire tout ce que tu veux... Mais tu sais, ça ne se passera pas toujours comme ça. Ah! mais non! Je ris à me tordre en pensant au plaisir de Lou qui s'amuse à exciter le *petit caractère* de Gui.

Car avoue que ça t'amuse...

En ce moment, temps merveilleux, je voudrais bien être près de toi avec ta robe qui va jusqu'aux genoux, large.

Quelle jolie cloche à 2 battants tu dois faire, mon trésor!!

Mais, tu sais, pas de dégonflage pour me raconter des tas de choses.

Je crois que ton dentiste emploie les systèmes les moins modernes... Prends garde à ta mâchoire.

Tous les longs baisers que tu voudras.

Gui.

169

28 mai 1915 [1].

Mon petit Loupiot, ci-inclus un petit mandat, excuse-moi de ne pouvoir faire mieux.

Hier, pas de lettre de toi, comme tu m'en avais averti d'ailleurs.

J'espère que tu t'es bien amusée à Versailles.

Moi, j'aurais bien envie de faire pan pan, mais je dois garder mon vœu.

Cependant, je me dis parfois qu'après tout il n'est pas incorrect, après tout, de baiser une femme sur le front.

Mais j'ai trop de respect de moi-même pr manquer à ma parole donnée à moi-même et tout cela se borne donc à un mot, que je te livre et qu'en arrangeant tu pourras attribuer à un grand général. Histoire d'animer les conversations.

On dit que les Italiens marchent bien. C'est peut-être eux qui arriveront à Berlin avant les Russes. Il paraît qu'on a pavoisé à Paris. Je t'ai envoyé hier deux photos de l'Échelon dans la forêt. En ce moment, il fait beau et cette forêt serait très agréable, même avec ses rats et ses couleuvres, s'il n'y avait pas de moustiques.

Je crois qu'incessamment nous allons avancer. Je te raconterai beaucoup d'histoires amusantes. Mais aujourd'hui suis fatigué (pas malade, fatigué). J'irai balader toute la journée.

J'ai une nouvelle culotte bleu ardoise avec passepoil rouge et qui est épatante et me va très bien.

Je vais aller la montrer à la ville et tâcher d'arriver vers l'heure du bombardement afin d'aller dans les caves, ce qui est beaucoup plus rigolo.

Berthier va mieux et je l'ai emmené avec moi pour lui montrer un peu la contrée que je connais maintenant épatamment et où tout le monde me connaît aussi. Je voudrais tâcher d'avoir une permission de 2 jours pour Épernay ou Châlons ou Troyes. Si tu pouvais venir me dire bonjour en amie?... Dis si c'est possible de ton côté. Réponds bien clairement en mettant seulement initiales des villes où ce serait plus facile.

Gui.

Le vaguemestre a mis de Chât. Coligny au lieu du contraire, alors je mets ça aussi sur ma lettre pr que tu aies une enveloppe. Je ferai de même avec ma lettre de demain.

1. La lettre est bien datée du 28 mai. Mais dans la lettre suivante, numéro 170, datée également du 28, il parle du mandat envoyé dans la lettre « d'hier ». Il est vraisemblable que « 28 » est un lapsus pour « 27 » dans la lettre 169.

170

28 mai 1915.

Ptit Lou, je vois avec plaisir que tu ne t'es pas embêtée à Versailles. La poésie et le printemps étaient de la partie.

Qu'est-ce que ça peut bien être que ces poilus qui reviennent des tranchées? Malades, blessés ou dégonflards des gares régulatrices? Car dans la zone des armées tout n'est pas sur la ligne de feu. Et je sais bien qu'on ne part pas de l'avant sans raison grave tandis qu'ailleurs dans les villes même de la zone des armées mais pas zone de l'avant on arrive à se dégonfler plus facilement. D'ailleurs ce ne sont pas toujours les plus forts, les mieux portants qui sont à l'avant, à l'arrière en question se tiennent les mieux habillés et les plus heureux. Ils y mènent une vie tout à fait pépère.

Mon charmant ptit Lou, je vois qu'on s'habitue bien à la guerre... à Paris!!!!

Ton amie Rica a l'air bien charmante et bien gentille. Embrasse-la bien de ma part... sur la main... en lui offrant un des deux pétales boutonnés d'or que je mets dans ma lettre, l'autre est pour toi.

Enfin, pour tout dire, dis à Rica que je souhaite autant de plaisir au Gentil Chaperon qu'à la charmante chaperonnée et que, ma foi, le coquin de printemps doit évidemment avoir son effet et qu'il n'y a pas de mal à cela.

Pourvu qu'il en reste un peu pour ceux du Front, ils auront bien leur revanche aux prochains printemps.

(Dans ma lettre d'hier mandat de 50 balles!!!! J'espère que tu l'as reçu...)

Je t'envoie aussi une espèce de médaille qu'on m'a donnée, ce n'est pas très beau mais c'est amusant.

Ta carte de Versailles m'a donc fait bien plaisir, car je suis content quand je te sais contente.

Si par-dessus le marché tu es très sage, ça devient de l'idylle et dès demain je me mettrai à faire des poésies pastorales.

Mon ptit Lou, je ne plaisante plus maintenant : je t'adore tout plein, je te prends dans mes bras bien fort avec douceur, je prends ta bouche, je t'embrasse partout. Tu es exquis et adorable. Que faut-il de plus? Aussi je t'adore. Je veux profiter tout plein du joli coin où Lou m'a fait une gentille place à côté d'elle et j'espère du côté du cœur.

Pas moyen de faire beaucoup de vers en ce moment, trop de travail, quoique en ce moment ce soit calme au point de vue guerrier, mais on ne me laisse pas en paix, pas moyen d'être seul dix minutes!!

Mon petit, je te prends toute, ta bouche dans ma bouche, tes jolies tettes contre ma poitrine, tes fesses dans mes mains et allez donc!

Ah! oui! je voudrais bien le respirer avec toi, l'air des bois parfumés.

Gui.

171

29 mai 1915.

Mon ptit Lou, pas de lettre de mon ptit Lou aujourd'hui. Hier, seulement une carte [1]. Enfin du moment que je peux espérer que le ptit Lou ne s'embête pas, c'est tout ce que demande Gui —

Mon ptit Lou, je te prends dans mes bras et te dis des paroles d'amour bien douces à l'oreille.

Je prends ta bouche bien, bien fort.

A demain ma grande chérie, j'espère recevoir des nouvelles de mon Lou et je t'écrirai une longue poésie.

Baisers très tendres.

Gui.

1. Ces deux premières phrases disposées de part et d'autre d'une photo découpée d'Apollinaire un sabre à la main, trop pâlie pour être reproduite.

172

31 mai 1915.

Dieu! la jolie lettre que tu m'as écrite, le mercredi 26 et le jeudi 27 mai. Lettre écrite au soir, à plusieurs reprises dans le métro et chez le dentiste. Lettre gentille, précise et pleine enfin de choses que j'ignorais. Tu es ma toute chérie, quoi que tu fasses et quoi qu'il arrive!!!!! Que dit Robin de la guerre et de moi, puisque tu m'as dit un jour que tu lui en as écrit? — Merci de m'avoir donné un renseignement sur la Roumanie et je souhaite qu'elle marche vite — ....

Comment? Tu veux passer quelque temps avec moi après la guerre!!!! Oh! mon ptit Lou tu me fais trop de joie!!!!!...

Bien pour la bague, j'attends la mesure. C'est quand tu voudras... tu sais!... *Je ne t'en veux pas.* Et tu es trop gentille d'aimer mes lettres écrites vite et la plupart du temps même pas relues.

Ne réponds aux questions que quand tu voudras... ne fais rien qui puisse t'embêter ou te fatiguer...

Je ne t'ai demandé le récit d'aventures extraordinaires dans la région où est Toutou que parce que tu m'avais laissé supposer qu'il t'en était arrivé et je m'étais figuré que ton attitude de Marseille venait d'une ou plusieurs fleurs rares cueillies là-bas... J'avoue que j'en avais été très peiné, mais que, comme compensation, t'en demandais au moins le récit piquant et divertissant de la cueillette.

Après tout, je ne demande pas mieux qu'il n'y ait rien, mais le récit des amusements que tu as goûtés là-bas me récréerait également, sans exciter du tout ma jalousie, puisqu'il n'y a pas d'amant, sauf Toutou évidemment, que j'aime beaucoup.

Bien aussi, mon Lou, pour la sagesse parfaite!!! !!!... Distinguées, pas cueillies, les fleurs rares!! Je suis content!!! Est-ce que j'ai été fleur rare moi aussi? En tout cas, on s'est cueillis, ma tubéreuse!

Hier matin, j'ai refait ma trotte encore ému d'avant-hier; peut-être plus qu'ému même. Je n'ai pas traîné dans la forêt, ensuite la messe; cette fois elle était en plein air; l'autel était entouré de branches en fleur de seringas qui sentaient très fort, une odeur parente de celle de la tubéreuse. A deux pas le cimetière avec ses croix et ses képis et ses inscriptions : *le cavalier un tel, tué d'un éclat d'obus* ou *un tel, mitrailleur;* des Sénégalais, des dragons, des chasseurs, des territoriaux, etc... Un prêtre disait la messe, un autre a fait un sermon philosophique épatant sur le mystère de la Trinité...

Le reste du jour me suis embêté jusqu'à 3 heures où ta lettre est arrivée et j'ai bien pensé à mon ptit Lou, dont je voudrais surtout le bonheur de quelque façon qu'il doive lui arriver, dussé-je même en souffrir.

Je te revois charmante... N'as-tu donc pas de photographie ancienne ou nouvelle? J'ai vu hier un numéro de *La Vie parisienne* et des caricatures sur les nouvelles modes qui me paraissent jolies, tu dois être épatante dans une robe de cette sorte...

Je suis embêté en ce moment par le m^al^ des logis Bodard, pas mauvais type, mais dont la voix me tape sur les nerfs d'une façon épouvantable... J'attends qu'il se soit couché pr te faire un poème, mais le bougre a juré de parler avec moi jusqu'à ce que je l'engueule et comme nous sommes les seuls habitants de la cabane que tu as vue si tu as enfin reçu les cartes sous enveloppe, il ne peut dégonfler que sur moi son cerveau d'employé d'administration de la Ville de Paris, et qui doit avoir une jolie femme qui, j'espère, doit le faire cocu, car c'est le plus insipide et le plus incorrigible bavard de la terre.

... Ah! le bougre commence à se déshabiller, quand il sera couché, il se fera menotte en cadence en faisant semblant de tousser dans les moments pathétiques, ensuite il s'endormira et me foutra enfin la paix... Je t'adore, mon Lou, ta bouche dans ma bouche, je boucle et vais attendre en lisant un roman idiot le moment fortuné où mon colocataire va enfin s'endormir. Baisers passionnément fous.

Gui.

173

1er juin 1915.

Mon ptit Lou tout adoré chéri, tu es gentille comme tout de m'écrire chaque jour malgré le peu de temps dont tu disposes. Le pigeonnier doit être rudement épatant avec toutes les fleurs que tu y mets et dont tu es la plus belle.

Je suis désolé de te savoir fatiguée. Je voudrais aussi tant et tant, mon ptit Lou très chéri, te bercer dans mes bras forts... Lou, ne sois pas triste... Qu'est-ce qu'il y a donc? ma toute chérie, ma toute adorée.

Je me suis occupé de la vaccination, mais je crains que l'on ne juge que l'on [a] autre chose à faire en ce moment — que veux-tu, mon enfant aimée, à la guerre comme à la guerre.

Il y a aussi le procédé de vaccination par ingestion de pilules spéciales. C'est plus cher que les piqûres, mais c'est paraît-il moins dangereux et l'immunisation dure plus longtemps, tu devrais te renseigner auprès de Robin et si c'était vrai on se ferait vacciner ainsi. Tu m'enverrais les pilules de Paris.......

Je suis très inquiet de te savoir si anémiée...

J'aimerais mieux que tu ne te fasses pas vacciner. Tu n'as qu'à être prudente, à ne pas embrasser sur la bouche d'anciens typhoïdeux et tu seras tranquille, fais bouillir ton eau 20 minutes...

Ne te fais pas trop droguer, mon Lou. — Surtout toutes ces piqûres, à moi ne me disent rien qui vaille.

Mais je sais bien que sur ce terrain, comme sur bien d'autres, tu croiras tout le monde excepté moi...

Je t'écris, mon Lou chéri, dans un bouquet de bouleaux, près d'un champ où j'ai mis mon cheval à bouffer de la luzerne, j'écris sur un rouleau en fonte, machine agricole dont j'ignore l'usage et qui est abandonnée à cette place. Pas un nuage au ciel, il fait chaud, mais il y a de la brise.

Ce matin canonnade fantastique avec les sonorités musicales et graves d'un train blindé qui tirait tant qu'il pouvait...

En ce moment, un avion boche est la seule chose qui paraisse vivante dans le secteur, sauf aussi quelques coups de fusil dans les tranchées où éclate aussi parfois lourdement une bombe...

Moi aussi, ptit Lou, je suis passablement fatigué... surtout le matin, la nuit je ne dors presque pas à cause de tous ces rats et de toutes ces couleuvres. Je finis par croire qu'ils font l'amour ensemble; maintenant il y a aussi des sansonnets qui ont fait leur nid entre les roseaux du toit et la toile de tente qui sert de plafond. Hier soir, j'ai cassé mon verre de lampe. Je vais trotter tout l'après-midi pr tâcher de le remplacer, ce qui est difficile, car les verres de lampe, à ce qu'on dit, venaient pour ainsi dire tous de Saxe. *Je vais faire un petit bouquin*[1]*; je vais t'envoyer des bulletins de souscription, tu tâcheras de m'en placer* et demanderas à Mémée d'en placer. C'est le procédé habituel pr les livres de vers, mais il ne s'agit nullement d'une bonne œuvre. C'est un livre que je vends à ceux qui aiment ce que je fais. Il n'en sera tiré que le nombre strict de souscriptions au moment du tirage et ce nombre ne pourra dépasser 112 exemplaires. Au demeurant, toutes les souscriptions seront pr toi évidemment, je t'enverrai ce que je ramasserai de mon côté... et j'enverrai le livre à tous les souscripteurs. *Si tu en places seulement 20 à 20 francs, ton dentiste sera payé...* et les amateurs auront un livre unique fait et imprimé sur le front... Réponds à ce sujet. Mille baisers passionnés de

Gui.

1. Il s'agit de *Case d'armons.*

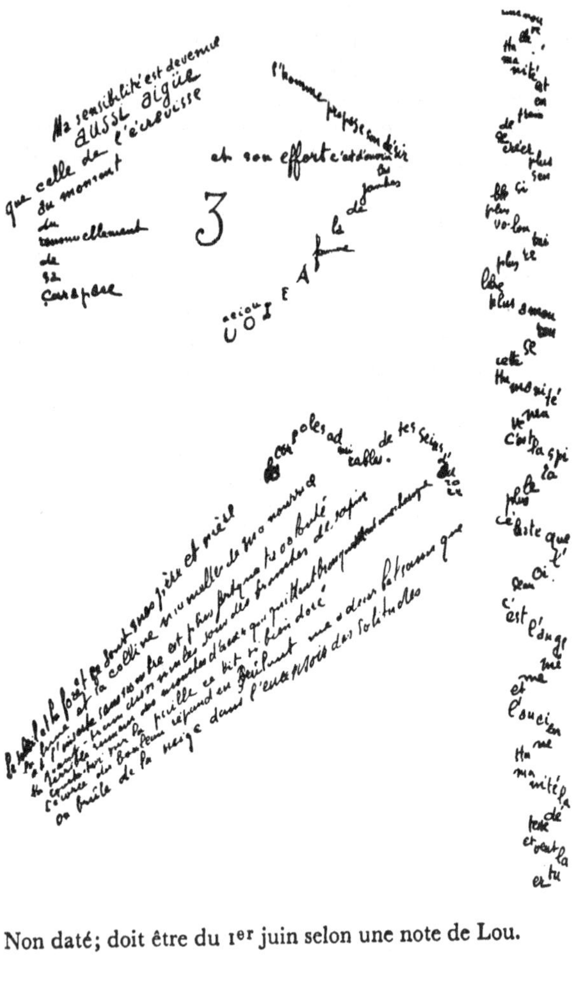

1. Non daté; doit être du 1er juin selon une note de Lou.

175

L'ATTENTE [1]

On attend le moment de gagner la victoire
On espère l'amour, on espère la gloire
        On cueille des lilas
Derniers lilas pareils à des baisers très las

On attend des baisers plus doux que cette lune
Et les fleurs du printemps tombent l'une après l'une
La couille de Japonais rôtie et remplie de
        chiures de mouche

Le puceron du rosier

C'est une perspective mieux que celle de Nevsky

Une couleuvre avec un archevêque

Le pape est généralissime

On a joué la *Brabançonne* et les nerpruns fermaient l'horizon

On portait des poteaux télégraphiques de rechange

Les alluvions les plus récentes

Ô tranchée blanche ouverte comme un œuf à la coque

Les grenouilles immobiles la tête hors de l'étang

Tes cheveux sont aussi doux que des morceaux de sucre

Il y a une horloge qui ne montre que le blanc de l'œil

Tes nichons rempliraient un quart de cavalerie

Escalier en spirale plus beau roman des temps modernes

Elle a des poils en fils de fer barbelés

Narines chevaux de frise

Mais où est le sycophante pour que je revoie

Au moins la figue

Cette petite fille avait le grade de commandant

Toute tatouée, des seins exactement
    Comme des bananes

Il y a ici un ancien marin qui a sodomisé un Hindou

Le veau d'or a tiré son coup

La boulangère est avec le Sénégalais

Les cages dorées où sont les Japonaises

Nuit et nuit et les lilas qui meurent

Il faut tourner rapidement en

Suivant une courbe du second degré

Pour revenir aux jours les plus charmants des jours passés
qui pleurent
Un servant
fait comme Diogène faisait et se branle devant l'Armée
Il y a aussi quelqu'un
Qui se fait pomper le cyclope avec une pompe à bicyclette

1. Daté par Lou du 29 mars 1915, ce poème isolé est certainement postérieur. Plusieurs détails invitent à penser qu'il fut écrit entre la fin de mai et le début de juin 1915.

176

2 juin 1915.

Épatante, mon Lou, l'idée de m'envoyer des feuilles de roses et de trouver ça pas convenable!... J'en ai ri une heure au moins et en même temps ça m'excitait rudement... car tu fais ça mon Lou à la perfection. Nom d'une pipe, soigne-toi... Si tu ne te soignes pas, je serai furieux... Je ne veux pas que tu deviennes laide, JE NE VEUX PAS. JE VEUX QUE TU TE SOIGNES... Pas de neurasthénie. On reviendra Toutou et moi et tu verras comme on te soignera et on te rendra très heureuse tout en te laissant libre pour ce qui concerne *l'horticulture*... Non je ne savais rien de la mort de ton cousin... peu de journaux ici,... pas tous les jours, presque jamais le même, on les parcourt, souvent on n'a pas le temps surtout si on veut écrire à son ptit Lou... Est-ce des mêmes photos que tu voudrais encore? Je vais tâcher d'en avoir, mais pas sûr, garde-les précieusement, ce sera un souvenir...

Mon ptit Lou très adoré, le long baiser vicieux que tu m'as envoyé m'a mis dans un état épouvantablement exquis... Je me suis revu le maître de Lou, je la dominais entièrement; Lou était malade d'excitation... et elle aimait Gui son dominateur à la folie. Lou n'était qu'un petit garçon que je fouettais par plaisir... pendant que le petit Lou tremblait de désir et d'amour, Lou n'était qu'un petit garçon pas sage, mais pas sage du tout... je faisais tomber son petit pantalon marin pour bien voir tes grosses fesses roses... un de mes bras passait sous ta taille et pressait très fort sur ton petit ventre dur et lisse qui jouissait sous cette pression... pendant que de l'autre main je te fouettais fort, très, très fort, t'obligeant à tenir tes grosses fesses roses bien en l'air, bien écartées, épanouissant comme une fleur brune la grasse et humide fleur qu'elles abritent... pendant que je tapais si fort, *impitoyablement*, n'écoutant ni tes pleurs, ni tes cris, ton gros derrière se dandinant d'un air stupide passait par toutes les teintes de l'arc-en-ciel et finissait par s'emperler de sang par endroits, ... puis ensuite, je te forçais à cette possession qui te fait si mal et si peur, et ... Je reprends ma lettre 12 heures après le commencement. Mon petit Lou adoré, ne t'en fais pas trop... Cependant tout réfléchi j'ai peur que la guerre ne soit pas encore finie, à ce propos, petit chéri, je voudrais bien avoir ton avis. Tu sais que je t'adore, mais je t'aime surtout quand tu es gentille, quand tu es un peu à moi... Quand je te sens comme ça je ne rêve qu'à une chose : te prendre dans mes bras et à te bercer doucement, très doucement dans mes bras câlins, je veux aussi ton sommeil chéri, très chéri, moi près de toi, regardant tes jolis nichons gonflés et roses comme des églantines.

LOU MA ROSE

Lou, tu es ma rose
Ton derrière merveilleux n'est-ce pas la plus belle rose
Tes seins tes seins chéris ne sont-ce pas des roses
Et les roses ne sont-ce pas de jolis ptits Lous
Que l'on fouette comme la brise
Fustige les fesses des roses dans le jardin
            Abandonné
Lou ma rose ou plutôt mes roses
Tu m'as envoyé des feuilles de rose
            Ô petite déesse
            Tu crées les roses
            Et tu fais les feuilles de roses
                Roses

Petites femmes à poil qui se baladent
Gentiment
Elles se balancent en robe de satin
Sur des escarpolettes
Elles chantent le plus beau parfum, le plus fort le plus doux
Lou ma rose ô ma perfection je t'aime
Et c'est avec joie que je risque de me piquer
En faveur de ta beauté
Je t'aime, je t'adore, je mordille tes feuilles de rose
Rose, reine des fleurs, Lou reine des femmes
Je te porte au bout des doigts ô Lou ô rose
Au bout des doigts, en te faisant menotte
Jusqu'à ce que tu t'évanouisses
Comme s'évanouit le parfum
Des roses
Je t'embrasse, ô Lou et je t'adore

Gui.

177

3 juin 1915.

Ma petite chérie,

Mais quel est donc *l'horrible mot* que tu n'as pas écrit, tu te *fais*... quoi... je veux absolument savoir?... Je te défends absolument d'avoir de mauvaises idées...

Non... alors, la chose est impossible si tu dois bientôt partir, car pour moi ç'aurait [été] une question de tact et qui aurait pris du temps, d'ailleurs pour toi difficulté car évidemment toutes ces villes sont dans zone que tu dis — Pour moi j'y serais bien parvenu, mais toi!!! J'y renonce donc... Surtout que tu seras plus heureuse là-bas avec Toutou et tes amis... et tu m'oublieras aussitôt comme l'autre fois...

Je ne me fais plus d'illusions à ce sujet... Préviens-moi de ton départ pr que je puisse adresser mes lettres comme il faut... Mais, m'écriras-tu seulement?.... L'important est que tu sois bien... ne te préoccupe pas de moi... ça n'a pas d'importance... un obus moral ou matériel de plus ou de moins, maintenant je m'en fous...

D'ailleurs je sais bien que Toutou n'est probablement pas mon ami comme je suis le sien... il ne me connaît pas et s'en fout pas mal...

Au revoir donc Ptit Lou...

J'espère toujours d'ailleurs te retrouver après la guerre —

Mais mon ptit Lou, ne crois pas qu'il y ait de reproches là-dedans, je t'aime bien, tu le sais et comme tu m'embrasses, à la façon qui me fait quelque chose, je prends cela et après tout, mon ptit Lou, je ne sais pourquoi je dis ça, je sais bien que tu m'aimes beaucoup, que Toutou est aussi mon ami, mais qu'il ne me connaît pas, qu'il ne peut avoir l'exaltation d'un poète ne l'étant point.

Amuse-toi — fais comme tu veux, tu es mon amie pour la vie, c'est tout et c'est assez, mon ptit Lou adoré que j'embrasse de toutes mes forces, ptit Lou, mon ptit cœur, très chéri....

LOU, MON ÉTOILE

L'étoile nommée Lou est aussi belle aussi voluptueuse qu'une jolie fille vicieuse
Elle est assise dans un météore agencé comme une automobile de luxe
Autour d'elle se tiennent les autres étoiles ses amies
Autour de l'automobile stellaire s'étend l'infini éthéré
Les Planètes rutilantes se montrent tour à tour comme des déesses callipyges sur l'horizon
La Voie lactée monte comme une poussière derrière
Le météore automobile
Des guirlandes d'astres décorent l'infini
Le météore automobile luxueux et architectural
Comme un palais
est monté sur un bolide énorme qui
tonne à travers les cieux
qu'il sillonne d'éclairs
versicolores et durables comme
de merveilleux feux de Bengale
Et doux comme des baisers éternels
Et des rayons de soleil ombragent
Ainsi de beaux arbres
printaniers
La route diaphane
Ô Lou, étoile nommée Lou la plus belle des étoiles
Ô reine des Étoiles

Ton royaume s'étend en plaines animées comme les oiseaux
En plaines mouvantes comme un régiment
De Fantassins nomades
Étoile Lou, beau sein de neige rose
Petit nichon exquis de la douce nuit
Clitoris délectable de la brise embaumée
d'Avant l'Aube
Les autres astres sont ridicules et sont tes bouffons
Ils jouent pour toi des comédies
Fantasmagoriques
Ils font les fous pour que l'Étoile nommée Lou ne s'embête pas
Et parfois les nuits sont mortelles
L'étoile nommée Lou
Traverse des prairies d'asphodèles
Et des fantômes infidèles
pleuvent dans les abîmes autour d'elle...
Mais cette nuit est si belle!...
Je ne vois que l'étoile que j'aime.
Elle est la splendeur du firmament
Et je ne vois qu'elle
Elle est un petit trou charmant aux fesses des nuages
Elle est l'étoile des Étoiles
Elle est l'étoile d'Amour
Ô nuit, ô nuit dure toujours ainsi
Mais voici
Les gerbes des obus en déroute
qui me voilent
mon étoile
Je baisse les yeux vers les ténèbres de ma forêt
Et mon intelligence amoureuse
Devient oiseau
pour aller revoir plus haut plus haut
Plus haut toujours
ce petit cœur bleuâtre
Qu'est mon étoile nommée Lou

Ma douce étoile qui fait vibrer au ciel
Des mots d'amour exquis
qui viennent en lents airs dolents
qui correspondent nuance à nuance
à chaque chose que je pense.
Étoile Lou fais-moi monter vers toi
Prends-moi dans ta splendeur
Que je sois ébloui et presque épouvanté
Que l'espace bleu se creuse à l'infini
Que l'horizon disparaisse
Que tous les astres grandissent
Et pour finir fais-moi pénétrer dans ton paradis
Que j'éprouve une sensation
De bien-être inouï
Que j'absorbe par toute ma chair, toute mon âme
Ta lumière exquise
Ô mon paradis

Gui.

178

4 juin 1915.

Mon petit amour, les crapauds et les crapoussins chantent une seule note, qui est comme la topaze brûlée de ton regard et qui dit : « Lou, Lou, Lou... » uniquement.

Hier rien de toi, temps splendide, pas de canonnade ou très rares coups; m'embête.

Voudrais mon Lou tout près, mon Lou très chéri. Ai pas eu le temps de faire les bulletins de souscription, vais tâcher de les faire demain — ne pourrai imprimer le livre qu'à 60 exemplaires au plus, ce sera une vraie rareté.

Le titre : *La case d'armon.*

Nous avons des malades assez souvent, la vie est lassante...

Hier, reçu un journal boche en français, le journal est venu par un taube qui nous l'a jeté plié comme ceci  à peu près. Il s'intitule LE COURRIER DES ARDENNES *journal des pays occupés*, est imprimé à Charleville et daté du 21 mai. Un article de tête en français mais style boche pr se plaindre de l'Angleterre, puis 2 colonnes des *communiqués français* reproduits intégralement, plus quelques articles notamment un où les Boches se plaignent que les Français jettent leurs morts par-dessus la tranchée ce qui n'est guère hygiénique tandis qu'eux Boches les brûlent — Suit une longue liste de prisonniers précédée d'une protestation que les prisonniers seraient bien traités en Allemagne, et ceci est faux car j'ai lu une lettre prouvant le contraire et apportée par un grand blessé revenu par la Suisse et qui l'a envoyée ici au poilu à qui elle était adressée par son cousin prisonnier.

Je t'envoie un petit paquet contenant un sifflet que j'ai fait plus 2 plumes d'épervier, le tout enveloppé dans un journal américain cubiste [1] que tu auras la bonté de ne pas jeter car j'y tiens.

Je me suis fait une belle canne en tige de betterave — vert tendre exquis.

Ci-joint les ailes ou plutôt les élytres (je crois) d'un autre insecte des tranchées, c'est d'un vert doré extraordinaire.

Je t'aime tout plein mon ptit Lou tant chéri, et voudrais te câliner doucement, doucement des heures durant pour oublier tout ce qu'il y a de mauvais dans le monde.

Je te prends dans mes bras et je te baise partout sur les yeux, les oreilles, le cou, les nichons adorables, partout.

Je t'aime tout plein et pour toujours, mon grand chéri, ma grande sensitive trop nerveuse, aux grands yeux de biche énamourée.

Ma langue dans ta bouche.

Gui.

1. Vraisemblablement la revue de Picabia *291*.

179

Manière de s'en servir [1] : de façon que les deux ouvertures soient perpendiculaires dans la bouche comme ceci. 

C'est le sifflet dont je me sers
Sur le théâtre de la guerre
Pour siffler les Boches en Vers
En Prose et de toute manière

Et que Lou siffle en ce sifflet
Pour appeler son grand Toutou,
A Gui l'An neuf... Et mon poulet
Souhaite à Lou l'amour partout

Gui.

1. Selon une note de Lou, cette carte militaire sans date ni adresse daterait du 27 mai. Or, elle accompagnerait plus probablement le paquet dont parle Apollinaire dans la lettre datée du 4 juin 1915.

180

5 juin 1915.

Chère amie, absolument pas le temps d'écrire plus longuement, je vous envoie mes amitiés très profondes. Tâcherai d'écrire longuement demain [1].

Votre

Gui.

1. Comme le numéro 134.

181

6 juin 1914 [1].

Mon ptit Lou,

Hier, pas eu le temps d'écrire une lettre, t'ai envoyé une carte.

Je me demande si le régime du front sera bon pour le ptit Lou dont les nerfs sont si fatigués.

Évidemment, j'ai renoncé à te voir parce qu'il faudrait temps et tact et que du moment que tu es sur le départ, il n'y a plus à en parler...

Puis après tout, inutile de gaspiller de l'argent à rester auprès de moi.

Mais j'avais un meilleur moyen encore que je n'ai dit... Ce séra pour une autre fois, si la guerre dure encore quand tu seras revenue de chez Toutou.

Mais pour mener ces choses à bien faut pas être à 10 jours près...

J'ai regardé aujourd'hui de jolies libellules de couleur turquoise voler en faisant l'amour, le derrière de l'un sur la tête de l'autre, quelques-unes même font 69 et volent ainsi doubles en forme de cœur, il y a des libellules monoplans et des libellules biplans... C'est très joli à regarder...

Hier, j'ai vu deux moustiques qui trouducutaient autour de ma bougie et qui s'étant brûlé les ailes dans un moment d'extase ont fini par se noyer dans la stéarine....

J'aurais voulu que tu me dises tout. Mais j'y renonce et

me contente de ce que tu ne me dises rien. Cependant si tu me disais tout je n'interpréterais pas tes phrases de travers... Mais je ne les interpréterais [2] plus de travers, me contentant de n'y voir que le sens immédiat.

Tu es mignonne comme tout de me dire que tu voudrais *tant* m'embrasser!

Beaucoup de gens pensent que la guerre se terminera en août. Ça ne me paraît cependant impossible [3] —

Prends bien garde à la mauvaise réputation qui entoure *forcément* les femmes qui vont ou qui vivent *sur le front*.

Ne prends pas cela du tout comme un blâme ou quelque chose d'approchant. Je te le dis et d'ailleurs tu dois le savoir. Ici la femme la plus célèbre est celle que l'on désigne sous le nom *la Boulangère*, elle était jolie au commencement de la guerre, maintenant que l'armée y a passé, c'est une vérole ambulante, effrayante. Les Histoires sur la Boulangère sont fantastiques.

Mais il n'y a pas que la boulangère, il y a en ce moment les petites filles, 14, 15 ans, beaucoup plus tentantes, pas pour moi, évidemment, qui suis la chasteté même, mais pour les autres.

Je te raconterai toutes ces belles et suggestives histoires plus tard...

Beaucoup de Picards dans ma batterie... Les Anglais sont dans leur pays comme au temps de la Guerre de Cent Ans et dans leur langage si français il reste bien des traces de l'occupation anglaise. Pas d'articles *le*, *la*, *les*, mais l'article anglais *the* qui se prononce *ç'* au singulier et *ces* au pluriel. C'est curieux comme tout [4].

J'ai un bouquet merveilleux de pivoines roses très ouvertes et qui sentent délicieusement.

On dirait des jeunes filles très fraîches, très bien portantes, très gaies et prêtes de toute leur chair à faire l'amour.

En ce moment, il y a beaucoup de calme en ce qui concerne la guerre mais je me demande si ça va durer...

Pendant ce temps les Russes, je crois, avancent à la façon des écrevisses.

Je t'embrasse très, très fort.

Gui.

1. *Sic*, pour « 1915 ».
2. *Sic*, sans doute pour « interpréterai ».
3. *Sic*. Comme Apollinaire a plusieurs fois exprimé l'opinion que le conflit serait long, il faut vraisemblablement lire : « Ça me paraît... »
4. Faut-il préciser que cette explication est tout à fait fantaisiste?

182

7 juin 1915.

Ma petite fille chérie,

Je ne sais guère que t'écrire aujourd'hui, mon amour. Ce matin lever à 4 heures pour la Revue, remise de citations à l'ordre, c'est du moins comme cela je crois que ça s'appelle. Puis le bruit court de la chute du ministère, Joffre deviendrait ministre de la Guerre, Galliéni généralissime, et Caillaux président du Conseil, et bien que ce dernier ait été il y a un mois encore l'homme le plus mal vu de France, j'ai entendu les types les plus intelligents même officiers, dire : « Vive Caillaux! Il nous amènera la paix. » Je n'en voulais pas croire mes oreilles, mais le cri : « Caillaux, c'est la paix » retentit encore à mes oreilles aussi bien dans les puits du génie où j'ai été ce matin à 6 mètres des Boches, que dans le cantonnement d'artillerie où je suis cet après-midi —

Cependant, je suis sûr que, la question Caillaux à part, Galliéni serait d'un réconfort épatant et la marche en avant — Nous sommes tous habillés de neuf et bien habillés, car les tailleurs du régiment en ont mis. Et c'est le moment de marcher, on ne demande que ça, dusse-t-on être tués [1]. Galliéni inspire ici une confiance inébranlable, et moi qui en ai entendu parler, je suis un peu de cet avis. Joffre c'est très bien, temporisation, on attend, mais nom d'une pipe ce n'est pas de la tactique, ou plutôt c'est peut-être de la tactique mais ce n'est pas de la stratégie... C'est très bien de faire des trous et de se cacher dedans mais ce qu'il faut c'est avancer..

Voilà, mon petit rat — Je ne sais si Toutou est comme ça mais j'en ai assez des couleuvres et des rats.

J'ai envie de baiser toi ou une autre fût-elle Boche, mais pas de femme du front, nom de d'là, à cause de la vérole —

Enfin, on espère de grands événements.

Ci-joint un croquis d'une partie du cimetière près d'ici [2].

Tu ne sais pas où c'est, mais c'est tant pis pour mon ptit Lou.

C'est pas vrai, que je sois jaloux comme tu dis —

Mais naturellement je préfère moi seul et puis je n'ai pas le droit de parler de ça.

Mais si je te savais ce que je ne veux pas dire, en réalité je t'aimerais peut-être toujours mais ne serais plus ami avec toi —

Voilà, mon ptit Lou, un peu affolé et qui va partir —

Je ne t'écris pas long, parce que tu ne m'écris pas long non plus et que cela me dégoûte un peu d'écrire à quelqu'un qui jamais ne m'écrit de longues lettres.

Quoique cependant je t'adore et t'embrasse très, très cochonnement. Ton

Gui.

1. *Sic.*
2. Voir illustr. 11.

183

8 juin 1915.

Mon Lou très chéri, je ne peux t'écrire plus long aujourd'hui. Pas le temps trop à faire et suis comme fou d'avoir chevauché énormément au soleil torride depuis 3 jours. Hier fête donnée par l'infanterie me suis amusé un peu.

Mais toi, mon ravissant ptit Lou que j'adore, tu es un petit salop de m'écrire si court.

Tu m'écris toujours sur tes emmerdements jamais sur tes plaisirs et je te connais assez, mon petit garçon voluptueux, pr savoir que ton ptit cul doit malgré tout, ne serait-ce que par habitude, avoir des sensations, pour le moins solitaires — mais tu ne parles de rien, comme si j'étais un sot.

Il fait chaud, chaud, chaud, les charognes puent, mais le ciel est épatant; les Boches nous foutent la paix, mais j'espère que nous ne leur foutrons pas la paix.

Le canard de l'autre jour sur le ministère s'est dissipé comme un nuage.

Enfin, si ça dure et un major venu de Paris dit que ça va durer un an! un an, nom d'une pipe — Enfin, je crois que nous allons faire de la besogne ici, si j'en crois les bruits.

J'ai quatre roses épatantes dans les mains je t'envoie un pétale de chaque, et je t'embrasse pr chacune sur les 2 joues et sur les 2 fesses. Mais, toi, mon petit cochon chéri, écris-moi une longue lettre et dis si quand tu pars tu laisses des affaires chez moi pour que je le sache.

Il faut que je foute le camp à cheval, longue trotte, suis las, las, las, mais ne m'embête pas en ce moment.

T'embrasse partout, petit salaud adoré.

Gui.

184

11 juin 1915.

Mon ptit Lou,

Naturellement, quand t'as besoin de n'importe quoi, faut toujours le dire. Je crois que nous filons ailleurs. Je t'enverrai vite le n° du secteur.

Ptit Lou très chéri, en ce moment, pour me remonter et me redonner confiance de t'écrire longuement et aussi poèmes, si tu les aimes, faudrait une longue lettre de toi, sans ça Gui démoralisé de l'indifférence de Lou se taira de plus en plus.

Je t'adore quand même...

LE SERVANT DE DAKAR[1]

C'est dans la cagnat en rondins voilés d'osiers
Auprès des canons gris tournés au Nord
Que je songe au village africain
Où l'on dansait où l'on chantait
Où l'on faisait l'amour
Et de longs discours
Nobles et joyeux
Je revois mon père qui se battit
Contre les Achantis
Au service des Anglais
Je le revois
Caresser les seins nus durs comme des obus
De ma sœur au rire en folie

Et je revois ma mère la sorcière
Qui seule du village
Méprisait le sel
Et pilait le millet dans un mortier
En regardant mon frère
Bercer sa superbe virilité
Comme on berce un petit enfant
Je me souviens du fétiche dans l'arbre
Un fétiche délicat et inquiétant
Et du double fétiche
De la fécondité
Plus tard une tête coupée
Au bord d'un marécage
        Ô Pâleur de mon ennemi
C'était donc une tête d'argent
Et dans le marais
C'était la lune qui luisait
        C'était donc une tête d'argent
Là-haut c'était la lune qui dansait
        C'était donc une tête d'argent
Et moi dans l'ombre j'étais invisible
        C'était donc une tête nègre dans la nuit profonde
Et ma sœur plus tard
Suivit un tirailleur
        Si je voulais savoir mon âge
Il faudrait le demander
A l'évêque
Si doux si doux avec ma mère
De beurre de beurre avec ma sœur
C'était dans une petite cabane
Moins sauvage que notre cagnat
De canonniers-servants
        J'ai connu l'affût au bord du marécage
        Où la girafe boit les jambes écartées
J'ai connu l'horreur de l'ennemi qui dévaste
Le village

Viole les femmes emmène les filles
Et les garçons dont la croupe dure sursaute
    J'ai porté l'administrateur de village en village
En chantonnant
    Et je fus domestique à Paris
    Je ne sais pas mon âge
    Mais au recrutement
    On m'a donné 20 ans
Je suis soldat français on m'a blanchi du coup
Secteur 59 je ne peux pas dire où
Hélas pourquoi donc être blanc
Est mieux qu'être nègre
    J'ai aimé des corps durs pleins de bosses voluptueuses
Je me souviens d'un lac affreux une nuit folle
    Une nuit de sorcellerie
Et de couples enchaînés par un atroce amour.

A bientôt, je t'embrasse. Au revoir, Lou, je t'adore.

Gui.

1. Ce poème est dans *Calligrammes* avec quelques variantes.

185

21 juin 1915.

Ptit Lou, tu dois être maintenant auprès Toutou. Et vous ne vous embêtez ni l'un ni l'autre. Nous avons changé de secteur. Je ne sais plus bien qu'écrire puisque faut tant prendre garde... Je voudrais bien souffler dans mon petit sifflet à 2 trous. Toutou à ce que je comprends vaguement me prend un peu pour un soldat de carton et se moque un peu de moi. Ça ne fait rien je l'aime bien tout de même. Mais pas si en carton que ça — dis-le-lui. D'ailleurs dis-lui aussi que les meilleures choses se font avec les plus inattendues. Le Christ quand il se choisit des apôtres prit des pêcheurs ignorants. D'autre part les gens de lettres ont toujours fait bonne figure à la guerre, témoin Paul-Louis Courier, Choderlos de Laclos auteur des *Liaisons dangereuses* qui réorganisa l'artillerie et fut un homme singulièrement maître de lui, Reveroni de Saint-Cyr *[sic]* auteur de *Pauliska* ouvrage bizarre fut artilleur également, Andréa de Nerciat auteur de *Félicia* qui est la seule héroïne de roman à qui tu ressembles à mon sens était aux armées aussi, Corneille Blessebois fameux auteur du *Rut ou la pudeur éteinte* soldat encore, je ne parle pas des poètes Sygognes, Agrippa d'Aubigné, le poète apocalyptique qui fit le vers exquis :

Une rose d'automne est plus qu'une autre exquise.

Vigny et d'autres furent soldats. La plupart furent officiers, c'est vrai, ce qui change beaucoup la question, mais si on avait le temps on n'aurait pas de peine à trouver des poètes simples soldats ou brigadiers et qui aient été de bons soldats.

Ici, j'ai trouvé à une autre batterie, un poète dramaturge, nommé Voleroy ou quelque chose comme ça, pas connu comme poète, mais plus connu sous son vrai nom de Verdier, il était propriétaire de l'ancienne Maison Dorée et joint à des talents poétiques que j'ignore un remarquable don culinaire qu'il m'a mis à même il y a 3 jours d'apprécier en m'invitant à déjeuner dans son gourbi. Il est brigadier de tir et fait en même temps la cuisine de sa pièce qui ne s'en plaint pas.

Pour le surplus Gaston Chérau romancier célèbre qui m'avait fait entrer au *Matin* il y a 3 ans, vient d'être nommé sergent et le nombre des littérateurs simples soldats dans la guerre actuelle n'est pas plus rare que celui des artistes célèbres, en ce moment simples soldats également. Au contraire, pas mal d'officiers sont dans le civil simples agents du Planteur de Caïffa ou quelque chose de semblable.

Pour ce qui est de l'appartement, il est à ta disposition. Maintenant que tu es là-bas je déchirerai le plus de lettres que je pourrai sauf les tiennes — néanmoins je t'ai envoyé par Toutou ma lettre de la petite fille dont je t'ai parlé. J'ai peur d'abîmer cette lettre en dentelle et si amusante —

La vie est toujours la même et tes lettres m'ont donné beaucoup de joie par ce qu'elles m'annonçaient. Mais, faut pas croire, mon chéri, que personne manque de courage, ce serait presque un sacrilège. Cependant ce qui gêne c'est le manque de point de repère et aussi le sentiment qu'on s'amuse beaucoup à l'arrière.

Je m'en tiens toujours au régime moral du nénuphar.

Et ne souhaite pour le moment qu'une seule chose : qu'un sandwichage idéal me joigne à vous et à Toutou, si cela ne déplaît point.

Au demeurant, n'oublie point que je suis maintenant au secteur 69. Je me porte en ce moment comme un charme. Il manque en ce moment plusieurs sous-off. un a été tué hier, 2 ont été évacués et un est parti à un poste d'observation où il se trouve heureux comme un prince. Je ne vois guère que moi qui puisse être nommé dans la batterie à moins qu'on n'en fasse venir du dépôt. Enfin j'ai bon espoir de ce côté-là. Alors, veine ! Ça en boucherait un coin à Toutou, qui me croit soldat en carton. Je voudrais passer rien que pour faire maronner notre cher et grand mathématicien et aussi parce que c'est tout de même plus agréable. Enfin, il arrivera ce qui arrivera. Après quelques jours de paix la guerre recommence. Les bois sont tout de même très beaux, ils ne participent point de la colère des hommes. Cependant les fleurs des champs éteignent leurs couleurs, seule la flamme azurée du bleuet perce les blés et des jardins déjà émerge le périscope de la fleur de lys.

La plus belle histoire depuis 15 jours, c'est celle d'un sous-off. parti maintenant après un petit séjour, une charmante villégiature. Arrivé ici avec un coup de pied de Vénus, on ne l'avait pas reconnu malade, aussi dès qu'il s'est trouvé dans le bois a-t-il mis son bock en batterie en le suspendant à un arbre : c'était rigolo comme tout ce bock émaillé blanc et bleu, le caoutchouc rouge et la canule. Quand on entrait dans le bois on ne voyait que ça. Enfin la comédie a cessé. Vois-tu le général Joffre venant voir ce tableau sylvestre...

Case d'armons a paru à 25 exemplaires et quelques exemplaires sont placés. Je les placerai tous sauf ceux que je donnerai. Écris-moi longuement. Il y a maintenant bien bien longtemps que je n'ai plus de lettres de toi. Merci des renseignements que tu m'as envoyés. La maladie du roi de Grèce m'avait toujours paru équivoque. Maintenant un petit poème pour intermède.

186

POÈME [1]

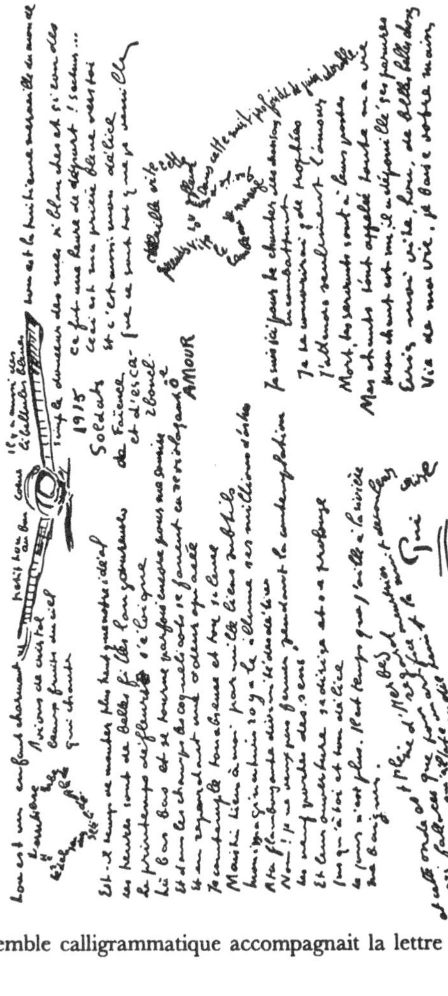

1. Cet ensemble calligrammatique accompagnait la lettre du 21 juin.

187

22 juin 1915.

Mon gentil petit Lou,

La lettre du train, l'autre de Nancy aussi étaient merveilleuses — me voilà tout consolé et tout heureux — Je suis rudement content aussi faut bien faire plaisir à Toutou pour tout ça surtout que c'est sérieux de votre côté, mes petits amours.

Je ne suis pas triste du tout du moment que c'est comme dit ta lettre — Ce petit garçon est à fouetter — Pour dire que je suis cent fois... c'est que tu as lu les *onze mille*... mais ça c'est rien... Je sais des choses autrement récréatives... tu verras!! (si tu veux) —

T'as bien raison d'être intransigeante. Ta fierté native, ton bon sens exquis, ta droiture naturelle te montrent avec raison qu'il n'y a pas 36 solutions dans un cas comme celui-ci — Et je suis fier de toi, mon ptit Lou, notre charmant Toutou, même, ne le comprend pas tout à fait — Et pourtant c'est vrai — il n'y a pas de milieu, faut que tous les hommes viennent ici — après on verra. Pour commencer tout le monde ici. Les autres histoires sont de la politique dégonflarde à l'usage des embusqués. Je dis que Toutou ne l'a pas compris — (c'est à mon propos) — pour le reste, je gage qu'il est de mon avis. Cependant, faut pas confondre la zone des armées, avec la zone de l'avant. Les embusqués ne manquent point dans la zone des armées — Et si je dis cela, ce n'est pas par envie pour ceux qui sont ailleurs. Puisque j'aurais pu être ailleurs et même rudement agréablement avec un Lou merveilleux.

Pour tout le programme, tu peux être tranquille si tu es sincère — moi, le suis — alors toute ta volonté sera faite et tu m'auras toujours comme tu veux.

Ne te gêne pas pour dire ce dont tu as besoin, ferai toujours mon possible — ne le répéterai plus — Tu le sais, ça suffit —

Pas de nouvelles de Mme Mortier. A été froissée je crois que tu ne lui aies pas dit bonjour chez Topsy.

Envoie mesure bague — L'histoire de Lou journaliste m'a amusé extrêmement.

Naturellement, chez moi c'est chez toi —

Ne reste pas dans les rues quand survolent les Boches. C'est vraiment ridicule de la part de mon ptit Lou. Je ne veux pas du tout qu'il ait du bobo.

Aussi fais-moi le plaisir d'être extrêmement prudent car faudra tenir les promesses faites dans le train et c'est pas les Boches triples salauds qui t'en fourniront les moyens — On tiendra ce que ça durera —

Mais j'aimerais bien qu'on aille vite, dût-on y laisser quelque chose.

Je vous embrasse tous deux bien tendrement.

Gui.

188

23 juin 1915.

J'écris en principe le mercredi et le dimanche. Aujourd'hui donc mercredi — Réponse à ta si sérieuse lettre du 18 — Nancy. C'est entendu, tout l'enthousiasme est bien cependant ce n'est pas la place d'un petit garçon comme Lou. Faut être prudent, prudent. Il est vrai que la mort est moins effrayante qu'on ne pensait jadis. Les Japonais nous ont d'ailleurs enseigné le mépris de la mort, ou plutôt pas le mépris l'indifférence à son endroit car elle n'est rien autre que la vie, qui ne peut faire défaut.

Il faut me dire quel ton, je peux prendre dans ces lettres, pour le moment je ne sais pas. J'aime mieux faire un petit poème. Mais avant je veux aussi que l'on transmette mes amitiés à Toutou —

Nous élevons un tiercelet, petit oiseau rapace, qui fut je crois usité autrefois en fauconnerie. Il s'appelle Aquilan, du moins je lui ai donné ce nom d'un chef sarrasin qui faisait partie d'une troupe appartenant à Sargolant qui vint interrompre avec sa flotte une fête donnée au bord de la mer par Beuves d'Hanstonne en l'honneur de la prochaine délivrance de sa femme, qui de peur en voyant arriver les pirates accoucha dans les bois sur un chariot que suivait sur une haquenée blanche, sa sœur, la belle Ysanne. Les Sarrasins prirent Ysanne et l'un des guerriers Aquilan de Mayorque, épousa plus tard la jolie Ysanne.

Aquilan le tiercelet n'a pas d'Ysanne, c'est un niais, qui a un fil à la patte, a encore peur des mulots, mais il les lie tout de même déjà dans ses serres jaunes.

Pour le demeurant c'est un oiseau charmant qui me rappelle l'épervier chéri que Fédéric (dans les contes de Boccace) sacrifia pour donner à souper à la veuve qu'il aimait.

189

C'EST [1]...

C'est la réalité des photos qui sont sur mon cœur que je veux
Cette réalité seule, elle seule, et rien d'autre
Mon cœur le répète sans cesse comme une bouche d'orateur et le redit
A chaque battement
Toutes les autres images du monde sont fausses
Elles n'ont pas d'autre apparence que celle des fantômes
Le monde singulier qui m'entoure métallique végétal
Souterrain
Ô vie qui aspire le soleil matinal
Cet univers singulièrement orné d'artifices
N'est-ce point quelque œuvre de sorcellerie
Comme on pouvait l'étudier autrefois
A Tolède
Où fut l'école diabolique la plus illustre!
Et moi j'ai sur moi un univers plus précis, plus certain
Fait à ton image

1. Poème placé au verso de la lettre précédente.

190

ORIANDE [1]

La fée Oriande vivait dans son château de Rose-Fleur
C'est ici, quand ce fut le déclin du printemps, l'édification des Roses...
Oriande y dort comme un parfum venu dans la dernière lettre et qui repose
Sur mon cœur
Entre les deux pétales de cette vernale rose
Mais c'est l'été maintenant
Oriande y vivrait dans son château de Rose-Fleur
Tourné comme nous et l'église vers l'Orient
Et c'est le soir des roses
Les vieilles paroles sont mortes au dernier printemps
Des harmonies puissantes et nouvelles jaillissent de mon cœur
Mais Oriande écrit un L
Au ciel
Résigne-toi mon cœur où le sort t'a fixé
Et l'été passera... le printemps a passé
Mais Oriande écrit un O
En haut
Et j'accorde mon luth comme l'on bande un arc
Mais Oriande écrit un U
Sur le ciel nu
Le ciel d'un bleu profond, d'un bleu nocturne
D'un bleu qui s'épaissit en souhaits, en amour
En puissante joie

Et de mon cœur de poète
        de mon cœur qui est la Rose
                Oriande ruisselle
                Onde parfumée des chansons
                où tu aimes à tremper ton âme
Tandis que la fée s'endort
        Oriande s'endort dans son château de Rose-Fleur

G.

1. Comme le numéro 189.

191 [1]

1. Cette page accompagnait la lettre et les poèmes du 23 juin 1915.

192

25 juin 1915.

Les grenouilles — je crois que cette année je suis voué aux grenouilles ou bien aux crapauds dont j'aime bien le cri : lou lou lou, tandis que je n'aime pas beaucoup celui des grenouilles qui ont l'air, ma foi, de parler l'allemand. Il y a aussi de petits oiseaux qui s'en vont dans les myrtes, plante de l'amour, et becquettent gentiment les grappes blanches. C'est à un de ces petits oiseaux familiers des myrtes que je confie ma lettre. D'autres de ces oiseaux sont bien plus rigolos : tranquillement installés dans les églantiers, ils sifflotent à tire larigot et n'ont pas l'air du tout de s'en faire le moins du monde.

Tout ça est extrêmement amusant à observer. Il y a eu un peu de muguet tardif mais personnellement je ne suis jamais arrivé à en trouver, ou du moins je n'en ai pas eu l'occasion car je n'ai pas eu le temps d'en chercher.

Mais j'en ai vu une fois. Il a été aussitôt cueilli par un autre que moi. Les blés mûrissent. Un canonnier l'autre jour en portait un beau bouquet je ne sais à qui il voulait l'offrir. Je suppose à un fantassin pour le montrer aux Boches. Je voudrais bien que la victoire ne tardât pas. On danserait de joie, on en danserait jusqu'à ce qu'on tombât épuisé de fatigue littéralement.

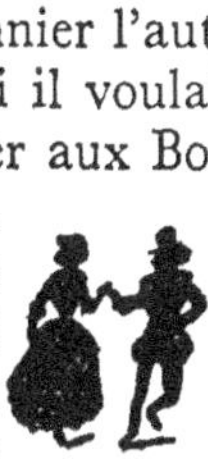

J'ai reçu tes très, très gentilles lettres de Nancy, puis celle du train. Que je voudrais déjà connaître ces jolies histoires si drôles dont tu parles! mais pourquoi ne pas confier cela à une lettre qui n'est même pas signée? Si on a parlé du voyage de Nîmes, ça vient sans doute de Baratier et non de moi. Car moi je suis la tombe en cette occurrence. Je te remercie infiniment de m'avoir défendu. D'ailleurs les gens qui m'attaquent ne savent pas bien pourquoi et au demeurant je les encambronne très proprement. — Pour le reste, à propos du petit garçon, cent fois pire, dis-tu à mon propos. Pourquoi? Aurais-tu lu les onze mille? Je suis donc à tes yeux quelque moitié du diable dont tu serais l'autre moitié, ou du moins moi les 3/4 et toi un 1/4. Le contraire serait peut-être plus vrai. Mais si le diable a des cornes, serait-ce qu'il ait [été] cocu? Aussi suis-je persuadé

que la diablesse au lieu de cornes a 2 belles plumes. Ci-joint quelques photos tout à fait récentes de Gui. J'ai été charmé d'apprendre les déportements de Pipe. Ça prouve que la guerre a du bon pour les chattes. En tout cas, chez moi je ne lui donnais guère l'occasion de flirter avec des matous. Elle donne le bon exemple du repeuplement. S'il faut faire la campagne d'hiver, on fera la campagne d'hiver. S'il fallait se masquer, on se masquerait. Enfin, on fera tout ce qu'il faut pour foutre les Boches dehors et je suis bien persuadé qu'on en reviendra encore Toutou et moi et qu'on se retrouvera près de toi, ce qui sera charmant. Ce premier five o'clock (!! tu piges) où nous serons extrêmement gênés moi et lui — Ça m'amuse beaucoup d'y penser. Peut-être, au demeurant, cela ne se produira-t-il pas comme ça. En attendant, ça dure, avec beaucoup de musique maintenant. Je me demande pourquoi on n'habille pas tout le monde en chevaliers du Moyen Age et ne recourrait-on pas pour finir aux combats singuliers sur le billard entre les

tranchées. La guerre serait plus rigolote qu'elle n'est si on était obligés de passer son temps à astiquer les armures. Le ton général de cette missive ne dépasse-t-il point la mesure autorisée par le ptit Lou? Enfin, j'ai une confiance absolue en toi, en Toutou, en moi, en nous, en la France. Et c'est fin bien.

Pour le Pape, je propose que le roi d'Italie le mobilise comme G. V. C. [1] Ça lui en boucherait un coin de garder les voies, armé d'un fusil Gras. — J'ai fait une singulière découverte bien utile, ma foi, pour le cas où j'aurais, par je ne sais quel hasard, la pénible obligation de donner la schlague à quelqu'un dont il faudrait en même temps respecter la peau (pas un Boche par conséquent), c'est que le bois de frêne ne laisse pas de traces ou plutôt de marques.

Je cesse brusquement ma lettre, nous foutons le camp ne sais où. Peut-être dans le Nord. *Chi lo sa?* Qui peut savoir cela? Au revoir, Au revoir...

Gui.

1. Garde des voies et communications. Les G.V.C. étaient recrutés parmi les classes les plus âgées; ils étaient armés du vieux fusil Gras, qui datait de 1874.

193

1er juillet 1915.

Je viens de recevoir ta lettre du 21 juin — 9 jours pour venir ce n'est pas de trop quand on se déplace comme on l'a fait[1]. Maintenant donc je ne peux te dire où je suis, mais je pense ne faire aucun mal en disant où nous étions, puisque nous avons quitté le patelin et que je ne dis rien des opérations militaires. Nous étions à quelques km. de Reims, dans les bois. — Après un changement pas très loin, en avons fait un autre, longues étapes, heureusement que j'étais à cheval et que Loulou est un bon canasson. On est parti de nuit puis ensuite on a voyagé de jour. Ces départs sont extrêmement impressionnants. Tout le monde était triste, car le pays où nous étions était peuplé, beaucoup de jolies filles ou femmes, combien y avaient refait une sorte [de] vie précaire, hélas! officiers, sous-offs, gradés ou simples canonniers. Ces derniers travaillaient dans les vignes. On faisait beaucoup l'amour dans le pays, et le 38e qui était là depuis huit mois semblait être bien regretté. J'ai vu des scènes déchirantes. Et je crois que dans un mois des naissances témoigneront du séjour du régiment. Pour ma part, j'en avais assez des bois marécageux et malgré la proximité des villages d'ailleurs quotidiennement bombardés j'ai été content de filer. Voyage épatant, on a dormi à la belle étoile, pr le moment nous dormons sous nos toiles de tente, par terre. Tout ça m'a plu extrêmement. Ma lettre est à bâtons rompus, j'écris par terre, suis très, très embêté par des millions de mouches, de sales mouches. Sommes dans un désert qui ressemble au Sahara, quelques bouquets de pin misérables et clairsemés, nous sommes dans un de ces boqueteaux. Pas d'eau. Pr l'abreuvoir faut faire 7 km. à l'aller et 7 au retour, 2 fois par jour, notre batterie de tir est à 500 m. de l'Échelon. Mais, je suis extrêmement content, d'une gaieté folle que ma lettre ne reflète peut-être pas mais qui est réelle. La nuit feu d'artifice extravagant et continuel, du vert, du rouge, du blanc, des chandelles romaines, que sais-je encore. L'air est excellent, malgré les mouches et les cimetières infinis à l'infini. L'endroit est déjà célèbre, mais peux pas dire où. Enfin, je voudrais repartir, car le voyage en colonne avec 6 batteries fut épatant. Toi, fais-moi le plaisir de te remonter le moral. *La situation me paraît bien meilleure* malgré tout. Je pourrais t'en dire long, mais ne peux confier ça à une lettre... il ne faut pas être triste, *je ne veux pas*. A propos, j'oublie de dire que je ne suis pas fatigué du tout malgré la fatigue, mais il est possible que les mouches finissent par avoir raison de ma patience, ma bonne humeur et même ma santé — Mais pour l'instant suis épatant. Ai dormi à la pluie la nuit dernière, pas même enrhumé. Toi, faut pas avoir trente ans de plus comme ça, sans raison, mon gosse, c'est pas de jeu. T'es toujours un gosse endiablé tout de même. Et ta rencontre avec T. t'en parles pas? Quand on sera installés je t'écrirai mieux.

J'attends ta prochaine lettre. C'est jeudi, te récrirai dimanche. En tout cas fais-moi le plaisir de te ressaisir et de ne pas me donner d'inquiétude à ton sujet, non plus au sujet de T.

Parle-moi de toi plutôt que de la guerre — Si tu es si près que cela des lignes de feu, tu comprendras que ça ne me rassure guère.

Pour moi, tu sais quels sont mes sentiments, relis la lettre que tu m'as écrit avoir gardée sur toi, tu verras ce que je pense, rien à ajouter.

Donc, c'est entendu, pour tout ce que tu as dit. Mais nom d'une pipe écris-moi une fois une longue, longue lettre en tout petits caractères. Tu as tort de croire qu'on ouvre tant que ça les lettres et comme tu ne parleras de rien de militaire aucun danger tu peux écrire librement.

J'espère bien qu'on ne va pas nous faire rester longtemps dans ce patelin sans ressources aucunes--- Enfin!...

Lou, au revoir, à bientôt, as-tu eu ma lettre que j'avais illustrée? T'en referai si ça t'amuse mais aujourd'hui, c'est avec peine que j'arrive à écrire — à cause du manque d'installation.

Gui.

1. La 38e batterie dont fait partie Apollinaire a fait mouvement le 26 juin à minuit; elle a bivouaqué le 27 juin à la ferme de Piémont et est arrivée le 28 à sa nouvelle position, trois kilomètres au sud des Hurlus.

194

11 juillet 1915.

Mon Lou chéri,

Oui encore changé de secteur!! Dommage en effet, le 69 allait ainsi que tu dis comme un gant, mais 138 c'est 2 fois 69, ça va donc comme une paire de gants. Comme je n'ai que de vagues notions de la semaine et que je ne me souviens plus guère des dates auxquelles j'écris, j'aime mieux répondre aux lettres que tu m'écriras. Notre secteur était sur le communiqué d'hier, as-tu lu [1]?!!? Seulement faut pas être triste, tout ça c'est la guerre — Je t'ai bien expliqué que ce serait long à une époque où personne ne voulait me croire pas même toi —

Nous nous reverrons quand les temps seront venus. As-tu eu les photos?

Quand j'aurai ma permission sera-t-il possible de te rencontrer? Non, sans doute. « Mon petit, mon si cher petit. » N'envie personne même ceux qui se battent.

Inutile de vieillir avant l'âge — En tout cas, pour ce qui me concerne je suis certain de retrouver toujours mon même Lou.

Si tu peux persuade-toi que ce que tu vis est un rêve, il n'y a pas beaucoup de différence du rêve à la réalité.

Je te donne de mes nouvelles en retour des tiennes... Je me demande pourquoi tu ne peux pas dire grand-chose? mais que ta volonté soit faite.

Embrasse Toutou de ma part.

Au revoir mon petit chéri, je t'embrasse *de tout mon cœur... très tendrement*. Ton

Gui.

Surtout occupe-toi le moins possible de la guerre. Tu ne parles que de ça, tu ne penses qu'à ça. C'est absolument ridicule de te corder les nerfs ainsi. Il n'y a pas que la guerre! La nature est là comme auparavant et surtout cette belle nature des Vosges avec villes, villages et tout ce qui s'ensuit — Ici rien, ni eau, ni arbres, ni villages, ni maison, ni habitants, rien que la guerre et je t'affirme que j'y pense le moins possible pour penser à toi le plus possible.

G.

1. On lit dans le communiqué du 10 juillet :

« En Champagne, sur le front Perthes-Beauséjour, entre la cote 196 et le fortin, une attaque allemande a été prise sous le feu d'infanterie et d'artillerie et dispersée avec des pertes sensibles. »

195

14 juillet 1915.

Mon ptit Lou, ta longue lettre m'a ravi et m'a bien excité... à vouloir savoir la fin des héroïques aventures où tu t'engages selon ton habitude. Je trouve la guerre rigolote parce que sans ça je m'embêterais et je tiens à revenir avec une santé aussi trempée que celle que j'avais en partant. La gaîté y peut être pour beaucoup. Donc vive la gaîté! Et à bas tous les excès, même ceux de la Neurasthénie. En tout cas, ptit Lou épatant, faut pas trop te plaindre : Toutou, jardin, roses, confort moderne, une cour d'adorateurs, conquêtes, un dragon superbe! Tu l'aurais plus sec si tu étais ici où il y a rien que des trous en terre, pas même d'arbres et mon gourbi pourrait aussi bien être un tombeau. Vous vivez dans un secteur singulièrement agréable. Aussi t'en fais pas, profite de tout — L'histoire de Mme concierge Robin est très jolie. Voici l'extrait d'une lettre que je reçois de Paris : « Je reproche une chose à Paris, c'est de ne pas avoir l'air d'être en guerre; les gens ne demandent qu'à s'amuser, les femmes surtout, et c'est un grand bonheur pour toi d'être célibataire. Paris n'est pas plus préoccupé que pendant la conquête de Madagascar et encore. » Ça alors ça m'irrite un peu. La lettre est signée d'un peintre de mes amis et il est, je le sais, peu menteur.

J'ai cherché la mesure de l'annulaire annoncée. Pas trouvé! J'attends avec impatience les photos. Tu dis que tu vas t'en aller, est-ce plus près ou plus loin ou dans un autre secteur? Qu'est-ce que cela signifie, ptit Lou! Si tu savais où nous sommes maintenant! Un des lieux les plus célèbres de cette guerre. Et l'un des champs de bataille qui seront les plus visités après la guerre. J'ai lu il y a 2 jours des prédictions relatives à la guerre et qui dues à un Américain sont assez plausibles. Pour le demeurant, je t'aime infiniment. *As-tu reçu mes photos?* dans la lettre dessinée la dernière du secteur 69?

COTE 146

Plus de fleurs mais d'étranges signes
Gesticulant dans les nuits bleues
Dans une adoration suprême, mon beau ptit Lou, que tout mon être pareil aux nuages bas de juillet s'incline devant ton souvenir
Il est là comme une tête de plâtre, blanche éperdument auprès d'un anneau d'or
Dans le fond s'éloignent les vœux qui se retournent quelquefois
Entends jouer cette musique toujours pareille tout le jour
Ma solitude splénétique qu'éclaire seul le lointain
Et puissant projecteur
de mon amour
J'entends la grave voix de la grosse artillerie boche
Devant moi dans la direction des boyaux
Il y a un cimetière où l'on a semé quarante-six mille soldats
Quelles semailles dont il faut sans peur attendre la moisson?
C'est devant ce site désolé s'il en fut
Que tandis que j'écris ma lettre appuyant mon papier sur une plaque de fibro-ciment
Je regarde aussi un portrait en grand chapeau
Et quelques-uns de mes compagnons ont vu ton portrait
Et pensant bien que je te connaissais
Ils ont demandé :
« Qui donc est-elle? »

Et je n'ai pas su que leur répondre
Car je me suis aperçu brusquement
Qu'encore aujourd'hui je ne te connais pas bien
Et toi dans ta photo profonde comme la lumière
tu souris toujours

Ptit Lou, ta lettre m'a fait le plus grand plaisir car je commençais à désespérer d'en avoir. Et je me réjouis des Décamérons Poilus qui ont lieu dans les Vosges. Il n'y a pas de peste si horrible soit-elle que la grâce d'une jeune femme belle et spirituelle ne rende supportable quand elle se trouve parmi des compagnes qui peuvent rivaliser avec elle et parmi des compagnons discrets, avisés, bien appris et quelque peu *érudits* selon une expression chère à Toutou mais qui dépasse de beaucoup ma pensée, bien que ma plume pour l'instant n'en rencontre pas d'autre —

J'ai déjeuné hier matin avec le capitaine d'une batterie de 95 qui est en réserve à l'arrière et qui seul venait visiter le front — une vraie villégiature quoi, 4 jours sur le front. J'ai été chargé de le balader. C'est un type qui d'abord affecté à un poste de T.S.F. en Afrique a demandé à reprendre son ancien métier d'artilleur! Je l'ai baladé partout et ça m'a baladé moi-même d'une façon très intéressante. Il était naguère encore à Paris comme toi et compte d'après ses renseignements 18 mois de guerre encore ce qui corrobore bien l'opinion de Robin. Pour ce qui me concerne personnellement je n'ai plus d'opinion nette. Néanmoins, j'avoue que l'espèce d'innocence du pays que je défends me donne plus d'espoir que tout au monde. D'autre part, beaucoup de catholiques sont terribles et pensent que le châtiment de la France athée n'est pas assez complet pour qu'un triomphe rapide survienne. Moi, j'ai foi dans la pureté de la France, dans ta pureté à toi, ô vicieux ptit Lou, et comme fait Toutou, ta candeur même me donne le plus grand espoir en notre victoire.

L'absence de femmes sur le plus grand nombre de points

du front est à mon avis excellente, et surtout d'excellent augure. On ne peut être vaincu quand on sait demeurer chaste. Cette chasteté dans les guerres d'autrefois était mitigée il est vrai par des pratiques solitaires et dans un propos rapporté par Mirabeau dans l'*Errotika Biblion* [1] le maréchal de Saint-Cyr aurait eu coutume de dire très crûment qu'un bon général doit savoir se faire menotte.

Quoi qu'il en soit, *la guerre continue*, *continue*, mais parlons d'autre chose. Pas de mon amour, tu n'en doutes plus j'imagine pas plus que moi je ne doute du tien!!!!! En ce moment une grande partie de la batterie est sous l'empire du pinard. J'imagine que c'est la même chose dans toutes les batteries, comme ça ne nuit pas au service il est bien que le rite dionysien s'accomplisse un soir de 14 juillet, fût-ce sous le long doigt clairvoyant des projecteurs boches. Ils sont deux devant moi qui dardent leur lumière comme des escargots envoyent leurs yeux devant eux.

Nonobstant quoi je t'adore souverainement. J'avais fait des croquis de l'émouchet qui commence à être merveilleux, mais j'ai égaré le carnet où ils étaient, je recommencerai. J'entends le cri du pluvier, c'est signe qu'il va pleuvoir et je ne sais ce qu'on va devenir s'il se met à pleuvoir pour de bon, car rien n'est encore bien arrangé. Mon trou recouvert de sacs et de rondins est encore ce qu'il y a de mieux. Je vais m'occuper de l'écoulement des eaux. En tout cas, j'avais pensé qu'il n'y avait point de rats, il y en a. Une des plus jolies histoires apprises ici est celle de cette affreuse mégère belge qu'on appelait Palmyre et qui tenait le Palmyrs Bar. Elle entretenait paraît-il richement un jeune poilu qui est le frère d'un brigadier de tir d'une batterie voisine. Le frère était enchanté de la guerre qui le délivrait de son crampon. La vieille garce vient de mourir et le jeune homme tâche de se dégonfler pr aller recueillir la succession, le Palmyrs Bar étant en panne et les tantes n'étant sans doute pas mobilisées. Tu es un gentil et courageux ptit Lou,

mais tu te crois obligé parfois d'essayer de me remonter le moral. Je n'ai pas besoin qu'on me le remonte. Mais j'ai envie de fonder *l'Œuvre des civils* pour remonter les gens de l'arrière dont Forain a si merveilleusement stigmatisé la mentalité pusillanime, mais l'embuscade est beaucoup plus à découvrir dans la zone des armées que dans celle de l'intérieur. Enfin depuis mon arrivée au front je n'ai pas quitté la zone de l'avant et en mon for suis bien plus content que si j'avais essayé d'aller au train régimentaire ou d'être resté à Nîmes ce que j'aurais pu faire traîner. Je suis certain que la mentalité publique s'élèverait si l'on faisait passer tout le monde quelque temps sur le front, même les vieux, enfin tout le monde, quoi! Quand il s'agirait d'aller de l'avant on verrait, mais pour une guerre comme celle-ci tout le monde peut rendre des services pendant quelque temps et m'est avis qu'on devrait ménager les vrais soldats pr les choses importantes et vraiment militaires.

Baisers passionnés.

Gui.

1. Dont il a donné des extraits dans *L'Œuvre du comte de Mirabeau* qu'il a publié en 1910 dans « Les Maîtres de l'Amour ». Il écrit ici *Errotika* avec deux *r*, conformément au titre de l'édition originale de 1783.

195 *bis*

notre batterie est sauvage; nos officiers aussi [1]. Ils sont 3 aussi à l'écart de tout le monde que nous autres — Et il faut pas qu'on embête leurs hommes, qu'il ne faudrait pas embêter. Case d'Armons imprimé par 2 maréchaux des logis [2] a paru et a rapporté déjà 80 francs, ce qui n'est pas mal en temps de guerre — D'autant plus que ça ne m'a coûté que 3 frs. 50.

J'habite [3] tout seul maintenant une belle petite casbah souterraine creusée dans le tuf et bien recouverte de rondins et de terre. Je suis bien content que tu sois contente comme moi de ta belle villa. Je suis sûr que tu vas revenir d'une santé parfaite et que retrouverai un Lou merveilleux.

1. Fragment d'une lettre (feuillet 5) non retrouvée, reproduit dans *Ombre de mon amour* (Pierre Cailler, 1947). La mention de l'achèvement de *Case d'armons* ainsi que les allusions à la villa où habite Lou et au gourbi (voir lettre précédente) qu'elle contient nous incite à la placer ici.
2. Les maréchaux des logis Bodard et Berthier.
3. Entre le paragraphe précédent et celui-ci, un dessin représentant l'entrée de la « casbah », avec explications. Voir illustr. 13.

196

23 juillet 1915.

Ô délicate bûcheronne
A damner tous les bûcherons
Quel est le matou qui ronronne
En zieutant tes jolis seins ronds ?

Et moi qui croyais, ma parole !
Que ce chat c'était un Toutou !
Menotte aussi joue un beau rôle...
Décidément, des chats partout !

J'aurai mesure de ta bague
Semaine des quatre jeudis
(Tu vois, je prends tout à la blague)
Ou bien après la guerre, dis ?

Le papillon qui n'a qu'une aile
S'est envolé ; ne l'ai pas vu...
Mais ton image est là si belle
Me voilà de Douceur pourvu...

Il est vrai, ptit Lou, que je n'écris pas souvent. Je croyais au surplus que tu devais m'écrire 2 fois par semaine. J'aurais écrit autant puisque tu me l'avais dit, mais n'ai plus osé, pensant t'importuner et je m'en tenais à répondre seulement à tes lettres [1]. J'écrirai donc dimanche prochain, de façon à rétablir une correspondance régulièrement bi-hebdomadaire.

Je vais tenter cette charmante expérience. Cependant, je tiens à être payé de retour, car je ne veux pas faire tous les frais d'une correspondance qu'au surplus je me réjouis autant à lire qu'à écrire. C'est toi qui as convenu des 2 fois par semaine (lettres longues), c'est toi aussi, ptit Lou, qui as manqué, je le crois du moins, à ton engagement. Écris-moi par exemple le jeudi et le dimanche comme je ferai moi-même désormais si tu veux bien en faire autant. Le dessin avec le chat est bien amusant, les seins, les mains, les bras, le regard même sont follement ressemblants et j'envie suprêmement le matelas en varech. La petite fille bien sage a donc deux flirts. Elle se met bien la petite fille bien sage et je l'adore. Le ptit Lou est ce qu'il y a de plus charmant et de plus rigolo ici-bas. Vous avez un secteur qui n'est pas moins charmant et je n'ai jamais vu dans ceux que je connais la possibilité pour une jeune femme du monde d'aller vivre près des lignes de feu dans une maison forestière. C'est inouï. Toutou a une veine insensée. Et sans doute tant de bonheur ne l'empêche pas de tirer beaucoup de coups.... de canon... au contraire. Il faut l'embrasser de ma part, l'engager à tirer quelques coups... de canon en mon honneur, car c'est aujourd'hui la St Apollinaire qui est un peu ma fête. L'histoire des forestiers tirant des coups... de canon tout comme les artilleurs m'a bien amusé. L'histoire des puces cherchant un gourbi sur le corps exquis du ptit Lou m'a donné une haute idée de l'intelligence de ces bestioles.

Alors, tu crois que ma permission aurait lieu en février!!! Nom d'une pipe!... C'est ma foi bien possible, au train où vont ces permissions ici, ça pourrait arriver à l'époque que tu fixes, enfin on verra d'ici là... Six mois et 1/2 à attendre... une paille!

Sur mon dessin [2] les poilus écartent les pattes! En effet!... Les conducteurs ainsi que les brigadiers écartent ainsi les jambes quand ils se reposent... J'ajoute à leur décharge — comme devait dire la regrettée Messaline — qu'ils font énormément de cheval dans ce secteur et à des allures ridicules ce qui est fatigant. Il y a peut-être des raisons plus difficiles à préciser et la saucisse grotesque qui me regarde de haut a l'air d'un symbole du secteur 138. Moi, flirter! Tu sais bien, ptit Lou, que je n'aime que toi. D'ailleurs je ne pourrais guère flirter ici que par lettres. Et les lettres qui ne te sont pas adressées ne t'intéressent pas — avec raison d'ailleurs — Au demeurant, je ne flirte d'aucune façon, mais si tu ne m'écris pas et que la guerre dure comme ça des années, je serai bien obligé de m'enquérir d'une marraine. Je te dis beaucoup de choses sur la guerre pour essayer de te consoler; car on n'a pas besoin de te remonter, tu es courageuse tout plein et autant que tu es jolie. Et l'histoire des rêves ressemblant à la réalité n'est malheureusement pas vraie tous les jours. Tu as mille fois raison mais je n'ai pas tort de prendre les choses comme je les prends. Aussi suis-je peut-être le plus gai de ma batterie bien qu'autant que quiconque j'aie les plus graves raisons de regretter la paix.

Pascal [3] est toujours dans son fort près de Paris. Il n'en sortira sans doute pas de la guerre. Borie est toujours sur le front de mer à Nice.

T'ai-je dit que j'étais maintenant brigadier-fourrier de la batterie? C'est bien parce que je suis libre, sauf que j'ai beaucoup affaire avec le capitaine et le chef d'escadron mais sans ça beaucoup de liberté et de tranquillité en ce sens que le fourrier connaît la comptabilité que je ne connais pas et que pourvu que je ne l'embête pas ne m'embête pas non plus. Le chef ici ne s'occupe pas du bureau. Ça m'embête d'autre part parce que je crains que ça ne me retarde pr devenir sous-off. Enfin... Il faut savoir se contenter. Et si j'avais jamais pensé être brigfour, je veux bien qu'on me pende.

D'autre part, tu me demandes ce que je fais. Je fais tout ce qui n'est pas comptabilité. Ainsi beaucoup de balades. Nous sommes maintenant même secteur, dans le lieu le plus célèbre de la guerre, sauf les champs de bataille du Nord

(Si tu trouvais de ton côté à lire *la jolie fille de Perth* [4] de

Walter Scott, lis-la et tu me raconteras ce roman dans une de tes lettres on le dit très beau) —

Je reviens donc à mon secteur. Il est impossible d'imaginer l'impression extraordinaire de guerre qu'on y a. Sauf peut-être des sommets d'Alsace très disputés donnent cette impression et encore, je me demande si c'est possible qu'il y ait d'impression plus violente que celle que l'on a ici en allant aux tranchées.

La quantité énorme de boyaux fait ressembler la région qui est blanche naturellement à une mer pleine de vagues et c'est à l'infini.

Les 3 villages qui constituent les P....... sont là, effroyablement marmités. J'y ai été plusieurs fois, mais je n'ai bien visité cela en détail qu'il y a une dizaine de jours. Nous étions 2, le chef de la 1re section et moi, on n'a pas pris de boyaux, la saucisse boche étant absente et on ne peut se figurer quel plaisir il y a à ne pas voyager dans les boyaux. Cependant partout des écriteaux enjoignent de passer par les boyaux. Partout des tombes, Français et Allemands, par centaines, par milliers sont mêlés dans ces fosses. Dans les boyaux au loin des gabions s'en vont, lentement sur des dos qu'on ne voit pas. Les obus, les bombes, les mitrailleuses pètent continuellement et le sol est un véritable ossuaire métallique et pour tous les calibres. Par-ci par-là des tombes d'officiers avec des couronnes de perles. Mon camarade est un brasseur d'Armentières, autodidacte et très catholique. Je lui raconte l'histoire des 3 villages que l'on désigne ensemble sous le nom des P.... et qui sont P....., H.... et Le M [5].... Enfin, nous voici au M... Des balles cinglent de toutes parts, il ne reste que la ruine de l'église qui était une assez belle église solide sur une hauteur, en dessous des bobosses ont creusé des abris car peu en avant est le fameux trapèze où un bataillon fond en 3 relèves sans attaque, — Français et Boches sont à cinq mètres les uns des autres. Une boucherie perpétuelle, à droite est la ferme B... et le fameux *pont de M...* sur lequel a été faite la chanson célèbre sur le front et qui se chante sur l'air des *Ponts de Paris*. Sans doute les paroles sont-elles connues aussi dans les Vosges. La chanson a paru dans le *Bulletin des armées* et le caporal qui l'a faite est mort peu après l'avoir chantée...

Au pont de M........ [6]
Nous sommes nuit et jour
Depuis des mois c'est là notre demeure
Les uns y vivent et les autres y meurent
Mais qu'importe la mort
Si nous sommes plus forts
Etc, etc.

Ces sites sont célèbres, au M.... j'ai voulu voir si les bas-reliefs de l'autel dont un d'après ce que je sais représentait la luxure, et avait été mastiqué par le curé, il y a 2 ou trois ans, existait encore, mais rien, l'église est une ruine et c'est la seule chose qui existe encore, des murs à hauteur d'homme mais c'est très beau, dans les décombres, la cloche, la vieille cloche du M.... est là, pas brisée, rien. On nous crie d'un des trous d'en dessous de fiche le camp. Nous avons bien fait  d'ailleurs, car à peine sur la route de H.... prise pour éviter le boyau, on recommence à taper sur le M..., pr comble une mitrailleuse balaye la route où nous nous sommes engagés, pas de malheur, on passe devant une croix de pierre restée intacte, puis les H.... qui en apparence existent encore et quand on s'approche c'est indescriptible mais l'église qui est une construction légère et moderne a résisté à tout, trouée elle est là comme au temps du culte, le tabernacle est paré de sa dentelle, seule la pierre d'autel a été emportée, il y a sur l'autel une gravure encadrée, le verre n'est pas brisé! un goupillon, un encensoir argentés sont à côté, le reste est en mauvais état. Personne ne vient rien reprendre, tout reste là et personne n'emporte rien;

si! le capitaine avec qui j'y ai été une autre fois a emporté des bons-points d'écolière pr envoyer à sa petite fille. Le chemin de croix est intact et une statue de Jeanne d'Arc, produit sans valeur de l'art sulpicien, est presque [7]

1. Peut-être est-il aussi de plus en plus accaparé par sa correspondance avec Madeleine?

2. Voir illustr. 14.

3. Siegler-Pascal, qui avait rejoint son unité à Versailles le 15 décembre 1914.

4. Façon discrète de signaler qu'il est dans les environs de Perthes.

5. Perthes-lès-Hurlus, Hurlus et Mesnil-lès-Hurlus, souvent cités dans les communiqués. « Sous le nom des P... » semble un lapsus pour « Sous le nom des H... » (urlus).

6. Minaucourt, dans le même secteur.

7. La suite de cette lettre est perdue.

197

26 juillet.

Cher Ptit Lou,

Vraiment, avec une recommandation qui coûte 5 sous je pourrais avoir les photos à plumes sans qu'il y ait aucun risque. D'autre part, il est facile au photographe de modifier un peu le visage, mais c'est inutile. — Ça me ferait un grand, grand plaisir d'avoir ces photos.

Manqué me crever l'œil hier, ai donné du front ou plutôt nez et arcade sourcilière dans un fil téléphonique, me suis un peu amoché, ai un bandeau sur l'œil, mais ça va déjà mieux.

Tu sais que voudrais bien ces photos.

Vais faire la bague, ai envoyé un cœur hier.

Ai reçu aile de papillon, bruyère, cherche de la bruyère blanche, on dit qu'elle porte bonheur.

Je ne vois pas pourquoi tu étais furibarde, tu n'écrivais pas, j'écrivais pas. C'est bête peut-être, mais c'est un moyen mnémotechnique épatant, tu reçois une lettre, tu y réponds. Voilà.

Non en ce moment entre secteurs je ne pense pas qu'il y ait de lettres perdues.

La guerre, la guerre, tu en as plein la bouche mon ptit Lou et cependant tu as ton Toutou. Que veux-tu de plus!

Moi je suis brigadier, les uns pêchent, d'autres font des bagues, d'autres font l'amour, mille autres choses encore. La stratégie bat son plein. Voilà, voilà les dernières nouvelles de la guerre.

Que te dire de plus, le pays d'ici se révèle sous ses aspects pluvieux. C'est réjouissant Les mouches passent au rang de tenorinos et ne cessent de chanter. Il y a même des rats courts sur pattes. Le tiercelet en a attrapé un et l'a tué. Mais cette chasse n'a pas l'air de l'intéresser. Le pauvre diable de rapace, il lui manque une femelle et dans ce pays perdu même pas d'oiseaux de proie sinon les Boches, qui après tout n'existent peut-être pas.

Amour et fraternité, ô toi Beauté que j'aime.

Gui

198

30 juillet 1915.

Ptit Lou, merci tout plein pour l'envoi de la délicieuse Odalisque — Tu peux, si tu veux bien envoyer aussi les autres *à plumes* en les coupant en deux, tu mettrais la partie plume dans une lettre, la partie tête dans une autre, je saurai bien raccorder le tout. Évidemment, Paris, si l'on en croit les rumeurs, n'est pas un modèle d'édification. Le reste de la France non plus. Pour ce qui est de Paris, les Anglais dit-on ne s'y embêtent pas. L'Anglais, l'ennemi héréditaire après tout, prépare une race anglo-française, tandis que l'ennemi tout court élève déjà la race franco-boche. Pour ce qui est de Paris et à propos des hôpitaux on appelle l'hôpital installé dans le Palace-Hôtel des Champs-Élysées, *le bois de la Gruerie.* Des gens bien informés assurent que les dames infirmières n'y ont qu'une seule main, l'autre.... En somme la guerre dure comme je l'avais bien pensé et elle dure trop, s'il faut dire la vérité. Bien des choses ont changé depuis le début. Alors il fallait espérer qu'elle durât. Aujourd'hui il ressortit au plus simple bon sens de souhaiter qu'elle ne dure pas. Qu'il y ait coûte [que] coûte une victoire rapide... il le faut... Malheureusement, l'École de guerre, les grades, les décorations, les soldes progressives, les citations donnent le change... La stratégie bat son plein! Ah! bien ouiche! Si Frontin revenait au lieu d'écrire ses *Stratagèmes* il ferait l'amour avec Lisette comme il fait dans le théâtre de Marivaux.

Nonobstant de si bizarres singularités ma gaieté augmente

de jour en jour et je me retiens de toutes mes forces pour ne pas éclater de rire et du rire le plus douloureux que l'on connaisse.

Toi mon petit Lou profite bien de la vie, puisque tu le peux. Ton poète voudrait qu'elle n'eût pour toi que des caresses. Cultive même des fleurs rares. L'empereur Dioclétien (est-ce bien lui?) cultiva bien des laitues sur la côte dalmate. Le sylphe Lou se déguise en jardinier et arrose une pensée. C'est bien là la fleur rare du Front. Dis à Toutou combien j'ai goûté la symbolique de ton gracieux dessin.

Revenons aussi à l'Odalisque. Sa perfection est unique autant que la grâce de son esprit. C'est pourquoi je t'adore.

Au moment où j'ai reçu ta lettre je lisais un numéro des *hommes du jour* que m'a passé un bombardier, dans la page du milieu je regardais une photo qui représentait six officiers supérieurs. Au-dessous se lisait la légende : *le Commandant Alfred Dreyfus avec ses collègues de l'État-Major de.....* Je livre cela à tes réflexions, elles seront j'en suis sûr tout autres que les miennes. C'est alors que, lisant ta lettre, j'y vis que le ptit Lou après avoir ressenti grâce à *la faute de l'abbé Mouret* (qui est loin d'être le meilleur livre de Zola) une de ses premières grandes émotions, déteste « d'ailleurs » l'œuvre de Zola. Quand donc le ptit Lou cessera-t-il d'adopter par snobisme des opinions que sa sensibilité repousse? Zola est incontestablement un des plus grands auteurs du 19e siècle et dans le roman — qui fut le genre du siècle — il est parmi les premiers. Il a le sentiment de la foule et sait nous la montrer, vivante, agissante.

On peut le mettre auprès du poète américain Walt Whitman. Certes, Zola est loin d'être un bon écrivain mais c'est sûrement un grand romancier qui mérite plus que de l'estime... Mais l'aversion ne se discute point et si celle que tu éprouves pour lui est fondée, il est juste que tu t'y tiennes.

Je finis la bague, je graverai *Gui aime Lou* à l'intérieur. — C'était avant-hier la saint Pantaléon, fête patronale de la commune sur le territoire de laquelle je demeure en ce moment. Au surplus, je dois être le seul poilu du secteur à connaître ce détail mirifique.

Mon Lou exquis pas à moi, la batterie dort dans l'heure trouble de midi. Les nuées de mouches verdâtres bourdonnent sur le mystère des terres remuées, inquiétant et malsain, et ma lucide indifférence parcourt comme un coup d'œil de fantôme les âges et les âges ou sombres ou splendides.

Une troupe équestre entourant une litière arrive au loin. Je la vois venir à travers le voile que tisse devant la porte ouverte de ma cellule souterraine l'envol obscène des mouches infâmes.

La troupe approche. Les cavaliers portent des lances dont les gonfanons de couleurs éclatantes fouettent la face équivoque du soleil.

Et cette troupe je la suppose redoutable, la litière m'apparaît comme si sous les tentures de soie il y avait un cadavre.

La troupe est près de moi. Dans la litière une belle dame en cristal me sourit avec tendresse. Elle te ressemble, délicate et belle. Elle descend de la litière et vient à moi. Nous nous regardons silencieux. Nos yeux se frôlent et les attouchements de nos regards ont une volupté épouvantablement profonde. Les éclatements métalliques se propagent en échos incessamment renouvelés. Mais rien ne pourrait troubler notre extase. Je voudrais te crier ton amour. Mais ce pays est empoisonné. Les croix vénéneuses y poussent partout parmi les rares pins rabougris et parfois l'euphorbe verruqueuse. Et voilà que je tends la main trop vivement et voulant toucher à la dame de cristal laiteux je la brise. Et l'écho emporte son cri harmonieux et infini où monte comme un tourbillon de colère l'horrible rumeur des mouches, tandis qu'avec toute la douceur de ton regard féerique s'éloignait la troupe de parade où je distinguai plus d'une face hilare. Et le cristal langoureux pareil que tes yeux doux, fondit sur le savart dénudé tandis que passionnément je regardais à en mourir les tranchées si blanches, ouvertes comme des sexes féminins dans la craie stérile. Et mon angoisse s'enivre de tant de peine loin de toi, ma douleur est divine puisqu'elle procède de toi.

Ô temps, inexorable temps. Implacable soleil, enchantements des heures irréparables, mon Lou, mon Lou je t'adore.

Gui.

199

2 août 1915.

Mon ptit sifflet à 2 trous,

La photo est merveilleuse, puisque tu veux mon appréciation juste et raisonnée. Elle montre 2 sœurs jumelles dont l'air est si ingénument insolentes[1] qu'elles méritent les sévices qui leur apprendront à garder plus de retenue. Il ne faut pas oublier d'autre part qu'au Louvre *l'Odalisque* d'Ingres fait pendant à *l'Olympia* de Manet et qu'ayant la 1re je voudrais bien avoir également la seconde. Tu m'écris juste assez de lettres pour me consoler un peu. Elles ne sont pas de trop, ni surtout trop longues. Je les trouve même trop obstinément courtes. J'attends aussi celles qui sont amusantes tout en témoignant d'une « ignorance totale ».

Mâtin! Vous allez bien, un à la minute!! J'ai envoyé maintenant la bague. J'espère qu'elle te plaira. J'ai fait de mon mieux et j'ai eu bien du mal aussi à graver l'inscription qui est à l'intérieur.

Toutou me délaisse aussi, d'ailleurs je crois bien qu'il est en retard sur moi de 2 lettres.

Tes lettres sont gentilles, mais comme toujours, il n'y a aucun détail. Tu m'écris au galop. M'écrire est pour toi une corvée!

Pour moi, mon chéri, je t'adore infiniment, tu es la plus gracieuse divinité du monde, tu es la divinité même qui s'est faite femme. J'adore tes yeux las, ton corps souple et admirablement fait. Je t'aime infiniment ma petite divinité chérie. Je me demande quand j'aurai l'occasion de te revoir, mais en attendant je suis bien content que tu sois heureuse dans les bras de Toutou. Amuse-toi bien. Toutes recommandations oiseuses, au demeurant, puisque tu me l'as écrit, un coup à la minute. Vous devez régler toutes les pendules de la région.

Je ne m'embête pas trop malgré la monotonie extravagante de cette région déshéritée mais qui a malgré tout son charme discret. Le même charme qu'a une jolie femme mariée en voyage pr aller tromper son mari.

ODE

Lou Toutou soyez remerciés
Puisque par votre amour je ne suis pas seul
Et je nais de chacune de vos étreintes
Pensée vivante qui jaillit de vous
Lou Toutou je suis votre petit enfant
Je tiens à vous, à Lou par le lien ombilical
Jeté sur la terre de France des Vosges à la mer
Ainsi nous sommes unis par la chair et les tranchées
Nous sommes unis par la vie et par la mort
Bénie soit aussi cette guerre qui m'unit à votre douceur
Avant on ne parlait que de paix
Et l'amour s'en allait peu à peu de nos cœurs et de la terre
Aujourd'hui, c'est l'Amour éperdu où s'accolent
            Tous les grands peuples
            L'Amour cette guerre
            La vraie guerre

Tant de choses nous séparaient
C'était la paix la vilaine paix
Mais nous avons senti tout à coup
Qu'il fallait nous rapprocher nous unir
            Pour nous aimer, ô noble guerre
            Ô noble, ô noble amour

Amour sacré qui flamboie et fume
Sur les hypogées tandis que râlent les projectiles
Nous ne combattons point pour conserver la vie
Nous menons l'Amour en grande pompe
Vers la mort
Vers le seuil suprême
Où veille la guerrière mort

Ainsi Toutou nous défendons Lou
C'est la grâce, c'est-à-dire ce qu'il y a de plus rare
Dans l'idée de Beauté
Rien n'est plus noble que ce combat
Esthétique et sublime
Toutou Lou écoutez-moi
Aimez-moi

Gui.

1. *Sic.*

200

4 août 1915.

Mon adorable ptit Lou,

J'écris cependant bien régulièrement depuis la reprise des relations postales entre nous, puisqu'il est vrai qu'à un moment donné, ne recevant plus rien, je n'envoyais plus rien et bien à contrecœur, car si j'écoutais mon cœur, j'écrirais chaque jour comme avant. Ce n'est pas moi qui le 1er de mon plein gré cessera jamais d'écrire bi-hebdomadairement ainsi que cela est convenu. Maintenant donc tu dois avoir des lettres, mon cœur, et la bague. Oui je reçois bien tes adorables lettres. Je les aime à un point impossible à croire et toi tu es une merveille de gentillesse, Toutou une autre merveille. Vous êtes mes deux merveilles mais évidemment tu es bien plus merveilleuse que Toutou quoiqu'il soit épatant lui aussi. Chassez donc ces papillons noirs. Je vais tâcher de me faire un médaillon en alumi., avec 2 couvercles couvrant 2 verres, fragments des verrières de l'église du Mesnil que j'ai ramassés hier. Je mettrai entre eux tes cheveux, la bruyère, l'aile de papillon.

Inutile de songer pour ce qui me concerne à avoir un congé fin août. J'essayerai, d'ailleurs c'est moi qui m'occupe de ces permissions, mais je ne l'obtiendrai pas pour cette date n'y ayant pas droit, je n'aurai 6 mois de front que le 3 octobre. Tu penses si j'aurais été content de t'embrasser et de regarder d'un air sévère la glorieuse éminence que ta libéralité et l'adresse de Toutou me permettent quoique bien loin de contempler à plumes. — (N'oubliez pas que j'aimerais aussi avoir les autres plumes.)

Je crois bien que ces jours-ci on va encore changer de secteur. Tu es extraordinaire de vouloir si vite une réponse à tes lettres, depuis le jour où tu les écris il faut 7 jours au minimum pour qu'elles m'arrivent (5 jours depuis le cachet postal) idem pour le retour, ci 14 jours au bas mot. Ainsi je ne compte pas avoir de réponse à cette lettre avant le 19 ou 20 de ce mois. —

Bien content que tu sois heureuse, ma chérie, et joliment heureux que je sois mêlé à vos châteaux en Espagne.

Oui, ta fin de lettre m'a chaviré, t'adore.

J'ai reçu aussi le mot du lendemain avec les photos. Je suis fou de joie.

Toutou est très gentil dans son attitude de sourcier scandinave espérant la naïade que fera jaillir sa baguette de coudrier. Toi tu ferais b.... un archevêque de quelque façon que tu apparaisses. Tu es charmante, l'air reposé. Tu es une merveille. Je ne suis pas connaisseur en photos aussi celles-ci me plaisent-elles comme tout ce où tu es mêlée.

Sur la route tu es épatante, les seins libres pointant, couchée dans l'herbe sur le côté, la croupe montagneuse, tu me plais infiniment et je t'adore encore couchée dans l'herbe sur le ventre, le pied haut.

A LA PARTIE LA PLUS GRACIEUSE

Toi qui regardes sans sourire
Et de face en tournant le dos
Tu me sembles un beau navire
Voiles dehors... et quels dodos

Promet cet édredon de neige
Neige rose de Mézidon!
Mars et Vénus, le reverrai-je
Cet édredon de Cupidon?

Ô gracieuse et callipyge,
Tous les culs sont de la Saint-Jean!
Le tien leur fait vraiment la pige
Déesse aux collines d'argent...

D'argent qui serait de la crème
Et des feuilles de rose aussi...
Aussi, belle croupe je t'aime
Et ta grâce est mon seul souci

Toutou ne s'est-il pas essayé à te photographier non à plumes mais en déshabillé, poses hum! hum! Ça donnerait peut-être encore plus curieux et plus épatant que le petit chef-d'œuvre que tu m'as envoyé — Mais, que je voudrais donc voir les autres plumes...

Cette Champagne pouilleuse est tellement blanche que mes yeux éblouis se fatiguent, je mets mes lunettes à gaz asphyxiants pour sortir, j'ai trouvé ce moyen et m'en trouve bien.

Dans une photo Toutou a bien l'air d'être dans la lune, comme tu dis, — laquelle? Il regarde en l'air avec attention, mais il est habillé drôlement, il a l'air de Bas-de-cuir [1]. Embrasse-le Toutou et dis-lui que je l'aime rudement, de plus en plus parce qu'en plus, il me plaît bien, mais je crois bien que c'est lui qui devrait m'écrire, n'importe je lui écrirai, dimanche, pour lui montrer que je l'aime bien même s'il n'écrit pas.

Et toi, mon Lou, écris. Ce ne doit pas être une crise de littérature que ces gentilles lettres que tu m'écris mais l'accomplissement d'une promesse sacrée.

Je t'embrasse et prends pour moi toutes les intentions vicieuses que tu voudras bien m'envoyer, mais précise-les donc une fois pour que cela me chavire un peu plus, ce qui est rudement agréable. Baisers.

Gui.

1. Surnom de Natty Bumppo, personnage principal des *Leather-stocking Novels (Contes de Bas-de-cuir)* de Fenimore Cooper.

201

8 août.

Ô ma chérie,

Te voilà donc sans doute de retour au pigeonnier. Je t'y écris. Je ne crois pas pouvoir avoir de permission pr la date que tu fixes. Je voudrais bien les « plumes » mais je désire plus fortement encore le vrai petit Lou à plumes. C'est forcé que tu rencontres beaucoup de bienheureux sur le Front, nul doute qu'ils n'y soient tous car pour te plaire il fallait que pour le moins ils fussent braves. Je crois que c'est Minou que tu l'appelais. Mais des détails tu ne m'en donnes guère, ça m'amuserait. Le chat est rigolo et m'a bien fait rire. Je ferai mon possible pour la permission mais n'y compte pas. Cependant j'aimerais bien expérimenter les nouvelles façons de faire pan pan que j'ai inventées.

Heureux que ce cœur t'ait plu et la bague? Tu devrais m'envoyer les « plumes » dans un petit paquet recommandé. C'est rigolo que les prunes t'aient fait mal à la tête. En général, c'est pas là que ça fait mal.

Mon chéri, je crois que t'es plus vicieuse que jamais. La photo en question montre ou laisse deviner des frémissements qui en réalité m'appartiennent et nous lient corps et âme.

Mais moi, maître, toi esclave, tout de même et malgré tout. Tu pourras bien rencontrer tous les poilus que tu voudras, tu m'appartiens tout de même pour bien des raisons. Qu'est-ce que tu dirais si tu rencontrais Coudenhove lui-même [1]?

Bientôt bientôt finira l'oût
Reverrai-je mon petit Lou?
Mais nous voici vers la mi-août
Ton chat dirait-il « miaou »
En me voyant ou bien « coucou!!! »
Et mon cœur pend-il à ton cou?
Dieu! qu'il fut heureux ce Toutou
Pouvoir fourrer son nez partout!!
Mais, je n'en suis pas jaloux
Les toutous n'font pas d'mal aux loups

Je crois que dorénavant je ne pourrai pas écrire de lettres fermées. C'est embêtant parce que tout secret est désormais impossible à un soldat. Quand tu m'écriras de là-bas à ton retour, écris plus petit comme ça on ne remarquera pas ton écriture singulièrement belle, mais trop frappante, ne signe pas du tout. C'est ce qu'on va être obligé de faire pour toute lettre de femme. Tes lettres arrivent bien. Naturellement l'histoire des lettres ouvertes n'en fera pas lire plus... Mais quelle idée bizarre on a de faire la guerre aux lettres quand la question des Boches est bien plus pressée. Je ne sais pas combien de temps cette histoire de lettres va durer... L'inutile tue ici l'utile et les gens qui lisent les lettres seraient mieux à contribuer à fiche aux Boches la victorieuse raclée définitive. Mais, on n'a pas tant d'agréments, vlà les lettres ouvertes. Zut! Il me semble d'ailleurs que ce ne peut pas être légal ce truc-là dans le pays de la liberté mais cette nouvelle m'a amené des papillons noirs au plafond. Oui, mon Lou, c'est comme à toi. Je t'en envoie un comme spécimen. J'aime mieux  l'aile de papillon que tu m'as envoyée et surtout le beau papillon blanc dont les ailes sont si charnues. Tu sais bien desquelles je parle. Mon ptit Lou, je suis bien content que tu ne t'embêtes pas mais j'aimerais bien que tu me racontes de belles choses, même lettre ouverte. Car si ça doit faire du bien à la France et avancer la victoire c'est d'un cœur léger que j'accepte cette nouvelle façon. Ne pourrais-tu pas expédier les lettres sans passer par le canal de T. ?

En tout cas de Paris tu peux m'écrire fermé.

Voilà comment les femmes de France devraient attendre les hommes, la quenouille à la main pour préparer la campagne d'hiver. Si les femmes voulaient bien accepter simplement une chose aussi simple et je suis certain qu'elles l'accepteront bien, notre courage sera centuplé et les Boches foutront le camp bien plus vite.

Écris vite toi, ptit Lou, et dis aussi à T. de m'écrire. Ne mange pas trop de prunes du moment que ça te fait mal.

Attention aussi aux fleurs rares, ne fais pas trop de bêtises et retourne vite auprès du gentil T. — Ne t'en fais pas, tout ira bien et mon ptit Lou sera bien heureuse. Est-ce que T. est toujours en disposition de sandwich ?

Maintenant que tu es à l'intérieur, écris tous les jours pendant ces quelques jours.

Ton

Gui.

1. L'ex-mari de Lou.

202

ma chérie [1],

A partir de demain mes lettres partiront ouvertes et seront closes par l'officier censeur. Arrange-toi pour de retour chez T. pouvoir m'écrire. De la zone de l'intérieur tes lettres partent fermées, mais de retour dans ton patelin de la zone des armées je sais pas. Tu es civile peut-être pourras-tu m'écrire directement ce qui est plus simple.

Je t'aime tout plein, ma chérie, et t'embrasse partout de la façon la plus folle. Écris-moi je n'ai plus de tes lettres.

Gui.

1. Cachet postal de départ : 10 août 1915.

203

12 août 1915.

Mon ptit Lou chéri,

Tu veux une longue lettre. Voilà. D'abord, je t'enverrai le livre ou plutôt à Toutou dès que tu seras stable de nouveau — Je ne l'ai pas envoyé avant par paresse pour ne pas défaire mon sac au fond duquel sont les quelques exemplaires qui me restent. N'oublie pas que nous avons changé de secteur. Mais ton exemplaire est là. Tu l'auras, n'aie pas peur. —

Ensuite j'ai été tout étonné de recevoir ta lettre datée du secteur et annonçant ton arrivée à Paris, de recevoir ta lettre, dis-je, timbrée de la gare de Lyon-Brotteaux. —

Qu'allais-tu faire aux Brotteaux, ma grande chérie si rigolote? Voilà plus de « mystère et pommes frites » qu'il n'y a dans ta lettre.

Enfin, les papillons noirs sont chassés et voilà le principal. Je ne m'étonne nullement de tes aventures elles sont plus étourdissantes les unes que les autres mais comme tu n'y fais qu'allusion et ne précises jamais, je ne peux pas m'extasier et l'extase me serait cependant rudement agréable.

Ainsi, ptit sifflet chéri, aux fleurs rares voilà que tu ajoutes le foin — Je ne m'en étonne pas au demeurant : mais avoue que tu as un appétit!!

Et qu'a dit Toutou de la coïncidence des 2 départs? Rien, sans doute, oh! l'admirable Toutou!

Tu ne lis donc pas mes lettres? je ne parle que de cette fameuse photo. Je l'ai reçue, je t'en ai écrit, versifié, j'en suis fou — J'ai même reçu celles de Toutou, il y en avait aussi 3 de toi.

Tu te crois en temps de paix, la poste est lente, ma chérie, pour que tu reçoives une réponse de moi, il faut une quinzaine de jours depuis celui où tu m'écris. Tes lettres ne se perdent plus, je les reçois bien —

Je ne peux guère te parler de l'effet produit mais tu exagères mes goûts sans exagérer l'effet, et mon admiration qui coïncidait si bien avec mon souvenir.

Donc, Lou, « plumes » en lettres ou paquet envoyé par la poste —

Alors encore cette aventure. Décidément tu as juré de ne plus t'embêter, et je ne puis que t'approuver.

Puisque tu fais tant de conquêtes, ma grande chérie, si tu conquérais par exemple toute la Bocherie, la guerre serait finie et nos canons, auxquels tu suppléerais si bien, n'auraient plus besoin de tirer un coup.

Mais voilà de la tactique et ce doit être défendu d'en faire, à moi du moins.

Pour le demeurant, ma chérie, je t'aime toujours aussi passionnément.

A propos, et la bague?!!

Et qu'allais-tu faire dans le département du Rhône?

Quelle histoire abracadabrante t'y a encore entraînée?

Je t'envoie des fauteuils pr une répétition générale, reçus ici — C'est tordant. Si on veut te donner des fauteuils pr une représentation, vas-y, c'est peut-être amusant. Tu peux m'excuser de n'avoir pu y aller.

FABLE

LES FLEURS RARES

Entreprenant un long voyage
Ptit Lou hanté par l'histoire de Jussieu
Au lieu d'un petit cèdre prit... Quoi donc?... Je gage

Qu'on ne devinera pas ce que Dieu
Fit prendre à mon ptit Lou... une fleur rare...
Dont elle ferait don aux serres de Paris...
La fleur était sans prix
Et Dame Lou voyant qu'elle en valait la peine
Froissa pour la cueillir sa jupe de futaine.
Mais en passant dans la forêt
Allant prendre son train à la ville prochaine
Ptit Lou vit sous un chêne
Une autre fleur : « Plus belle encore elle paraît! »
La première fleur tombe
Et la forêt devient sa tombe
Tandis que mon ptit Lou d'un air rêveur
A cueilli la seconde fleur
Et l'entoure de sa sollicitude
Arrivant à la station
Après une montée un peu rude
Pour s'y reposer de sa lassitude,
Avec satisfaction
Ptit Lou s'assied dans le jardin du chef de gare.
« Tiens! dit-elle, une fleur! Elle est encor plus rare! »
Et sans précaution
ma bergère
Abandonna la timide fleur bocagère
Et cueillit la troisième fleur...
Cheu! Cheu! Pheu! Pheu! Cheu! Cheu! Pheu! Pheu! Le train arrive
Et puis repart pour regagner *l'Intérieur*
Mais dans le train la fleur se fane et Lou pensive
S'en va chez la fleuriste en arrivant :
« Ces rares fleurs... j'en vais rêvant!
Elles sont si rares, Madame,
Que je n'en tiens plus, sur mon âme! »
La fleuriste s'exprime ainsi
Et Lou dut se contenter d'un souci
Que lui refuse

Sans lui donner d'excuse
Le directeur (un personnage réussi)
Des serres de la ville
de Paris
malgré tous les pleurs et les cris
De Lou qui dut jeter cette fleur inutile.
Et Lou du
Vilain personnage
Quittant le bureau, dut
Entreprendre à rebours l'horticole voyage.

Je crois qu'il est sage
De nous arrêter
A la morale suivante... sans insister!

Des Lous et de leurs fleurs il ne faut discuter
Et je n'en dis pas davantage

Cette fable sur les fleurs rares, mon ptit Lou, ne contient aucun reproche, crois-le bien. Au contraire, si j'ose m'exprimer ainsi, elle vient de ce que ma veine actuelle me porte assez à faire des fables, genre un peu délaissé et dont le charme est cependant très grand.

SECONDE FABLE

LE TOUTOU ET LE GUI

Un gentil toutou vit un jour un brin de gui
Tombé d'un chêne
Il allait lever la patte dessus, sans gêne,
Quand sa maîtresse qui

L'observe, l'en empêche et d'un air alangui
Ramasse le gui
« Gui, jappe le toutou, pour toi c'est une veine!
Qu'est-ce qui donc te la valut? »
« Vous êtes, cher toutou, fidèle et résolu
Et c'est pourquoi votre[1] maîtresse
Vous aime avec tendresse,
Lui répond
La plante des Druides,
Pour la tendresse à vous le pompon
Mais moi je suis l'amour à grandes guides
Je suis le bonheur;
La plus rare des fleurs, ô toutou, mon meilleur
Compagnon, puisque, plante, je n'ai pas de fleur!...
Vous êtes l'idéal et je porte bonheur... »
Et leur
Maîtresse
Étendue avec paresse
Effeuillant indifféremment de belles fleurs
Aux mille couleurs
Aux suaves odeurs
Feint de ne pas entendre
Le toutou jaser avec le gui. Leurs
Propos la font sourire, et nos rêveurs
Imaginent de comparer leurs deux bonheurs
Cependant qu'Elle les regarde d'un air tendre,
Puis se levant soudain auprès d'eux vient s'étendre.
Le toutou, pour sa part, eut bien plus (à tout prendre)
De Baisers que le gui
Qui tout alangui
Entre deux jolis seins ne peut rien entreprendre
Mais se contente bien, ma foi,
De son trône digne d'un roi.
Il jouit des baisers, les voyant prendre
Et les voyant rendre
Sans rien prétendre.

Morale

Il ne faut pas chercher à comprendre.

Mon cher ptit Lou, écris vite, éclaircis les mystères, envoie les « plumes », raconte mille histoires bien rigolotes — je t'embrasse mille et mille fois bien tendrement.

G.

1. Ou « notre » ?

204

13 août 1915.

Superbe ptit Lou,

Décidément tu vogues vers le Sud et les Brotteaux ne sont pas le terme de ta fuite. Toujours plus de nouvelles — Avant-hier Lyon, aujourd'hui? l'interrogation, l'inconnu. —

Lou, mon pauvre petit amour chéri que deviens-tu, je t'enverrai le livre aussitôt que tu seras stable.

3e FABLE

Le ptit Lou s'ébattait dans un joli parterre
Où poussait la fleur rare et d'autres fleurs itou
Et Lou cueillait les fleurs qui se laissaient bien faire
Mais distraite pourtant elle en semait partout
Et perdait ce qu'elle aime

Morale

On est bête quand on sème.

Cher ptit Lou sur ta dernière lettre dessiné sous l'écriture violette, un chat caché derrière deux collines, deux mamelons, semble sourire mystérieusement.

C'est bien amusant. Mais j'aimerais rudement les plumes et aussi que tu me racontes tes aventures en détail. Tu ne signes pas. Qu'est-ce que ça te fait que ton style soit à plumes également et ça m'amuserait tant. —

On a dit dernièrement des vers de moi à la Maison de Balzac à Paris [1]. Ils ont été dits par ce charmant substitut Granié qui est, je crois, actuellement l'homme le plus spirituel du Palais. Il paraît d'ailleurs qu'il les a très bien dits.

Je crois qu'en ce moment tout va merveilleusement pour nous, malgré l'histoire des Russes, dont faut pas se frapper. Ils ont reculé mais tué beaucoup de Boches[2]. Ceux-ci n'ont qu'à venir ici, ils verront.

Au point de vue artistique, le nouveau casque me paraît une erreur et le point de vue artistique a sa valeur.

Sous leur nouveau casque beaucoup de fantassins évoquent l'idée de Tartarin allant chasser en Afrique. On s'est sans doute encore adressé à quelque artiste sans talent selon la vieille habitude officielle. Quelque lamentable Georges Scott[3]. *La Vie parisienne* m'avait redemandé d'écrire mais je n'ai rien à lui envoyer et les numéros qu'elle publie sont la laideur même. Par quelle aberration peut-on trouver cela bien, aucun dessin, aucune fantaisie, c'est lamentable. L'art est haut cependant en France actuellement et le goût général y est d'une bassesse infinie. C'est inimaginable... A Athènes le peuple avait un goût sûr, jusqu'au XVIIIe et même jusque vers 1830 il en était de même en France, depuis ce temps on a dissocié l'art et le goût et le goût est vraiment pénible à constater.

On pourrait profiter du grand frisson de la guerre pour raviver le sentiment de l'art. La matière ne manque pas. Ce qui manque, c'est aujourd'hui un véritable sentiment artistique.

Et les petites gens ne demanderaient pas mieux que d'adorer la beauté, mais dès qu'elle paraît elle a tant d'ennemis qu'elle préfère se cacher.

Au revoir, ptit Lou, je t'aime tout plein, je revois la photo si gracieusement massive. Envoie-moi plusieurs photos. Je les aime comme je t'aime.

C'est-à-dire infiniment.

Baisers et....

Gui.

1. Apollinaire est un habitué de la maison de Balzac, située 47, rue Raynouard. Il y avait organisé en 1912 les « dîners de Passy ».

2. Depuis le début de mai, les Russes reculent devant l'offensive austro-allemande et ils ont perdu 750 000 hommes faits prisonniers.

3. Peintre et dessinateur spécialisé dans les scènes militaires. Il avait collaboré avec Detaille à la création des nouveaux uniformes français.

205

Mon cher Lou, je t'écris encore, je rajoute à ma lettre d'hier qui se trouve dans cette enveloppe [1], quelque chose que je n'y ai pas mis, c'est que je t'aime beaucoup, ma petite dame en cristal. — A propos je l'ai revue en rêve, hier à midi, je rêvais sans dormir, elle est venue, c'était toi-même et je l'aurais bien embrassée si je n'avais su [2] qu'elle avait une peur épouvantable qu'on la touchât, dame! Elle est en cristal, on pourrait la casser.

Pour le demeurant, il y a ici beaucoup de gens enterrés, près d'où nous sommes à vingt mètres de moi, ce sont des Boches enterrés et selon le vent ça sent mauvais, heureusement qu'on m'a envoyé d'Algérie une bonne provision d'eau de Cologne.

Tu me diras si le cœur d'abord la bague ensuite sont arrivés en bon état.

Pour la bague, je crois que c'est la plus jolie que j'aie faite et même peut-être une des plus jolies qu'on ait faites avec cet aluminium boche, j'y ai mis mon peu de goût et tout mon amour, j'ai trouvé un chargeur anglais, je me suis fait un porte-plume avec une balle boche et une balle anglaise.

J'ai été presque sur le point d'obéir au maréchal de St. Cyr en voyant la photo, mais ton visage m'a manqué. La photo est jolie, parce que tout y est charmant, mais le manque de regard, ôte de l'expression et c'est facile à comprendre, l'expression étant sur le visage. Il aurait fallu qu'il y ait aussi l'autre côté de la médaille et je me serais peut-être laissé aller, mais c'est pas sûr. En tout cas si ça arrive te préviendrai. — Dans la région tout le monde est persuadé que ce sera fini en octobre, et chez vous?

Je suis ici dans la région vitale du front et on le sent bien. Je me demande pourquoi on a attaqué à Arras ou de votre côté, ça n'a à mon pauvre avis aucun sens, absolument aucun car pas de résultat véritable possible. Tandis qu'ici est le nœud de la question. Il n'est pas ailleurs et si on le comprenait, si on recommençait mais sur une échelle énorme, je donnerais bien ma peau pour voir ça.

D'ailleurs faut se presser. Sans quoi c'est eux qui se presseront. Et mon pauvre Lou se verrait réduite à la Kultur des fleurs boches! Quelle horreur!!

Gui.

1. Cette lettre est donc écrite le 14 août.
2. Ou « vu » : peu lisible.

206

14 août 1915.

Je ne sais plus que penser, ma chérie, plus de lettres rien. Qu'est-il arrivé? Je n'aurai sans doute pas le temps de t'écrire pendant plusieurs jours!! Carte postale tout au plus. — Il pleut, le temps est épouvantable. Je songe à toi, mon ptit Lou, avec la peur qu'il ne te soit arrivé quelque chose. Cela me rend toute écriture impossible et m'attriste au-delà de tout ce que je puis te dire. Je suis certain que tu ne laisses pas ainsi Toutou sans nouvelles. C'est mal puisque, quand tu le peux, tu dois m'écrire chaque jour. Que je sache au moins qu'il ne t'est pas arrivé de mal. Allons, ptit Lou, écris vite. Dis si t'as reçu la bague. Si tu me laisses ainsi sans nouvelles de toi, c'est pas gentil du tout — Surtout ce qui m'étonne, c'est que ta lettre soit venue de Lyon, ça vraiment, je n'y comprends plus rien. Enfin il vaut mieux ne pas s'en faire. Avec toi on a toujours d'extraordinaires surprises.

Or, donc, je ne peux pas te dire des choses bien intéressantes, le plus agréable pour moi ici est le temps que je passe à regarder les photos et surtout la fameuse plume, dommage qu'on ne voie pas la figure. Je suis certain que les autres plumes doivent être épatantes étant donné celle que j'ai et j'ai d'amers désespoirs de ne les point avoir mais il faut savoir se contenter de peu et je fais pour cela tous mes efforts. J'envoie une petite carte à Toutou qui m'oublie et doit être désolé de ton départ. Sa forêt doit lui sembler vide, maintenant que le plus bel oiseau s'est envolé. Mon ptit Lou, je t'embrasse mille et une fois partout.

G.

207

18 août 1915.

Ma chérie, enfin on peut refermer les lettres. J'ai reçu ta lettre oubliée et t'écris rue Villebois-Mareuil. Cependant plusieurs lettres t'attendent Bd. St.-Germain, passes-y et prends-les. Tu verras combien j'ai été inquiet. J'espère que maintenant tu voudras bien m'envoyer les « plumes ».

Je suis bien content que la bague t'ait fait plaisir. Nous sommes maintenant (même secteur) dans une belle forêt ensoleillée, pleine d'araignées devenues soudain charmantes depuis que j'ai eu de tes nouvelles.

La forêt est jolie, pleine de mousse. Je construis ma cabane en gazon. Je suis devenu bûcheron et maçon. C'est très amusant. Tous les matins cheval de 7 à 11 h. pr aller au rapport. Vie charmante mais quand il pleut pays dangereux. Le sol glisse comme du savon.

La petite « plume » fait toujours mes délices. Tu peux te figurer à quel point mais j'aimerais bien l'autre face. Ça ne se perd pas en ce moment.

Alors que signifie que ta lettre venait de Lyon?

Tu habites donc à l'Alma. Passe Bd. St.-Germain pr les lettres d'abord et aussi parce que j'ai averti la concierge que tu viendrais. T'enverrai bouquin quand tu seras stable et quand pourrai faire un paquet. Je t'écris couché sur l'herbe car pas encore de table et nous couchons en ce moment sous nos toiles de tente.

J'aurais rudement voulu aller maintenant en permission, mais c'est impossible. Je suis content que tu t'amuses, que tu aies des fleurs pour papillonner, mon joli papillon.

Alors, le ptit serpent t'a plu, tant mieux. Ce qu'il y a d'extraordinaire c'est qu'il n'ait pas dressé en te voyant. Enfin il est raide tout de même quoique enroulé autour de ton doigt. T'as vu ce qu'il y a écrit dedans!

Beau ptit Lou, pendant que t'es pas là-bas faut m'écrire tous les jours, ça c'est aussi un devoir du ptit Lou qui m'a laissé très longtemps sans nouvelles et un devoir sacré car me suis fait un mauvais sang de chien. J'avais peur d'un accident en chemin de fer, que sais-je? Enfin, je t'aime tout plein, refrain de toujours. Je fais un poème demandé par la plus grande revue italienne, une *ode à l'Italie* [1], mais tu vois la facilité, dans un bois où on dort sur le sol. Bref, bref, bref, me repose pas une minute, juste le temps de manger un morceau et travail manuel, de batterie et presque rien pour moi, qu'à la lueur d'une bougie sous une toile de tente à 50 centimètres du sol. Mais me porte à merveille. Seulement si on n'attrape pas de rhumatismes à ce jeu-là, c'est que les rhumatismes ça n'existe pas, voilà, voilà. J'ai pris ta bouche comme tu me l'as donnée et la reprends d'autorité encore plus longtemps et plus doucement.

Gui
plus un papillon.

1. Ce poème sera envoyé à Madeleine le 25 août et paraîtra dans *La Voce* du 15 novembre 1915 avant de figurer dans *Calligrammes*. Son titre est *A l'Italie*.

208

1er sep^{bre} 1915.

Mon amie, après avoir été une semaine aux lueurs [1] comme Toutou me voici chef de pièce, au canon —

Je t'écris régulièrement 2 fois par semaine, sauf le temps où tu fus à Paris, mais toi tu ne m'écris pour ainsi dire plus.

Les macarons étaient délicieux —

Je dis : tu ne m'écris pour ainsi dire plus et les rares fois où tu m'écris cela a bien (largement étalé sur la feuille de papier) la valeur de deux lignes de Gui.

Voilà, mon Lou, tout ça n'encourage pas beaucoup Gui à écrire à Lou et désormais il attendra pour écrire qu'il ait à répondre à une lettre de Lou.

Je t'ai envoyé des bouquins de Willy et *Case d'Armons*. J'espère que tu les as maintenant. Nous ne nous rencontrerons pas sans doute avant la fin de la guerre et qui sait quand!! Et qui sait comment!! Qui sait même si on se reverra?

Voilà, voilà, voilà. Je ne sais plus que t'écrire, tu m'écris si peu et si banalement bien que joliment et gentiment que me recroqueville et n'écris également que comme ça.

Je dis que nous ne nous verrons pas avant fin guerre parce qu'évidemment ma perme qui reviendra ne sais quand ne coïncidera pas avec un de tes voyages parisiens et qu'il vaut mieux après tout qu'il en soit ainsi, tes obligations mondaines, les nouveaux bienheureux ne me laisseraient sans aucun doute rien du temps du ptit Lou et puis et puis et puis...

Enfin quoi qu'il en soit je suis ton ami bien content que tu ne sois pas malheureuse.

Gui.

Tu écris « t'embrasse.... t'adore, Lou à Gui », et j'écris de tout mon cœur, t'embrasse, t'adore, Gui à Lou.

1. A l'observation des lueurs d'éclatement des obus.

209

Lorsque deux nobles cœurs se sont vraiment aimés [1]
Leur amour est plus fort que la mort elle-même
Cueillons les souvenirs que nous avons semés
Et l'absence après tout n'est rien lorsque l'on s'aime

Dis à Toutou que pour ce qui est de mériter ou pas mériter, je ne prétends rien mériter du tout, car mériter c'est beaucoup, mais qu'on peut parfois avoir des droits ou des prétentions sur ce qu'on ne mérite guère.

Tâche, mon petit garçon chéri, de devenir vite un peu plus grasse pour ce grand coquin de Toutou. Ne t'ennuie pas. Soigne ta santé. Ne te fais aucun souci tout s'arrangera. Je ne sais pas quand par exemple. Mais après tout peut-être plus tôt qu'on ne pense. Pour le reste, mon petit chéri, je t'adore *ainsi qu'il fut au commencement et toujours* et selon ton souhait je nous souhaite dans la Méditerranée à l'entrée de la Mer Tyrrhénienne et dans les abîmes nageraient tendrement les scylles qui sont des thons à buste de femme et que l'on confond avec les sirènes, [oise]aux[2] marins, aux seins moins beaux que les tiens et qui groupées sur l'écueil chanteraient des hymnes si doux que nous en tomberions d'extase et l'on découvrirait sous ta caresse des pays plus beaux encore où des volcans fleuriraient merveilleusement en roses éblouissantes dont les pétales retombant en cascades de feu s'écouleraient en fleuves d'or et de rubis dont le flamboiement viendrait déferler à tes pieds en vagues pétillantes. Mais la Méditerranée n'est-ce pas trop près...

PRESSENTIMENT D'AMERIQUE

Mon enfant, si nous allions en Amérique dont j'ai toujours rêvé
Sur un vaisseau fendant la mer des Antilles
Et accompagné par une nuée de poissons volants dont les ailes nageoires palpitent de lumière
Nous suivrons le fleuve Amazone en cherchant sa fée d'île en île
Nous entrerons dans les grands marécages où des forêts sont noyées
Salue les constrictors. Entrons dans les reptilières
Ouïs l'oie oua-oua les singes hurleurs les oiseaux cloches
Vagues du Prororoca, l'immense mascaret
Le dieu de ces immensités, les Andes les pampas
Est dans mon sein aujourd'hui mer végétale.
Millions de grands moutons blonds qui s'entrepoursuivent
Les condors survenant neiges des Cordillères

Ô cahutes d'ici nos pauvres reptilières
Quand dira-t-on la guerre de naguère?

Ptit Lou, faut pas maigrir, je veux savoir si tu es malade, je veux que tu me dises toujours la vérité sur ta santé, demande à Toutou de me prévenir toujours, de me renseigner — Mais toi, ne pense pas à la guerre ou du moins le moins possible. Sois, mon ptit Lou, une petite oasis de paix, dans cette tourmente, ne m'écris pas de la guerre, parle-moi plutôt de la fraîcheur de tes Vosges à moi qui suis dans un désert sans eau — Et que par le souvenir je passe comme une de ces charmantes couleuvres du bois d'aulnes du secteur 59 m'enrouler parfois encore autour de ton délice.

Gui.

1. Feuillet isolé, portant au verso le numéro 8. Le premier quatrain est encadré, puis les paragraphes séparés par un trait. La lettre a été écrite dans le courant de septembre 1915.

2. Une tache d'encre empêche de lire les premières lettres, que nous rétablissons selon la vraisemblance du texte. Apollinaire a toujours représenté les sirènes comme des oiseaux, selon la tradition antique.

210

12 septembre 1915.

Mon cher petit Lou,

Je ne boude pas du tout, mais j'attendais tout simplement de tes nouvelles. D'ailleurs à qui adresser mes lettres? Toutou parti! Toi je ne sais où! J'adresse au hasard celle-ci à l'ancienne adresse de Toutou. J'ai reçu aujourd'hui ta lettre du 30 août, partie en réalité le 6 septembre du pays de Toutou.

Je t'ai en tout cas écrit plus que tu ne m'as écrit, car non seulement je n'ai jamais laissé sans réponse, même un simple mot de toi, mais encore t'ai-je écrit bien des lettres et des longues lettres en plus.

Je te souhaite beaucoup de bonheur, tu l'as, d'ailleurs, et mon souhait est tout rempli.

Je ne sais pas quand je prendrai ma permission, mais il est peu probable que lorsqu'on voudra bien me la donner j'aille à Paris; j'irai sans aucun doute beaucoup plus loin[1].

Qu'est-ce que c'est que cette histoire extravagante avec le commissaire?

Tu dois avoir maintenant mon livre et ceux de Willy que j'y ai joints. Je me demande comment ce paquet a pu avoir tant de retard.

J'ai reçu de toi des macarons de Nancy, et t'en ai remerciée. Sont-ce là les « Kakes du patelin »?

Tu es vraiment gentille de penser ainsi à moi.

En ce moment dans notre région, toutes permissions suspendues pr au moins un mois — tu te doutes pourquoi.

Je crois que dans quelques jours, ça va être épatant et je suis bien content d'être chef de pièce dans le formidable orchestre.

Mes amitiés à Toutou. Je t'embrasse également tendrement et reste pour toujours également

Ton

Gui.

P.S. Je répondrai à tes lettres mais n'écrirai pas sans savoir si tu reçois encore les miennes.

1. En Algérie, chez Madeleine, qui est officiellement sa fiancée depuis plusieurs semaines.

211

18 sept. 1915

Mon petit chéri,

Ta lettre du 12 m'a fait beaucoup de plaisir. Je ne t'engueule pas du tout, ptit Lou. Ce qui m'épate c'est que tu sois obligée de recourir à Toutou pour m'écrire. Surtout des environs où tu vas passer une quinzaine. Enfin! Ce sera comme tu voudras. Mais ta lettre d'aujourd'hui est extrêmement gentille et je ne suis pas bouché du tout pour tout ce que tu me dis et j'en suis ravi. Les photographies m'ont fait bien plaisir, bien que j'eusse aimé les « plumes » aussi.

Je ne te reproche qu'une seule chose c'est de m'écrire d'une façon si écourtée. Mais je ne t'engueule pas, ô non.

Pour le demeurant j'ai bien peu de choses à t'écrire. Je ne peux rien te dire sur ce que nous faisons. Sur mes sentiments, tu les connais aussi bien que je connais les tiens. Et comme au surplus mon ptit Lou, tu es occupé ailleurs, ça ne laisse pas place à mon sentiment. Il est vrai que tu me gardes chaude une place dans le Sifflet. Ce dont je te suis très reconnaissant, mon ptit Lou. Mais comme je ne suis pas jaloux, j'aimerais des détails et tu ne m'en donnes pas.

Toutou a pu te renseigner sur la vie de maréchal des logis dans une batterie de tir. Les incidents ne se peuvent raconter et seulement la guerre pourrait alimenter des lettres puisque je ne vois jamais autre chose que la guerre et ne quitte jamais mon canon, mes 6 servants, le téléphoniste et le sapeur de réflecteurs subsistant à ma pièce.

Les tirs, les avions, les marmites, voilà notre vie. Certes, il y aurait une marge importante pour exprimer de l'amour mais tu es trop occupée pr que le mien t'intéresse. Au demeurant tu es sûre de cet amour pour ce qui me concerne et je suis sûr du tien... après la guerre. Pour le temps de guerre tout cela est d'un platonisme assez fade puisque la Grèce ne marche pas encore. Ah! si la Grèce marchait, Platon pourrait devenir à la mode et les petits sifflets à 2 trous aimeraient peut-être la chanson sifflée de loin.

Comme divertissement je vais te dire l'origine de l'expression *amis comme Cochons* que tu emploies avec tant d'esprit, un esprit du diable.

Cochon est ici une corruption de sochon, c'est par analogie que c'est devenu cochon. Sochon était un dérivé de *socius* qui signifie associé en latin, associé ou compagnon il vient exactement même non de *socius* mais de son accusatif *socium* (d'où vient d'ailleurs associé et ses dérivés) sochon était une expression argotique des merciers ambulants de Bretagne et il est peu à peu devenu *cochon.*

Ce qui fait qu'*amis comme cochon* signifie tout simplement : amis comme le sont des compagnons des associés.

LES FEUX DU BIVOUAC [1]

Les feux mourants du bivouac
Éclairent des formes de rêve
Et les songes dans l'entrelac
Des branches lentement s'élève

Voici les dédains du regret
Tout écorché comme une fraise
Les souvenirs et le secret
Dont il ne reste que la braise...

Ton
Gui.

Bonjour à Toutou!

1. Repris dans *Calligrammes.*

212

20 septembre 1915.

Mon ptit Lou, je viens de recevoir ta carte à l'éléphant.

Alors tu vas m'écrire longuement *sans blague*. T'es mignon tout plein, toi aussi et tu vois je réponds aussitôt même à un tout petit mot de toi.

Il fait très beau temps. On se prépare à l'opération imminente.

Ton mot m'a fait un très très grand plaisir.

J'imagine que tu pars le 22 pr la grande raison, on t'empêche de rester où tu es et tu a[1] rudement raison. Je considère donc que c'est pour le 23 le commencement de la grande affaire.

Ici tu sais que c'est l'un des points importants où je suis.

J'ai une belle cagoule, j'ai travaillé toute la journée. Je viens de voir un beau combat d'avions avec tout l'orchestre.

Dès que tu veux t'es un bien gentil ptit Lou

TOURBILLON DE MOUCHES

Un cavalier va dans la plaine
La jeune femme pense à lui
Et cette flotte à Mytilène
Le fil de fer est là qui luit

Comme ils cueillaient la rose ardente
Leurs yeux tout à coup ont fleuri
Et quel soleil la bouche errante
A qui la bouche avait souri.

Il me tarde beaucoup de lire la longue lettre promise. Les photos sont charmantes mon ptit Lou. Si c'est ta maison forestière sur le perron de laquelle tu es assise, elle est très jolie avec sa vigne.

Le ptit jardin forestier où tu te tiens pattes écartées main sur la hanche est charmant aussi et il y a un joli bouleau d'argent dans le fond. Je garde donc sur moi le singulier éléphant blanc.

L'ADIEU DU CAVALIER [2]

Ah Dieu! que la guerre est jolie
Avec ses chants ses longs loisirs
La bague si pâle et polie
Et le cortège des désirs

Adieu! voici le boute-selle...
Il disparut dans un tournant
Et mourut là-bas tandis qu'elle
Cueillait les fleurs en se damnant

Je suis content, ptit Lou, de savoir que tu es heureuse, qu'on va te mettre à l'abri, que Toutou va bien et que vous ne m'oubliez pas.

Je suis content aussi que mon petit livre t'ait plu, que tu l'aies compris et aies admis le droit pr un poète d'imposer son intimité au reste du monde en la lui celant.

Là-dessus, je prends ton cœur et l'embrasse tout plein aussi, cher ptit Lou bien rigolo.

Et les amours?

Raconte-moi des tas d'histoires.

Je t'écrirai bien plus longuement après ta longue lettre.

Ton vice,

Gui.

1. *Sic;* lire vraisemblablement « on a ».

2. Repris dans *Calligrammes*.

213

Mercredi 22 septembre.

Ptit Lou, je t'écris pendant une des rares accalmies de la grande Chose dont la fin ne peut être qu'une grande Victoire — Toute l'histoire de la compote anglaise m'a bien amusé car c'est bien ainsi je crois qu'on peut résumer la 1re partie de ta lettre où il s'agit de poires et d'un caoutchouc de l'armée anglaise. Ta lettre, mon ptit Lou, m'a fait bien plaisir. Je suis bien content que rien ne soit changé en toi. En moi non plus. Alors, fais mes amitiés à Toutou, dis-lui que je suis trop énervé pr écrire d'une façon très sensée. J'ai une belle cagoule qui pue le diable sur la tête, mais elle est relevée pr le moment. Je suis bien content qu'il ait un beau manteau avec quoi il aura l'air de Captain Cap se préparant à déguster un cocktail [1]. O [2] mon congé ne sera vraisemblablement pas encore pour maintenant, à moins que ça ne finisse vite. Je compte y aller à la fin de l'hiver ou au printemps et du train où vont ces congés peut-être n'irai-je qu'en été prochain. Pourquoi on ne donne pas la fessée au Ptit Lou? C'est bien simple parce que pour cette affaire-là la T.S.F. ne fonctionne pas encore. Sans quoi, il y a longtemps que le ptit Lou l'aurait et de quelle façon. Je n'ai pas envoyé le livre à Rouveyre, de telle façon qu'il ne peut avoir aucune opinion. *La Nuit d'Avril*, tu l'avais déjà dans une lettre, ainsi que *les Saisons, le Servant de Dakar, vers le Sud* et d'autres [3].

Tu me la bailles bonne avec tes histoires de serres... chaudes Ce qui serait épatant c'est que tu me les racontes tout de suite. Après ce sera du réchauffé tu ne les raconteras plus bien, parce que tu les auras trop racontées. Enfin, tu n'en fais qu'à ta tête et puisque tu ne veux pas ne les raconte pas. Seulement on dirait que tu ne sais pas qu'on s'embête et que tes récits pourraient bougrement m'intéresser.

Que veux-tu que je te dise pour ce qui me concerne?

Hier j'ai passé tout l'après-midi — (car ça n'a commencé que ce matin à 6 h. et fantastiquement), à regarder une reine-fourmi, au corselet jaune, errer à la recherche de sa fourmilière en transportant une chenille deux fois grosse comme elle. J'ai cherché des champignons ensuite pr le souper. J'en mange souvent — des cèpes — excellents. En résumé je me nourris de champignons et d'ananas en conserve.

J'ai rencontré un de mes amis secrétaire de la légation de France à Pékin, c'est lui qui en venant pr répondre à la mobilisation a transporté les plis officiels. Il est simple sapeur-projecteur.

Un de mes autres amis poète connu Léo Larguier est caporal brancardier dans les tranchées devant nous, dans un régiment où un de mes amis est capitaine et n'avait [fait] la guerre que dans le Nord où il y a des patelins pleins de femmes. Tu penses s'il trouve qu'ici c'est triste [4].

Enfin le pays où nous sommes ne peut donner que ce qu'il a et si ça marche bien j'espère que l'on trouvera aussi des patelins pleins de femmes, de façon à mettre ma chasteté à l'épreuve.

ÉPIGRAMME

Mon adorable jardinière
Toi qui voudrais savoir pourquoi
Nul ne tape sur ton derrière
Ne sais-tu donc pas comme moi
Qu'il ne faut pas battre une femme
Et même avec une Fleur Rare... Oui, Madame

Je t'embrasse de toutes les façons possibles et elles sont réduites malheureusement à quelque chose qui n'en est que l'idée.

Ton

Gui.

1. Le héros d'Alphonse Allais, grand spécialiste en mélanges d'alcools.
2. *Sic.*
3. Ces poèmes figurent dans *Case d'armons.*
4. Voir dans *Le Guetteur mélancolique* une lettre en vers à Léo Larguier.

214

24 sep. 1915.

On y est en plein, ptit Lou, et demain on fout le camp.

J'ai reçu ce petit mot gentil du ptit Lou et ce mot m'a fait beaucoup de peine.

Tiens-moi au courant des suites de ta chute et surtout si elle n'a pas eu l'effet désastreux signalé par le livre que t'a prêté « la femme la plus vertueuse de Baccarat ».

Quel est le titre de ce volume où tu as lu « bien d'autres choses » et quelles?

Tu es donc partie à cette heure de ta forêt. L'as-tu quittée pour la culture d'une fleur rare?

Comment tu n'es pas heureuse, mais qu'est-ce qu'il y a donc, dans ta lettre précédente tu me disais être *heureuse*, c'est toi qui soulignais le mot.

Alors?...

Je ne comprends plus.

Tu aimes comme tu sais aimer?!.

Alors, mon pauvre ptit Lou, tu es malheureuse! et je te plains beaucoup.

Qu'est-ce qui ne va pas, raconte-moi ça, voyons, mon ptit Lou.

C'est donc pour ça que Toutou ne m'écrit pas.

Raconte-moi, je te conseillerai et tu sais te donnerai de bons conseils.

Mais si tu ne veux pas me raconter demande conseil au petit serpent que je t'ai envoyé.

Il ne te trompera point, mon pauv. ptit Lou toujours

échaudé par l'amour. Enfin j'espère que tu ne vas pas être malheureuse longtemps de cette nouvelle histoire-là.

J'espère que ta villégiature va te faire du bien.

Ne pense pas à la guerre, ptit Lou, mais ne souffre pas ni de chutes de cheval ni d'amour.

Bonjour à Toutou, écris longuement, plus, beaucoup plus longuement, mon ptit Lou chéri.

Je t'embrasse

Gui.

Tu sais, c'est fantastique en ce moment.

215

28 sept. 1915.

Mon ptit Lou,

Tu sais que nous avons remporté une grande victoire [1] à laquelle notre batterie a grandement coopéré, j'ai tiré je ne sais plus combien de coups (j'en ai le compte dans mon carnet de tir). Mais tu peux te figurer si on est fatigué. Maintenant on attend les avant-trains pr avancer ou pour aller de votre côté, les 2 bruits courent mais je ne sais ce qu'ils valent. En tout cas je suis casqué, éperonné, et j'attends. Ma pièce est prête. Si je vais de ton côté tu peux t'apprêter à la correction que tu mérites et qui sera sévère. En tout cas tu l'auras à la 1re occasion et fadée, je ne te dis que ça. Il se peut aussi que nous allions de votre côté mais toujours tout de même loin l'un de l'autre. J'attends donc tout de même la longue lettre amusante et détaillée que tu me promets. En effet tu as vraiment du culot.

Tu pourrais vraiment me raconter les vertes et pas mûres que tu dis, comme tu ne signes pas ça ne te compromettrait pas.

Je suis bien fatigué et la perspective de dormir cette nuit à la belle étoile sous la pluie ne me sourit pas quoique je sois bien portant, joyeux et presque ivre de cette longue bataille de 7 jours déjà.

J'ai vu avant-hier prisonniers boches à peine sortis de leurs trous. Ai causé avec quelques-uns.

Mais qu'il me tarde, petit sifflet, de te corriger comme tu mérites sur ton gros cul.

L'enveloppe de la lettre montre que t'es arrivée à Nancy. J'attends donc une nouvelle lettre bien détaillée et rigolote avec les détails verts et pas mûrs.

Ton

Gui.

1. Le communiqué du 26 septembre annonce :

« En Champagne, des combats opiniâtres se sont poursuivis sur tout le front.

« Nos troupes ont pénétré dans les lignes allemandes sur un front de 25 kilomètres et sur une profondeur variant de 1 à 4 kilomètres ; elles ont, au cours de la nuit, maintenu toutes les positions conquises.

« Le nombre des prisonniers actuellement dénombrés dépasse 12 000 hommes. »

216

30 septembre 1915.

Illustre ptit Lou,

Décidément te voilà en veine d'écrire — c'est pas long... mais enfin tu écris. Mais où est la longue lettre amusante promise? Autant en emporte le vent! Pense cependant que tes récits m'amuseraient. Mais on dirait que t'as peur de te compromettre en m'écrivant... Je crois qu'on a réservé les poules aux armées de l'Est car par ici il n'y en a pas. C'est vrai que nous n'avons plus vu de lieu bâti et habité depuis longtemps. On fait tout autre chose que voir les poules. Naturellement, tu as oublié de mettre dans la lettre le gui que tu annonçais. Je suis gelé, j'ai dormi en plein dans l'eau et il fait triste malgré la grande victoire dont je suis bien content d'avoir été un artisan si petit soit-il. Je t'écris avec de l'encre rouge que nous a prêtée le sapeur projecteur, car je n'avais plus rien, nous recevons les lettres mais plus de journaux.

Il fait triste, mais je ne suis pas triste et je me demande pourquoi tu l'es puisque tu t'amuses tant — Est-ce que la vie n'est pas toujours précaire, en temps de paix aussi bien qu'en temps de guerre? Tout ça c'est de la sentimentalité déplacée en ces temps de grande lutte. Faut être plus viril que ça, ptit Lou, d'autant plus que tu te prives pas comme tu dis de faire ton rôle de poule et que je suis bien loin de te le reprocher. J'en ferais bien autant si j'étais à ta place. Seulement je ne comprends pas que vivant des histoires pas cochonnes tu ne me les racontes pas en détail sachant combien des récits voluptueux pourraient m'amuser en ce moment. Mais il est inutile de prêcher dans le désert et quand tu as décidé de ne pas faire quelque chose...

Aussi fameux ptit Lou amuse-toi bien, donne-moi de tes nouvelles au moins dans la mesure où tu m'en donnes maintenant. Salue Toutou de ma part. Je t'embrasse très, très tendrement.

Gui.

(On n'est pas encore parti après l'alerte de l'autre nuit!)

217

13 8bre 1915.

Mon ptit Lou ami,

J'ai reçu avec un grand plaisir ta lettre de St-Nicolas je ne sais plus quoi [1] (Meurthe-et-Moselle). (Avec la photo de la cueillette des pommes.) Tu y es charmante et celui qui grimpe à l'échelle que tu tiens si gentiment est un homme heureux.

Pour ma part, je le félicite.

Je te remercie de tes appréciations flatteuses pour notre récent travail. Il a été rudement dur et il faut l'avoir vu, y avoir participé pour s'en faire une idée.

Je suis désolé que tu sois fatiguée et je te plains beaucoup de devoir ainsi te déplacer constamment fatiguée comme tu l'es.

Moi, je vais extrêmement bien.

On ne parle pas de rétablir les permissions, aussi la mienne reste-t-elle douteuse. Il est certain qu'il faut que toutes les forces soient présentes; et je comprends fort bien que les permissions pour le moment... ceinture.

Ton grand ami,

Gui.

1. Saint-Nicolas-du-Port, près de Nancy

218

9 novembre 1915.

Ma chère Lou, oh! quinze jours! Il y a bien un mois que tu ne m'as écrit. Je te félicite d'être amoureuse et de mener une vie intéressante. Toutou m'a écrit une lettre très gentille : il me dit de te demander des photos, je le fais pour ne pas le désobliger mais je ne les espère point; fais mes amitiés à Toutou quand tu le verras. Ah! ma chère amie, on a bien autre chose à faire que des vers en ce moment je suis dans une ancienne position boche et ça marmite. Moi, mon cher Lou, je ne m'ennuie jamais alors je trouve la guerre aussi rigolo que la paix. Je t'ai toujours dit que ça durerait longtemps alors je ne suis pas déçu. Oui, sept mois qu'on s'est quittés, on n'est pas morts pour ça, on s'y est même tellement habitués que je suis maintenant tout étonné quand je reçois une lettre de toi. Je n'y compte plus. Comme ça je suis tranquille.

Ce que je fais, je tire des coups de canon; j'aurais jamais cru que je participerais à la plus grande bataille d'artillerie de tous les temps [1].

J'ai lu pas mal de lettres boches après la victoire, lettres restées dans les tranchées. Les plus rigolotes étaient celles d'une petite putain de Wiesbaden qui écrivait à son amant un officier; elle disait comment elle se promenait et que tout le monde la regardait et la désirait et elle signait *das hübsches Püppchen* (la plus jolie des poupées) Iela Müller — Dans une autre lettre la femme d'un gros commerçant berlinois lui annonçait un paquet de beurre, de saucisson de foie et de chocolat —

Il commence à faire très, très froid — Je commence à être habitué aux gaz asphyxiants, je trouve même que l'odeur n'en est pas désagréable surtout les lacrymogènes. Tu vois qu'on s'habitue à tout et de même que la petite putain de Wiesbaden, Iela Müller, avait le culot bien boche de se trouver d'elle-même la plus jolie des poupées, j'ai le culot qui n'est pas boche je crois de me trouver le sous-officier qui s'embête le moins, bien que nous soyons dans la région la plus déserte du front puisque c'était un désert même avant la guerre. Je t'embrasse très fort.

Gui.

1. De violents combats ont lieu en Champagne, marqués par de puissants duels d'artillerie et des attaques allemandes en vue de reconquérir le terrain perdu en septembre.

219

26 nov. 1915.

Mon ptit Lou, je t'ai écrit. T'ai répondu longuement à la lettre en question mais tu ne réponds pas à mes lettres, tu ne les lis pas. — Je t'ai priée de m'envoyer mes reconnaissances du mont-de-piété de Nice [1]. J'ai parfaitement lu ta description de la fleur en question — Envoie mes amitiés à Toutou et ma nouvelle adresse.

Ton

Gui.

Pour Lou [2]

G. de Kostrowitzky
Sous-lieutenant
96e Inf.
6e Cie
Secteur 139

1. Une lettre au moins doit manquer. En effet, il n'a pas été question de ces reconnaissances dans les précédentes; de plus, Apollinaire a dû annoncer à Lou son passage dans l'infanterie et ne pas se contenter comme il le fait ici de donner sans commentaires une nouvelle adresse. D'ailleurs, le début de la lettre 220 laisse penser qu'une lettre s'est perdue.
2. Cette mention incite à croire que la carte, qui ne comporte aucune adresse de destinataire, a été envoyée à un intermédiaire (Toutou?).

220

6 décembre 1915.

Mon cher petit diable de Lou, je t'écris cette fois à Lunéville. J'espère que ma lettre te parviendra. J'ai reçu hier ta lettre avec une photo que j'avais déjà. Tu perds la mémoire et surtout tu ne m'envoies pas de « plumes » ce qui n'est pas gentil. *Je t'enverrai des vers dès que je serai un peu plus habitué à ma nouvelle vie.* Mais nom d'une pipe, reçois-tu mes lettres ou non, j'ai répondu à chacune de tes lettres. Je partirai en permission à la fin du mois m'a dit hier le colonel (il y a 2 officiers à partir avant moi). J'irai en Algérie, chez des amis [1]. Envoie-moi mes reconnaissances de mont-de-piété et aussi ma chaîne en un paquet RECOMMANDÉ et bien fait, tu me feras plaisir. Je suis en ce moment en 1re ligne pr 9 jours. Je n'ai pas d'autre papier pr t'écrire, mon gentil et mignon et joli et endiablé ptit Lou.

Gui.

1. Il est allé, en fait, dans la famille de celle qui est alors sa fiancée, Madeleine Pagès.

221

16 déc. 1915.

Ma chère ptit Lou, non tu ne m'avais pas dit que tu ne pouvais me renvoyer ces reconnaissances. Je suis embêté parce qu'il y a là ma montre de 1re Communion qui va se perdre aussi. Mais si elle est chez moi à Paris fais-le-moi savoir dis-moi où et je tâcherai de prendre cette reconnaissance en partant en permission. — Réponds-moi vite. Car je voudrais bien pouvoir dégager cette montre. — Mais non, ma pauvre Lou, l'artillerie n'est pas intéressante du tout — C'est en ce moment une arme de grand-père et d'eunuque. Tu n'y entends rien. La seule arme intéressante et formidablement tragique c'est cette infanterie d'ici où la lutte est inimaginablement infernale.

Alors vois-tu si j'avais raison sur la guerre, longueur, Constantinople, la Perse, tu vois, tout se réalise. Ah! Comme je voudrais avoir un peu de puissance pr tout remettre en état. Je suis sûr que je pourrais le faire. Je t'apporterai le Henné que tu demandes. Surtout ne me dis plus de bien ni des artilleurs ni des cavaliers maintenant que je suis dans la Biffe, je sais ce que l'on fait dans les différentes armes.

Gui.

18 janvier 1916.

Retour de permission, je trouve tes deux lettres. Entendu pr les trucs, ce sera lors de ton prochain voyage —

Moi j'ai fait voyage épatant. Je te l'ai souhaitée bonne et heureuse par l'entremise de Toutou, car je ne savais si tu étais toujours à Lunéville. J'espère que cette lettre t'y trouvera. J'ai beaucoup de travail en ce moment, étant pour l'instant commandant de compagnie.

Je suis content que tu sois contente.

Embrasse Toutou de ma part.

Il fait assez beau temps.

Écris-moi de tes nouvelles.

Je te souhaite de belles amours et beaucoup de bonheur.

Alors, on s'habitue à la guerre, moi j'ai participé aux coups de chien de la cote 194 près de la butte de Tahure.

Enfin je m'en tire pr l'instant sans dégâts c'est pas mal après tout.

Gui.

DU MÊME AUTEUR

Aux Éditions Gallimard

ALCOOLS. Poèmes 1898-1913, 1920 (« Folioplus classiques » n° 238 ; « Folio » n° 5546 ; « Folio+Lycée » n° 4).

LA FEMME ASSISE. Chronique de France et d'Amérique, 1920. *Nouvelle édition en 1948* (« L'Imaginaire » n° 37).

CALLIGRAMMES. Poèmes de la paix et de la guerre 1913-1916, 1925. (« Poésie / Gallimard » n° 4. *Préface de Michel Butor*). *Nouvelle édition avec une postface de Claude Debon en 2014.*

LE FLÂNEUR DES DEUX RIVES, 1928.

LE POÈTE ASSASSINÉ, 1947 (« Poésie/Gallimard » n° 127. *Édition de Michel Décaudin*).

LETTRES À SA MARRAINE 1915-1918. *Introduction et notes de Marcel Adéma*, 1951.

CASANOVA. Comédie parodique. *Préface de Robert Mallet*, 1952.

LE GUETTEUR MÉLANCOLIQUE. Poèmes inédits. *Préface d'André Salmon*, 1952. *Nouvelle édition augmentée d'une postface de Michel Décaudin en 1969.*

TENDRE COMME LE SOUVENIR, 1952 (« L'Imaginaire » n° 361).

ANECDOTIQUES. *Préface de Marcel Adéma*, 1955.

CHRONIQUES D'ART 1902-1918. *Textes réunis avec préface et notes de L. C. Breunig*, 1960 (« Folio essais » n° 221).

LES DIABLES AMOUREUX. *Préface et notes de Michel Décaudin*, 1964 (« Idées » n° 445).

ALCOOLS *suivi de* LE BESTIAIRE *et de* VITAM IMPENDERE AMORI, 1966 (« Poésie/Gallimard » n° 10).

LETTRES À LOU. *Préface et notes de Michel Décaudin*, 1969 (« L'Imaginaire » n° 593. *Nouvelle édition revue et complétée par Laurence Campa* ; « Écoutez Lire »).

POÈMES À LOU *précédé d'*IL Y A. *Préface de Michel Décaudin*, 1969 (« Poésie / Gallimard » n° 44).

LE GUETTEUR MÉLANCOLIQUE *suivi de* POÈMES RETROUVÉS. *Notice de Michel Décaudin*, 1970 (« Poésie/Gallimard » n° 57).

L'ENCHANTEUR POURRISSANT *suivi de* LES MAMELLES DE TIRESIAS *et de* COULEUR DU TEMPS. *Édition de Michel Décaudin*, 1972 (« Poésie/Gallimard » n° 80).

LE FLÂNEUR DES DEUX RIVES *suivi de* CONTEMPORAINS PITTORESQUES, 1975 (« L'Imaginaire » n° 305).

CORRESPONDANCE AVEC PICASSO. *Édition de Pierre Caizergues et Hélène Seckel. Introduction de Pierre Caizergues*, 1992.

L'ARBRE À SOIE ET AUTRES ÉCHOS DU MERCURE DE FRANCE 1917-1918. *Édition de Pierre Caizergues et Michel Décaudin*, 1996 (« L'Imaginaire » n° 347).

LES EXPLOITS D'UN JEUNE DON JUAN, 2002 (« Folio 2 € » n° 3757).

LETTRES À MADELEINE *suivi de* TENDRE COMME LE SOUVENIR. *Édition revue et augmentée par Laurence Campa*, 2005 (« Folio » n° 4428).

CORRESPONDANCE AVEC LES ARTISTES 1903-1918. *Édition de Laurence Campa et Peter Read*, 2009.

LES TROIS DON JUAN, 2013 (« L'Imaginaire » n° 644).

« MON CHER PETIT LOU ». *Lettres extraites du recueil* Lettres à Lou, 2014 (« Folio 2 € » n° 5714).

UN ALBUM DE JEUNESSE. *Édition de Pierre Caizergues*, 2015.

CORRESPONDANCE AVEC PAUL GUILLAUME, 2016.

TOUT TERRIBLEMENT, Anthologie illustrée de poèmes, 2018 (« Poésie/ Gallimard » n° 535).

Dans la « Bibliothèque de La Pléiade »

ŒUVRES POÉTIQUES COMPLÈTES. *Édition de Marcel Adéma et Michel Décaudin. Préface d'André Billy*, 1956.

ŒUVRES EN PROSE COMPLÈTES, I-III. *Édition de Michel Décaudin et Pierre Caizergues*, 1977-1993.

Aux Éditions Gallimard Jeunesse

GUILLAUME APOLLINAIRE UN POÈTE, 1981 (« Folio Junior Poésie » n° 1186).

PETIT BESTIAIRE, 2000.

POÈMES, 2013 (« Folio Junior Poésie » n° 1661).

Collection **L'Imaginaire**

Axée sur les constructions de l'imagination, cette collection vous invite à découvrir les textes les plus originaux des littératures romanesques française et étrangères.

Derniers volumes parus

411. **Jean Schlumberger** LE LION DEVENU VIEUX
412. **William Faulkner** ABSALON, ABSALON !
413. **Jules Romains** PUISSANCES DE PARIS
414. **Iouri Kazakov** LA PETITE GARE ET AUTRES NOUVELLES
415. **Alexandre Vialatte** LE FIDÈLE BERGER
416. **Louis-René Des Forêts** OSTINATO
417. **Edith Wharton** CHEZ LES HEUREUX DU MONDE
418. **Marguerite Duras** ABAHN SABANA DAVID
419. **André Hardellet** LES CHASSEURS I ET II
420. **Maurice Blanchot** L'ATTENTE L'OUBLI
421. **Frederic Prokosch** LA TEMPÊTE ET L'ÉCHO
422. **Violette Leduc** LA CHASSE À L'AMOUR
423. **Michel Leiris** À COR ET À CRI
424. **Clarice Lispector** LE BÂTISSEUR DE RUINES
425. **Philippe Sollers** NOMBRES
426. **Hermann Broch** LES IRRESPONSABLES
427. **Jean Grenier** LETTRES D'ÉGYPTE, 1950 suivi d'UN ÉTÉ AU LIBAN
428. **Henri Calet** LE BOUQUET
429. **Iouri Tynianov** LE DISGRACIÉ
430. **André Gide** AINSI SOIT-IL OU LES JEUX SONT FAITS
431. **Philippe Sollers** LOIS
432. **Antonin Artaud** VAN GOGH, LE SUICIDÉ DE LA SOCIÉTÉ
433. **André Pieyre de Mandiargues** SOUS LA LAME

434. **Thomas Hardy** LES PETITES IRONIES DE LA VIE
435. **Gilbert Keith Chesterton** LE NAPOLÉON DE NOTTING HILL
436. **Theodor Fontane** EFFI BRIEST
437. **Bruno Schulz** LE SANATORIUM AU CROQUE-MORT
438. **André Hardellet** ONEÏROS OU LA BELLE LURETTE
439. **William Faulkner** SI JE T'OUBLIE, JÉRUSALEM. LES PALMIERS SAUVAGES
440. **Charlotte Brontë** LE PROFESSEUR
441. **Philippe Sollers** H
442. **Louis-Ferdinand Céline** BALLETS SANS MUSIQUE, SANS RIEN précédé de SECRETS DANS L'ÎLE et suivi de PROGRÈS
443. **Conrad Aiken** AU-DESSUS DE L'ABYSSE
444. **Jean Forton** L'ÉPINGLE DU JEU
446. **Edith Wharton** VOYAGE AU MAROC
447. **Italo Svevo** UNE VIE
448. **Thomas De Quincey** LA NONNE MILITAIRE D'ESPAGNE
449. **Anne Brontë** AGNÈS GREY
450. **Stig Dagerman** LE SERPENT
451. **August Strindberg** INFERNO
452. **Paul Morand** HÉCATE ET SES CHIENS
453. **Theodor Francis Powys** LE CAPITAINE PATCH
454. **Salvador Dali** LA VIE SECRÈTE DE SALVADOR DALI
455. **Edith Wharton** LE FILS ET AUTRES NOUVELLES
456. **John Dos Passos** LA BELLE VIE
457. **Juliette Drouet** « MON GRAND PETIT HOMME... »
458. **Michel Leiris** NUITS SANS NUIT
459. **Frederic Prokosch** BÉATRICE CENCI
460. **Leonardo Sciascia** LES ONCLES DE SICILE
461. **Rabindranath Tagore** LE VAGABOND ET AUTRES HISTOIRES
462. **Thomas De Quincey** DE L'ASSASSINAT CONSIDÉRÉ COMME UN DES BEAUX-ARTS
463. **Jean Potocki** MANUSCRIT TROUVÉ À SARAGOSSE
464. **Boris Vian** VERCOQUIN ET LE PLANCTON
465. **Gilbert Keith Chesterton** LE NOMMÉ JEUDI

466. Iris Murdoch PÂQUES SANGLANTES
467. Rabindranath Tagore LE NAUFRAGE
468. José Maria Arguedas LES FLEUVES PROFONDS
469. Truman Capote LES MUSES PARLENT
470. Thomas Bernhard LA CAVE
471. Ernst von Salomon LE DESTIN DE A.D.
472. Gilbert Keith Chesterton LE CLUB DES MÉTIERS BIZARRES
473. Eugène Ionesco LA PHOTO DU COLONEL
474. André Gide LE VOYAGE D'URIEN
475. Julio Cortázar OCTAÈDRE
476. Bohumil Hrabal LA CHEVELURE SACRIFIÉE
477. Sylvia Townsend Warner UNE LUBIE DE MONSIEUR FORTUNE
478. Jean Tardieu LE PROFESSEUR FRŒPPEL
479. Joseph Roth CONTE DE LA 1002E NUIT
480. Kôbô Abe CAHIER KANGOUROU
481. Rainer Maria Rilke, Boris Pasternak, Marina Tsvétaïeva CORRESPONDANCE À TROIS
482. Philippe Soupault HISTOIRE D'UN BLANC
483. Malcolm de Chazal LA VIE FILTRÉE
484. Henri Thomas LE SEAU À CHARBON
485. Flannery O'Connor L'HABITUDE D'ÊTRE
486. Erskine Caldwell UN PAUVRE TYPE
487. Florence Delay MINUIT SUR LES JEUX
488. Sylvia Townsend Warner LE CŒUR PUR
489. Joao Ubaldo Ribeiro SERGENT GETULIO
490. Thomas Bernhard BÉTON
491. Iris Murdoch LE PRINCE NOIR
492. Christian Dotremont LA PIERRE ET L'OREILLER
493. Henri Michaux FAÇONS D'ENDORMI, FAÇONS D'ÉVEILLÉ
494. Meša Selimović LE DERVICHE ET LA MORT
495. Francis Ponge NIOQUE DE L'AVANT-PRINTEMPS
496. Julio Cortázar TOUS LES FEUX LE FEU
497. William Styron UN LIT DE TÉNÈBRES
498. Joseph Roth LA TOILE D'ARAIGNÉE

499. Marc Bernard VACANCES
500. Romain Gary L'HOMME À LA COLOMBE
501. Maurice Blanchot AMINADAB
502. Jean Rhys LA PRISONNIÈRE DES SARGASSES
503. Jane Austen L'ABBAYE DE NORTHANGER
504. D. H. Lawrence JACK DANS LA BROUSSE
505. Ivan Bounine L'AMOUR DE MITIA
506. Thomas Raucat L'HONORABLE PARTIE DE CAMPAGNE
507. Frederic Prokosch HASARDS DE L'ARABIE HEUREUSE
508. Julio Cortázar FIN DE JEU
509. Bruno Schulz LES BOUTIQUES DE CANNELLE
510. Pierre Bost MONSIEUR LADMIRAL VA BIENTÔT MOURIR
511. Paul Nizan LE CHEVAL DE TROIE
512. Thomas Bernhard CORRECTIONS
513. Jean Rhys VOYAGE DANS LES TÉNÈBRES
514. Alberto Moravia LE QUADRILLE DES MASQUES
515. Hermann Ungar LES HOMMES MUTILÉS
516. Giorgi Bassani LE HÉRON
517. Marguerite Radclyffe Hall LE PUITS DE SOLITUDE
518. Joyce Mansour HISTOIRES NOCIVES
519. Eugène Dabit LE MAL DE VIVRE
520. Alberto Savinio TOUTE LA VIE
521. Hugo von Hofmannsthal ANDRÉAS ET AUTRES RÉCITS
522. Charles-Ferdinand Ramuz VIE DE SAMUEL BELET
523. Lieou Ngo PÉRÉGRINATIONS D'UN CLOCHARD
524. Hermann Broch LE TENTATEUR
525. Louis-René Des Forêts PAS À PAS JUSQU'AU DERNIER
526. Bernard Noël LE 19 OCTOBRE 1977
527. Jean Giono LES TROIS ARBRES DE PALZEM
528. Amos Tutuola L'IVROGNE DANS LA BROUSSE
529. Marcel Jouhandeau DE L'ABJECTION
530. Raymond Guérin QUAND VIENT LA FIN
531. Mercè Rodoreda LA PLACE DU DIAMANT
532. Henry Miller LES LIVRES DE MA VIE

533. R. L. Stevenson OLLALA DES MONTAGNES
534. Ödön von Horváth UN FILS DE NOTRE TEMPS
535. Rudyard Kipling LA LUMIÈRE QUI S'ÉTEINT
536. Shelby Foote TOURBILLON
537. Maurice Sachs ALIAS
538. Paul Morand LES EXTRAVAGANTS
539. Seishi Yokomizo LA HACHE, LE KOTO ET LE CHRYSANTHÈME
540. Vladimir Makanine LA BRÈCHE
541. Robert Walser LA PROMENADE
542. Elio Vittorini LES HOMMES ET LES AUTRES
543. Nedim Gürsel UN LONG ÉTÉ À ISTANBUL
544. James Bowles DEUX DAMES SÉRIEUSES
545. Paul Bowles RÉVEILLON À TANGER
546. Hervé Guibert MAUVE LE VIERGE
547. Louis-Ferdinand Céline MAUDITS SOUPIRS POUR UNE AUTRE FOIS
548. Thomas Bernhard L'ORIGINE
549. J. Rodolfo Wilcock LE STÉRÉOSCOPE DES SOLITAIRES
550. Thomas Bernhard LE SOUFFLE
551. Beppe Fenoglio LA PAIE DU SAMEDI
552. James M. Cain MILDRED PIERCE
553. Alfred Döblin VOYAGE BABYLONIEN
554. Pierre Guyotat PROSTITUTION
555. John Dos Passos LA GRANDE ÉPOQUE
556. Cesare Pavese AVANT QUE LE COQ CHANTE
557. Ferdinando Camon APOTHÉOSE
558. Pierre Drieu la Rochelle BLÈCHE
559. Paul Morand FIN DE SIÈCLE
560. Juan Marsé LE FANTÔME DU CINÉMA ROXY
561. Salvatore Satta LA VÉRANDA
562. Erskine Caldwell TOUTE LA VÉRITÉ
563. Donald Windham CANICULE
564. Camilo José Cela LAZARILLO DE TORMÈS
565. Jean Giono FAUST AU VILLAGE
566. Ivy Compton-Burnett DES HOMMES ET DES FEMMES

567. **Alejo Carpentier** LE RECOURS DE LA MÉTHODE
568. **Michel de Ghelderode** SORTILÈGES
569. **Mercè Rodoreda** LA MORT ET LE PRINTEMPS
570. **Mercè Rodoreda** TANT ET TANT DE GUERRE
571. **Peter Matthiessen** EN LIBERTÉ DANS LES CHAMPS DU SEIGNEUR
572. **Damon Runyon** NOCTURNES DANS BROADWAY
573. **Iris Murdoch** UNE TÊTE COUPÉE
574. **Jean Cocteau** TOUR DU MONDE EN 80 JOURS
575. **Juan Rulfo** LE COQ D'OR
576. **Joseph Conrad** LA RESCOUSSE
577. **Jaroslav Hašek** DERNIÈRES AVENTURES DU BRAVE SOLDAT CHVÉÏK
578. **Jean-Loup Trassard** L'ANCOLIE
579. **Panaït Istrati** NERRANTSOULA
580. **Ana María Matute** LE TEMPS
581. **Thomas Bernhard** EXTINCTION
582. **Donald Barthelme** LA VILLE EST TRISTE
583. **Philippe Soupault** LE GRAND HOMME
584. **Robert Walser** LA ROSE
585. **Pablo Neruda** NÉ POUR NAÎTRE
586. **Thomas Hardy** LE TROMPETTE-MAJOR
587. **Pierre Bergounioux** L'ORPHELIN
588. **Marguerite Duras** NATHALIE GRANGER suivi de LA FEMME DU GANGE
589. **Jean Tardieu** LES TOURS DE TRÉBIZONDE
590. **Stéphane Mallarmé** THÈMES ANGLAIS POUR TOUTES LES GRAMMAIRES
591. **Sherwood Anderson** WINESBURG-EN-OHIO
592. **Luigi Pirandello** VIEILLE SICILE
593. **Guillaume Apollinaire** LETTRES À LOU
594. **Emmanuel Berl** PRÉSENCE DES MORTS
595. **Charles-Ferdinand Ramuz** LA SÉPARATION DES RACES
596. **Michel Chaillou** DOMESTIQUE CHEZ MONTAIGNE
597. **John Keats** LETTRES À FANNY BRAWNE
598. **Jean Métellus** LA FAMILLE VORTEX
599. **Thomas Mofolo** CHAKA

600. **Marcel Jouhandeau** LE LIVRE DE MON PÈRE ET DE MA MÈRE
601. **Hans Magnus Enzensberger** LE BREF ÉTÉ DE L'ANARCHIE
602. **Raymond Queneau** UNE HISTOIRE MODÈLE
603. **Joseph Kessel** AU GRAND SOCCO
604. **Georges Perec** LA BOUTIQUE OBSCURE
605. **Pierre Jean Jouve** HÉCATE suivi de VAGADU
606. **Jean Paulhan** BRAQUE LE PATRON
607. **Jean Grenier** SUR LA MORT D'UN CHIEN
608. **Nathaniel Hawthorne** VALJOIE
609. **Camilo José Cela** VOYAGE EN ALCARRIA
610. **Leonardo Sciascia** TODO MODO
611. **Théodor Fontane** MADAME JENNY TREIBEL
612. **Charles-Louis Philippe** CROQUIGNOLE
613. **Kôbô Abé** RENDEZ-VOUS SECRET
614. **Pierre Bourgeade** NEW YORK PARTY
615. **Juan Carlos Onetti** LE CHANTIER
616. **Giorgio Bassani** L'ODEUR DU FOIN
617. **Louis Calaferte** PROMENADE DANS UN PARC
618. **Henri Bosco** UN OUBLI MOINS PROFOND
619. **Pierre Herbart** LA LIGNE DE FORCE
620. **V. S. Naipaul** MIGUEL STREET
621. **Novalis** HENRI D'OFTERDINGEN
622. **Thomas Bernhard** LE FROID
623. **Iouri Bouïda** LE TRAIN ZÉRO
624. **Josef Škvorecký** MIRACLE EN BOHÊME
625. **Kenzaburô Ôé** ARRACHEZ LES BOURGEONS, TIREZ SUR LES ENFANTS
626. **Rabindranath Tagore** MASHI
627. **Victor Hugo** LE PROMONTOIRE DU SONGE
628. **Eugène Dabit** L'ÎLE
629. **Herman Melville** OMOU
630. **Juan Carlos Onetti** LES BAS-FONDS DU RÊVE
631. **Julio Cortázar** GÎTES
632. **Silvina Ocampo** MÉMOIRES SECRÈTES D'UNE POUPÉE
633. **Flannery O'Connor** LA SAGESSE DANS LE SANG

634. **Paul Morand** LE FLAGELLANT DE SÉVILLE

635. **Henri Michaux** DÉPLACEMENTS DÉGAGEMENTS

636. **Robert Desnos** DE L'ÉROTISME

637. **Raymond Roussel** LA DOUBLURE

638. **Panaït Istrati** ONCLE ANGHEL

639. **Henry James** LA MAISON NATALE

640. **André Hardellet** DONNEZ-MOI LE TEMPS suivi de LA PROMENADE IMAGINAIRE

641. **Patrick White** UNE CEINTURE DE FEUILLES

642. **F. Scott Fitzgerald** TOUS LES JEUNES GENS TRISTES

643. **Jean-Jacques Schuhl** TÉLEX N° 1

644. **Guillaume Apollinaire** LES TROIS DON JUAN

645. **Curzio Malaparte** LE BAL AU KREMLIN

646. **Rainer Maria Rilke** DEUX HISTOIRES PRAGOISES

647. **Junichirô Tanizaki** LE SECRET ET AUTRES TEXTES

648. **V. S. Naipaul** UN DRAPEAU SUR L'ÎLE

649. **Adalbert Stifter** LES GRANDS BOIS

650. **Joseph Conrad** AU CŒUR DES TÉNÈBRES

651. **Piotr Rawicz** LE SANG DU CIEL

652. **Julio Cortázar** FAÇONS DE PERDRE

653. **Henri Calet** DE MA LUCARNE

654. **William Faulkner** LES LARRONS

655. **Truman Capote** LES CHIENS ABOIENT

656. **Robert Walser** LE BRIGAND

657. **Jean Rhys** SOURIEZ, S'IL VOUS PLAÎT

658. **Mouloudji** ENRICO

659. **Philippe Soupault** CHARLOT

660. **Patrick White** ÉDEN-VILLE

661. **Beppe Fenoglio** L'EMBUSCADE

662. **Cesare Pavese** LE BEL ÉTÉ

663. **Iris Murdoch** AMOUR PROFANE, AMOUR SACRÉ

664. **Giuseppe Antonio Borgese** VIE DE FILIPPO RUBÈ

665. **Federico García Lorca** IMPRESSIONS ET PAYSAGES

666. **Blaise Cendrars** MON VOYAGE EN AMÉRIQUE suivi du RETOUR

667. **Graciliano Ramos** SÃO BERNARDO
668. **Darcy Ribeiro** UTOPIE SAUVAGE
669. **Pierre Gascar** LE PRÉSAGE
670. **Cesare Pavese** SALUT MASINO
671. **D. H. Lawrence** LES FILLES DU PASTEUR
672. **Violette Leduc** LA VIEILLE FILLE ET LE MORT
673. **Marcel Proust** CHRONIQUES
674. **Philippe Soupault** LE TEMPS DES ASSASSINS
675. **Claudio Magris** ENQUÊTE SUR UN SABRE
676. **Alejo Carpentier** CHASSE À L'HOMME
677. **Roger Caillois** PONCE PILATE
678. **Jean Paulhan** LE GUERRIER APPLIQUÉ. PROGRÈS EN AMOUR ASSEZ LENTS. LALIE
679. **Milan Füst** L'HISTOIRE DE MA FEMME
680. **Marc Bernard** MAYORQUINAS
681. **Ernst von Salomon** LE QUESTIONNAIRE
682. **Nelson Algren** LA RUE CHAUDE
683. **Thomas Bernhard** UN ENFANT
684. **Jorge Luis Borges** ANTHOLOGIE PERSONNELLE
685. **Violette Leduc** LA FEMME AU PETIT RENARD
686. **Isaac Babel** CONTES D'ODESSA suivi de NOUVELLES
687. **Karen Blixen** LETTRES D'AFRIQUE 1914-1931
688. **Robert Desnos** NOUVELLES HÉBRIDES suivi de DADA-SURRÉALISME 1927
689. **Kenzaburô Ôé** LE JEU DU SIÈCLE
690. **Joseph Conrad** UN PARIA DES ÎLES
691. **Inès Cagnati** LE JOUR DE CONGÉ
692. **Kenzaburô Ôé** LE FASTE DES MORTS
693. **Raymond Queneau** LE DIMANCHE DE LA VIE
694. **Louis Calaferte** C'EST LA GUERRE
695. **Vladimir Nabokov** ROI, DAME, VALET
696. **Lawrence Durrell** LE SOURIRE DU TAO
697. **Henri Calet** FIÈVRE DES POLDERS
698. **Eugène Ionesco** LE BLANC ET LE NOIR

Achevé d'imprimer par Dupli-Print à Domont (95) en août 2019
Dépôt légal : août 2019
Premier dépôt légal dans la collection : février 1990
Numéro d'imprimeur : 2019072861
ISBN : 978-2-07-012864-8 / Imprimé en France
358930